Derek Meister

GHOST HUNTER

Das Licht, das tötet

Loewe

Für T. I. H.

FSC
Mix
Produktgruppe aus vorbildlich bewirtschafteten Wäldern und anderen kontrollierten Herkünften

Zert.-Nr. SGS-COC-1940
www.fsc.org
© 1996 Forest Stewardship Council

ISBN 978-3-7855-6262-8
1. Auflage 2009

Dieses Werk wurde vermittelt durch die Literarische Agentur Thomas Schlück, GmbH, 30827 Garbsen.
Umschlagillustration: Dirk Steinhöfel
Umschlaggestaltung: Christian Keller
Printed in Germany (007)

www.loewe-verlag.de

Das Ärgerlichste in dieser Welt ist, dass die Dummen todsicher und die Intelligenten voller Zweifel sind.

Bertrand Russell
Britischer Mathematiker und Philosoph

1

Southend-on-Sea – Essex,
England

Das Loch im Zaun führte in eine andere Welt.

Instinktiv scheute Ian Boroughs davor zurück, durch den Zaun zu schlüpfen und die alte, am Stadtrand gelegene Royal Air Force Basis zu betreten.

Ians schlechte Vorahnung war lediglich ein feines Gefühl, viel sanfter als der Wind, der ihn unter seinem kurzärmeligen Hemd frösteln ließ.

Verschwinde von hier, Ian. Dreh um.

Wie damals, als er mit seinem Hund Zero das erste Mal hier gewesen war, wehte der Wind von der Nordsee herüber, blies kalt über seine nackten Arme.

Beim Anblick der Baracken und Ruinen des stillgelegten Flughafens hatte ihn auch damals ein unbehagliches Gefühl beschlichen, das sich in seinem Brustkorb zu einem dichten Geflecht aus Angst verästelt hatte.

„Was ist los? Doch nicht etwa Schiss, Ian?“ Steve, der sich mit Cathy und Michelle näherte, grinste überheblich. Mit einer Brechstange und einem schweren Hammer bewaffnet, schob er sich an Ian vorbei und zum Loch vor.

Mit einem lauten Schrei rüttelte der Captain der Southsharks Rugbymannschaft so kräftig am Zaun, dass über zwanzig Meter Draht zu schwingen begannen. Das laute Sirren ließ Ian kurz zusammenfahren. Er strich sich die dunkelblonden Haare aus der Stirn und verdrehte die Augen. Warum hatte dieser Idiot unbedingt mitkommen müssen?

Es war ein lauer Juniabend. Inzwischen musste es nach zweiundzwanzig Uhr sein, denn die Sonne ging langsam hinter den Häusern der kleinen Hafenstadt Southend-on-Sea unter.

Steve winkte seine Freundin Cathy zu sich, eine blonde Schönheit aus Ians Parallelklasse. Sie war achtzehn und hatte die anderen in ihrem klapprigen Ford hergefahren. Zu fünft waren sie aufgebrochen, um einen alten Tresor zu knacken, den Bpm vor wenigen Tagen im Hangar gefunden hatte.

Gewöhnlich hätten Ian und Bpm ein solches Abenteuer allein durchgezogen, aber Bpm stand auf Cathys Freundin Michelle. Seit Monaten schon versuchte er, ein Date mit ihr zu bekommen. Sein Fund war endlich ein guter Vorwand gewesen, um sich mit ihr zu verabreden. Bpm hatte es auch nicht gestört, dass sie Cathy Bescheid sagte. Schließlich wusste er, dass Ian Cathy ziemlich sexy fand. Zu dumm nur, dass die beiden Mädchen ausgerechnet Captain Kinnfresse Steve mitgebracht hatten.

„Ey, bleibt ruhig hier. Ich mach das schon." Ein Grinsen versuchte vergeblich, Steves eckiges Betonkinn aufzuweichen. Großspurig hielt er die Brechstange hoch, dann packte er Cathy und küsste sie. Ohne den beiden Mädchen durch den Zaun zu helfen, schlüpfte er auf die andere Seite, rannte über die Startbahn und verschwand laut grölend in der Dunkelheit.

Bpm zupfte die Ohrstöpsel seines Handys heraus, mit dem er MP3s hörte, und sah Ian kopfschüttelnd an. „Sternzeit Null-Null-Komplett-Beknackt. Der Übermut der Jugend“, feixte er. Bpm trug ein schwarzes Iron-Maiden-Shirt, auf dem Zombie Eddie den Mittelfinger zeigte. Er rückte seine protzige Pilotenbrille zurecht und räusperte sich: „In den Ruinen spukt's ja angeblich. Und Penner sollen da wohnen. Wenn dich die Geister nicht kriegen, dann die Penner ...“ Übertrieben gentlemanlike hielt er Michelle die Hand hin, um ihr beim Klettern durch das Loch zu helfen. „Aber ich bin ja da. Darf ich bitten?“

Nach Michelle zwängte sich Cathy durch den Zaun. Einen Augenblick lang konnte Ian ihr Parfüm riechen, bevor der Meereswind den Duft zerstreute. Als Cathy durch das Loch stieg, rutschte ihr Top hoch. Ihre nackte Taille glänzte im letzten Abendlicht. Halb durch den Zaun geschlüpft, drehte sie sich noch einmal um und lächelte Ian an. Ihre braunen Augen strahlten golden und Ian meinte, ein Funkeln in ihnen zu sehen.

Das letzte Mal war Ian vor fünf Jahren hier gewesen. Er konnte sich noch daran erinnern, wie er sein BMX-Rad mühsam über eine heruntergetretene Stelle des Drahtzauns gehievt hatte, um mit seinem Hund Zero das verlassene Gelände zu erkunden. Damals hatte die Winterkälte die Luft über den verwaisten Startbahnen zum Klirren gebracht und die Sonne hatte sich hundertfach in den zerschlagenen Fenstern der Flugzeughangars gespiegelt. Ian war mit dem Rad durch die Hallen gecruist und hatte mit seinem Irish Setter in den verlassenen Gebäuden gespielt, die mächtig wie uralte Ruinen vor der Stadt lagen.

Nachdem die Air Force abgezogen war, hatte sich der Bürgermeister eine Zeit lang dafür stark gemacht, die Hallen an LG zu verkaufen. Der Konzern hatte geplant, hier Handys zu produzieren, war dann aber abgesprungen. Und da sich die Gebäude auch nicht als Großraumdiskothek verpachten ließen, waren sie dem Verfall preisgegeben worden. Der Abriss wäre zu teuer gewesen. Nun trafen sich auf dem ehemaligen Militärstützpunkt Jugendliche zu illegalen Autorennen, verliebte Pärchen, die sich auf den Rücksitzen ihrer Wagen vergnügten, und ein paar Schrauber vom BMW-Club aus Great Wakering.

Bleierne, dunkle Klötze, dachte Ian. Wie große Särge lagen sie im Abendlicht. Ruinen wie Fallen. Obwohl Ian siebzehn Jahre alt war, machten die klobigen Hangars auf ihn noch immer den Eindruck, als lebten sie – als seien die Hallen mit ihren zerschlagenen Fenstern und den herausgerissenen Stahlträgern sterbende Tiere, die ihn aus unzähligen Augen anstarrten.

Vor fünf Jahren war kaum jemand hier gewesen. Nur ein paar Jugendliche hatten nahe des eingefallenen Towers Fußball gespielt. Ian war bis zum späten Abend mit seinem Hund herumgestromert, hatte aber nur einen Bruchteil des Geländes gesehen. Zu groß, zu verwinkelt und zu unheimlich waren ihm die verfallenen Hallen, Türme und Büros vorgekommen. Vor allem zu unheimlich. Als die Nacht sich angekündigt und der Wind sich in den Betonstücken verfangen und mit zerrissenen Plastikplanen zu kämpfen begonnen hatte, war Ian lieber gegangen.

Und jetzt stand er erneut auf diesem Schotterweg vor dem Zaun und konnte seinen Blick nicht von Cathys blonden Haaren und ihrem Top abwenden, unter dem sich ihre Brüste im letzten Sonnenlicht abzeichneten. Er warf Bpm einen Blick zu, doch sein Freund bemerkte ihn nicht. Wie immer hörte Bpm laut Musik. Seit seinem elften Geburtstag schien er seine Ohrstöpsel nur noch zum Schlafen rauszunehmen. Ian musste lächeln. Bpm hatte seinen Spitznamen nicht zu Unrecht. So wie andere morgens ihren Kaffee brauchten, um auf Touren zu kommen, so pushten Bpm Songs mit vielen *Beats per minute*.

Bevor Ian durch den Zaun schlüpfte, sah er sich noch einmal um. Hinter ihm erstreckten sich die Häuser von Southend. Ein Schachbrett aus Giebeln und Dächern. Das rote Licht der untergehenden Sonne ließ die Schindeln der immergleichen Häuser in den immergleichen Straßen in einem immergleich schmutzigen Purpur schimmern.

„Passt auf, wo ihr hintretet!" Ian öffnete die rostige Eisentür. Der Geruch von Benzin und Staub schlug ihm entgegen. Glassplitter und abgeplatzter Putz knirschten unter seinen schwarzen Chucks, als er den Flur betrat. Ian hatte die knöchelhohen Schuhe mit weißem Edding beschrieben und mit Mangafiguren bemalt. Doch der Stoff war bereits an vielen Stellen abgeschrammt und die Sohlen brüchig geworden, sodass er jeden Stein unter seinen Füßen spürte.

Der Büroflur, den man wie einen Schuhkarton in die Halle geschoben hatte, lag im Dunkeln. Licht drang nur durch ein paar Luftschächte und durch die zerstörten Plastikplatten der Decke. Irgendein Idiot musste sie mit einem Hammer bearbeitet haben, denn Isolierwolle und Kabel baumelten wie Eingeweide aus ihnen hervor. Graffitikünstler hatten sich an den Wänden versucht.

Nur einige Fotos und eingerissene Poster von Düsenjägern zeugten noch davon, dass der Flur und die angrenzenden Büros einmal belebt gewesen waren. Eisentüren führten in drei leere Büroräume, einen ehemaligen Speisesaal und einen verwahrlosten Umkleideraum. Die meisten Türblätter sahen verbeult und rostig aus.

Die beiden Jungen folgten Michelle und Cathy, die nach Steve riefen, aber keine Antwort erhielten. Ians ungutes Gefühl wuchs bei jedem Schritt und er hoffte, dass Steve nur einen dummen Scherz machte.

Wir sollten gehen. Vergessen wir diesen Tresor. Da ist eh nichts drin.

„Michelle?“ Bpm lüpfte seine Ohrstöpsel. „Da vorne ist der Tresor.“ Er wies auf eine offene Tür rechts des Gangs. Der Raum dahinter lag vollkommen im Dunkeln.

„Wo ist Steve?“, fragte Cathy.

„Wahrscheinlich kifft er irgendwo“, entgegnete Ian genervt und trat neben Bpm. Sein Freund präsentierte Michelle gerade sein neuestes Spielzeug, das sein Vater ihm letzte Woche zum siebzehnten Geburtstag geschenkt hatte.

Hundertsiebenundneunzig Funktionen und telefonieren kann man auch, hatte Bpm geschwärmt und Ian noch in der Disco gezeigt, wie man problemlos mit dem Handy im Internet surfen konnte. Seit Bpms Mutter Weihnachten vor drei Jahren die Koffer gepackt hatte, versuchte sein Vater, den Sohn mit großzügigen Geschenken bei Laune zu halten.

Bpm steckte die Pilotenbrille in seine lockigen, schwarzen Haare und aktivierte den Touchscreen des Handys. Nachdem er ein paar Tasten gedrückt hatte, streckte er Michelle das Handy triumphierend entgegen.

„Drück auf Abheben!" Michelle schaute irritiert zu Ian, tat dann aber, wie ihr geheißen. Ein schwacher Lichtstrahl huschte durch die Nacht. Er ließ den Staub im Vorraum funkeln und erhellte ein paar Schritte von ihnen entfernt die Duschen für die Kampfpiloten, in denen sich verdreckte Autobatterien stapelten.

„Flashlight-Funktion. Hammerteil." Bpm legte Michelle den Arm um die Hüfte und führte sie in den Raum. „Handy, Taschenlampe, Browser, E-Mail und Schminkspiegel. Einfach geil!"

Etwas zu cool, wie Ian bemerkte, packte Bpm einen alten Colaautomaten und rückte ihn unter lautem Scheppern beiseite. Hinter dem Automaten kam ein Tresor in der Größe einer Mikrowelle zum Vorschein. Sein Lack war zerkratzt und das Zahlenschloss demoliert. Wie es aussah, hatte schon vor ihnen jemand versucht, den Safe aufzubrechen.

Begeistert hockte sich Michelle auf den Boden. „Und du meinst, du kriegst den mit dem Hammer auf?"

Nachdenklich kratzte sich Bpm am Kinn. „Hm, mal sehen. Wenn Steve damit fertig ist, sich seine losen Schrauben reinzudreschen, kann ich's ja mal versuchen." Lachend ließ er sich neben Michelle fallen und zauberte aus der Tasche seines abgewetzten, olivgrünen Parkas zwei Dosen Bier hervor.

Ian sah sich nach Cathy um, aber sie war schon hinter der nächsten Flurecke verschwunden. „Ich suche Steve. Kann aber dauern", rief er Bpm zu. Bpm nickte und deutete ihm heimlich *perfekt*.

Während Ian Cathy folgte, konnte er Bpm und Michelle lachen hören. Er wünschte seinem Freund viel Glück, meistens jedoch versaute Bpm in letzter Sekunde jedes noch so verheißungsvolle Rendezvous mit einem dummen Spruch.

Vorsichtig tastete sich Ian weiter in der Dunkelheit vor. Sie hatten vergessen, Taschenlampen mitzunehmen. Eigentlich hatten sie schon zwei Stunden eher hier sein wollen, doch Cathys klappriger Ford war auf halber Strecke verreckt und sie hatten ihn bis zur nächsten Tankstelle schieben müssen.

Ian fröstelte in seinem weißen Hemd. Dummerweise hatte er seine Bikerjacke auf dem Rücksitz des Autos liegen gelassen.

„Cathy?"

Die wenigen Fenster waren vernagelt oder zugemauert, sodass er nicht sehen konnte, wo der Flur endete. Inzwischen fiel kaum noch Licht durch die Luftschächte. Ian starrte angestrengt in die Finsternis. Ein Grill lag umgestürzt neben ein paar leeren Bierkästen.

Hinter einem zusammengefallenen Aktenschrank knickte der Flur ab. Ian vermutete, dass sich Steve in der dunklen Ecke versteckte. „Hör auf, Blödsinn zu machen. Wir brauchen das Brecheisen und den Hammer“, flüsterte er, ohne zu wissen, warum. Langsam bog er um die Ecke und hielt den Atem an. Kein Steve. Captain Kinnfresse trieb sich irgendwo anders herum. Nach guten fünf Metern endete der Flur an einer Stahltür, die noch relativ intakt aussah.

Ian lauschte, weil er dachte, Schritte gehört zu haben. Doch das Trippeln war nur ein fernes Tropfen.

TACK-TACK-TOCK-TACK-TACK-TOCK-TACK-TACK-TOCK ...

Vielleicht hatte Bpm es geschafft, einmal seinen Mund zu halten, und lag nun knutschend mit Michelle unter den Duschen für die Kampfpiloten.

Hatte die Basis überhaupt noch einen Wasseranschluss? Unwahrscheinlich. Wenn es aber kein Wasser war, was dort tropfte, was war es dann?

„Cathy?“ Ian hatte die Stahltür erreicht. Er griff nach dem Türhebel und schreckte zurück. Der Hebel war eiskalt. Einen Augenblick lang zögerte er, die Tür zu öffnen, dann stieß er sie mit aller Kraft auf.

Der kalte Gestank einer Werkhalle. Ian brauchte einen Moment, um sich zu orientieren. Mit einem Mal hatte er das Gefühl, im Freien zu stehen.

Die Halle war höher als ein dreistöckiges Wohnhaus und länger als das Reihenhaus, in dem Ian wohnte. Ihr Tonnendach war an vielen Stellen eingebrochen. Ausgeschlachtete Autos parkten kreuz und quer. Sieben oder acht Zelte standen zerrissen und dreckig hinter Kisten voll Schrott und improvisierten Trennwänden.

Wenn dich die Geister nicht kriegen, dann die Penner.

„Cathy?“ Wieder keine Antwort. Nur der Hall seiner eigenen Stimme, die sich zwischen den Stahlpfeilern und Streben verfing.

Er wollte sich schon umdrehen und zurück in den Flur gehen, als er abermals meinte, ein Geräusch zu hören.

KNACK-KNACK-KNACK-KNACK-KNACK-KNACK-KNACK-KNACK-KNACK …

Bildete er sich das nur ein oder glitten da Finger über die rostigen Bleche der Hangartore?

Wahrscheinlich hatte er sich nur verhört. Hier gab es höchstens ein paar Ratten. Er wendete sich ab, als es wieder zu klopfen begann. Inzwischen war es lauter geworden. Ian fiel auf, dass es weniger wie ein Klopfen oder Tropfen klang, sondern vielmehr, als ob jemand immer schneller mit einem Auto über ein Stück Verpackungsfolie mit Luftpolstern fuhr.

Das Knistern schwoll an. Die einzelnen PLOPPS, TOCKS und KNACKS gingen in ein hohes Rauschen und schließlich in ein Fiepen über.

Ein gleichmäßiges Geräusch erfüllte die Halle, als stünden tausend Fernseher im Standby-Modus.

WHIIIIIIIIIEEEEEEEEEEEPPPPPPPPPPPP …

Neugierig trat Ian zwischen einem alten Saab und den Überresten eines VWs hindurch und sah sich um.

Woher kam dieses Geräusch? Von den haushohen Toren, die zur Startbahn führten, oder von der Seitenfront, an der fünf Ladekräne tot im Schatten der Decke hingen? Es erfüllte gleichmäßig und durchdringend die Sommerluft im Hangar, aber Ian konnte keine Quelle ausmachen.

Das Fiepen stach in seinen Kopf und begann zu schmerzen. Unsicher trat er aus dem Schatten der beiden Autos und wollte schon zurück zur Tür gehen, als er Cathy in einem der Wagen erblickte.

WHIIIIIIIIIEEEEEEEEEEEPPPPPPPPPPPP …

Im Mondlicht konnte er ihre blonden Haare durch die staubige Heckscheibe des Autowracks erkennen. Sie saß merkwürdig verrenkt da.

„Cathy?“ Er stolperte über ein verrostetes Rohr. „Was ist mit dir?“, schrie er gegen das Fiepen an und endlich riss sie den Kopf herum. Sie schien das Geräusch nicht gehört zu haben. Ihr Blick sagte ihm, dass allein er sie erschreckt hatte. Mit großen Augen sah sie Ian an und richtete ihr Top.

Erst jetzt bemerkte Ian, dass unter ihr Steve lag. Captain Kinnfresse rappelte sich sofort auf und blickte durch die Heckscheibe.

„He! Das ist keine Peepshow hier. Verzieh dich.“

„Cathy, was …“ Ian brach ab. „Hört ihr das nicht?“

„Was?“

WHIIIIIIEEEEEPPPPP …

„Das Geräusch, dieses … dieses Fiepen. Hört ihr das nicht?“

„Hau ab“, lautete Steves einziger Kommentar. „Der

Hammer liegt im Flur!“ Captain Kinnfresse schnappte sich Cathys Kopf und zog sie wieder zu sich herunter. Ihr Kichern wurde von dem Fiepen geschluckt.

Dieses Geräusch war doch nicht zu überhören!

Ian wurde warm. War es möglich, dass nur er es hörte?

Die Luft war wie elektrisiert, es schien ihm, als zittere sie wie Hitze über heißem Asphalt. Es war doch wirklich wärmer geworden? Er bildete sich das nicht ein. Das war nicht nur Cathys Anblick, die noch immer hemmungslos mit Steve knutschte … Nein …

WHIIIIIIIIIEEEEEEEEEEPPPPPPPPPPPP …

Plötzlich wurde das Fiepen noch lauter, so laut, dass Ian das Trommelfell schmerzte und er sich die Hände auf die Ohren pressen musste. Er schrie auf, sah noch, wie die beiden im Wagen hochschreckten und Steve ärgerlich die Tür aufriss.

Ians Kopf pochte. Wie ein Messer drang das Geräusch in seinen Schädel. Stöhnend wich er zurück. Er hatte das Gefühl, dass der Lärm eine Quelle besaß und sich auf ihn zubewegte.

„Um Gottes willen“, keuchte er. Es musste irgendwo hinter den Zelten sein, vielleicht hundert, hundertfünfzig Fuß entfernt. Er konnte nichts sehen, aber es war irgendetwas dort.

Etwas war in diesem Hangar.

Etwas Unheimliches.

Es war lange her, dass er eine solche Angst verspürt hatte. Ian fühlte sich, als würde er in einen Brunnen stürzen. Er wollte sich am Rand festhalten, den Fall beenden, doch umso mehr Widerstand er leistete, desto schneller fiel er und desto stärker wurde die Angst.

Unbarmherzig drückte das Geräusch ihn zu Boden. Er sank auf die Knie, wollte sich wieder erheben, aber die Schmerzen ließen es nicht zu.

Steve baute sich vor ihm auf. Der Captain der Southsharks blickte wütend auf ihn herab, während er langsam seinen Gürtel schloss. „Was ziehst du hier für 'ne Nummer ab?", rief er, aber Ian konnte ihn kaum verstehen. Er wollte antworten, nahm die Hände von den Ohren und sagte: „Ich ..." Da spürte er etwas Warmes auf seinen Lippen.

Seine Nase blutete. Taumelnd kam er auf die Knie. Er wollte sich an Steve abstützen, doch der wich zurück.

„Ian? Was ist denn los?" Cathy. Das war Cathy. Irgendwo schräg hinter Steve. Es war schwer, sich bei dem Krach zu konzentrieren. Ian sah in ihre Richtung und konnte nicht glauben, was im nächsten Moment geschah.

Die Zelte fingen gleichzeitig zu brennen an. Sie begannen nicht einfach, an einem Zipfel zu schmoren, sondern gerieten mit einem lauten WUUUUUUUUUSSSSSSSCH in Flammen. Ian meinte, auf ihren mit Plastik durchsetzten Planen Blasen zu erkennen. Eine Sekunde später brannte alles lichterloh. Ein seltsames Licht drang durch die Flammen. Es glomm unregelmäßig, wurde mal heller, mal dunkler, ohne wirklich zu pulsieren.

„Was ... was geht hier vor?", stammelte Steve. Die Flammen fraßen die Zelte. Der Lack der Fässer, in denen die Autoschrauber ihr Zeug verstaut hatten, begann, Blasen zu werfen.

Immerhin hatten Steve und Cathy die Flammen auch gesehen. Sie loderten nicht nur in Ians Kopf.

WHIIIIIIIIIEEEEEEEEEEPPPPPPPPPPPP …

„Seht ihr das Licht?“, fragte Ian tonlos. „Seht ihr das? Wir … wir sollten hier weg“, schrie er gegen das Fiepen an.

Das Licht und der Ton waren eins. Sie schnitten durch die Luft wie Bpms bescheuerte Handytaschenlampe, nur tausendmal heller. Und das Unheimlichste daran war, dass das Licht keine Schatten warf. Es war einfach da, ohne wirklich zu sein. Glasklar, bunt, messerscharf. Unwillkürlich musste Ian an einen Geist denken. Eine leuchtende Erscheinung.

„Es brennt“, kreischte Cathy. „Lass uns endlich abhauen!“

Sie sehen es nicht. Sie können es nicht sehen.

„Was für ein Licht?“ Steve packte Ian und schüttelte ihn. „Es brennt, Ian! Verflucht noch mal. Warst du das?“

„Nein, ich … Wie … wie kommst du denn darauf?“, stotterte er verwirrt.

„Willst du mich verarschen? Außer uns war niemand sonst in der Halle.“

Das Licht warf Wellen. Plötzlich blendete es Ian so stark, dass er nicht einmal mehr Steve erkennen konnte, der keine Kopflänge von ihm entfernt stand. „Du hast gezündelt, du eifersüchtiger Sack“, zischte er, während Cathy nervös an seinem T-Shirt zerrte.

„Nein, es ist das Licht“, schrie Ian. „Seht doch. Ich … ich …“

Das Feuer kam näher. Steve wollte sich Ian vorknöpfen, aber der rutschte rückwärts über den Boden. Er spürte Scherben, kümmerte sich aber nicht darum. Nur weg. Glassplitter rissen seine Jeans auf. Egal. Weiter, zurück, raus. Durch die Tür in den Gang.

Ian sah sich um. Endlich hatte auch Captain Kinnfresse begriffen, dass die Flammen sich ausbreiteten. Steve nahm Cathy bei der Hand und flüchtete zu einem anderen Ausgang.

Mit einem kräftigen Tritt stieß Ian die Stahltür zu. Endlich. Die Hitze ebbte ab. Das Licht erlosch. Das Summen verstummte. Dunkelheit. Ruhe. Kälte. Staub. Kein Fiepen. Er fuhr sich mit der Zunge über die Lippen und schmeckte sein Blut.

Was in Gottes Namen …?

Ian holte tief Luft. Seine Ohren pochten. Keuchend kam er auf die Beine, nicht wissend, ob das Licht, der Krach – ob das Feuer – ein Traum waren.

Es brennt, Ian! Verflucht noch mal. Warst du das?

Da spürte er, wie die Tür zu vibrieren begann und wärmer wurde. Mit einem Mal roch er auch hier im Flur verbrannte Farbe und heißes Metall.

WHIIIIIIIIIIIIIIEEEEEEEEEEEPPPPPPPPPPPP …

Das Leuchten kehrte zurück. Es strahlte durch die Ritzen. Unter der Tür hindurch, oben durch den Schlitz am Rahmen. Tanzend und funkelnd fiel es durch das Schlüsselloch, leckte wie ein Suchscheinwerfer über die Wand hinter ihm und strich über die jahrzehntealten Bilder der Kampfflieger.

Es fingerte nach ihm.

Es versucht mich zu packen!

Ian schrie auf. Er sprang zur Seite. Was immer da drin war, es wollte raus! Stolpernd knallte Ian mit dem Ellbogen gegen eines der Bilder, stöhnte auf und rannte den Flur zurück zum Ausgang. Alles war vergessen: Cathys glänzende Taille, Steves blöde Fragen, Bpm und Michelle unter der Dusche, der Tresor und der Hangar. Selbst die Schmerzen.

Nur weg. Nur fort von diesen … diesen *Geistern*. Ian lief an den Duschräumen vorbei und weiter den Flur hinunter, strauchelte und fiel beinahe. Mit letzter Kraft stieß er die Tür auf und rannte auf die Startbahn. Endlich nahm das Fiepen ab.

Erst als er durch das Loch im Zaun schlüpfte, kehrte langsam Ruhe ein. Sein Kinn und sein Hemd waren blutverschmiert. Er spürte einzig sein Herz.

Und fünf Schritte später die Kühlerhaube eines Polizeiwagens.

2

Trans-Canada-Highway,
40 Meilen vor Ottawa, Kanada

„Ihn verloren? Nein, keine Sekunde!“ Zachary kratzte seinen Pitbull, der über die Jahre ausgeblichen war. Er hatte ihn am Tag seiner LKW-Führerscheinprüfung stechen lassen und das Schwarz des Tattoos war mittlerweile zu einem hellen Blau verblasst. Der Köter fletschte jedoch noch immer seine Zähne, wenn Zachary die Muskeln spielen ließ.

Mürrisch warf er ein paar Münzen nach und nahm sein Heineken vom Wandtelefon, wo er es vor zwanzig Minuten abgestellt hatte. Er trank es in einem Zug leer. Zachary hasste es, so lange zu telefonieren. Und er hasste es, wenn sein Chef ihm alles viermal erklärte.

„Nein. Wir sind an ihm dran ... Ja, in einer Bar an der 17th irgendwo zwischen ... Moment ...“ Zachary sah sich nach der Kanadakarte um, die ein Witzbold verkehrt herum neben die Eingangstür gepinnt hatte. Draußen heulten zwei Kenworth-Sattelschlepper auf und zermalmten den Schotter des Parkplatzes unter ihren Rädern, bevor sie auf den Trans-Canada-Highway bogen. „Vierzig Meilen oder so vor Ottawa. Zwischen Renfrew und Arnprior ... Was? Woher zum Teuf–“ Er hielt inne, um seine

Worte sorgsamer zu wählen: „Woher bitte soll ich das wissen? Keine Ahnung, wo er mit der Kiste hin will. Wahrscheinlich zurück nach Ottawa.“

Aus den Boxen des PCs, den der Wirt als Jukebox aufgestellt hatte, drang Popmusik. Ein Song aus den 80ern. ABBA sang etwas von einem Super Trouper. Zachary hatte keine Ahnung, was ein Super Trouper war. Genervt hielt er sich ein Ohr zu und presste das andere enger an den schmutzigen Telefonhörer, um den Chef besser zu verstehen. Doch eigentlich wusste er, was kommen würde: Sie sollten den Professor weiter verfolgen und eine gute Gelegenheit abpassen, mit ihm zu *reden*.

„Wer seine was im Labor war? Kontaktperson? Keine Ahnung, verdammt. Ich … Was? Ich fluche nicht, nein. Aber woher sollen wir das wissen? Ich meine, ich hab mit Tan zwei beschissene Stunden lang vor diesem verfluchten Labor gehockt.“ Erneut warf er Münzen nach, während er an heute Mittag dachte. Die Sonne hatte durchs Schiebedach ihres Dodges geknallt und ihm trotz seines Basecaps die Stirn und die Ohren verbrannt. Seine Haut schälte sich schon. Zwei geschlagene Stunden hatten sie unauffällig vor der Canadian Biotechnology Advisory Commission geparkt und so getan, als würden sie Karten studieren und ihre Wanderrucksäcke schnüren. Dabei hatten sie den Eingang des weitläufigen Geländes mit den einstöckigen 70er-Jahre-Bauten immer im Auge behalten. Selbst Zachary hatte es nicht gewagt, zum Chalk River zu gehen, an dem die Biolabore der kanadischen Regierung lagen, um genauer zu erkunden, was der Professor hier wollte. Sie hatten sich nicht einmal getraut auszusteigen, um im Wald pinkeln zu gehen.

Alles nur aus Angst, der Alte könnte ihnen entwischen. Die ganze Zeit über hatte Tan geflucht und auf dem Beifahrersitz hin und her gezappelt. Schließlich hatte Zachary ihm eine leere Evianflasche zum Reinpinkeln gegeben. Tan hatte schon genervt, seit sie dem Professor aus Ottawa hinaus in die Pampa gefolgt waren. Am liebsten hätte er sich wohl bei dem Alten auf den Rücksitz gelegt und ihm gleich sein Springmesser in die Leber gerammt. Dieser Trip wurde langsam zur Strapaze.

Gegen drei Uhr hatte sich die Schranke am Pförtnerhäuschen endlich gehoben und der Alte war herausgefahren. Als er sie mit seinem rostigen 75er Datsun Cherry passiert hatte, war Zachary ein Blick ins Wageninnere geglückt und er hatte eine Metallbox auf dem Beifahrersitz erkennen können.

Zachary versuchte, einen letzten Tropfen aus seiner Bierflasche zu schütteln, während er in der Brusttasche seiner Jeansweste nach Münzen kramte. Missmutig begann er, das Telefon zu füttern. KLACK-KLACK-KLACK.

„Natürlich hat er uns nicht bemerkt. Nein. Was soll das jetzt? Ich ... Nein, ich reg mich nicht auf! Aber wir machen hier einen verflucht guten Job. Und ich ... Mehr Geld? Sicher will ich mehr Geld! Ja, ich hol Ihnen auch die Box. Sicher. Soll ich sie Tan aufs Fahrrad binden oder sie mit ’nem bescheuerten Jet nach Buenos Aires schicken? Ich –“

Die Münzen waren alle. Fluchend hieb Zachary auf den Apparat ein, bis sich drei Trucker auf ihren Barhockern zu ihm umdrehten. Einen Augenblick lang überlegte er, dann schlug er noch einmal extra heftig zu. Genüsslich lächelte er die drei Männer an und stellte mit Genugtuung fest, dass sie sich lieber kuschend um ihre Burger und Bohnen kümmerten. Er ließ sein leeres Heineken auf dem Telefon stehen und rempelte sich an ihnen vorbei.

Der Tresen endete an einer Durchgangstür zu den WCs. Während im vorderen Teil die Sonne hell durch die staubigen Scheiben schien, war es hinten gemütlich dunkel. Zachary ging an den Toiletten vorbei und klopfte an einer Stahltür. Ein kleines Kameraauge musterte ihn. Er grinste und hörte wenige Sekunden später den Summer. Mit seinem Cowboystiefel drückte er die Tür auf und sofort schlug ihm Musik entgegen. Im Club war es zwar laut, aber dafür angenehm kühl.

Zachary teilte den Samtvorhang und starrte in den Raum. Der Club war auch tagsüber abgedunkelt. Lange Vorhänge reichten bis zum Boden. Glitzerkugeln und ein paar bunte Scheinwerfer spiegelten sich in Kühlergrills, die der Wirt als Trennwände zwischen den einzelnen Tischen aufgestellt hatte. Eine halbnackte Gogo-Tänzerin rutschte an einer Stange herunter und versuchte, den wenigen Gästen ein paar Scheine zu entlocken.

Zachary würdigte die vollbusige Frau keines Blickes. Zielstrebig ging er auf einen Tisch zu, der mit mehreren Bierflaschen und angefangenem Tex-Mex-Fraß zugestellt war.

„Ich hasse diese Sechzehn-Uhr-Telefonate.“ Zachary setzte sich neben seinen hageren blonden Partner. „Wir gurken für ihn um die Welt und er will nicht, dass wir unsere Handys benutzen.“ Er zog sich die mittlerweile kalten Burritos heran.

Der Blonde nickte nur. Zachary fiel auf, dass der Junge schon wieder unablässig mit seinem rechten Bein wippte. Der neunzehnjährige Tan *Björnsdotter* hatte selbst bei seinem Namen eine Niete gezogen. Hält sich für einen ganzen Kerl und hat den Namen eines Mädchens. Björns Tochter, dachte Zachary abfällig, den der Name stets an Eidotter erinnerte. Und genauso kam ihm Tan vor: durchsichtig, nicht greifbar, glitschig und kalt auf seine Art. Besonders gesprächig war Tan noch nie gewesen und die ewige Warterei schien seine Zunge auch nicht zu lockern. Ständig schien Tan unter Strom, gereizt und angespannt. Manchmal fragte sich Zachary, ob Tan überhaupt irgendetwas entspannte. Vielleicht Sex?

Er sah sich zum Gogo-Girl um, aber Tan schien die Frau gar nicht wahrzunehmen. Kopfschüttelnd aß Zachary seinen Burrito. Mit seinen zweiunddreißig Jahren fühlte er sich für seinen jüngeren Kollegen verantwortlich.

„Was hat er getan?“

„Dagesessen.“

„*Dagesessen*?“ Zachary runzelte die Stirn. „Telefoniert? Was gegessen? Mit wem geredet?“

„Nein.“

„*Nein*? Kannst du auch in ganzen Sätzen reden?“

„Nein.“

Zachary lachte und Tan reichte ihm grinsend ein Bier. Sie stießen kurz an. „Was sagt der Chef? Weichspülen, wie bei den anderen?“, fragte Tan.

„Genau das sagt er.“

„Die Kiste?“

„Die Kiste nehmen wir an uns.“ An seinem Bier nippend, drehte sich Zachary um. Nur vier der etwa dreißig Tische waren besetzt. In der Nähe des Notausgangs saß ihr Mann. Der Professor hatte seinen Hut auf den Tisch gelegt, sich die wenigen Haare, die er noch besaß, akkurat über die Glatze gestrichen und trank Mineralwasser. Zumindest nahm Zachary an, dass es Wasser war und kein Gin.

Obwohl der Alte so still dasaß, machte er auf Zachary einen gehetzten Eindruck. Sein Gesicht war faltig und seine Stirn mit tiefen Furchen durchzogen. Die Ellbogenschoner an seinem braunen Cordanzug sahen abgewetzt aus. Unablässig drehte er seinen Krückstock in der Hand und starrte dabei Löcher in die Metallbox, die neben seinem Hut lag.

„Ich hab ’n ungutes Gefühl, Zac. Die Kiste – da stimmt was nicht.“ Trotz der lauten Musik flüsterte Tan. „Der war zwei Stunden da drin und kommt mit so ’ner alten Metallkiste raus? Was glaubst du, wie alt die ist? Und hast du gesehen, was da draufsteht?“

Zachary, der den Professor noch immer beobachtete, verneinte stumm. Die Schachtel maß ungefähr 30 x 30 x 60 Zentimeter. Er hatte angenommen, dass sie aus Aluminium war, doch jetzt war er sich nicht mehr sicher. Sie erinnerte ihn an eine Armeekiste aus den 30er-Jahren. Auf der Oberseite befanden sich drei Griffe, die sich wegklappen ließen, und an den Seiten prangten jeweils zwei Aufkleber.

„Ein Name?“, fragte Zachary und drehte sich zu seinem jungen Kollegen um.

„Was? Nein. Die Warnschilder. Bist du blind?“

Zachary griff nach seinem alten Handy und zoomte an die Metallbox heran. Er hatte die Aufkleber zwar schon bemerkt, aber nicht gesehen, dass es Gefahrensymbole waren.

Unauffällig knipste er sie, tat, als wolle er nur die Gogo-Tänzerin fotografieren.

„Wenn wir ein offenes Netz finden, mailst du ihm die Bilder“, befahl er Tan und trank sein Bier aus. Nach seinem Gefängnisaufenthalt hatte er sein Geld als Lastwagenfahrer verdient und viele Gefahrgutzeichen gesehen, aber ihm kam nur das Zeichen mit den drei Ringen bekannt vor. Unwillkürlich musste er an die Zombiefilme denken, die er als Jugendlicher so gerne in der Garage geguckt hatte. War das nicht ein Zeichen für ansteckende Krankheiten?

3

Ian wohnte am Stadtrand. Leider nicht auf der Seeseite, sondern in einem Reihenhausviertel, das sich einen flachen Hügel hinaufzog. Die schmalen, roten Backsteinhäuser endeten an einer Kreuzung mit einem alten Supermarkt, einer Grundschule und einem Friedhof. Obwohl jedes Haus und jeder Garten in seiner Straße etwas anders aussah, kamen sie Ian vor wie die Variation des Immergleichen: Die Burtons von gegenüber hatten grüne Gardinen, die Koslowskis im Vorgarten einen Springbrunnen im Barockstil und Ians Stiefvater hatte graue Marmorblöcke zum Bepflanzen anliefern lassen.

Was ist schlimmer, fragte er sich oft, wenn alle Häuser und Gärten vollkommen gleich wären oder diese hilflosen Versuche, sie einzigartig zu machen?

Bpm kannte ein Fachwort für die traurigen Versuche der Nachbarn, sich abzugrenzen, aber Ian hatte es vergessen. Am liebsten hätte er auch die Reihenhäuser vergessen. Am liebsten hätte er auch ihre Bewohner vergessen. Am liebsten hätte er ganz Southend vergessen. Wegziehen. Eine andere Stadt kennenlernen. Nach London. Nur er, sein Kumpel und sein Hund Zero. *London* ... Allein der Name klang nach Abenteuer.

„Du hörst mir gar nicht zu! ... Sitzt hier und starrst in die Nacht! Ist das zu fassen?“ Peter riss ihn aus den Gedanken, doch Ian tat weiterhin, als würde er seinen Stiefvater nicht hören. Gelangweilt blickte er aus dem Küchenfenster auf die dunkle Auffahrt. Vor dem neonbeleuchteten, alten Garagentor, unter Ians Basketballkorb, stand Peters neueste Errungenschaft: ein wuchtiges Motorrad von Harley Davidson. Als Zahnarzt mit gutlaufender Praxis hatte sich sein Stiefvater letztes Jahr endlich seinen Jugendtraum erfüllen können. Nun polierte er in jeder freien Minute seine Dyna Super Glide und schraubte mit Kennerblick an ihr herum. Doch Ian bezweifelte, dass sein Stiefvater überhaupt wusste, was ein Schraubenschlüssel war.

Er brauche Abwechslung, hatte Peter gesagt, als Ian ihn dabei ertappt hatte, wie er mit einem Flaschenzug beinahe den Tank seiner Harley aufgerissen hätte. Die Bauarbeiter in der Praxis würden ihm auf „den Zahn" gehen. Tatsächlich hatte er „auf den Zahn gehen" gesagt, wahrscheinlich, um witzig zu sein.

Ian schüttelte innerlich den Kopf und schaute sich nach Zero um. Der Irish Setter lag im Hundekorb und kaute auf seinem Lieblingsspielzeug herum. Einem Gummihuhn. Eben noch war er aufgeregt an Ian hochgesprungen und hatte ihn begrüßt, als wäre er Monate fort gewesen. Er war der Einzige, der sich freute, ihn so spät noch zu sehen. Ians Mutter war bereits ins Bett gegangen und hatte Peter das Feld überlassen. Wahrscheinlich hatte sie nur seufzend den Kopf geschüttelt, als der Polizeiwagen vorgefahren war, während Peter sich bestimmt wieder aufgeregt hatte, dass sie Ian alles durchgehen ließ.

„Was hast du nur wieder angestellt? Die Polizei liefert dich hier ab wie einen Schwerverbrecher. Weißt du, wer alles in meine Praxis kommt?“

„Zurzeit?“ Ian kratzte sich am Kinn. „Äh, lass mal überlegen. Niemand? … Du baust doch um.“

„Werd nicht frech, ja! Die denken doch, du hättest was mit Drogen zu tun oder geklaut. Die glauben doch sofort, du bist eines von diesen Crash-Kids, die Autos auf dem Warrior Square aufbrechen und illegale Rennen fahren.“

Ian blickte spöttisch zu seinem Stiefvater, der mit seinem Seidenpyjama und seinem schwarzen Pferdeschwanz eine eher lächerliche Figur abgab.

„Schließ nicht von dir auf andere, *Dad*“, erwiderte Ian und spie das Wort geradezu aus. Es verfehlte seine Wirkung nicht. Er konnte sehen, wie Peter zornig eine Faust ballte. Seine blauen Augen verengten sich und seine Lippen bebten kurz. Das war alles. Dann holte er zweimal tief Luft, strich seinen Pferdeschwanz nach hinten und schluckte den Ärger herunter. Seine Qi-Gong-Kurse schienen ihm gut zu tun.

Peter zog sich einen Stuhl heran und setzte sich zu Ian an den Tisch. „Hör mal“, sagte er mit ruhiger Stimme. „Ich hab auch Mist gebaut, als ich so alt war wie du. Kannst du mir glauben, wirklich. Wir sind immer runter zu Six Pines und haben mit den Mädchen …“ Er brach ab, weil er kichern musste. „Lassen wir das. Ich habe auch Blödsinn gemacht, aber mich hat die Polizei nicht nach Hause gebracht. Schon gar nicht nachts um zwölf.“

Ian zuckte mit den Achseln.

„Hast du etwas mit dem Brand zu tun?“

„Brand?“

„Der Hangar. Er brennt, Ian. Hast du die Feuerwehrsirenen nicht gehört? Da sind sicher drei Löschzüge im Einsatz.“

Ian schüttelte den Kopf. Die Sirenen hatte er tatsächlich nicht wahrgenommen. Noch immer hallte das Fiepen in seinem Kopf nach. Beunruhigt rutschte er auf dem Stuhl hin und her. Was war mit Bpm? Und mit Cathy? Er versuchte, in Peters Miene eine Antwort zu finden. Doch er sah nur, dass es seinen Stiefvater einige Mühe kostete, seine Wut zu unterdrücken.

„Wenn du es warst, sag's lieber gleich. Die Polizei kommt eh dahinter.“

„Ob ich's war oder nicht, ist dir doch egal.“ Er streckte die Hand nach Zero aus.

„Wie ... Wie kommst du denn auf die Idee? Natürlich will ich wissen, was mit dir ist und ... das ist wirklich beleidigend, was du hier abziehst, Ian.“

„Dir ist doch nur wichtig, was deine Patienten im Wartezimmer tuscheln.“

Schwanzwedelnd war Zero aufgesprungen und mit seinem Gummihuhn zu Ian gelaufen, der ihn liebevoll hinter den Ohren kraulte. „Oh, haben Sie schon gehört? Der Bengel vom Zahnarzt hat Feuer gelegt. Und die Polizei hat ihn verhaftet“, äffte Ian eine Dame mit Zahnschmerzen nach.

Peter ging nicht darauf ein. Er wurde weder zornig noch lachte er. Behutsam rückte er die verwelkten Pfingstrosen in der Mitte des Tisches zur Seite, um Ian besser sehen zu können. „Deine Mutter ... Sie macht sich wirklich große Sorgen um dich, Ian. Du hast erst vor ein paar Tagen in der Nacht geschrien, hast was von ...", Peter suchte nach dem richtigen Wort, „*Geistern* genuschelt. *Helft mir, helft mir!*, hast du geschrien. *Die Lichter kommen.* Zero hat gebellt und einen Krach gemacht ..."

Für einen kurzen Augenblick starrte Ian seinen Stiefvater erschrocken an. Die Lichter kommen? Ian hatte die letzte Woche schlecht geschlafen – aber er hatte doch nicht im Schlaf gesprochen, oder? Lichter? Nein, davon wusste er nichts.

Um seinen Stiefvater nicht in die Augen sehen zu müssen, rutschte er vom Stuhl und streichelte Zero den Kopf.

Geister! Hatte er das wirklich gesagt? *Geister* ...

Auch im Hangar war ihm dieses Wort beim Anblick der Lichter durch den Kopf geschossen.

Geister.

„Ian?" Peter beugte sich vertrauensvoll zu ihm vor. „Wenn du Probleme hast, egal, wie groß sie sind, dann kannst du zu uns kommen. Zu deiner Mutter und mir. Hörst du? ... Das weißt du doch."

Zero schleckte ihm die Hand ab und Ian musste lachen, weil ihn die raue Zunge des Setters kitzelte und der Hund nicht von ihm ablassen wollte. Er antwortete seinem Stiefvater nicht und konnte spüren, wie Peter innerlich grollte.

4

Der Burger schmeckte nach seiner Verpackung. Zachary schmiss das angebissene Stück zurück in die Pappe und schob alles auf das Armaturenbrett des Wagens.

„Magst du das nicht mehr?“ Tan konnte kaum sprechen, so viel Pommes hatte er im Mund. Rot wie Blut lief ihm der Ketchup aus den Mundwinkeln. Zachary musste unwillkürlich an einen Vampir denken. Die richtige Statur hatte Tan bereits. Und bleich war er auch.

„Bedien dich ruhig“, seufzte er.

Stundenlang hatten sie in der Bar gehockt und den Professor beobachtet, der die ganze Zeit nicht mehr und nicht weniger getan hatte, als ab und an auf die Uhr zu schauen und an seinem Wasser zu nippen. Zachary war es vorgekommen, als ob der Alte vor einer wichtigen Entscheidung stünde. Er hätte schwören können, dass der Mann über die Kiste sinnierte. Irgendwann war Tan so nervös geworden, dass er ihn am liebsten in den Hinterhof gezerrt hätte, um ihn an Ort und Stelle nach Patient 5 zu befragen. Doch ihr Auftraggeber wollte kein Aufsehen. Ein paar Mal hatte Zachary den Jungen beruhigen müssen, bis ihm selbst das Herumgesitze zu viel wurde und er beschloss, im Wagen weiter zu warten.

Er schnappte sich sein Zielfernrohr, das eigentlich auf eine Flinte geschoben wurde, die im Kofferraum des

Dodge lag. Wie ein alter Seefahrer peilte er den Eingang der Truckerbar an. „So ein verflucht teures Teil willst du dir kaufen?“, hatte Tan gespottet, aber Zachary hatte sich nach dem ersten Lohn vom Chef etwas gönnen wollen. Das Zielfernrohr hieß „Victory“ und hatte sich als wahres Wunder entpuppt: Carl-Zeiss-Optik mit integriertem Laser-Entfernungsmesser, der die Werte in die Optik einblendete. Fantastisch. Zachary ließ den Laserpunkt über die Tür der Bar und dann über den Parkplatz gleiten. Es waren 123 Meter bis zum Eingang und 78 bis zum klapprigen Datsun des Professors. Für das Wild war der Laserpunkt kaum zu sehen, noch nicht einmal, wenn es dämmerte. Noch am selben Tag, an dem er das Fernrohr in einem Jagdladen gekauft hatte, war Zachary aus Sacramento raus und in die El Dorado Hills gefahren.

Er hatte sechs Fasane mit sechs Schüssen erlegt. Kein Fehlschuss.

„Wo bleibt der Opa?“ Kaum war Tan mit seinen Pommes und Zacharys Burger fertig, hatte er schon wieder Hummeln im Hintern. Nervös blätterte er durch ein paar schlecht leserliche Faxe, die er in der Tasche seiner Jeans trug, seit er sie vor drei Tagen vom Chef bekommen hatte.

Professor Doktor Fabrizio Biaggi. Geboren 1920 in Rom. Studierte Medizin und später Neurologie und Genetik. Seit 1942 in den USA. Es folgte eine Reihe von Wohnorten und Universitäten. Zuletzt hatte Biaggi im Auftrag der Kanadischen Gesundheitsbehörde für die Canadian Biotechnology Advisory Commission gearbeitet, die sich unter anderem mit genmanipuliertem Saatgut und Seuchen beschäftigte. 1982 war er in Rente gegangen, aber noch immer ehrenamtlich für die Behörde tätig.

Im Gegensatz zu Tan hatte Zachary die Eckdaten vorgestern im Hotelzimmer auswendig gelernt. Er wollte nicht unvorbereitet sein. Bisher hatten sich ihre Zielpersonen aber als – wie hatte Tan es genannt? – *pflegeleicht* entpuppt.

Sie folgten dem Professor auf dem Highway 17 in Richtung Ottawa, bis der Datsun kurz hinter Arnprior die Schnellstraße verließ und auf einen Schotterweg abbog, der sich zwei Meilen zwischen verblühtem Raps und gelben Gerstenfeldern entlangzog. Blutrot strahlte die tiefstehende Sonne über die Ähren. Zachary fiel zurück, weil er fürchtete, der Professor würde sie hier draußen – bei dem Staub, den sie aufwirbelten – sofort bemerken.

„Gefällt mir nicht", nuschelte Tan. „Wo fährt der hin?"

„Jedenfalls nicht nach Hause."

Tan klappte das Handschuhfach auf. Einige Spritzen, noch mit Sicherheitskappe, lagen neben einem Fülleretui aus Holz und ein paar zerknüllten Strafzetteln. Darunter zog Tan einen Revolver und ein Päckchen Patronen hervor. „Ist da links rein."

Zachary nickte und rückte weiter vor, um trotz der Staubwolken den Datsun nicht aus den Augen zu verlieren. Durch das heruntergekurbelte Fenster hörte er den Schotter gegen das Blech prasseln. Er folgte dem gewundenen Pfad, bis sie einen schattigen Waldweg erreichten. Schlagartig wurde es kühler. Zachary bog bei einer Bank mit Grillhäuschen ab.

„Nett hier“, grummelte Tan und ließ die Trommel des Revolvers aufschnappen. Routiniert begann er, ihn zu laden.

„Wir sollen ihn nicht umbringen, verstanden.“

„Klar.“ Tan grinste herablassend und warf die Schachtel mit den Patronen zurück ins Handschuhfach. „Nur *befragen.*“

„Nur befragen. Genau.“ Zachary hielt an und schaltete den Scheibenwischer ein. Durch die Schlieren, die der Wischer hinterließ, konnte er ein Holzhaus unter dichten Weymouths-Kiefern erkennen. Inzwischen war die Sonne hinter den Bäumen versunken. Lange Schatten fielen über die schmale Lichtung und das Haus. Dunkle Hände der Dämmerung. Zachary sah, wie nach und nach das Licht im ganzen Haus anging. „Vergiss dein Instrument nicht“, ermahnte er Tan, der bereits aus dem Dodge gesprungen war.

Knurrend beugte sich Tan noch einmal in den Wagen und zog die drei Spritzen und das Fülleretui aus dem Handschuhfach.

Zachary streckte ihm die Hand über das Dach entgegen. „Und gib besser mir die Waffe.“

Die untergehende Sonne ließ den Himmel merkwürdig strahlen. Ein feurig roter Schein zeichnete sich auf den Wolken ab. Durch die dunklen Äste der Kiefern sahen die roten Wolken wie züngelnde Flammen aus. Zügig näherten sich Zachary und Tan dem Blockhaus. Sie hielten sich am Rand der Einfahrt, außer Sichtweite der Fenster, und drangen wie geübte Soldaten vor.

Zachary erreichte den Datsun, der akkurat unter einem mit Wein bewachsenen Carport geparkt war. Den Eingang immer im Blick, drückte er sich an der Fahrertür vorbei. Im Haus konnte er den Alten husten hören, dann eine Klospülung. Sofort deutete er Tan, still zu sein. Tapsende Schritte, die in einem der hinteren Zimmer verklangen.

Er zögerte einen Moment, dann winkte er seinem Partner, ihm zu folgen.

Geduckt huschten sie unter dem Carport durch, um auf die Rückseite des Hauses zu gelangen. Das Grundstück sah verwildert aus und war kaum noch vom angrenzenden Wald zu unterscheiden. Ungeschnittene Apfelbäume, wilde Buchsbaumhecken und längst vergessene Beete ließen den Garten finster und bedrohlich erscheinen. Durch das Rauschen der Baumwipfel meinte Zachary, den Whitelake zu hören. Er wunderte sich, dass er in Momenten, in denen vor Adrenalin jeder Nerv gespannt war, Dinge wahrnahm, die ihn sonst überhaupt nicht interessierten.

Zachary gab Tan ein Zeichen. Langsam schlichen sie die vier Stufen zur Veranda hinauf und näherten sich der Hintertür. Von Minute zu Minute wurde es dunkler. Ein Windspiel klimperte leise zum Flüstern der Büsche und Bäume. Das Fliegengitter war halb aus dem morschen Rahmen gefallen und auch die Klinke und die Schrauben des Türschlosses waren lose. Er steckte den Revolver in seinen Gürtel und befahl Tan stumm, auf Drei die Tür einzutreten.

Der Junge nickte, steckte das Etui ein und brachte sich in Position. Zachary zählte leise: eins … zwei …

Ein lauter Knall zerriss die Stille. Vor Schmerz schreiend, stürzte Zachary zur Seite. Sein Trommelfell!

Jemand hatte ihm eine heiße Nadel hineingestochen. Zumindest fühlte es sich so an. Erst als er auf der Veranda aufschlug, fiel ihm auf, dass das Windspiel wild tanzte.

Dann sah er den alten Mann in der offenen Tür stehen. In der Hand hielt er eine Pistole – nein, es war etwas anderes. Es war größer, klobiger, beinahe wie eine monströse Wasserspritzpistole, doch statt eines Laufs erkannte Zachary eine Art Parabolspiegel.

Eine Lärmpistole, schoss es ihm durch den Kopf.

Der Professor besaß ein NRAD, ein Near Range Acoustic Device, der neueste Schrei unter Sicherheitsfachleuten. Mit der Waffe war es möglich, gerichtete Schallwellen abzufeuern und seine Gegner durch schmerzhaft schrille Töne in die Flucht zu schlagen. Zachary hatte gelesen, dass Handelsschiffe die Technik nutzten, um Piraten abzuwehren.

Biaggi schrie etwas, aber durch das Pfeifen in seinen Ohren konnte Zachary ihn nicht verstehen. Er wollte seine Waffe auf den Mann richten, war jedoch nicht fähig, die Hand vom Ohr zu nehmen. In Gottes Namen, flehte er in Gedanken, mach, dass es aufhört! Er drohte, das Bewusstsein zu verlieren.

Doch dann ging alles blitzschnell. Der Alte deckte mit seiner Schallkanone nur einen schmalen Bereich der Veranda ab und er hatte Tan nicht gesehen. Mit zwei Sätzen war der Junge bei ihm und schlug ihm die Faust in die Rippen. Er hatte schon zum zweiten Schlag ausgeholt, als der Professor rückwärts gegen das Fliegengitter taumelte.

Nachdem Biaggi die Waffe fallen gelassen hatte, wurde es sofort still um Zachary. Der Schmerz schrumpfte zu einem Pochen und verebbte dann ganz. Dennoch fühlte er sich, als hätte man ihm die Ohren abgeschnitten und mit brennendem Wachs ausgegossen. Während Zachary sich langsam aufrichtete, schlug Tan immer wieder auf den Professor ein, der am Boden lag und winselte.

„Verdammter Opa!“, schrie Tan.

Hilflos versuchte der Mann, den Schlägen zu entkommen, aber Tan ließ nicht locker.

Endlich fand Zachary sein Gleichgewicht wieder. „Lass ihn los!“, brüllte er durch die Tür ins Wohnzimmer. Doch sein Partner hörte ihn nicht oder wollte nicht hören. Unablässig hieb er auf den Professor ein, der mittlerweile zwischen alten Sesseln auf den Teppich des Wohnzimmers gesunken war. Der Mann wimmerte.

„Hör auf, Tan, lass ihn! Es reicht“, zischte Zachary und riss die verfluchte Fliegengittertür beinahe aus den Angeln.

5

In den frühen Morgenstunden sahen das Kettenkarussell, die kleine Achterbahn und die Krake mit ihren Gondeln wie die Überreste eines abgehalfterten Industriegeländes aus. Ian fand die Fahrgeschäfte entsetzlich langweilig, aber er hatte auch nicht vor, sich auf dem Rummel zu vergnügen. Wie so oft ging er nur zu dem breiten Pier, um sich hinter den Karussells ungestört mit Freunden zu treffen.

Da Bpm noch nicht da war, vertrieb er sich die Zeit mit Zero. Er warf das Gummihuhn und schaute zu, wie sein Hund immer neue Wege fand, freudig bellend seine Beute zu holen. Wie immer kam Bpm zu spät. Seinen Parka lässig über die Schulter geworfen, schlenderte er in seinen schweren Doc Martens an einer Traube japanischer Touristinnen vorbei. Natürlich konnte er nicht umhin, seine große Pilotenbrille auf Hab-Acht-Stellung zu schieben und den Grazien ein übertrieben charmantes Lächeln zu schenken. Er erntete verlegenes Gekicher.

Ian musste schmunzeln. So lange er Bpm kannte, war er der Klassenclown gewesen, der es mit seinen Sprüchen und Schmeicheleien bei den Frauen übertrieb.

Sie begrüßten sich herzlich, dann nahm Ian seinen zerschlissenen Armee-Rucksack und sie spazierten den Kai herunter zu Ians Dingi. Das kleine Beiboot mit dem Außenborder lag etwas abseits an einer Mole vertäut.

Ian setzte sich wie immer ans Heck zum Motor, während Zero – einer Galionsfigur gleich – am Bug stand und reglos die Wellen der Nordsee beobachtete. Bpms Aufgabe bestand darin, wie ein berühmter Feldherr backbord stramm zu stehen und den Touristen auf dem Pier mit ernster Miene zu salutieren. Langsam steuerte Ian das Boot in Richtung Themse-Mündung. Die Gischt spritzte ihnen salzig entgegen und Zero bellte aufgeregt.

„Du hast den blöden Tresor wirklich vom Schrott geholt und Samstag da versteckt?", meinte Ian und lachte.

„He, das war 'ne Scheißarbeit. Weiß du, was so 'n Ding wiegt?" Bpm zog sein T-Shirt mit der Aufschrift *Generation Noise* zurecht.

„Und damit wolltest du Michelle rumkriegen?"

Bpm grinste. „War doch 'n Versuch wert. Wer konnte denn ahnen, dass Captain Kinnfresse mitkommt. Außerdem ist das ja wohl besser ...", er lüpfte seine Pilotenbrille und sah Ian schelmisch an, „... als eifersüchtig gleich den ganzen Hangar abzufackeln."

„Ich hab nichts abgefackelt. Wirklich nicht. Ich hab damit nichts zu tun. Und Cathy kann mir gestohlen bleiben!"

„Okay. Nummer eins glaub ich dir. Aber ich sag dir, deine Cathy und Captain Kinnfresse haben ganz schönen Stuss erzählt. Du hättest gespannert und wärst dann schreiend davongekrochen. Hast Geräusche gehört und so 'n Zeug."

Ian schwieg. Er stellte den Motor ab und ließ das Boot

dümpeln, während er unter einer grauen Plane nach ihren Angeln suchte.

„Ich sag dir, die Flammen waren überall. Gott sei Dank sind wir da heil rausgekommen. Wo warst du eigentlich?“

„Die Polizei …“

Bpm lachte und holte eine Tüte Chips aus Ians Rucksack. „Die haben wir auch noch gesehen. Lass mich raten: Parodontose-Peter hat ein tierisches Theater gemacht.“

Ian nickte. „Die nächsten vier Wochen stehe ich unter *besonderer Beobachtung*.“

Kopfschüttelnd schob sich Bpm eine Handvoll Chips in den Mund. „Volltrottel!“

Zero begann zu bellen und Bpm rief in liebevollem Ton: „Schnauze, Zero, es geht ja gleich los!“

Vor Freude winselnd, drehte sich Zero im Kreis und sah gespannt zu, wie Bpm die Chips ins Wasser schmiss.

„Nächstes Mal sollten wir welche mit Bacon ausprobieren, da beißen die bestimmt noch besser.“

Ian reichte seinem Freund eine Angel. Er zögerte, dann fragte er: „Hast du nichts gehört? Im Hangar, im Flur?“

„Doch! Michelles Stimme, die hauchte: Küss mich, lass es uns wild und dreckig unter den Duschen –“

Mit einem Knuff brachte Ian ihn zum Schweigen. „Im Ernst, Bpm. Es war ganz eigenartig …“ Er warf seine Angel aus und stockte erneut, bevor er weitersprach. „Glaubst du an Geister? Ich meine … Wesen … Unerklärliches?“

Bpm sah Ian argwöhnisch über den Rand seiner Brille an. „Wieso?"

„In dem Hangar da … da war irgendwas. Es hat alles in Brand gesteckt und es … es … es hat mich verfolgt. Ich weiß, es klingt komisch, aber es kam mir vor, als wäre es ein Geist gewesen." Unsicher schaute Ian zu Bpm, der ihn mit offenem Mund anstarrte.

„Du willst mich verarschen!"

Ian schüttelte den Kopf. Ihre Blicke trafen sich, aber Bpm schwieg. Wahrscheinlich, dachte Ian, weil er mir kein Wort glaubt.

„Vielleicht ist ein altes Kabel in Brand geraten … Was haben wir denn jetzt?", lenkte er vom Thema ab.

„Warte." Ian nahm seinen Rucksack, an den er eine zerschrammte, silberne Taschenuhr gebunden hatte. „Mathe", stellte er mit einem Blick auf die Uhr fest.

„Oh, das tut mir aber leid", erwiderte Bpm mit einem breiten Grinsen. Er deutete auf die alte Uhr. „Vielleicht solltest du die besser zu Hause lassen. Die ist doch bestimmt was wert, oder?"

Ian zuckte die Achseln. Für ihn war die Uhr eine ganze Menge wert, mehr als Geld, aber sie wegzuschließen und nicht mehr in die Hand zu nehmen, kam ihm falsch vor. Er wollte sie lieber bei sich tragen.

Die Taschenuhr war dicker als gewöhnliche Uhren, ungefähr anderthalb Daumen dick. Ihr Metall war abgegriffen, das versilberte Messing an vielen Stellen bereits schwarz. Schrunden und Dellen zeugten davon, wie oft Ian sie in der Hand gehalten hatte. Sie besaß zwei Deckel.

Unter dem einen saß das Ziffernblatt, das mit fein gearbeiteten Zeigern und Gravuren Minuten und Stunden anzeigte, unter dem anderen verbarg sich neben weiteren Zeigern, deren Funktion Ian nicht kannte, ein Mondphasenkalender. Der dicke Rand der Uhr bestand aus mehreren silbernen und goldenen Ringen und hatte gleich drei Rädchen zum Aufziehen. Am meisten faszinierte Ian jedoch der Spruch, der auf der hinteren Klappe eingraviert war:

Seelen in Flammen. Zeit in Unruh. H. D. Boroughs.

Seelen in Flammen. Merkwürdig, überlegte Ian. Er hatte bisher immer gedacht, der Spruch sei ein Zitat aus einem Gedicht oder Poesiealbum – doch gestern hatte er genau das im Hangar gespürt: *Seelen in Flammen.*

Harvey Douglas Boroughs, dachte Ian wehmütig.

„Das Teil von deinem Großvater ist schon eigenartig." Wieder landete eine Handvoll Chips unter Zeros strengem Blick im Meer. „War der nicht Chemiker?"

„Physiker", korrigierte Ian seinen Freund. „Er war Mitglied in der American Physical Society und gründete 1957 die Nuc in Berkeley."

„Nuc? Nuclear ..."

„Die Abteilung für Nuklear-Wissenschaften", erklärte Ian. Er hatte seinen Großvater niemals kennengelernt. Es hieß, er sei an einem eiskalten Novembermorgen 1967 mit seinem Segelboot gekentert und ertrunken. Irgendwo vor San Francisco, an der Westküste der USA. Auf den wenigen Fotos, die er von seinem Großvater besaß, trug H. D. Boroughs stets eine lächerliche Nickelbrille mit dickem Gestell. Noch dazu präsentierte er auf den Bildern geradezu stolz seine linke Wange, auf der eine lange Narbe prangte. Nachdem seine Mutter ihm erzählt hatte, dass die Narbe von einem Fechtkampf stammte, hatte Ian nächtelang wach gelegen und sich die wildesten Geschichten ausgedacht.

Als sie in der fünften Klasse einen Aufsatz über ihre Vorfahren schreiben sollten, hatte Ian einen ganzen Sommer lang nach den Wurzeln seiner Familie geforscht. Er hatte ihren Stammbaum bis ins 18. Jahrhundert zurückverfolgt. 1712 verlor sich die Spur bei einem Landgrafen aus Oberitalien, der nach einem dramatischen Duell am Strand gestorben war.

Spannender als diesen Zweikampf fand Ian jedoch die toten Zweige des Ahnenbaums. All jene Abzweigungen, die ins Nichts führten. Denn davon hatte Ians Familie gleich zwei zu bieten, die ihn unmittelbar berührten. Zum einen der Zweig von Ians Vater Thomas Boroughs, der vor rund fünfzehn Jahren bei einem Autounfall gestorben war, und zum anderen der von Ians Großvater Harvey Douglas Boroughs, der von seinem Segelturn nie zurückgekehrt war.

Hinter Harvey Douglas' Zweig hatte Ian ein dickes Fragezeichen gemalt. Wahrscheinlich interessierte ihn das Schicksal seines Großvaters so sehr, weil der Tod seines Vaters bewiesen und somit unumstößlich war.

Der Unfall seines Opas hingegen blieb ein Rätsel. Seine Leiche wurde nie gefunden und es gab kein Grab zum Trauern.

Harvey Douglas Boroughs war in England groß geworden und hatte die ganze Welt bereist, bis er sich in den USA niedergelassen hatte.

Seitdem seine Mutter die Uhr in einem Umschlag auf dem Dachboden gefunden hatte, war Ian besessen von der Idee, dass sein Großvater noch leben könnte. Wenn er noch lebte, musste er mittlerweile über achtzig Jahre alt sein.

Oft stellte sich Ian vor, wie Harvey Douglas Boroughs auf seiner Veranda im Schaukelstuhl saß, Eistee schlürfte und über die Geschicke der Welt lachte. Wie er mit schlohweißem Haar in einer großen Villa irgendwo in Italien mit Blick aufs Mittelmeer lebte. Untergetaucht und doch für alle sichtbar, mit braungebranntem Bauch von all den grandiosen Sommern im Süden.

Sicher, auch Ian war bewusst, dass er den Landgrafen aus dem 18. Jahrhundert mit einer Fantasievorstellung vermischte. Doch er glaubte fest daran, dass Harvey Douglas noch am Leben war und seinen Segelunfall damals nur vorgetäuscht hatte. Aus welchen Gründen auch immer.

„Wer weiß, ob er nicht noch lebt“, sagte Ian gedankenverloren und sah zu Bpm, der mit einem Mal aufschrie: „Ich hab einen gefangen!“

Plötzlich herrschte Chaos. Mit lautem Gebell sprang Zero ins Wasser und schnappte nach dem Fisch, der die Chips fressen wollte. Ian beugte sich vor und brachte das Boot fast zum Kentern, als er Bpm half, die Leine mit dem zappelnden Kabeljau aufzurollen.

Lachend gelang es den beiden, ihren Fang einzuholen. Während Ian den Fisch mit einem gezielten Schlag auf den Kopf tötete, blickte Bpm grübelnd zu Zero.

„Ein Hund, der keine Chips frisst, aber Fisch." Bpm schüttelte den Kopf. „Ihr Boroughs seid echt seltsam."

6

Stille hatte sich über das Blockhaus gesenkt. Zachary konnte aus der kleinen Küche, die mehr eine Rumpelkammer war, das Tropfen des Wasserhahns hören. Viermal hatte er bereits versucht, den Hahn abzudrehen. Vergeblich.

Das stete Tropfen ging ihm auf die Nerven. Er lehnte sich an die Tür, atmete tief durch und ließ seinen Blick durch das dunkle Wohnzimmer schweifen. Die Holzvertäfelung schnürte dem Raum die Luft ab. Alles roch muffig und erinnerte Zachary an Besuche bei seiner Oma. Ein verstaubtes Sofa aus den 60er-Jahren und die dazu passenden Sessel warteten neben einer scheußlich antiquierten Stehlampe, an der schon Spinnweben hingen, vergeblich auf Besuch. Ein museumsreifer Fernseher stand neben einem Kamin aus Feldsteinen, über dem Schwarz-Weiß-Bilder hingen. Fotos von der Marine. Zachary hatte die Bilder eingehend betrachtet, während Tan den Professor stundenlang verhört hatte.

Die meisten Fotos zeigten ein Kriegsschiff, die USS Eldridge. Ihm war aufgefallen, dass auf keinem der Bilder ein Mensch zu sehen war. Weder ein Matrose noch ein Hafenangestellter oder Lieferant. Niemand. Nicht mal eine hübsche Frau. Ein paar Docks im Militärhafen der U.S. Navy, ein Pier, das Kriegsschiff, ein paar niedrige

Militärgebäude. Immerhin zeigte eines der Fotos Biaggi in einer 40er-Jahre-Militäruniform, vermutlich in seinem eigenen Untersuchungszimmer, denn er stand mit stolzgeschwellter Brust und einem Stethoskop um den Hals vor einer Liege. Zachary schätzte, dass das Bild im oder kurz nach dem Zweiten Weltkrieg aufgenommen worden war. Biaggi war noch ein junger Mann.

Und nun war der junge Mann tot.

Professor Biaggi hockte gefesselt auf einem der Küchenstühle vor der Spüle. Der kahle Kopf war ihm auf die Brust gesunken. Blut war aus seinen Ohren gelaufen und hatte eine rote Spur auf sein weißes Hemd gezeichnet.

Tan hatte es übertrieben. Der Junge hatte den schon halb bewusstlosen Professor überwältigt, in die Küche gezerrt und gefesselt. Dann hatte er ihm die Spritze gegeben, die eine spezielle Abart von Natrium-Thiopental enthielt. Ein Wahrheitsserum, wie es auch die CIA benutzte, um aus unliebsamen Subjekten Informationen herauszupressen.

Zachary wusste, dass Natrium-Thiopental niemanden zur Wahrheit zwang und so etwas wie ein Wahrheitsserum in Wirklichkeit nicht existierte. Das Medikament, das Tan gut geschützt in seinem Fülleretui mit sich herumtrug, lockerte lediglich die Zunge und vernebelte den Verstand. Es senkte die Schwelle zu lügen, mehr nicht.

Biaggi hatte ihren Fragen standgehalten.

Irgendwann – Zachary kam es wie eine Ewigkeit vor, aber es musste erst eine Stunde her sein – war Tan auf die Idee gekommen, Biaggi mit seiner Schallpistole zu foltern.

Wo Patient 5 sei, hatte er immer wieder gebrüllt – bis der Professor tot war. Wo er die Kiste versteckt hatte, wussten sie noch immer nicht.

Das Geräusch von splitterndem Holz riss Zachary aus seinen Gedanken. Er ging zum Küchentisch, zog die Tischdecke ab und legte sie dem Professor über den Kopf. So war der Anblick der Leiche zwar noch abartiger, aber nicht mehr ganz so grausam. „Was, verflucht noch mal, tust du da?" Er eilte ins Wohnzimmer.

„Nach was sieht's denn aus?" Tan hatte sich die Stehlampe geschnappt, ließ sie gegen die Täfelung krachen und hebelte das nächste Furnierbrett ab. „Ich finde diese Kiste, keine Sorge."

Ohne eine Miene zu verziehen, riss Zachary ihm die Lampe aus der Hand. „Tan", fuhr er seinen Partner an. „Ich mach mir keine Sorgen, dass wir die Kiste nicht finden, ich mach mir Sorgen um dich."

Tan verstand nicht.

„Hast du dir mit dem blöden Schallding das restliche Hirn frittiert?" Er warf die Lampe Richtung Couch und eine Blumenvase fiel klirrend zu Boden. Doch Tan blickte ihn nur groß und dümmlich an. Zachary schüttelte den Kopf. Der Junge war nur in zwei Dingen gut: Menschen quälen und Menschen töten.

Ein Stümper, dachte er betrübt und wandte sich ab. Kurz überlegte er, sah sich zur Veranda um, zum Fliegengitter, dann zur Küche. „Wie groß war sein Vorsprung?"

„Drei, vier Minuten", nuschelte Tan beleidigt. „Höchstens."

„Hm ... vier Minuten ...“ Grübelnd kratzte sich Zachary am Kopf. „In vier Minuten hat er sicher nicht die Holzverkleidung abgemacht, die Kiste versteckt und alles wieder zugenagelt ... Entweder gab es ein vorbereitetes Versteck oder er hat die Kiste aufs Geratewohl irgendwo untergeschoben.“

„Hinter den Bildern?“ Tan wies auf die Fotos. Die meisten waren zu klein, aber über der Couch hing ein maritimer Ölschinken. Irgendein Segelschiff kämpfte sich durch haushohe Wellen.

Gemeinsam nahmen sie es von der Wand ab, aber es kam nur weiteres Holz zum Vorschein. Keine Vertiefung, kein Tresor.

„Aber die Idee war gut“, sagte Tan.

„Ja, ja, die Idee war gut.“ Zachary seufzte. Er wollte nicht hinsehen, musste aber wider Willen den toten Biaggi anstarren.

Der zusammengesackte Körper mit dem gespenstischen Tuch über dem Kopf verursachte ihm Übelkeit.

Schnell schaute er zu Boden, wobei sein Blick die Schuhe des Alten streifte. Der Professor trug schwarze Halbschuhe, aber die Sohlen waren weiß. Zachary eilte zu ihm und kniete sich hin. Tatsächlich benetzte Sägemehl die Schuhe und als er sich auf dem Boden umsah, konnte er zwischen den Blutflecken staubige Fußabdrücke erkennen.

„Gibt es hier einen Dachboden?“, fragte er mehr sich selbst als Tan.

Eine Klapptreppe in der Decke des Hausflurs führte auf den Speicher. Mit einer flackernden Öllampe bewaffnet, erklomm Zachary die schmalen Stufen. Im Schein der winzigen Flamme konnte er kaum etwas erkennen. Umzugskartons und alte Kisten, ausrangierter Plunder, alles noch älter als die Möbel unten, war fein säuberlich übereinander gestapelt worden. Mit der Hand schlug Zachary ein paar Spinnweben weg. Er schwitzte. Oben auf dem Boden hatte sich die warme Sommerluft gefangen.

Immerhin waren deutlich die Fußabdrücke des Professors auf den Sägespänen zu erkennen, die Holzwürmer und Nagetiere hinterlassen hatten. Offenbar war Biaggi in Eile hinaufgeklettert und hatte hinter dem Kamin seine Kiste versteckt. Zachary fragte sich, wann Biaggi gemerkt hatte, dass sie ihn verfolgten. Ob er es schon in der Truckerbar gewusst hatte?

Um ein Haar hätte der alte Kauz mich erwischt, dachte er und bückte sich, weil das Dach so niedrig war. Noch einmal ließ er seine Lampe hin und her schwenken.

Er sieht uns, geht aufs Dach und versteckt schnell die Kiste. Dann kommt er zurück und will uns mit seiner Schallkanone aufhalten. Mutiger Mann.

„Und?“ Angeekelt von all dem Staub folgte ihm Tan.

„Sie muss dahinter sein, hinter dem Kamin.“

Der gemauerte Kamin führte vom Wohnzimmer hinauf und verschwand im Dach. Zachary passierte eine Dachluke. Im Vorbeigehen ließ er seinen Blick hinauswandern. Die Weymouths-Kiefern und die Auffahrt lagen im Dunkeln.

Er schaute hinter das Mauerwerk und hielt den Atem an. Vor ihm stand die Metallkiste. Der Professor hatte sie einfach zwischen einige Pappkartons geschoben. Er wischte sich den Schweiß von der Stirn und zog sie über den staubigen Boden zu sich. Erst jetzt sah er, dass die Kiste auf einem Blech gestanden hatte. Drähte gingen von der Unterlage ab und verschwanden nur wenige Armlängen weiter in einem der Pappkartons.

Zachary durchfuhr es wie ein Blitz.

„Eine Falle!" Er stürzte zurück. PIEP-PIEP-PIEP drang es aus dem Karton. Zachary konnte förmlich spüren, wie sich Kondensatoren aufluden, um eine Sprengkapsel zu zünden.

„Was?" Tan hatte ihn nicht verstanden. Er stand noch immer vor dem Kamin und versuchte an Zachary vorbei auf die Pappkartons zu schielen.

„Weg!" Zachary packte den Jungen. „Raus! Eine Falle!"

Unter dem einen Arm Biaggis Kiste, in der anderen Tans Jacke, riss er seinen Partner hinter den Kamin. Mit einem Sprung war er bei der Dachluke, registrierte noch, dass der Rahmen aus massivem Metall war und viel zu klein, um aus dem Fenster zu klettern. Blitzschnell entschied er sich für die Schindel. Ohne zu zögern, riss er Tan zu sich und nahm Anlauf.

PIEP-PIEP-PIEP-PIEPPIEPPIEPPIEPPIEPPIEPPIEP-PIEPPIEEEEEEEEE…

Schreiend krachten die beiden gegen die Dachziegel, brachen zwei, drei Latten durch, drückten die Schindeln nach außen und stürzten durch das Dach ins Freie. Eine Sekunde später gab es kein Dach mehr.

Zachary spritzten Splitter um den Kopf. Eine Schindel traf ihn in der Seite, dann landete er im Vorgarten, barg den Kopf in den Armen und fiel mit Tan in eine der ungeschnittenen Buchsbaumhecken.

Hinter ihnen erhob sich ein Feuerball. Das Dach des Blockhauses war weggerissen. Die Überreste standen in Flammen. In der Wohnzimmerwand klaffte ein garagentorgroßes Loch. Zachary konnte von draußen den Kamin sehen. Das obere Ende, das vor wenigen Sekunden noch durch den Dachboden geführt hatte, war wie eine Blüte aufgeplatzt und legte die Stahlstreben frei, die das Mauerwerk getragen hatten. Die Couch und die Sessel waren durch die Steine zerfetzt worden. Ein Teil der Sitzgarnitur lag brennend im Garten. Nur der Fernseher stand wie unberührt auf dem Holztisch.

Schwankend kam Zachary hoch. Er wollte etwas sagen, doch seine Kehle war zu trocken. Tan stöhnte. Seine Wange blutete, aber auch er schien den Sturz gut überstanden zu haben.

„Danke“, keuchte er.

Stumm blickte Zachary auf das Feuer. Die Flammen fraßen mehr und mehr des Holzhauses.

7

Ian war gleich ins Bett gegangen, nachdem er Bpm bis spät abends im Laden seines Vaters geholfen hatte. Doch obwohl er todmüde war, wollte der Schlaf nicht kommen. Selbst Zeros Schnarchen, das ihn gewöhnlich einschlafen ließ, störte ihn. Zu viel ging ihm im Kopf herum und er spürte seine Muskeln wie nach einem anstrengenden Rugby-Spiel. Immer wieder sah er das Feuer, Cathys Blick und Steve, der ihn anschnauzte. Ständig meinte er, das Sirren und Fiepen zu hören. Irgendwann gegen zwei Uhr stand er auf und tapste durch sein Zimmer, um die Quelle des Geräuschs zu suchen. Benommen lauschte er in jede Ecke, voller Angst, das Fiepen könnte anschwellen wie im Hangar. Er fand nichts. Hatte er tatsächlich bereits im Schlaf von Geistern geredet?

Nachdenklich blickte er auf die Taschenuhr seines Großvaters, die er auf den Nachttisch gelegt hatte.

Seelen in Flammen. Zeit in Unruh.

Er wälzte sich von einer Seite auf die andere und schob die Decke weg, weil er wieder die Hitze des Hangars zu spüren glaubte. Wenn er die Augen schloss, kam vor allem die Angst zurück. Die Panik, die ihn überwältigt hatte. Wieso hatte nur er das Fiepen gehört?

Warum hatte Cathy nichts bemerkt? … Cathy. Er versuchte, an sie zu denken. Das war angenehmer.

Wieso ließ sie sich von diesem Trottel küssen? Sicher waren sie schon viel weiter gegangen. Wenn er sich vorstellte, wie Captain Kinnfresse seine Hand unter ihr Top schob ... Hätte doch nur er in diesem alten Auto auf der Rückbank gelegen, ihren Kopf in seinen Armen, der Geschmack ihrer Haut und ...

Ian spürte, wie ihn Cathys Lächeln in den Schlaf wiegte. Er hätte nicht sagen können, wann sie ihn in das Traumland gelockt hatte, aber er bemerkte, dass sie bereits vom Land abstießen und durch den Nebel der Tagbilder hinüberglitten. Lautlos.

„Das ist wirklich mein Ernst, Olivia. Ja, du lachst, aber was, wenn er wirklich gezündelt hat?"

Peters Stimme riss Ian aus dem Halbschlaf. Eine Tür klappte. Innerlich fluchend, gerade jetzt im sanften Sog des Einschlafens gestört zu werden, drehte er sich zur Tür. Sprach Peter über ihn?

In der Küche wurden Schubladen aufgezogen und nach Besteck gesucht. „Ich sage ja nur, er sollte da wieder hingehen."

„Zum Psychiater?", hörte er seine Mutter aus dem Wohnzimmer fragen. Wahrscheinlich saß sie vor dem Fernseher und sah eine ihrer Game-Shows.

Ian rieb sich den Schlaf aus den Augen. Psychiater? Sie redeten tatsächlich über ihn. Er erinnerte sich vage, als kleiner Junge mal bei einem Mann gewesen zu sein, der ihm komische Fragen gestellt hatte. Schemenhaft sah er wieder den nüchternen Raum mit der Glasscheibe vor sich, hinter der er seine Mutter dabei ertappt hatte, wie sie ihn beim Malen beobachtete. Ihm fiel wieder ein, dass er oft geweint hatte, weil der glatzköpfige Arzt seine Bilder in einem Aktenordner verschwinden ließ. Es musste ein paar Jahre nach dem Tod seines Vaters gewesen sein.

„Zu meinem Freund, Bernstein. Genau."

„Bernstein ... Der verschreibt ihm nur wieder diese Pillen."

Ian rutschte im Bett hoch, um besser hören zu können.

„Na und, was ist schlecht an den Pillen?", erwiderte Peter gereizt. „Ich sage dir, du hättest sie ihm damals weiter geben sollen. Warum hast du sie abgesetzt? Es lief doch gut."

„*Weil* es gut lief."

Mittlerweile war Ian hellwach. Leise schwang er die Beine über die Bettkante und schlich zur Tür. Von unten drang Gelächter aus dem Fernseher, dann die Ansage eines Showmasters.

„Ach, Olivia, du weißt, dass die Pillen nicht heilen. Ian ist davon nicht gesund geworden, Herrgott. Sie unterdrücken es nur."

„Sie haben ihn immer müde gemacht. Und was sollen sie bringen, wenn sie nur an den Symptomen herumdoktern?"

„Immer noch besser, als gar nichts zu unternehmen. Jetzt sieht er sie wieder. Das Problem ist doch, dass wir nicht mal wissen, *was* die Ursache ist. Symptome von was? Das ist doch die Frage. Wir müssen den Grund finden, wenn wir ihm helfen wollen."

Jetzt sieht er sie wieder? Was meinte Peter damit? Still

lehnte Ian sich an die Tür, wodurch er Zeros Neugier weckte. Der Setter streckte sich gähnend und lief auf ihn zu, um mit schiefgelegtem Kopf ebenfalls auf den Flur hinauszuschielen.

„Und deswegen soll er zu Dr. Bernstein? Um den Grund zu finden?“

„Ja. Er findet sicher die Ursache für seine … seine Halluzinationen. Und bis dahin sollte er seine Medikamente wieder nehmen.“

„Du tust ja, als sei er krank, Peter. Der Psychologe hat damals auch keinen Anhaltspunkt gefunden. Vielleicht war es der Schock über den plötzlichen Tod seines Vaters. Ich habe jedenfalls keine Lust, ihn wieder unter … unter … *Drogen* zu setzen.“

„Jetzt übertreib mal nicht, Olivia. Die Medikamente waren harmlos.“

Zero begann zu fiepen. Immer aufgeregter wedelte er mit dem Schwanz, weil er das Ganze für ein Spiel hielt.

„Sssssssht.“ Sanft tätschelte Ian seinem Hund die Schnauze. „Leise, Zero. Psssssst.“ Beide lauschten sie in die Dunkelheit.

Das Mondlicht fiel durch den Schirm der alten Plastiklampe, die er als Kind mit seiner Mutter in Notting Hill gekauft hatte, und warf verwischte Muster an die Flurwand. Sterne und Planeten kreisten langsam über den Treppenabsatz.

„Er ist krank, Olivia.“

„Krank! Komm schon, Peter! Für dich sind alle krank, die nicht zweimal in der Woche ihren Wagen waschen und ihre Zähne in der ... der falschen Richtung bürsten."

„Du meinst *putzen*. Und sei bitte nicht ungerecht, ja?"

Die Wohnzimmertür wurde geschlossen. Schlagartig verstummte der Fernseher.

Ian schlich langsam die Treppe hinunter, bis er die Stimmen wieder hören konnte.

„Ungerecht? ... Du willst ihn mit Medikamenten ruhigstellen."

„Ich will ihn nicht ruhigstellen, ich will nur, dass ihm nicht das Gleiche passiert wie seinem Vater. Herrgott, Olivia, er redet von Geistern!"

Ian horchte auf. Sein Vater? Was war mit ihm? Und was hatte er mit Geistern zu tun? Ian konnte sich kaum an seinen Vater erinnern, aber er wusste, dass er bei einem Autounfall ums Leben gekommen war. In London, in der Nähe des Piccadilly Circus. Er hatte zu Barclays fahren wollen, der Bank, in der er arbeitete, als ein roter Doppeldeckerbus voll mit Touristen seinen BMW gerammt hatte.

Einen Moment lang überlegte Ian, ob er nachfragen sollte, entschied sich dann aber dagegen. Da unten herrschte dicke Luft und er hatte bereits Hausarrest.

Gespannte Stille senkte sich über den Flur.

„Als hättest du seinen Vater gekannt, Peter. Du weißt nichts über seinen Tod."

Ian setzte sich lautlos auf die unterste Stufe, doch er hörte nur, wie die Schiebetür zum Garten geöffnet wurde. Dann waren die Stimmen zu leise, weil sich seine Eltern draußen weiter unterhielten.

8

Akihabara,
Stadtteil Chiyod, Tokio, Japan

Sie waren zu viert und zückten im Laufen ihr Pfefferspray. Ein dicker Koreaner mit Pausbacken und schütterem Haar versuchte vergeblich, seinen Schlagstock aus dem Gürtel zu ziehen, während er haarscharf an den Auslagen mit den Elektroartikeln vorbeischrammte.

„He! Du! Stehen bleiben!“, schrie er, obwohl Chiyo reglos neben den Regalen stand. Zu spät hatte sie die Kamera über dem Tisch mit den Transistoren und Widerständen bemerkt. Sie hatte gedacht, Electro-World besäße nur an den Ausgängen und bei den teuren PC-Spielen und Laptops Kameras. Wieso mussten diese Trottel von Wachleuten auch die Grabbeltische mit den Ersatzteilen kontrollieren, die nicht einmal ein paar Yen kosteten?

„Bleib, wo du bist!“

„Kuso“, entfuhr es Chiyo. Ohne zu zögern, riss sie eine der großen Holzladen vom Tisch, in der sich unzählige kleine Elektronikteile wie Obst auf dem Markt auftürmten. Die Lade krachte hinter ihr auf den Boden und Tausende von Kondensatoren, Relais und Widerständen prasselten zwischen die Regalreihen.

Ein paar Kunden schrien entsetzt auf und aus dem Augenwinkel konnte Chiyo sehen, wie einer alten Dame vor Schreck der Spielzeugroboter aus der Hand fiel. Noch bevor er auf dem Boden aufschlug, war Chiyo schon über einen zweiten Tisch gesprungen. Sie rannte an der Rolltreppe vorbei und bog in einen Quergang ab.

Wie auf Murmeln glitten die Wachmänner auf den verstreuten Widerständen aus. Unter ihren Stiefeln knirschten sie wie Popcorn. Das Gebrüll der Sicherheitskräfte ließ weitere Kunden aufhorchen. Doch Chiyo traute sich nicht, sich umzusehen, weil es sie nur Zeit gekostet hätte. Im Laufen peilte sie die große, mit Werbung zugeklebte Drehtür an, die in die Freiheit führte. Durch die Ritzen zwischen den Plakaten konnte sie bereits den Strom von Passanten auf der Straße sehen, den zähen Brei aus einkaufswütigen Teenagern, Cosplay-Verrückten und fliegenden Händlern. Ein bunter und steter Fluss aus Menschen, in dem sie wie ein Koi untertauchen konnte.

Schnell holte sie aus der aufgenähten Tasche ihres Minirocks die Widerstände heraus, die sie heimlich eingesteckt hatte. Es waren sechs winzig kleine Bauteile für eine Platine, die sie am Wochenende zusammenlöten wollte. Ersatzteile im Wert eines halben Cheeseburgers. Verfluchte Kameras.

Chiyo wollte sie schon wegwerfen, zögerte aber, ihre Beute so leicht aufzugeben. Mit der freien Hand packte sie ein Regal mit Spielzeugrobotern und riss es hinter sich um. Sie musste lächeln, als sie das Fluchen der Wachmänner hörte, die um ein Haar über das Regal gestolpert wären.

Noch elf Meter, noch zehn Meter.

Ein alter Herr in Trenchcoat und mit buntem Regenschirm, den er offenbar als Sonnenschutz benutzte, betrat das Elektronik-Kaufhaus. Verdutzt blieb er in der Tür stehen, als Chiyo auf ihn zuschoss.

„Weg da!“, rief sie und ließ die Widerstände zurück in ihre Rocktasche fallen. „Aus dem Weg! Schnell!“

Endlich begriff der Mann und trat einen Schritt zur Seite.

Noch sieben Meter, noch sechs.

Das Gebrüll des dicken Koreaners übertönte alle anderen Geräusche. Der Kaufhausdetektiv war viel lauter als seine Kollegen. Instinktiv riss Chiyo den Kopf zur Seite.

Das Letzte, was sie sah, bevor sie getroffen wurde und vor dem Mann mit dem bunten Regenschirm zu Boden ging, war der Schlagstock des Koreaners.

9

„Hier." Tan reichte Zachary einen großen Schraubenschlüssel, den er im Kofferraum beim Reserverad gefunden hatte. Mehrmals schlug Zachary damit auf die drei Verschlüsse der Kiste ein, doch keiner wollte aufspringen. Am liebsten hätte er die Kiste vom Wagendach genommen und in den Ottawa River geworfen.

So schnell es ging, waren sie mit ihrem Wagen zurück auf den Trans-Canada-Highway gefahren und hatten erst zwanzig Meilen später bei einer einsamen Tankstelle kurz vor Ottawa gestoppt, um die Kiste zu öffnen. Zachary hatte den Wagen an den beleuchteten Zapfsäulen vorbeigelenkt und auf dem hintersten Parkplatz gehalten, mehr oder weniger verborgen vor neugierigen Blicken.

„Warte mal." Mit seinem Revolver zielte Tan direkt auf eines der beiden Warnschilder der Metallkiste. Zachary schlug ihm die Waffe aus der Hand. „Reicht es nicht, dass du ihn umgebracht hast?", fuhr er den Jungen an und stieß Tan wütend gegen die Fahrertür. „Du weißt doch gar nicht, was da drin ist. Mein Gott, Tan. Die Zeichen kleben da doch nicht aus Spaß."

Tan winkte ab. „Was soll's." Aggressiv schlug er nach der Kiste. Entsetzt schrie Zachary auf, als sie über das Wagendach rutschte und die Windschutzscheibe hinunterglitt. Kaum war sie auf die Motorhaube geschlittert, ertönte ein nüchternes KLACK. Alle drei Schlösser waren aufgesprungen. Tan lachte und kassierte einen bösen Blick von Zachary.

Dass die Schlösser von selbst aufschnappten, hinterließ ein ungutes Gefühl bei Zachary. Dennoch drückte er die Metallbügel auf und begann, mit langen Armen den Deckel zu öffnen. Obwohl er wusste, dass er sich nicht würde retten können, wenn sie eine zweite Bombe enthielt, klappte er die Kiste behutsam mehr und mehr auf.

Doch es war keine Bombe.

Kalter Dampf schlug ihm entgegen. Die Kiste war mit dicken Metallplatten isoliert und ihr Inhalt gefroren. In einem altertümlichen Futteral aus Velours und Stroh steckten, durch Holzplättchen voneinander getrennt, Gläser. Zur Sicherheit hatte man sie mit Holzwolle gepolstert.

„Was zum …“, entfuhr es Zachary. Misstrauisch zog er eines der eiskalten Gläser heraus. Bisher hatte er solche Gefäße nur in der Apotheke gesehen. Sie waren kaum größer als sein Daumen, dunkelbraun und mit einem Papieraufkleber versehen. Er wischte eine hauchdünne Eisschicht beiseite und las:

Probe 434, 12. November 1943. Patient Peter David Brown, P01. – Aktennummer: 0345/12. US Navy.

Zachary hielt das Glas, das mit mehreren Schraubverschlüssen gesichert war, in das Standlicht ihres Wagens. Unheimlich glomm die gefrorene Probe auf. War das Blut? Durch die braune Farbe des Glases, das mit Eis überzogen war, vermochte er es nicht zu sagen. Behutsam steckte er die Ampulle zurück, zog dann weitere heraus und musterte ihre Aufschriften. Sie waren durchnummeriert und stammten alle vom 12. November 1943.

Bei einem Glas hielt er inne:

Probe 565, 12. November 1943, Patient Harvey Douglas Boroughs P05 – Aktennummer: 0345/17. US Navy.

H P05 ... Nr. 5!, triumphierte Zachary. Auch Tan hatte das Schild bemerkt und jubelte: „Patient 5! Wir haben ihn."

Zachary nickte. Endlich hatten sie eine Spur zu Nr. 5. Sie hatten einen Namen: Harvey Douglas Boroughs.

10

„Noch ein Taschentuch?" Der Koreaner hielt ihr eins hin, aber Chiyo nahm es nicht. Sie drückte an der Beule herum, die der Schlagstock auf ihrer Stirn hinterlassen hatte, und biss die Zähne zusammen.

Der dicke Sicherheitsmann und eine schlanke Frau, die zu viel Make-up trug, hatten sie in einen kleinen Büroverschlag über dem Kaufhaus gebracht. Nachdem sie der Schlagstock getroffen hatte, war sie zusammengebrochen und hatte beinahe den Kunden mit sich zu Boden gerissen. Sie hatten sie eine Stahltreppe hinaufgezerrt, ihren Rucksack durchwühlt und ihre Taschen ausgeleert. Selbst ihre neonfarbenen Turnschuhe mit den zehn Zentimeter hohen Sohlen hatte sie ausziehen müssen. Wie eine Schwerverbrecherin hatten sie Chiyo behandelt, aber nur die lächerlichen Widerstände gefunden.

Ein paar Minuten lang hatte Chiyo geglaubt, sie würden sie mit einer Verwarnung wieder laufen lassen, aber dann hatte der koreanische Wachmann eine Akte aus einem Regal voll Krimskrams gezogen und die Fotos der Mädchen durchgesehen, die schon ein paar Mal im Electro-World geschnappt worden waren.

„Krieg ich meine Kaugummis wieder?", fragte Chiyo. Wortlos schob der Dicke ihr die Packung Sweety-Gums zu. Chiyo riss das Papier ab, auf dem ein Dinosaurier an einer Rose schnupperte. In der Tat schmeckten die Kaugummis leicht nach Blumen.

„Dein Ausweis ist gut gemacht“, stellte der Koreaner fest. „Wie heißt du wirklich? Oder wollen wir noch warten, bis die Polizei da ist?“

Chiyo schwieg und steckte sich einen Kaugummi in den Mund. Beiläufig ließ sie ihren Blick durch den Büroverschlag schweifen. Die Make-up-Frau goss sich einen Tee ein und schien nicht an dem Verhör interessiert zu sein. Ihre ganze Aufmerksamkeit galt einer Reihe von Überwachungsmonitoren, auf denen sie das Geschehen im Elektronikmarkt beobachten konnte. Ab und an zückte sie ihr Funkgerät und gab ihren Kollegen Anweisungen durch.

„Letztes Mal warst du Haruka, dann Yuna und diesmal Tomoko.“ Er musste lächeln. „*Tomoko* – Kind der Weisheit. Bisschen hochgegriffen, hm? ... Ich werde dich nicht so einfach als eine weitere Ladendiebin abtun. Nein. Ich weiß sowieso nicht, weswegen meine Kollegen sich nie die Mühe gemacht haben, die Fotos zu vergleichen.“ Er nickte zu einem Monitor, auf dem sie vor zehn Minuten im Laden zu sehen war.

Chiyo lächelte. Sollte der Trottel doch weiter schwatzen. Irgendwie würde sie hier schon rauskommen, bevor die Polizei eintraf. Möglichst unauffällig drehte sie sich auf ihrem Bürostuhl und blickte sich um. Sie konnte die Hochhäuser von Shinjuku sehen und Straßenlärm hören. Monitore blendeten alle paar Sekunden neue Ansichten des Marktes ein. Auf einer kleinen Herdplatte, die auf einem Mini-Kühlschrank stand, kochte Teewasser. Die

Stahltür zur Treppe, die in den Markt führte, war mit Manga-Postern und harmlosen Pin-ups zugeklebt. Chiyos Blick glitt zurück zur Fensterfront. Wenn sie sich nicht täuschte, waren sie genau über dem Haupteingang des Markts. Maximal drei bis vier Meter über der Straße. Direkt unter der mannshohen Neonreklame und über dem schmalen Vordach.

„Na, da steckst du ganz schön in der Klemme, was, Tomoko? Du hast zwar nur die paar Widerstände geklaut – warum eigentlich? Die kosten doch nichts. Aber dafür droht dir ein Verfahren wegen Dokumentenfälschung. Oder wer hat den für dich gemacht?“ Er wedelte mit dem Ausweis vor Chiyos Nase. Sie ließ eine Kaugummiblase zerplatzen.

Chiyos Freund Takai hatte ihn letztes Jahr für sie angefertigt, damit sie ihn in die Tokioer Clubs begleiten konnte. Takai war ein echter Computerfreak, der gerne die Nächte im Web verbrachte und sich gut auf das Fälschen von Ausweisen verstand. Nur bei Geldscheinen hatte er Hemmungen. Weil er nicht *wirklich kriminell* werden wollte, wie er ihr einmal gestanden hatte. Was immer auch *wirklich kriminell* hieß.

Chiyo vermisste ihn. Wie gerne hätte sie Takai jetzt bei sich gewusst, ihn um Rat gefragt oder sich an ihn geschmiegt, bis die Polizei eintraf. Die Polizei! Der Gedanke an die *satsu* ließ sie aufhorchen.

„Was?“, fragte sie.

„Wieso du die Widerstände geklaut hast? Die kosten doch nichts.“

Schmatzend zuckte Chiyo mit den Achseln. „Is' doch egal. Aber soll ich Ihnen erzählen, wer den Ausweis gemacht hat?" Sie lockte ihn mit dem Zeigefinger näher zu sich. Noch einmal sah sie sich nach seiner überschminkten Kollegin um, aber die war mit einem anderen Ladendieb beschäftigt, der ihr in die Videofalle getappt war.

Der Koreaner nahm einen Klappstuhl und stellte ihn zu Chiyos Bürosessel. Freundlich lächelnd setzte er sich ihr gegenüber. „Na, dann mal raus mit der Sprache. Wer ist der Künstler?"

In Gedanken zählte sie bis fünf, atmete tief durch und konzentrierte sich. Dann ging alles blitzschnell.

Mit einem Mal schrie der Sicherheitsmann auf. Chiyo hatte ihm beide Wangen aufgekratzt. Bevor der Dicke verstand, was passierte, war sie mit ihrem Stuhl nach hinten gerollt. Mit voller Wucht ließ sie sich gegen die Scheibe prallen. Das Glas würde ihr nicht den Rücken aufschlitzen, sondern in tausend Bröckchen zerplatzen, denn es war Sicherheitsglas. Das war Vorschrift.

Der Knall der Scheibe war ohrenbetäubend. Ein Regen aus Glaskrümeln prasselte auf sie nieder, während sie rittlings aus dem Fenster stürzte und einen Meter tiefer auf das Wellblech des Vordachs aufschlug. Sie wirbelte herum, rollte sich ab und rutschte zur Kante an der linken Seite. Für einen Lidschlag sah sie das verdutzte Gesicht des Wachmanns über sich. Ihr tat es leid, dass sie ihn verletzt hatte, aber schließlich hatte er sie auch mit dem Schlagstock getroffen. Da stürzte sie bereits vom Vordach. In Windeseile versuchte sie, die Beine unter den

Körper zu bekommen, irgendwie auf ihre neonfarbenen Schuhe zu fallen. Doch es gelang ihr nur halb. Sie fiel auf einen Strauch lila Hortensien und knickte um. Ein höllischer Schmerz fuhr durch ihren Knöchel, aber es schien nichts gebrochen zu sein. Sie hörte noch immer Glassplitter auf die Straße hageln, doch sie drehte sich nicht mehr um. Chiyo rannte zu den Rollern, die in Reih und Glied vor dem Electro-World parkten. Sie hetzte die Maschinen entlang und stieß ein paar Teenager beiseite, die vor dem Laden abhingen. In einiger Entfernung konnte sie einen Polizeiwagen sehen, der sich durch die Hauptstraße Akihabaras schob und die Menschenmenge teilte wie ein Kiel das Wasser. Mit einem Mal leuchtete das Blaulicht auf und die Passanten und Händler sprangen zur Seite.

Verflucht, dachte sie und fand endlich ihren roten Roller. Sie sprang auf, zündete sofort und gab Vollgas. Die Reifen drehten durch, Abgase hüllten sie ein, dann schoss sie mit einem Ruck vor und tauchte in der Menschenmasse unter.

Chiyo schlängelte sich durch die Straße gegen den Strom, bog kurz darauf in eine Seitengasse mit kleinen Elektronikständen ein und war nach wenigen Metern in einem Durcheinander aus schreienden Händlern, bunten Markisen und Bergen ausrangierter Spielautomaten verschwunden.

11

Die neue Bücherei von Southend befand sich in einer stillgelegten Brauerei. Nachdem die alte Bibliothek abgebrannt war, hatte man die geretteten Bücher in dem einstöckigen Fabrikgebäude untergebracht, das seit den 50er-Jahren nicht mehr genutzt wurde. Inzwischen waren aus dem vorübergehenden Umzug sechs Jahre geworden und die Bücher lagerten noch immer in den Tonnengewölben und langen Backsteinkellern, in denen sich einst Biertanks und Fässer befunden hatten. Überall in dem mit schiefen Karteikästchen und klapprigen Kartenständern vollgestopften Gemäuer roch es nach Papier, Stoffeinbänden und Kleber.

Obwohl sich die Mitarbeiter alle Mühe gegeben hatten, die Bibliothek übersichtlich zu gestalten, fühlte sich Ian in den verwinkelten Kellern immer an die Katakomben von Paris erinnert, die er vor zwei Jahren mit seiner Mutter und Peter besichtigt hatte.

„Wir haben alle britischen Zeitungen, jede Ausgabe seit 1976. Ihr könnt sie euch dahinten ansehen“, erklärte ihnen eine süße Brünette, die kaum älter als die beiden Jungen war. Sie saß hinter einem Infotisch, auf dem zerschnittene Zeitungen und riesige Stapel von Büchern lagen. Auf einem Buch klebte eine Gurkenscheibe, die aus ihrem Thunfischbaguette gefallen sein musste, das eindeutig zu groß für ihre zierlichen Hände war. Die junge Frau zeigte mit ihrem Snack in Richtung einiger monitorartiger Maschinen, die auf Tischen aufgereiht standen. Bei dem Anblick der grauen Kästen musste Ian an alte Filme denken, in denen Frauen mit gewagten Hochsteckfrisuren vor Monstren von Computern saßen, die eher Kühlschränken ähnelten.

„Und schräg gegenüber findet ihr die Mikrofiches."

„Mikrofische?" Bpm lächelte die Frau charmant an. „Wir wollten zwar 'n paar Infos angeln, aber ..."

„Mikro*fiche*", korrigierte sie ihn streng und überging Bpms Geflirte geflissentlich. „Wir haben die Zeitungsausgaben auf Film."

„Cool, verfilmt! Leisten Sie uns Gesellschaft? Gibt's hier auch Popcorn?"

Ian stieß seinem Freund in die Seite.

„Ist dein Freund immer so lustig?" Die Frau legte ihr Baguette säuberlich auf einem Teller ab. „Kommt mit, ich zeige euch die Geräte, aber wenn er weiter so dumme Sprüche reißt, hetz ich den Hund auf ihn." Sie schaute Bpm böse an und zeigte mit dem Finger auf den Boden.

Eine Sekunde lang sah Bpm verwirrt aus, dann grinste er. Hinter ihren Stiefeln lugte ein Spitz hervor, dessen dünne Beinchen vor Angst zitterten.

„Den Hund ... Der war gut. Du meinst wohl die steuerpflichtige Ratte da unten?"

„Noch ein Spruch ..." Drohend hob die Frau den Zeigefinger. Kaum hatten sich Bpm und Ian entfernt, kläffte der Spitz wütend hinter ihnen her.

Die Bibliothekarin führte sie zu einem Lesegerät. Lediglich ein paar Drehstühle und Tische waren in das Gewölbe geschoben worden. Die junge Frau öffnete eine Filmdose und legte den Film mit den Zeitungsausgaben von 1994 ein. „Um den Film vor- und zurückzuspulen, müsst ihr an der Kurbel hier rechts drehen. Falls ihr noch Fragen habt …"

Ian schüttelte den Kopf. Kaum hatte sich die junge Frau ein paar Meter entfernt, pfiff Bpm anerkennend durch die Zähne.

„Gar nicht schlecht, die Kleine." Unverhohlen sah er ihr auf den Hintern, dann wandte er sich Ian zu. „Auf geht's. Ich kurbele, du guckst?" Bpm schob seinen Freund zur Seite und griff nach der Kurbel.

„Wenn Touristen in den Unfall verwickelt waren, finden wir sicher schnell was", überlegte Ian laut.

Kaum hatte Bpm das Rad berührt, schnarrte das Lesegerät los. Die Seiten wischten auf dem Monitor vorbei, sodass die Zeilen zu einem einzigen hellgrauen Schleier verschmolzen.

„Prähistorisch", lästerte Bpm über die Mikrofilme. „Warum haben die das Zeug nicht digitalisiert? Dann hätten wir es bequem zu Hause googlen können." Er angelte mit einer Hand eine Packung Barbecue-Cracker aus dem Rucksack und ließ sie mit einem lauten Knall aufplatzen.

„Stopp!", schrie Ian. Erschrocken über seine eigene Lautstärke, sah er sich um, aber er schien niemanden gestört zu haben. Die Studentin, die zwei Meter weiter gebeugt über ihren Büchern saß, blickte noch nicht einmal auf. Nur Bpm hatte vor Schreck die Kurbel losgelassen.

„Himmel“, stöhnte er und grinste, als er das Datum las, zu dem er vorgespult hatte. „He, ich hab mich nur um sieben Monate und drei Tage verflogen! Captain Janeway hat’s um 75 000 Lichtjahre verbockt.“

Nachdem er sich einen Cracker in den Mund geworfen hatte, spulte Bpm zurück, bis sie die Ausgabe vom 25. Februar 1994 gefunden hatten.

Ian überflog die Titelseite, fand jedoch nichts, was auf seinen Vater Thomas Boroughs hinwies.

„Gut“, sagte er. „Kurbel langsam weiter. Wenn etwas über den Unfall in der Zeitung stand, dann wahrscheinlich im Lokalteil.“

Die Rubriken Wirtschaft, Kultur und Sport schoben sich in Ians Blickfeld. Er überflog die Überschriften und Bpm drehte weiter. Nirgends entdeckten sie einen Hinweis auf den Unfall. *Du weißt nichts über seinen Tod*, hatte seine Mutter zu Peter gesagt und Ian wurde schmerzlich bewusst, dass es ihm genauso ging. Enttäuscht ging er ein zweites Mal alle Meldungen durch.

„Das ist falsch“, meinte Bpm plötzlich und stopfte sich ein paar Barbecue-Cracker in den Mund. „Wir können da gar nichts finden –“

„Was? Wieso denn nicht?“

„… wenn wir in der Ausgabe vom 25. Februar suchen, denn die Zeitung war natürlich schon gedruckt, bevor dein Vater starb. Wir müssen –“

„In der Ausgabe vom 26sten nachsehen“, ergänzte Ian.

„Genau. Darum stehe ich ja aufs Internet“, bemerkte Bpm. „Da kannst du spätestens ’ne Stunde später schon alles nachlesen.“

Ian knöpfte sich die Ausgabe des nächsten Tags vor.

Auf Seite 17 wurde er fündig.

TÖDLICHER UNFALL AM PICCADILLY CIRCUS

London. Gegen 7.30 Uhr raste gestern ein Bus mit deutschen Touristen in einen BMW am Piccadilly Circus. Die 22-jährige Fahrerin des BMWs erlag ihren Verletzungen. Trotz schnell eintreffender Hilfe starb die junge Frau noch im Krankenwagen. Die Polizei geht von technischem Versagen aus. Erste Untersuchungen des Busses ergaben Mängel an der Hydraulik der Bremse und …

Fragend blickte Ian zu Bpm, der ein verdutztes Gesicht machte. „Da steht nichts über deinen Vater. Es sei denn, dein Vater ist eine 22-jährige BMW-Fahrerin“, stellte er fest.

Ian nickte stumm. Mit einem Mal war ihm warm geworden. Er konnte die Neonlampen hören. Sie sirrten kaum wahrnehmbar unter der Decke. Die Bibliothekarin kämpfte mit dem letzten Rest ihres Thunfischbaguettes und die Studentin war noch immer in ihre Bücher vertieft. Er zwang sich, den Artikel zu Ende zu lesen. Das war der Unfall, von dem seine Mutter ihm erzählt hatte. Der Tag stimmte, der Touristenbus, die Straßenecke – all dies waren die Details, die er schon kannte. Doch wieso stand dort etwas von einer Frau? Laut seiner Mutter sollte es sein Vater gewesen sein, der am 25. Februar mit seinem BMW auf dem Weg zur Arbeit verunglückt war.

„Wieso steht da, eine Frau in einem BMW, wenn …"

„Ja, ja", stoppte Ian seinen Freund. „Ich habe keine Ahnung."

Eigentlich gibt es nur zwei Möglichkeiten, dachte Ian. Entweder die Zeitung lügt oder meine Mutter. Kaum hatte er die zwei Varianten in Gedanken durchgespielt, nuschelte Bpm schon mit dem Mund voll Cracker: „Deine Mutter lügt."

„Warum sollte sie?", fuhr Ian ihn schroff an.

Bpm hob abwehrend die Hände: „He, frag mich das nicht, ja. Ich komm nur zu Besuch und fresse euren Kühlschrank leer."

„Nein, ich meine – warum lügt sie?"

„Schlechte Kindheit?" Bpm steckte sich noch einen Cracker in den Mund.

Ian rieb sich die Augen. In seinem Kopf drehte sich alles. Seine Mutter hatte ihn belogen. Warum erfand sie einen Autounfall?

„Komm, gehen wir." Wie eine Welle brach sein ganzer Frust über dieses verlogene Leben in dieser dämlichen Kleinstadt über ihn herein. Diese scheinheilige Familienidylle. Die Sehnsucht nach seinem Großvater packte ihn, die Vorstellung nach einem selbstbestimmten Leben ohne Lügen. Sein Großvater war wie der italienische Landgraf, der seine Meinung mit seinem Leben verteidigt hatte. Für Ian stand fest, dass sein Großvater ihn nie derartig belogen hätte. Er hätte auch nicht zugelassen, dass er in dieser langweiligen Kleinstadt sein Leben fristete. Abrupt stand Ian auf. Nichts wie raus hier, an die frische Luft.

Bpm ließ laut raschelnd die Cracker im Rucksack verschwinden und Ian drehte sich automatisch zu ihm um. Noch einmal schaute er auf den Monitor. In einer kleineren Überschrift am Rand las er die Worte *Richmond Villa*, dann hatte Bpm das Gerät auch schon ausgeschaltet.

„Warte mal." Ian setzte sich zurück auf den Stuhl. „Mach noch mal an."

Achselzuckend knipste Bpm das Lesegerät wieder an. „Hast du 'n Sonderangebot gefunden?"

Ian ignorierte den blöden Spruch seines Freundes, schob ihn beiseite und zoomte selbst an den kleinen Artikel heran.

„Was ...?" Mehr brachte Ian nicht hervor. Seine Kehle war zu trocken und er spürte, wie sein Herz schneller zu schlagen begann. Es war nur eine Randnotiz, ein kleines Kästchen unter vielen. Und die wenigen Zeilen hatten auch nichts mit dem Unfall zu tun, sehr wohl aber etwas mit seinem Vater.

12

Amundsen-Scott South Pole Station,
Antarktika

Wind: ONO (70°, 16 Knoten)
Sicht: < 800 m
Himmel: bewölkt
Temperatur: - 46 °C
Luftdruck: 970 hPa
Wetter: Eisprismen, Schneetreiben
Gefühlte Temperatur: - 66 °C

Ein Witz, dachte er. Gefühlte Temperatur minus sechsundsechzig Grad. Ihm kam es wie minus sechshundertsechsundsechzig Grad vor. Gab's da nicht einen Rocksong? Die Nummer des Teufels? 666?

Eisbröckchen hatten sich im Stoff der Skimaske gebildet und der Schnee peitschte in seinen Rücken. Doktor Daniel Cornelis Rheinberg hätte sich am liebsten in die Hände geblasen, um sich zu wärmen, aber er trug drei Zentimeter dicke Polarfäustlinge und sie auszuziehen, wäre Selbstmord gewesen. Der Wind schnitt ihm trotz Skimaske, Schutzbrille und gefütterter Kapuze, die er fest zugezogen hatte, ins Gesicht. Daniel hatte sich in den letzten anderthalb Jahren, die er bereits am Südpol verbrachte, wegen der Kälte einen Vollbart wachsen lassen.

Bei jeder zweiten Skype-Konferenz, die er regelmäßig mit Zuhause führte, begrüßte ihn seine jüngere Schwester mit „Oh, der Weihnachtsmann."

Er klopfte ein paar Mal mit dem Schraubenzieher gegen das Hygrometer, um die dünne Eisschicht abzuschlagen, die sich in der Nacht auf dem Messinstrument gebildet hatte. Die Luftfeuchtigkeit war wie immer sehr niedrig. Alle Feuchte gefror sofort und wurde zu Schnee. Er klappte den Metallkasten der Messstation zu und zog seine Mütze, die er unter der Kapuze trug, tiefer in die Stirn. Trotz der Kälte liebte er die Antarktis. Als sein Institut, das Deutsche Elektronen-Synchrotron DESY, ihm eine Stelle auf dem letzten nahezu unbekannten Kontinent der Welt angeboten hatte, war Daniel begeistert gewesen. Er war dreiunddreißig Jahre alt, notorischer Single und die Forschung am Südpol verhieß sein erstes wirkliches Abenteuer zu werden. Seine Zwei-Zimmer-Wohnung in Berlin hatte er gekündigt und seinen klapprigen, roten VW-Käfer bei einem alten Studienfreund untergebracht, um kurz darauf im Flieger nach Kapstadt zu sitzen. Von dort aus war er so weit wie möglich in den Süden geflogen.

Vor ihm erstreckte sich eine weiße Wüste. Das Eis und der Himmel verschmolzen nach wenigen hundert Metern zu einem weißen Nichts. Die Basis war durch das Schneegestöber kaum noch zu sehen. Er musste sich beeilen, den letzten Messpunkt abzufahren.

Daniel stapfte zurück zu seinem Schneemobil. Trotz des nahenden Unwetters band er erst einmal seine Thermoskanne ab. Hastig zog er sie aus der dicken Styropor-Ummantelung und trank gleich aus der Flasche. Der heiße Kaffee tat ihm gut.

Eigentlich gehörte es nicht zu seinen Aufgaben, die Wetterstationen an den Messpunkten zu kontrollieren, aber seine Kollegin, die schwedische Geo-Wissenschaftlerin Alva Ohlström, war krank und hatte seit ihrer letzten Pokerrunde noch etwas gut bei ihm. Genau genommen hatte sie noch 275 Dollar, drei Fahrten zur Poststation und sieben Tage PSX-Spielen bei Daniel gut. Und Letzteres schmerzte ihn am meisten, denn auf der Amundsen-Scott-Base gab es nur eine Spielkonsole und die Warteliste war derart lang, dass ein Scherzbold sie bis 2020 erweitert und die Namen einfach mit Edding auf den Kühlschrank geschrieben hatte. Wie ärgerlich, dass er seine wenigen Tage an Alva abgeben musste. Daniels Funkgerät knackte.

„Ja?"

„Daniel?"

„Alva? Wow! Rufst du mich schon vom Bett aus an? Ich hab auch gerade an dich gedacht."

„Das hättest du wohl gerne." Ihr Lachen ging im Husten unter.

„Du solltest dich wirklich hinlegen, Alva."

„Ja, ja." Sie klang genervt, aber ihre Worte gingen mehr und mehr in Rauschen unter. „… ich ins Bett und … unbedingt zurück … Basis kommen! Windstärke bis 40 Knoten plus. Du solltest zurück … Wir haben … Und ich denke, wir …"

Seufzend ließ Daniel seinen Blick über den Schnee wandern.

Er presste das Funkgerät dichter ans Ohr, weil es immer stärker rauschte. Obwohl er Alva nicht richtig verstehen konnte, hatte er den besorgten Unterton in ihrer Stimme wahrgenommen.

„Seit wann sorgst du dich so um mich?“, fragte er. „Hat der Sturm euch etwa schon erreicht?“

„Ja. Danie... Ich meine nicht ... Sturm ist ...“

„Ich kann dich kaum verstehen. Alva?“

„Irgendwas stimmt ... Sensoren nicht.“

„Mit meinen Sensoren?“ Daniel kletterte auf das Schneemobil. „Mit meinen Sensoren? Was soll da nicht stimmen?“

„... Physiker und nicht ich. Wir haben ... Anomalie ... Hier ist was faul, Daniel. Die Werte deiner Sensoren ... irgendwie ... ungewöhnlich. Daniel?“

„Definier mal *ungewöhnlich*.“

„Ich ... Kann ich nicht. Musst ... die Anomalie ansehen ... Dozer war hier und ... Ärger, aber ...“ Das Rauschen überlagerte ihre Stimme.

„Alva? Bitte kommen. Alva? Was für eine Anomalie? Alva?“ Er horchte, aber außer einem Krächzen und Knacken drang nichts mehr aus dem Funkgerät. „Bitte kommen. Verbindung abgebrochen, Alva. Ich höre dich nicht mehr. Wiederhole: Verbindung abgebrochen. Ich mache mich auf den Weg. Nehme die östliche Route zu euch.“ Er wollte das Funkgerät schon zurück an seinen Gürtel stecken, als ihm noch etwas einfiel: „Lass Dozer bloß nicht an die Computer, hörst du! Und mach dir – mach dir ’nen Tee.“

Er hakte das Funkgerät ein, verstaute die Thermoskanne und startete mit dem Daumengashebel den Motorschlitten.

Als sei er im Stadtverkehr unterwegs, sah er sich artig um, bevor er den dunklen Wolken, die bereits über der alten Kuppel und den neuen Gebäuden der Amundsen-Scott-Base hingen, entgegenfuhr.

13

„Warum hast du mich belogen?“

„Schätzchen, hilf mir doch mal.“ Olivia schob sich mit zwei großen Papiertüten voller Einkäufe durch die Haustür. Umständlich klemmte seine Mutter eine Cornflakes-Packung mit dem Kinn ein, damit sie nicht aus der Tüte fiel. Da sie keine Hand frei hatte, stieß sie die Tür mit dem Hintern ins Schloss. „Kannst du das mal nehmen?“

Ian kam zu ihr, machte aber keine Anstalten, ihr die Cornflakes abzunehmen.

„Was ist denn?“, fragte Olivia und drängte sich an ihm vorbei in die Küche. „Im Wagen ist noch ein Kasten Wasser, holst du den bitte?“

Mit Mühe und Not schaffte sie es zum Tresen und ließ erschöpft die Tüten fallen.

„Warum hast du mich angelogen? Papa ist gar nicht bei einem Verkehrsunfall gestorben“, platzte Ian wütend heraus.

„Der Kasten Wasser ist halbvoll mit …“ Sie brach ab, hatte erst jetzt verstanden, was Ian gefragt hatte. „Dein Vater? Wie kommst du denn …? Wieso angelogen?“

Ohne eine Erklärung warf Ian eine Kopie der Zeitung auf den Küchentresen. Zusammen mit Bpm hatte er die Mikrofiche-Seite in der Bibliothek ausgedruckt.

Selbstmord in Richmond-Villa

Gestern Morgen starb Bankier T. Boroughs bei einem Brand in seiner Villa im Londoner Stadtteil Richmond. Die Hintergründe sind unklar, jedoch geht die Polizei von einer Selbsttötung aus. Der Bankier wurde von seiner Frau am frühen Morgen aufgefunden, die sofort die Polizei alarmierte. Dr. Thomas Boroughs hinterlässt einen Sohn. Weitere Untersuchungen ...

„Ich –“ Olivia zog den Kühlschrank auf, starrte hinein, hatte aber offenbar vergessen, was sie wollte. „Hol bitte das Wasser rein“, sagte sie schließlich und griff nach einer Milchflasche. „Ich erklär dir alles.“ Mit einem kräftigen Schluck leerte sie die Milch bis zur Hälfte und wischte sich mit dem Handrücken den Mund ab.

Stirnrunzelnd griff sie nach dem Artikel. Ian hätte nicht sagen können, ob im Blick seiner Mutter Trauer oder Abscheu lag. Vielleicht von beidem etwas, gut gemischt mit einer Portion Überraschung.

Es dauerte einen Moment, bis Olivia sich wieder gefangen hatte. Ian stellte das Wasser hinter dem Tresen ab und schenkte ihr ein Glas ein. Während seine Mutter hastig trank, stupste Zero sie unentwegt mit der Nase an, damit sie das Gummihuhn für ihn warf.

„Ist ja gut, Zero.“ Sie streichelte seinen Rücken und schob ihn behutsam beiseite.

„Komm her, komm ...“, forderte Ian Zero auf und hielt ihn am Hals fest. Liebevoll tätschelte er dem Setter den Kopf.

Olivia ließ sich seufzend neben ihn auf einen Küchenstuhl fallen. Sie trank ihr Wasser in gierigen Schlucken aus und stellte es entschlossen ab. „Er hat sich verbrannt. Ich habe dir das niemals erzählen wollen, weil ... weil ... Es war – es ist – so grausam. Vielleicht hätte ich es dir erzählt, wenn ...“ Sie suchte nach Worten. „Wenn du erwachsen gewesen wärst. Sagt man das so?“

„Er hat sich umgebracht?“

„Ja. In seinem Arbeitszimmer. Eines Morgens.“ Olivia schluckte.

„Aber ... aber warum?“

„Ich weiß es nicht, Ian.“ Seine Mutter blickte auf ihr leeres Wasserglas, dann beugte sie sich vor, um Zeros rotweißes Fell zu kraulen. Ian beobachtete sie genau. In der wortlosen Stille konnte er förmlich spüren, dass sie ihm noch immer etwas verschwieg.

Er hat sie auch gesehen.

Warum hatte sie Peter in ihre Geheimnisse eingeweiht und ihn nicht? Hatten diese Geister etwas mit dem Tod seines Vaters zu tun?

„Er hatte Visionen, oder?“, fragte er und riss seine Mutter aus ihren Gedanken.

„Woher weißt du ...“

Er versuchte ein Lächeln.

„Peter?“ Olivia seufzte und strich sich ihre blonden Haare aus dem Gesicht. „Nun. Ich glaube, du bist alt genug, um alles zu erfahren.“ Sie legte ihre Hände auf Ians, als wäre er noch immer ihr kleiner Junge. „Dein Vater, Ian, hatte Visionen, wenn du es so nennen willst.“ Sie räusperte sich. „Er hat Dinge gesehen. Einmal ist er kreidebleich von der Arbeit nach Hause gekommen und hat was von Lichtern gestammelt. Von einem ... einem Geist, der ihn heimgesucht hätte. Er ..."

Sie verstummte und einen kurzen Moment lang dachte Ian, seine Mutter würde anfangen zu weinen.

„Es hat ihn wahnsinnig gemacht. Er hat sich bedroht gefühlt von diesen ... diesen Gespenstern. Eines Abends hat es gewittert und als er nach Hause kam, waren sein Mantel, seine Jeans – alles war voller Blut. Er hat erzählt, dass sie sein Auto angegriffen hätten und er deswegen einen Unfall hatte. Der Wagen war vollständig ausgebrannt. Ein paar Wochen später hat er sich in seinem Arbeitszimmer eingeschlossen. Tagelang. Ich habe versucht, mit ihm zu reden, ihn dazu zu bringen, zu einem Arzt zu gehen, doch er hat nur gelacht. Er hat gemeint, damit sei er durch, niemand könne ihm helfen."

Sein Herz krampfte sich zusammen, als er sah, wie sehr seine Mutter beim Erzählen litt. Ian hatte nicht vor, alte Wunden aufzureißen, doch er musste die Wahrheit erfahren. Über seinen Vater und damit über seine eigene Vergangenheit und seine Visionen. Er konnte sich nicht mehr an seinen Vater erinnern und wollte endlich das Bild, das er sich von ihm über die Jahre gemacht hatte, mit Leben füllen.

„Ist schon gut", tröstete er sie, denn es war ihm peinlich, seine Mutter weinen zu sehen. Jetzt war es an ihm, ihre Hände zu halten.

Unter Tränen lächelte sie ihn an. „Ich bin okay", flüsterte sie. „Es war nur so grauenhaft, wie Thomas immer mehr verzweifelte. Dein Vater hat sich ernsthaft bedroht gefühlt und dann an diesem Morgen, dann … Dann ist er nicht mehr aus seinem Arbeitszimmer gekommen."

„Er hat sich umgebracht, um die Visionen zu beenden?" Angst kroch Ians Rücken hinauf. „Hat er dir gesagt, was er sieht? Waren es die Seelen Verstorbener?"

Olivia nickte. „Ja, vielleicht. Die Visionen wurden immer realer. Thomas hat es nicht mehr ausgehalten. Ich meine, er hat dich geliebt, Ian, aber seine Albträume haben ihn umgebracht. Er hat sie ständig gesehen und gehört, immerzu ein Flüstern, ein Fiepen oder so. Und er hatte solche Angst, sie würden ihn …" Erneut hielt sie inne. Sie schenkte sich ein weiteres Glas Wasser ein, nippte aber nur daran. „Du hattest diese Halluzinationen auch, diese … Visionen, wie du sie nennst. Mit vier Jahren fing es an. Im zweiten Sommer nach Thomas' Tod. Du hast Medikamente bekommen, wahrscheinlich weißt du das gar nicht mehr, oder?"

„Diese weißen Bonbons, die nach Zitrone geschmeckt haben?"

„Haben sie das?" Sie lächelte. „Ja … Nach ein paar Monaten war der Spuk vorbei. Du hast wieder durchgeschlafen, bist vom Spielen gekommen, ohne etwas von komischen Geräuschen zu erzählen." Sie zögerte, spielte mit dem Glas, das Wasserringe auf dem polierten Holz des Tisches hinterließ. „Ich habe die Pillen abgesetzt. Ich meine …"

Ian nickte. „Und jetzt habt ihr Angst, dass die Visionen wieder da sind? Und dass ich dasselbe mache wie Dad?“

Seine Mutter schwieg. Sie versuchte ihren Sohn anzusehen, doch sie hielt Ians Blick nicht stand. Es dauerte lange, bis sie sagte: „Vielleicht ist es das Beste, wenn wir zu Doktor Bernstein gehen.“

Bitter lachend stand Ian auf. „Zu Peters glatzköpfigem Freund? Dem Seelenklempner? Die Art von Hilfe brauch ich nicht, Mama. Echt nicht.“

„Warte doch mal.“ Sie erhob sich. Zero legte Ian das Gummihuhn vor die Füße und begann zu bellen.

„Danke, dass du mir die Wahrheit gesagt hast. Und willst du noch was wissen? Ich habe den Hangar nicht in Brand gesteckt. Falls Peter das wirklich glauben sollte.“ Er schnappte sich das Huhn. „Komm, Zero.“

„Ian! Ich habe schon einen Termin gemacht.“

„Dann geh doch allein hin.“ Ohne auf die Einwände seiner Mutter zu warten, lief Ian in den Flur. Er schnappte sich seinen Basketball und rannte mit Zero hinaus.

14

Böen peitschten den Schnee in Wellen heran, so stark, als würde ein Riese nach ihm schlagen. Die Windstöße ließen ihn Schlangenlinien fahren. Ein paar Mal glaubte er, vom Fahrzeug gerissen zu werden.

Verzweifelt klammerte sich Daniel an sein Schneemobil und versuchte, im endlosen Weiß die Amundsen-Scott-Station auszumachen. Doch die dicken Handschuhe verhinderten einen guten Halt und die Eispartikel, die durch seine Skimaske drangen, ließen jeden Atemzug zur Qual werden. Mit dem Daumen gab er mehr Gas und kämpfte sich Meter für Meter gegen den peitschenden Wind vorwärts.

Mit einem unguten Gefühl sah er in die Wolken, die sich grau in grau über der Ebene zusammengeballt hatten. Dass es so heftig zu schneien beginnen würde, hätte er nicht gedacht. Schnee am Südpol gab es selten. Doch der Sturm und das verfluchte Tiefdruckgebiet hätten ihn warnen sollen. Schließlich hatte er neben seinem Physikstudium genug Seminare in Meteorologie besucht, um Zeichen wie diese deuten zu können.

Plötzlich schrie Daniel auf. Es fühlte sich an, als ramme ihn ein Truck in die Seite. Eine Böe drückte so heftig gegen das Schneemobil, dass er keine Chance mehr hatte. Sie warf ihn um, als wäre das Fahrzeug aus Papier.

Der Schnee raste auf ihn zu und er betete, dass er nicht auf Eis landen, sondern in eine der weicheren Wehen fallen würde. Dann hörte er das laute ROOOOOOO-AAAAAAHRRRR des Motors. Eine Sekunde später knallte er mit dem Gesicht gegen die Plastikverkleidung des Schneemobils. Schlagartig senkte sich im ewigen Weiß die Schwärze um ihn. Er sah weder, wie die Kette des Fahrzeugs laut kreischend an seinem Kopf vorbeischoss, noch spürte er, dass die Kufen des Schlittens seinen Thermoanzug aufrissen und in sein rechtes Bein schnitten. Das Schneemobil krachte auf die Eisfläche und überschlug sich. Erst jetzt riss die Notleine aus dem Lenker, die Daniel sich ums Handgelenk geschlungen hatte. Der Motor verstummte jäh.

Stille. Nur das Peitschen des Windes war zu hören, der mit Millionen Eisnadeln in Daniels Anzug stach und den Stoff zum Knistern brachte.

Das seltsame Rascheln seines Schneeanzugs wurde mit einem Mal von einem anderen Geräusch übertönt. Dem Knacken aus den Lautsprechern seines Computers. Kleine Punkte tauchten vor ihm auf und Daniel wusste sofort, was sie waren: Hunderte von kopfgroßen, durchsichtigen Kugeln, die er und die Wissenschaftler von AMANDA an Kabeln im Eis versenkt hatten. Es waren ihre Sensoren. Sie nannten die Messgeräte Murmeln oder Glasaugen, weil sie tief ins Eis blickten. Ohne zu blinzeln, starrten sie in die ewige Nacht und meldeten jeden Blitz, den ein Neutrino auslöste, wenn es auf ein Atom im Eis traf.

Tagein, tagaus hatte Daniel auf die Monitore in der

Amundsen-Scott-Base gestarrt und dem Rauschen und merkwürdigen Knacken gelauscht. Doch nun, das Gesicht im Schnee, ohne Schutz vor der Kälte, die unbarmherzig in seinen Anzug drang, meinte er, direkt im Innern des Eises zu sein.

Ihre Glasaugen reichten bis zu zwei Kilometer tief in den antarktischen Eispanzer. Wie Perlen auf einer Schnur hingen sie aufgereiht in der Dunkelheit. Die meisten von ihnen befanden sich in einer Tiefe zwischen 1500 und 2000 Metern – vier- bis fünfmal tiefer, als der Pariser Eiffelturm hoch war. 1997 hatten Forscher begonnen, über 300 der Glasaugen zu versenken. Zehn Kabel mit Murmeln hatten sie ins Eis hinuntergelassen. Vor einigen Jahren hatten Daniel und seine Kollegen das Feld, in das die Schächte gebohrt worden waren, zu erweitern begonnen. Mittlerweile waren es neunzehn Ketten, an denen insgesamt 670 Fotovervielfacher hingen. Das Feld an der Oberfläche, in dem die Bohrungen lagen, war größer als vierzehn Fußballfelder. Die ganze Anlage, der Eiswürfel, in dem die Murmeln hingen, hatte eine Kantengröße von 2000 x 500 x 200 Meter. Ein Teleskop, ein *Array,* wie sie es nannten, von über zwei Millionen Kubikmetern. Die größte Antenne der Welt, um eines der flüchtigsten Teilchen im Universum nachzuweisen. Das winzig kleine Neutrino.

Antarctic Muon and Neutrino Detector Array – kurz AMANDA – war das größte Teleskop, das je gebaut worden war.

Vor Daniels geistigem Auge begannen Lichtblitze das

Schwarz zu durchzucken und die Murmeln registrierten jeden Impact, jeden Knall. Das seltene Auftreffen der Neutrinos wurde zu einem immer lauteren Knistern und Knacken.

Es stammte von Daniels Funkgerät, das er noch immer am Gürtel trug.

„...iel, bitte kommen. Daniel? Wo steckst du? Daniel, kom... bitte ...“ Alvas Stimme krächzte, doch Daniel reagierte nicht.

Der junge Physiker blieb reglos im Schnee liegen und träumte von den Spuren der Neutrinos.

15

Obwohl das Thermometer über 30 Grad angezeigt hatte, war Ian den ganzen Tag mit Zero draußen gewesen. Eine Weile lang hatte er in der Einfahrt Körbe geworfen, doch als seine Mutter nach ihm gerufen hatte, war er lieber mit dem Rad zum Pier gefahren. Nachdem er ein wenig mit Zero herumgestromert war, hatte er sich ein stilles Plätzchen im Halbschatten der Fahrgeschäfte gesucht, die Beine vom Steg baumeln lassen und den Touristen beim Flanieren zugesehen. Die ganze Zeit über waren seine Gedanken um das Gespräch mit seiner Mutter gekreist.

Er blickte auf die Uhr. Kurz nach sieben. Seine Eltern dürften schon in die Oper nach London gefahren sein. Ian verließ den Pier und radelte zum Malerladen. Er wollte Bpm zu einem Videoabend einladen, doch er traf nur seinen Vater an, der Lackdosen in die Regale sortierte.

Ian konnte auf drei Meter Entfernung riechen, dass Bpms Vater wieder trank.

„Ähm, also, wenn Bpm nicht da ist, dann werde ich mal wieder –“

„Weiß nicht, wo er steckt. Eigentlich hatte er versprochen, die Lieferung mit mir auszupacken“, unterbrach ihn Bpms Vater und strich sich die spärlichen Haare nach hinten. „Vielleicht ist er am Pier.“

Der stämmige Mann hatte sein Geld als Schweißer auf einer Werft verdient, bevor er das Geschäft gekauft hatte. Doch der Malerladen hatte ihm kein Glück gebracht. Nicht erst seit seine Frau weggelaufen war, ertränkte er seinen Frust in Alkohol. Ian war froh, als das Telefon klingelte und er sich verabschieden konnte.

Wie er vermutet hatte, waren seine Mutter und Peter bereits nach London aufgebrochen. Hoffnungsvoll schaute Ian aus dem Fenster zum Haus seines Freundes, doch Bpms PC war ausgeschaltet und sein Zimmer lag im Dunkeln. Eigentlich hatte er gehofft, mit Bpm beim Filmgucken ein bisschen über seine Mutter zu lästern oder mit ihm über seine Visionen und seinen Vater zu sprechen, aber Bpm schien heute erst spät nach Hause zu kommen. Wahrscheinlich schlich er um Michelles Haus herum und plante irgendeine neue Aktion, um sie zu erobern. Vielleicht traf er sich aber auch mit Kumpels im Mayhem.

Ian ließ seinen Blick durchs Zimmer schweifen. An den Wänden hatte er Poster und einige Comiczeichnungen aufgehängt. Er liebte es, Skizzen zu Mangas und Studien von Typen zu entwerfen, mit denen er später einmal ein eigenes Comicheft füllen wollte. Neben seinem Schreibtisch stand ein alter Durchlichter, den Peter ihm geschenkt hatte, damit er seine Skizzen besser durchpausen konnte. Er betrachtete seine neuesten Studien, die er aus Platzmangel über Poster von *Christina Aguilera* und den *Arctic Monkeys* gepinnt hatte. Im Moment skizzierte er am liebsten fremde Metropolen: Paris, Berlin, San Francisco, Tokio.

Ian nahm sich ein paar Copic-Marker und fing an, seine Outline-Zeichnungen zu kolorieren. Erst als es draußen zu dämmern und sein Magen zu knurren begann, legte er die Stifte beiseite.

In der Küche entdeckte er eine Packung Mikrowellen-Popcorn, das seine Mutter ihm offenbar von Tesco mitgebracht hatte. Er griff nach der Tüte und sah, dass unter dem Popcorn ein Brief lag. Vermutlich wollte sich seine Mutter dafür entschuldigen, dass sie so voreilig einen Termin für ihn bei dem Psycho-Doktor vereinbart hatte. Er schnappte sich den Brief und setzte sich ins Wohnzimmer.

Der Raum mit den Panoramascheiben, durch die man in den Garten sehen konnte, glich einer Ausstellung für modernes Wohnen. Parodontose-Peter hatte eine viel zu große, weiße Designercouch für ihr schmales Wohnzimmer gekauft. Doch die Krönung war der neue überdimensionale, antiseptische weiße Couchtisch mit gefrosteter Glasplatte, der auf einem weißen Flokati-Teppich thronte.

Das Weiß in Weiß wirkte in dem kleinen britischen Reihenhaus so passend wie eine Kloschüssel in der Küche. Abgesehen von der Couch, dem Tisch und einem schmalen Sideboard war der Raum leer. An den Wänden hingen noch nicht einmal Bilder, weil dies den *sauberen* Gesamteindruck zerstört hätte, wie Peter erklärt hatte. Ian hatte ihm vorgeschlagen, wenigstens einen seiner übergroßen Plastikzähne auf das Board zu stellen, doch weder seine Mutter noch Peter hatten gelacht. Offenbar war er der

Einzige, der sich in dem Raum wie ein Patient in einer Zahnarztpraxis fühlte. Das einzig Gute war der sündhaft teure Plasmafernseher.

Ian schaltete ihn ein, öffnete sich eine Cola und riss den Brief auf. Zu seiner Überraschung enthielt der Umschlag zwei Fotos seines Vaters. Er knipste die Halogen-Bodenleuchte an, um besser sehen zu können.

Die Aufnahmen waren über die Jahre verblichen und gelbstichig geworden. Auf dem ersten Foto hielt ihn sein Vater im Arm. Ian trug einen Strampelanzug und kaute auf einem Nuckel herum, während sein Vater mit hochgekrempeltem Hemd lässig an der Motorhaube seines BMWs lehnte und über den Rand seiner Sonnenbrille in die Kamera grinste. Seinen Vater zu sehen, sogar sich selbst auf seinem Arm, hinterließ bei Ian nur ein taubes Gefühl.

Schließlich hatte er ihn nie wirklich kennengelernt. Thomas Boroughs war für ihn nur ein loses Knäuel aus Geschichten, die seine Mutter ihm erzählt hatte. Keine eigenen Bilder im Kopf, keine Gefühle, keine wahren Erinnerungen.

Ian betrachtete das zweite Foto. Vom Grinsen seines Vaters war nicht mehr als ein gestelltes Lächeln übrig geblieben. Thomas Boroughs saß im Schein einer kleinen Leselampe und eines Laptops am Schreibtisch. Genau konnte Ian es nicht sagen, aber sein Vater wirkte überrascht. So als wäre Olivia ins Zimmer gestürmt und hätte ihn einfach fotografiert, ohne zu fragen.

Es kam ihm vor, als sei sein Vater auf diesem Foto um

Jahre gealtert. Vielleicht lag es am fahlen Licht des Laptops, aber er meinte, tiefe Falten in seinem Gesicht zu erkennen. Obwohl zwischen den Fotos höchstens zwei, drei Jahre liegen konnten, sahen seine Augen mit einem Mal stumpf, sein Lächeln bemüht aus.

Ian wollte die Fotos gerade zurück in den Umschlag stecken, als ihm auf dem zweiten Bild noch etwas anderes auffiel. Es lag im Halbschatten und war durch das schlechte Licht im Arbeitszimmer kaum zu erkennen. Er hatte es für das Muster der Tapete gehalten, doch nun war er sich nicht mehr sicher.

Schnell holte er eine Lupe aus seinem Zimmer und sah sich die Aufnahme noch einmal genauer an. Tatsächlich war da eindeutig ein Bild an der Wand zu erkennen. War es ein Plakat? Ian hielt das Foto ins Licht des Plasmafernsehers und fuhr mit der Lupe ein weiteres Mal jeden Zentimeter ab.

Es war kein Plakat. Es war eine Zeichnung. Ian konnte Linien und Symbole erkennen. Doch das Foto war zu klein und die Ausleuchtung zu schwach, um sie zu entziffern. Er drehte das Bild in der Hand, als mit einem Schlag das Licht zu flackern und der Fernseher zu rauschen begann. Vor Schreck schrie Ian auf. „Na, ganz toll“, murmelte er und ließ das Foto sinken.

Schnee füllte das Bild des Fernsehers. Das elektronische Knistern jagte ihm einen Schauer über den Rücken. Zappelnd und flackernd hüllte das unnatürliche Licht das Wohnzimmer ein. Harte Schatten sprangen hinter jeder Ecke und jeder Kante hervor. Sie zuckten wie im Todeskampf und Ian meinte, das Rauschen nicht nur zu hören, sondern auch auf seiner Haut spüren zu können. Fahrig wischte er sich über die nackten Arme.

Nachdem er alle Sender durchprobiert hatte, stand er seufzend auf und zwängte sich am Glastisch vorbei. Zero, den der Krach geweckt hatte, folgte seinem Herrchen neugierig zum DVD-Player. Ian wollte gerade die Kabel überprüfen, als –

POCK.

Er blickte hinunter auf den weißen Flokati, den sein Stiefvater so sehr liebte. Ein roter Fleck. Das war eindeutig … eindeutig Blut.

Einer bösen Ahnung folgend legte Ian den Kopf in den Nacken und blickte an die Decke. Nein, er steckte nicht mitten in einem seiner Horrorfilme, kein blutrünstiger Serienkiller hing unter der Decke, kein grausamer Spuk schrieb blutige Nachrichten an die Wand. Erst als er den metallischen Geschmack auf seiner Zunge wahrnahm, begriff er, wessen Blut auf den Teppich getropft war. Ungläubig tastete er nach seiner Lippe und spürte die Wärme seines Blutes.

Schon wieder Nasenbluten. Wieso hatte er neuerdings immer –

KLACK.

Das Licht fiel aus. Abrupt verstummte das Rauschen des Fernsehers. Dunkle Stille senkte sich mit einem Schlag über das Haus. Plötzlich war es nicht nur im Wohnzimmer, sondern auch im Flur stockduster. Ian hielt den Atem an und Zero begann aufgeregt zu bellen.

„Ist okay. Zero. Alles okay. Nur ein Stromausfall …“, beruhigte er ihn. In der Dunkelheit konnte Ian seinen Hund nicht sehen, obwohl er keinen Meter von ihm entfernt sein musste. Nur langsam gewöhnten sich seine Augen an die Finsternis. Ein Auto fuhr draußen vorbei. Die Scheinwerfer wischten durch den Flur, nur kurz, aber es reichte, um den Weg zur Tür zu finden.

Ian drückte mehrmals auf den Lichtschalter, aber nichts tat sich. „Mist, die Sicherung ist raus“, stöhnte er. Während er die linke Hand unter die Nase hielt und mit der rechten an der Wand entlangfuhr, tastete er sich Schritt für Schritt durch den Flur zur Küche vor. Zum Glück wusste er, wo die Taschenlampe lag, und fand sie mit einem Griff.

Kaum hatte er sie angeknipst, zerriss ein Summen die Stille. Es kam schnell und so wuchtig, dass Ian vor Schreck die Lampe entglitt. Er presste sich die Hände auf die Ohren. Da war es wieder. Sein Herz begann zu rasen. Das Fiepen aus dem Hangar.

Hier im Haus.

Geister.

Die Taschenlampe war auf die Küchenfliesen aufgeschlagen, erloschen und unter den Tisch gekullert. „Verdammt!“, fluchte Ian.

Er spürte sie. Er spürte die Geister. Hatte sein Vater sie auch gespürt? Während das Knistern anschwoll, glaubte er, ein Windhauch streiche über seine Haut. Vorsichtig nahm er die Hände von den Ohren, versuchte das Fiepen zu ignorieren und starrte in die Dunkelheit. Zero winselte leise. Ob er das Geräusch auch hörte? Er blieb recht ruhig, obwohl er sonst bei ungewöhnlichen Geräuschen sofort zu bellen begann. Ian riss ein Küchentuch vom Ständer und presste es sich unter die Nase, dann kniete er sich auf den Boden und tastete im Dunkeln nach der Taschenlampe.

„Mach bloß, dass sie noch geht“, betete er, als er sie unter dem Tisch hervorzog. Sein Flehen wurde erhört. Die Lampe funktionierte.

Darauf gefasst, jeden Moment einen Geist zu entdecken, leuchtete er langsam die Küche und den Flur ab. Dann rappelte er sich auf und ging zum Lichtschalter. Doch das Haus blieb dunkel.

Mit gezückter Taschenlampe schlich er in den Flur. Überrascht stellte er fest, dass Zero ihm mit eingekniffenem Schwanz folgte. Konnte er das unheimliche Geräusch etwa doch hören oder ängstigte ihn nur die ungewohnte Dunkelheit?

Nach jedem Meter wurde das Knistern intensiver. Es vibrierte in der Luft, schien aus allen Richtungen auf ihn einzudringen. Dennoch meinte er ein Zentrum auszumachen.

Was immer das Fiepen verursachte: Es kam aus dem Keller. Vor der dünnen Tür war das Geräusch deutlich lauter. Sollte er die Tür unter der Treppe öffnen und wirklich nachsehen, was den Spuk verursachte?

Ian blickte zu Zero. Im Strahl der Taschenlampe sah er, dass sein Hund den Kopf gesenkt hielt. Irgendetwas machte ihm Angst.

„Komm, Zero! Es ist nur der Sicherungskasten. Nur die

Sicherung. Keine Angst." Unsicherheit schwang in seiner Stimme mit. „He, du willst mich doch nicht allein darunter gehen lassen?" Der Hund legte den Kopf schief, zögerte, trat dann jedoch an Ians Seite. „So ist's brav." Er tätschelte ihm den Rücken.

Als Ian die Hand auf die Klinke der Kellertür legte, spürte er, wie das Fiepen das Metall vibrieren ließ. Er atmete tief durch, dann zog er die Tür auf.

Er ließ den Strahl der Taschenlampe über die schmale Holztreppe gleiten. Der Geruch von unverputzten Wänden und Moder schlug ihm entgegen. Staub tanzte im Kegel des Lichts und Ian spürte ungewöhnlich warme Luft hinaufströmen.

Zögernd stieg er die erste Treppenstufe hinunter, klammerte sich an die Taschenlampe wie ein Ertrinkender an seinen Rettungsring. Ian wollte nach Zero rufen, als der Hund mit einem Mal an ihm vorbeischoss und nach unten wetzte.

„Warte, Zero!"

Doch der Setter hörte nicht und verschwand am Fuß der Treppe im Dunkeln.

„Zero!"

Mit der Hand an den Mauersteinen, folgte Ian ihm hinab. Er wusste, dass der Sicherungskasten gleich unten am Ende der Treppe hing. Endlich erfasste der Lichtstrahl den grauen, unscheinbaren Kasten.

Noch einmal rief er nach Zero, aber er kam nicht. Ian wollte den Kasten öffnen, als ihm plötzlich ein Gesicht entgegenstarrte.

Eine Fratze glotzte ihn an und –

Sein Herz pochte wild.

Aber es war nur sein eigenes Gesicht, das sich verzerrt in der lackierten Tür spiegelte. „Shit!“ Ian schloss kurz die Augen, um sich zu beruhigen. Dann klappte er mit zittriger Hand den Kasten auf, leuchtete gründlich die Sicherungen ab und prüfte, ob eine durchgebrannt war. Nein, lediglich die Hauptsicherung war herausgesprungen.

„Na also“, flüsterte Ian erleichtert und drückte sie wieder rein. Doch sofort – KLACK – sprang sie wieder heraus. Noch einmal presste er sie zurück, aber sie rastete nicht ein. Das Licht blieb aus.

Wäre doch Bpm hier! Er hätte sicher erklären können, warum die Hauptsicherung streikte. Bestimmt hätte er gewusst, wie die Sicherung und das unheimliche Summen zusammenhingen.

Das Summen. Es war noch immer da. Dieses nervtötende Fiepen ging ihm durch Mark und Bein. Was immer es auch war, er wollte es nicht wissen.

Ich werde Zero holen und rüber zu Bpm gehen, beschloss er. Olivia werde ich von drüben anrufen. Sie kann mich dort abholen, wenn sie aus der Oper zurück ist.

Ihm wurde bewusst, dass sein bester Freund nicht zu Hause war. Egal, selbst der Gedanke, bei Bpms betrunkenem Vater auf der Couch zu sitzen, erschien ihm angenehmer, als allein in diesem dunklen Haus auf seine Eltern zu warten. Entschlossen rief er nach Zero. Doch der Setter reagierte nicht. Wo steckte er nur?

Ian leuchtete den Kellerboden ab und konnte Zeros Pfotenabdrücke im Staub erkennen. Der Keller war nicht sehr groß, aber unübersichtlich. Überall standen Kisten, alte Verpackungen und ausrangiertes Spielzeug herum. Er erkannte das Trimm-dich-Rad seiner Mutter, das sie auf einen kaputten Wäschetrockner gelegt hatte. Ein paar Bierkästen, in denen mittlerweile Spinnen hausten, warteten vergeblich darauf, zurückgebracht zu werden.

Umso weiter er in das Labyrinth aus Vorrats- und Stauräumen vordrang, desto wärmer wurde es. Als Ian in eine Nische leuchtete, um Zero zwischen den alten Mauerfächern für die Kohlebriketts zu suchen, merkte er zu seiner Verblüffung, dass es gar nicht mehr dunkel war. Ein sanfter, grünlicher Schein erhellte den einstigen Kohlenkeller.

Er zögerte, die Lampe auszuknipsen, um die Quelle des Glimmens zu finden, tat es dann aber doch.

Geister, Ian.

Das schwache Licht drang aus dem Nachbarraum, wo Peter vor Wochen die Ersatzteile seiner Harley eingelagert hatte und wo sie neben alten Fahrrädern die nächsten Jahre vor sich hingammeln würden.

Ian rann der Schweiß über die Stirn. Bei jedem Atemzug stach die Hitze in seine Lunge. Sein Hemd klebte an seinem Körper. Eine Schrecksekunde lang dachte er, das Leuchten käme von einem Feuer, doch es war grün und flackerte auch nicht. Es konnte kein Feuer sein, was dort durch die Tür zum Nachbarraum schien.

Ein Feuer. Sei nicht dumm, Ian.

Sie sind hier.

„Zero“, rief Ian mit brüchiger Stimme. Angst schnürte ihm die Kehle zu. Genau wie im Hangar. Das Summen in seinem Kopf wurde immer lauter. Längst hatte sein Nasenbluten das Papiertuch durchnässt. Blut war auf sein Hemd getropft.

Das Licht fiel durch den Durchgang und erhellte die Schaufeln und Harken, die hinter den Kästen mit den vertrockneten Blumen an der Wand lehnten.

Wie angewurzelt stand Ian da, nicht fähig, weiter zu gehen, aber auch nicht in der Lage, zurückzuweichen. Obwohl ihm der Schweiß von der Stirn tropfte, fröstelte ihn. Warum kam Zero nicht?

„Zero!“ Hielt ihn das Licht fest? Oder derjenige, von dem es ausging?

Seine Stimme hallte durch den Keller. Er horchte, aber er konnte weder ein Bellen noch ein Winseln hören. Da war nichts. Nur das Fiepen.

„Zero!“

Zitternd knipste er die Taschenlampe wieder an und ließ das Licht in Richtung Nebenraum gleiten. Doch das grüne Leuchten verschluckte das Licht. Er atmete tief ein und fasste sich ein Herz. Was immer dort in diesem Raum auf ihn wartete, er würde sich ihm stellen. Und Zero dort rausholen.

Seine Hand tastete nach einem Spaten. Das Holz fühlte sich warm an. Er packte ihn und trat mit einer schnellen Bewegung durch die Tür. Er wollte einen Schrei ausstoßen, doch er erstarrte, den Spaten zum Schlag erhoben.

Das Wesen wuchs weder aus dem Boden noch aus der

Wand. In Kopfhöhe schob es sich aus der Luft. Es entstand aus dem Nichts, begann und endete mitten im Raum. Halbdurchsichtig. Ohne klare Form.

Es war einfach da.

Es gehörte nicht hierher.

„Was –?", brachte Ian hervor und senkte den Spaten. Er traute sich nicht, sich zu bewegen. Das Fiepen dröhnte in seinem Kopf. Er kniff die Augen zusammen.

Das war alles nicht wahr. Es war ein Albtraum. In Wirklichkeit lag er auf der Couch und träumte.

Da entdeckte er Zero. Der Rüde saß mit schiefgelegtem Kopf mitten im Raum. Erwartungsvoll starrte er den Geist an, der sich vor ihm in der Luft unablässig veränderte.

Wie gefrorenes Wasser schimmerte die Erscheinung, glomm in unterschiedlichen Farben. Mit einem Schlag wurde sie größer und breiter, schwebte in der Luft wie eine aufgeblasene Leiche. Ian meinte, einen Rumpf zu erkennen, Arme, Beine. Er glaubte, einen Menschen zu sehen. Verschwommen nur, als kämpfe er gegen eine unsichtbare Mauer aus Energie an. War es sein Vater?

Ian wich einen Schritt zurück, doch da gebar diese Gestalt zahlreiche Arme und Beine. Sie erinnerte ihn an einen Baum, an Äste, Zweige, die verschlungen aus dem Nichts wuchsen und sich langsam in die Luft streckten. Eine feingliedrige Hand oder … oder Spinnenbeine.

Ian schätzte, dass der Geist jetzt größer als Peter war, aber es war schwer zu sagen, denn er änderte laufend seine Form. Wie dichte Nebelschwaden, nur ein wenig deutlicher zeichnete er sich im Keller ab. Hitze ging von ihm aus und Ian kniff die Augen zusammen, um seine Gestalt besser zu erkennen.

Er konnte nicht hindurchsehen, aber er konnte in ihn *hineinsehen*. Es war schwer zu beschreiben, denn es war das Eigenartigste, was Ian je gesehen hatte. Erst nach ein paar Sekunden wusste er, an was ihn das wabernde Farbschauspiel erinnerte: an Computeraufnahmen von Körpern. An Scans, die im Krankenhaus gemacht wurden und mit denen man Zentimeter für Zentimeter in den Körper der Kranken sehen konnte. Man sah nicht hindurch, aber man sah hinein. Und das Bild veränderte sich mit jedem Schnitt durch Muskeln, Adern und Knochen.

Ians Ohren schmerzten, seine Nase blutete und die Angst war so lähmend, dass er nicht mehr klar denken konnte. Wie gebannt starrte er das Ding an. Es wächst, schoss es ihm durch den Kopf. Schoben sich da nicht immer mehr Äste und Finger aus dem Nichts hervor? Das Fiepen stach. Er spürte, wie seine Haut brannte und austrocknete. Er glaubte, winzige Lichtblitze an den Rändern des Wesens zu sehen. Vor allem dort, wo der Geist im Nichts endete, explodierten Schauer aus Licht. Wie ein Ölfilm lagen die winzigen Explosionen auf seinen Tentakeln.

„Zero!“, schrie er, aber sein Hund rührte sich nicht. „Zero! Wir müssen hier weg!“

Er beugte sich zu Zero vor, um ihn am Halsband zu greifen. Da schoss urplötzlich ein Arm des Geistes hervor.

Er zischte wie eine Peitsche in Zeros Richtung. Ian schrie auf und schützte sich vor dem gleißend hellen Licht. Wie Tausende von Wunderkerzen stob der Arm auseinander und ließ die Luft flimmern. Ian war wie gelähmt, die Hitze verschlang ihn.

Und dann durchfuhr der Geist Zero.

Es ging blitzschnell. Der Geist hatte einen seiner Tentakel nach Zero ausgestreckt und ihn einfach durchbohrt. Als wäre Zero gar nicht da, drang der Arm durch den Körper des Hundes. Der Setter winselte laut, bäumte sich auf und versuchte zurückzuspringen, doch –

„Zero!"

Mit einem Schrei schlug Ian zu. Der Spaten hieb durch den Arm des Geistes. Sauste einfach hindurch. Ein Widerstand war kaum spürbar. Als sei der Geist aus Schaum. Ian hörte sich schreien und Zero jaulen. Dann kam die Dunkelheit.

Benommen beobachtete er, wie sich der Geist zurückzog. Wie ein Gummiband schnurrte er von unsichtbaren Fäden gezogen in das winzige Loch irgendwo in der Luft hinweg. Zurück in seine Welt.

Nur der Schein der Taschenlampe huschte noch über den Staub, der golden durch die warme Luft flog. So abrupt wie das Wesen verschwunden war, ebbte auch die Hitze ab. Das Fiepen war schlagartig verklungen, nur Ians Herz pochte noch wie verrückt. Doch der Spuk war vorbei.

„Zero?" Ian wischte sich Blut und Schweiß aus dem Gesicht. „Alles okay?"

Mit zwei Schritten war er bei dem Setter, der leblos am Boden lag. Er kniete sich hin und berührte Zeros Fell. Es fühlte sich seltsam hart an und schien unter seiner Hand zu zerbröseln.

Zitternd strich er seinem Hund über den Kopf.

Zero regte sich nicht.

16

Tau benetzte den Rasen, in den Peter eine Wunde geschlagen hatte. Die feuchte Erde vermischte sich mit dem Grün.

Gern hätte Ian Zero in der Nähe der Terrasse beerdigt, näher bei ihm, aber Peter hatte es nicht zugelassen. Es war ein Wunder, dass er überhaupt zugestimmt hatte, Zero im eigenen Garten zu begraben und ihn nicht zum Tierarzt zu bringen. Peter hatte hinten im Garten, zwischen dem Rosenbeet und dem alten Gewächshäuschen, ein Loch gebuddelt.

Mitten in der Opernvorstellung hatte Ian Olivia angerufen und sie schluchzend gebeten, sofort zu kommen. Während seine Mutter die ganze Zeit über geschwiegen hatte, war Peter wie ein geköpftes Huhn mit dem schnurlosen Telefon durchs Wohnzimmer gerannt. Sein Pferdeschwanz hatte aufgeregt hin und her gewippt und seine Fragen galten vor allem dem entstandenen Schaden in der Elektrik – ob dies ein Versicherungsfall wäre? Seine zweite Sorge galt der Polizei. Sollte er sie einschalten? Für die Versicherung wäre es vielleicht besser. Es war ihm anzusehen, dass er Ian nicht glaubte, dass die Stromkabel im Keller Feuer gefangen hätten und Zero einen Schlag bekommen hätte.

Ian hatte stumm das Schauspiel seines Stiefvaters beobachtet. Denn genau das war es für ihn: ein Schauspiel. Ein Film, der ablief, während er neben seiner Mutter auf der viel zu großen Couch saß. Verloren, verwirrt und voller Trauer.

Schließlich war Olivia aufgestanden und hatte eine alte Weinkiste geholt. Sie hatte die Holzkiste mit einem Seidentuch ausgelegt und Zero hineingebettet. Während Peter mit den Feuerwehrleuten und Polizisten sprach, die mit einem Mal das ganze Haus bevölkerten, hatte Olivia im Garten ein paar Blumen für Zero geschnitten.

Wie betäubt stand Ian vor dem Grab und blickte auf seinen Hund hinab. Trotz seiner Verbrennungen sah der Setter aus, als schliefe er friedlich. Ian spürte, wie ihm erneut die Tränen kamen. Schluchzend kniete er sich hin, schloss den Deckel und legte Zero die Blumen auf den Sarg. Dann fiel ihm das Gummihuhn ein. Ohne das Gebet abzuwarten, das Olivia leise murmelte, rannte Ian ins Haus zurück, um Zeros Lieblingsspielzeug zu holen.

Er wusste nicht genau, warum er es tat, aber er drückte das dumme, zerkaute Huhn kurz an seine Lippen. Dann legte er es zu Zero in die Kiste, zwischen seine Pfoten, auf dass Zero ewig mit ihm spielen möge.

„Er soll sich nicht so einsam fühlen“, sagte er mehr zu sich selbst als zu Olivia, die neben ihm stand. „Wo immer er auch hingeht.“

Er schluckte die Tränen herunter. Plötzlich schoss ihm ein Gedanke durch den Kopf.

Was, wenn Zero zu den Geistern geht, die ihn umgebracht haben?

Ians Magen verkrampfte sich. Was, wenn er auch so eine Kreatur werden und ihn heimsuchen würde? Ohne einen weiteren Blick auf seinen toten Hund zu werfen, lief er zurück zum Haus. Ihm wurde endgültig schlecht.

Er schaffte es bis zur Terrasse, dann erbrach er sich. Das war alles zu viel für ihn. Die Begegnung im Hangar. Das Fiepen und der Schmerz. Sie waren ihm gefolgt. Zu ihm nach Hause. Zu Zero.

Am ganzen Körper zitternd, hockte Ian auf den Steinen der Terrasse und starrte auf die weißen Plastikbeine der Gartenstühle. Seine Gedanken wirbelten durcheinander, während Olivia liebevoll mit ihm sprach.

Die Geister haben Zero getötet.

„Verboten, ein so großes Tier im Garten ... und das Huhn, das verrottet doch nicht“, hörte er Peter schimpfen. Doch Ian war zu gelähmt, um ihm etwas entgegenzuschleudern.

Seine Augen brannten, sein Mund tat weh und langsam wandelte sich seine Trauer in Wut.

Sie haben deinen Hund umgebracht.

Olivia wollte ihm aufhelfen, aber er schlug ihre Hand beiseite. Sie hatte von den Geistern gewusst! Sie hatte ihn belogen über die Krankheit seines Vaters!

Tief sog er die Luft ein und erhob sich. Es muss eine Erklärung für all das geben, sagte er sich. Es muss.

Sie sind hinter dir her. Sie haben dich im Hangar angegriffen und nun haben sie Zero getötet. Die Geister werden auch dich töten, Ian.

Aber ich werde ihnen zuvorkommen. Ich werde herausfinden, wer diese Geister sind. Und dann werde ich sie erlösen. Ein für allemal erlösen und dann werden sie nie mehr wiederkommen. Sie werden niemanden mehr umbringen.

Ian ballte die Fäuste.

Ich werde sie aufspüren.

Ich werde sie jagen.

Ich werde sie vernichten.

17

„Wie lange war er draußen?“, schrie Alva gegen das Getöse des Helikopters an, der direkt vor den Stelzen der Basis gelandet war. Ihre Frage wurde vom Lärm der Rotoren geschluckt. Ohne eine Antwort abzuwarten, stürzte sie zur Trage, die Professor Dr. Greenlight und Dozer, der Leiter der Station, durch den Schnee trugen. Sie hatten Daniel in eine silberne Folie und in eine Heizdecke gewickelt. Dozer, ein muskulöser Mann um die vierzig, der leicht als Holzfäller hätte durchgehen können, hatte noch immer eine Zigarre zwischen seinen Zähnen, obwohl der Stummel längst vereist war. Er hatte sich seine Skimaske auf die Stirn hochgeschoben und wie immer eine Stinklaune.

„Er hat verdammtes Glück gehabt“, knurrte Dozer und stieß Alva beiseite, um mit der Trage durch die kleine Luftschleuse zu passen. „Was hatte er überhaupt da draußen zu suchen?“

Alva zog ihre Jacke zu und schloss die Tür mit einem kräftigen Fußtritt. Der eisige Wind wurde abgeschnitten und Ruhe kehrte ein.

„Wie lange?“, fragte sie ein weiteres Mal und folgte hustend den beiden Männern.

„Zwei Stunden. Wir hätten ihn fast nicht gefunden. Der Schnee hatte ihn schon zugedeckt“, entgegnete Professor

Greenlight und zog sich die Skimaske vom Gesicht. Seine Wangen und sein grauer Schnauzer waren klitschnass, nur seine Glatze schimmerte wie frisch lackiert. Alva folgte ihm im Laufschritt. Mit Entsetzen sah sie, dass Daniels Bein blutverkrustet war. Gefrorenes Blut klebte auch an seiner Hose, die von den Männern aufgerissen worden war und von der Trage herunterbaumelte.

Dozer bemerkte ihren Blick. „Wahrscheinlich hat er sich am Schneemobil verletzt. Es geht ihm den Umständen entsprechend gut, Dr. Ohlström. Lassen Sie uns durch."

„Erfrierungen?", fragte Alva in ihrer gewohnt knappen, sachlichen Art. Sie hustete abermals und zog eine Packung Taschentücher aus ihrem Overall. Ihr Gesicht war blass, doch ihre Nase vom ewigen Schnäuzen rot angelaufen.

„So weit wir sehen können, hat er nichts Ernstes, Alva. Wirklich", beruhigte sie der ältere Greenlight. „Er wird wohl alle Finger und Zehen behalten. Seine Nase ist auch okay. Besser als deine jedenfalls."

Alva nickte und hielt den beiden die nächste Tür auf. Sie schoben Daniel an Plastikkisten, in denen die wöchentliche Post geliefert wurde, und an ausrangierten Messgeräten vorbei zum Sanitätsraum der Basis.

„Schläft", bellte Dozer. „Sein Bein muss genäht werden. Hoffentlich kriegen wir das Gewebe ringsum weg."

Erneut nickte Alva. Sie brauchte nicht hinsehen, um zu verstehen, was er meinte. Die Sanitäter mussten die Schnittwunde nicht nur reinigen, sondern auch ihre Ränder freischneiden, weil die Kälte durch den Anzug gedrungen und die Haut um den Schnitt erfroren war.

Niemand konnte Dozer leiden, aber alle hatten Respekt vor ihm. Bei ihrer Ankunft hatte er Alva beschrieben, wie es sich anfühlte, wenn einen die Kälte auffraß. Es sei, als verbrenne man, hatte Dozer den Neuankömmlingen erklärt. Man spüre keine Kälte, hatte er geknurrt und Zeige- und Mittelfinger seiner rechten Hand hochgehalten, die nur noch Stummel waren. Es fühle sich eher wie ein Glühen an, wenn die Nerven vor Kälte abstürben und das Gewebe schwarz werde.

Sie waren schon halb durch die Tür, als Alva bemerkte, dass Daniel die Augen einen Spaltweit geöffnet hatte.

„Überlass die Fahrt nächstes Mal lieber mir. Du spielst Playstation, ich kontrolliere“, flüsterte sie ihm zu und lächelte. Dann musste sie sich die Hand vor den Mund halten, da sie erneut ein Hustenanfall packte.

Daniel griff müde nach ihrer Hand und erwiderte schwach ihr Lächeln. Mit aller Kraft versuchte er zu sprechen, aber sie verstand ihn nicht. Erst als sie ihren Kopf dicht über seinen Mund beugte, hörte sie ihn murmeln: „Anomalie? Was ist mit den Sensoren …?“

Bevor Alva antworten konnte, drängte Dozer sie mit einem übertriebenen Räuspern beiseite. „Kochen Sie sich ’nen Tee“, bellte er. „Ihr Husten hört sich schrecklich an.“

Die Tür des Sanitätsraums schloss sich hinter Daniel und Alva sah durch das Bullauge im Türblatt, wie sie ihn auf den OP-Tisch hoben.

18

Ian benötigte nicht viel. Er stopfte drei T-Shirts, ein paar Socken und Unterwäsche in seinen alten Armee-Rucksack. Ein paar Copic-Marker und einen Skizzenblock packte er auch noch dazu. Dann nahm er die Taschenuhr ab und schlug sie in eines der Tücher ein, mit denen er gewöhnlich seine Pinsel abwischte. Sorgsam steckte er sie in die Seitentasche. Er wollte sich schon von Zero verabschieden, als ihm bewusst wurde, dass er es bereits für immer getan hatte.

Ian drängte die Tränen zurück und schnappte sich sein Gepäck. Ein letztes Mal sah er sich in seinem Zimmer um, dann öffnete er das Fenster über der Garage. Leise kletterte er hinaus auf das Dach. Er lief bis zur Kante, griff nach dem Basketballkorb und ließ sich fallen.

Wie so oft in den letzten Monaten schlich er sich heimlich fort, doch diesmal hatte Ian nicht vor, zum Abendessen zurück zu sein.

„Und was willst du machen? Zu einer Wahrsagerin gehen?“ Bpm hatte seinen Kopf in den aufgeschraubten PC der Kasse gesteckt und stocherte darin herum. Der kleine Malerladen seines Vaters hatte noch nicht geöffnet, doch Bpm musste auch samstags die Ware einräumen, da sein Vater wie jeden Morgen seinen Rausch ausschlief.

Unter den Tapetenrollen, Kübeln mit Lack, Wandfarbe und Verdünnern konnte man kaum noch den Tresen erkennen. Ian staunte immer wieder über das Chaos und die Werbeplakate aus den 80er-Jahren, die verblichen und verfärbt an den Wänden hingen. Vor zwei Wochen hatte er mit Bpm das Lager ausgeräumt, aber vor allem angestaubte Bierflaschen weggeworfen. Hinter einem vergammelten Ladenschild – „Lissitzkys Farben! Froh und heiter!“ – hatten sie ein Flaschendepot entdeckt. Mehr als siebzehn Schnapsflaschen und unzählige Flachmänner, teils noch halbvoll.

Ian schob sich zu Bpm hinter den Tresen, wo kaum noch Platz zum Treten war.

„Du musst doch zugeben, dass es eigenartig ist. Meine Mutter hat quasi gesagt, dass mein Vater *auch* diese Geister gesehen hat! Und dieses Vieh im Keller, das ...“ Er suchte nach Worten. „Das sah gefährlich aus. Wie ein Mann. Einen Moment habe ich sogar gedacht, es wäre mein Vater ... Bpm?“

„Ich hör zu.“

Aus einer alten Lackdose fischte Bpm ein paar Kabel und prüfte sie im Licht der Halogenlampe. Ein schiefer Blick seines Freundes signalisierte Ian, dass Bpm sich nicht sicher war, ob er seinem Freund glauben sollte. „Also, damit ich das richtig verstehe: Du kannst tote Menschen sehen.“

„Wesen aus Licht, ja. Seelen in Flammen.“

„Seelen in Flammen ...“ Er warf das Kabel zurück. „Und die verfolgen dich. Sie haben dich angegriffen und

Zero …" Er brach ab, als er Ians Blick bemerkte, und widmete sich wieder dem Kassencomputer. „Deine Mutter hat dich belogen, weil dein Vater nämlich auch von diesen Geistern verfolgt, vielleicht sogar in den Selbstmord getrieben wurde. Was deine Mutter auch verschweigt, den Selbstmord, meine ich. Und deswegen willst du jetzt nach London fahren und euer altes Haus durchsuchen."

So wie Bpm das sagte, hörte sich sein Plan furchtbar lächerlich an. „Hast du einen besseren Vorschlag?" Es klang pampiger, als es gemeint war. „Soll ich dumm rumsitzen und Geisterbeschwörungen abhalten? Sie sind real, Benjamin!"

Zweifelnd kratzte sich Bpm hinter dem Ohr. „Und wenn du erst mal zu diesem Doktor –?"

Ian schnaubte. „Sie sind real! Sie haben Zero getötet!" Er zwang sich, ruhig zu bleiben. „Bpm, bitte. Ich will endlich wissen, wer diese Geister sind. Sie waren da. Sie waren im Keller. Ich bin nicht verrückt!"

„Gut, aber was willst du in London finden? Fässer mit Ektoplasma?"

„Haha." Gereizt reichte er Bpm den Schraubenzieher. „In der Villa meines Vaters erinnere ich mich vielleicht an etwas. Und kehren Geister nicht oft an die Orte zurück, wo etwas Schreckliches geschah? Immerhin hat mein Vater dort Selbstmord begangen." Ian zog das Foto aus der Tasche seiner Jeans. „Und diese Linien und Symbole da hinter ihm … Vielleicht hat er sie beschworen, diese Geister …"

Bpm schob seine Brille hoch und warf einen flüchtigen Blick auf das Bild. „Und du bist dir sicher, dass du nicht einfach abhauen willst? Peter eins auswischen?"

„Ich will nicht abhauen, Bpm. Ich will eine Erklärung. Ich fange bei meinem Vater an. Ich sehe mich da um, wo wir gewohnt haben. Wir fragen ein paar Leute, die ihn gekannt haben."

„Geister, also", seufzte Bpm. Er sah sich in dem kleinen, miefigen Laden um. Der Gestank von Verdünner und Farbe hing in der Luft. „Wir haben kein Geld", stellte er fest.

Ian entging das *Wir* nicht. „Du kommst mit?", fragte er.

Bpm kam hinter dem Tresen hervor. „Geisterjagd. Welcher Vollpfosten lässt sich so was entgehen?" Er grinste. „Kannst auf mich zählen, Ian. Michelle will eh nichts von mir. Und was soll ich hier?" Er deutete mit seinem Schraubenzieher auf die Regale. „Mein Vater wird schon einen Tag ohne mich klarkommen."

Bpm wollte in die Kasse greifen und das Wechselgeld einsacken, aber Ian stoppte ihn. „Bevor wir deinen Laden ausräumen, beklauen wir lieber Parodontose-Peter." Lächelnd präsentierte er eine kleine Plastikkarte.

„Oh, Shit! Du hast deinem Dad die Kreditkarte geklaut!" Begeistert sprang Bpm zur Tür. „Nicht schlecht. Okay, ab zum Bahnhof und auf nach London!"

Ian schüttelte den Kopf. „Bahnfahren?" Er zog die Tür auf und trat aus dem winzigen Laden. „Wenn ich Peter schon beklaue, dann richtig."

19

„Isst du das gar nicht mehr?“

Zachary verdrehte die Augen. „Nein, Tan. Kannst du haben, wenn du willst.“ Er reichte dem Jungen sein Frühstück, das er sich gegenüber der Autovermietung am Flughafen London Heathrow gekauft hatte. Ihm war schon schlecht von dem Sandwich mit der schlabberigen Gurke, das nur nach Mayo geschmeckt hatte.

Bomben in Blockhäusern meinetwegen, dachte Zachary, aber wenn unser Chef uns weiter um den Erdball schickt, bekomme ich noch ein Magengeschwür. Und wenn Tan nicht endlich aufhört, meine Reste zu fressen, wird das Geschwür groß wie ein Fußball.

„Schmeckt's?“, fragte er Tan übertrieben freundlich. Sein Partner verzog seinen mayonnaiseverschmierten Mund zu einem breiten Grinsen. Die Zöllner am Flughafen hatten Tan wegen der Schürfwunden und Pflaster in seinem Gesicht für einen Boxer im Fliegengewicht gehalten.

Zachary griff nach seinem Zielfernrohr und spähte über die Straße. Das Reihenhaus lag ruhig da. Selbst in der Nachbarschaft war niemand zu sehen. Kein Opa, der den Müll herausbrachte, keine Hausfrau, die mit ihrem Hund Gassi ging. Perfekt.

„Sollen wir sie gleich *befragen*?“, erkundigte sich Tan

mit vollem Mund und wischte sich die Mayonnaise vom Kinn.

Ohne das Fernrohr abzusetzen, nickte Zachary. „Wir setzen sie zu Hause fest, zur Not bringen wir sie in die Fabrikhalle, die wir an der Landstraße gesehen haben. Wichtig sind vor allem der Junge und seine Mutter. Und wir sollten das Haus durchsuchen. Vielleicht finden wir einen Hinweis auf Patient 5."

Er nahm seinen Revolver, den er feinsäuberlich zerlegt in seiner Sporttasche durch den Zoll in Ottawa geschmuggelt hatte. Schon zu Beginn der Reise hatte er sich ein paar gute Verstecke für die Einzelteile überlegt, damit die Scanner des Zolls sie nicht fanden.

Geduldig beobachtete er die Fenster des Hauses. Noch war alles dunkel. Er warf einen Blick auf seine Quarzuhr. „Erst zehn nach sieben. Gut. Die schlafen alle noch. Hast du das Klebeband?"

Tan nickte und fischte es aus dem Handschuhfach. Er hatte auch einen alten Lappen als Knebel eingepackt. Sie würden Ian und Olivia Boroughs schon weichklopfen. Doch diesmal würde Zachary aufpassen, dass der Junge nicht wieder über die Stränge schlug. Es konnte durchaus sein, dass sie die beiden mit nach Südamerika nehmen mussten. Immerhin waren Mutter und Sohn die einzigen Familienangehörigen, die Patient 5, dieser Harvey Boroughs, noch hatte. Zachary wusste noch nicht, wie er sie nach Buenos Aires verfrachten sollte, aber wenn es hart auf hart kam, würde ihm schon etwas einfallen.

Bisher war ihm immer etwas eingefallen.

Zachary stieß Tan an, der gedankenverloren mit dem Klebeband spielte. „Was ist das denn?“, knurrte er und zeigte auf die andere Straßenseite.

Zwei etwa sechzehn, siebzehn Jahre alte Jungen schlichen geduckt unter dem Küchenfenster des Reihenhauses vorbei und machten sich an einer Harley zu schaffen. Die beiden hatten Rucksäcke dabei, Jacken umgebunden und offenbar Probleme mit dem Zündschlüssel.

„Gib mir mal das Foto“, forderte Zachary seinen Partner auf, der sich gerade einen Bonbon in den Mund schob. Mit klebrigen Fingern reichte Tan ihm das Bild. Ein kurzer Blick auf die Kopie des Ausweises, den ihr Auftraggeber ihnen nach Heathrow in einen Copyshop gefaxt hatte, genügte ihm. Es war Ian Boroughs. Der Junge, auf den ihr Chef sie angesetzt hatte.

„Der klaut sein eigenes Motorrad?“, murmelte Tan ungläubig.

„Bestimmt Daddys Karre.“ Zachary musste grinsen. Auch er hatte seinem Vater einmal den Wagen gestohlen, um dann sturzbetrunken in die Scheune ihrer Nachbarn zu fahren. Er hätte nicht sagen können, was schlimmer gewesen war: Der Unfall, bei dem er sich den Arm brach, oder die Tracht Prügel, die sein alter Herr ihm „schenkte“. Ich schenk dir eine Lektion, hatte sein Vater stets gesagt und seinen Gürtel genommen.

„Die fahren! Die fahren los!“

„Ich seh’s ja, ich seh’s ja.“ Hektisch drehte Zachary den Zündschlüssel. „Kümmere du dich um die Mutter. Frag sie aus. Ich schnapp mir den Jungen.“

Tan öffnete die Tür und griff nach dem Revolver, aber Zachary schüttelte den Kopf. „Warte mit ihnen auf mich. Und reiß dich zusammen, klar?"

Tan war noch nicht ganz ausgestiegen, als sie die Harley aufheulen hörten. Sie sahen, wie die Jungen beschleunigten und die schmale Straße hinunterrasten. Fluchend trat Zachary das Gaspedal des Mietwagens durch und ließ das Auto quietschend an Tan vorbeischießen, der grinsend am Straßenrand zurückblieb.

Am liebsten hätte Ian die Arme ausgebreitet und den Fahrtwind am ganzen Körper genossen. Auch wenn er seine Muskeln schon nach wenigen Kilometern gespürt hatte, war das Gefühl grandios. Seit anderthalb Jahren fuhr er Moped und war ein paar Mal mit den Maschinen seiner älteren Freunde gefahren. Dies jedoch übertraf alles.

Ein erhabenes Gefühl von Freiheit durchflutete ihn. Es fegte seine Angst vor der Zukunft hinweg und ließ ihn für ein paar Minuten die Trauer um Zero vergessen.

Ian spürte, wie sich Bpm an ihn klammerte und irgendetwas von London faselte, aber er war schon weit fort. In Gedanken saß er gar nicht mehr auf der Harley. Er segelte bei vollem Wind, hatte plötzlich die Hoffnung, tatsächlich den Grund für seine Visionen und Zeros Tod zu finden.

Ich werde sie jagen.

Ich werde sie vernichten.

Ein neuerliches, starkes Gefühl von Rache durchströmte

ihn und vermischte sich mit der Freude, einen neuen Abschnitt seines Lebens zu beginnen. Endlich mehr über seinen Vater zu erfahren. Die Wahrheit und keine Lügen. Endlich etwas gegen die Geister zu unternehmen.

Adrenalin rauschte durch seine Adern und er roch den neuen Sommertag so intensiv, als hätte es die letzten Jahre keinen Sommer gegeben.

Ian ließ Southend-on-Sea hinter sich. Die kleine Stadt an der Küste mit ihrem Vergnügungspier und den in die Jahre gekommenen Karussells, auf denen er das erste Mal ein Mädchen geküsst hatte. Letzten Winter.

All dies war nun Vergangenheit.

London war die Zukunft.

20

Hachiōji, Vorort von Tokio,
Japan

Chiyo sprang von ihrem Roller und schob ihn die Schotterauffahrt hoch, am Gemüsebeet vorbei, hinter den Hühnerstall. Normalerweise stellte sie ihn direkt vor dem kleinen Farmhaus ab, doch nach ihrer Flucht vorgestern fürchtete sie noch immer, erkannt zu werden.

Unsinn, schalt sie sich, denn vor zwei Tagen war sie im Zickzack durch Tokio gefahren. Nachdem sie ihren Freund Takai nicht zu Hause angetroffen hatte, war sie mit einem unguten Gefühl mehr als achtzig Kilometer durch die Straßen der Metropole gecruist. Sie hatte sich gefühlt wie eine Schwerverbrecherin, als sie auf verschlungenen Wegen nach Hause gefahren war. Alles nur aus Angst, die Polizei würde sie nach ihrem Angriff auf den Sicherheitsmann ernsthaft suchen. Warum hatte sie ihn auch verletzen müssen? Manchmal verstand sie sich selbst nicht.

Erst Stunden später war sie an den Studentenunterkünften und Universitäten vorbei die Landstraße hinaus zum Takao-Berg gefahren. Schmalen Flüssen gleich schlängelten sich die Straßen durch die Täler des Hausbergs von Tokio. Chiyo liebte es, mit ihrer Großmutter die Seilbahn zu nehmen und hinaufzufahren. Vom Takao aus konnte man bei klarem Wetter bis nach Tokio schauen und die Wolkenkratzer in der Sonne glitzern sehen.

Die beiden Tage über war sie Sobo aus dem Weg gegangen und hatte ihr nichts von dem Zwischenfall im Electro-World erzählt.

Das Haus ihrer Großmutter, in dem Chiyo seit dem Tod ihrer Eltern wohnte, lag an der Talstraße zwischen brachliegenden, von der Sonne ausgedorrten Feldern. Zwei Reihen hoher Kirschbäume säumten die Schotterauffahrt. Sie waren bereits verblüht.

Chiyo schob den Roller zwischen Sobos vier gackernden Hühnern hindurch und stellte ihn vor einer Werkbank ab. Sie hatte sich im ausgedienten Hühnerstall, der mehr Platz als das windschiefe Haus ihrer Oma bot, eine kleine Werkstatt eingerichtet. Mit bunten Tüchern hatte sie eine Ecke abgetrennt, die sie mit rostigen Aktenschränken voller Werkzeug, einer Schleifbank, Standbohrer und allerlei elektronischen Messgeräten zu ihrem Reich erklärt hatte. Hier konnte sie bis in die Nacht ungestört basteln, löten und schrauben.

Sie zog den Schlüssel des Rollers ab und steckte ihn wie gewohnt in eine Öldose, die hinter mehreren Roboterskeletten und ausgeschlachteten Hydraulikpumpen stand. Mit einer dicken Plastikplane deckte sie den Roller ab.

Bestimmt hatte dieser koreanische Wachmann ihr Foto bereits gestern durch die Datenbanken der Tokioer Polizei gejagt. Waren die Führerscheindaten schon vernetzt? Konnte jeder Polizist am Computer nicht nur die Daten des Führerscheins, sondern auch das Passfoto abrufen? Wenn ja, würde sicher irgendeine ausgefuchste Software ihr Foto erkennen und Alarm schlagen.

Nein, redete sie sich gut zu, soweit ist die Polizei selbst hier in Japan noch nicht. Sie hatten nur eine Aussage des Koreaners und der anderen Sicherheitsleute aufgenommen und sich dann den Ordner angesehen, in dem sie unter drei verschiedenen Namen auftauchte. Das war alles. Ihr Nummernschild hatte sie seit Monaten nicht geputzt und niemand hätte es in dem Durcheinander entziffern können. Da war sie sich sicher – zumindest, solange sie nicht die nächsten Wochen bei Electro-World auftauchte und wieder stahl.

Ihr Blick fiel auf die Roboter. Einer von ihnen war ein blauer Gecko.

Mit winzigen Schläuchen und feinen Mechanikstangen hatte sie der kleinen Echse Leben eingehaucht. Das Besondere jedoch waren seine übergroßen Tatzen. Statt vier wie bei einem wirklichen Gecko hatte Gexx, wie sie ihn nannte, sechs Füße. Die letzten Wochen hatte sie jeden Tag in der Werkstatt verbracht, um Gexx' Füßchen mit einem speziellen Kunststoff zu überziehen, der Millionen feinster Härchen besaß. Zusammen mit ihrem Freund Takai hatte sie die Schule geschwänzt, um zwei Monate lang durch Electro-World und andere Märkte in *Akihabara* zu streifen und Bauteile zusammenzusuchen.

Die Füßchen hatte Chiyo der Natur abgeschaut, denn durch die vielen Härchen konnte ihr Roboter wie ein echter Gecko an Wänden auf- und ablaufen. Gebaut hatte sie ihn, weil er die Wände und die Fensterscheiben ihres Hauses putzen sollte.

„Du musst noch ein bisschen schlafen, Gexx", sagte sie und gab dem Gecko ein Küsschen auf den Kopf. „Electro-World hat vorerst geschlossen." Seufzend legte sie ihren Roboter zurück. Wie gerne hätte sie Gexx noch diese Woche fertig gebastelt, aber ihr fehlte das Geld, um eine Hydraulikpumpe für sein letztes Bein zu kaufen. Mit nur fünf Beinen hielt sich Gexx bloß an sehr rauen Flächen und konnte noch keine Glasscheiben hinaufgehen.

Sie schloss das klapprige Holztor des Schuppens, als sie ihre Großmutter über den Hof rufen hörte. Sicher hatte sie den Roller gesehen.

„Ich komm ja gleich, Sobo." Chiyo folgte den Steinplatten unter den Kirschen hindurch zum Wohnhaus. Die Blüten hatten sich auf dem flachen Wellblechdach verfangen und waren mit dem letzten Regen zu einem braunen Brei verklebt, der sie an verkrustetes Blut erinnerte.

Das winzige Haus an den Hängen des Takao-Bergs musste unbedingt gestrichen werden. Was nicht verwittert war, wirkte irgendwie zusammengebastelt oder wie in Eile festgeschraubt. Ihr Namensschild aus Holz hing schief an der Tür und die *Kanji*, die japanischen Schriftzeichen, die Chiyo als kleines Kind mit einem heißen Eisen hineingebrannt hatte, waren mit der Zeit moosgrün und rissig geworden. Ihr Nachname Ishizuka war kaum noch zu lesen.

Sie ging an ein paar Regenfässern vorbei auf die Rückseite des Hauses, wo sich eine wacklige Holzterrasse befand, von der man einst in einen kunstvollen Garten blicken konnte. Heute zeugten jedoch nur noch verwilderte Büsche und ein alter Brunnen sowie eine große *Daikoku*-Statue von der einstigen Pracht. Um den Berghang abzusichern, der sich direkt an das Grundstück anschloss, hatten die Behörden vor ein paar Jahren Eisengitter über die Felsen geschweißt und Netze angebracht, die herabkullernde Steine aufhalten sollten.

Gedankenverloren folgte Chiyo dem schmalen Pfad, der ums Haus und auf die Terrasse führte. Beinahe wäre sie über Yutaka Kishii gestolpert. Ihr greiser Nachbar hockte am Boden auf einem Kissen und schnitt unter lautem Stöhnen mit einer Schere Unkraut aus der Wegeinfassung. Chiyo mochte den seltsamen, zahnlosen Witwer von nebenan nicht, der sie stets argwöhnisch beäugte und nur böse Worte für sie übrig hatte. Obwohl Kishii im Vergleich zu Chiyos Großmutter geradezu reich war, hielt er dennoch die Hand auf und half im Garten ausschließlich gegen Bezahlung. Seine Zeit verbrachte er am liebsten damit, auf ein Kissen gestützt die Landstraße und die Einfahrt im Auge zu behalten und Chiyo anzublaffen, wenn sie von ihren Tokiostreifzügen erst früh morgens nach Hause kam.

„Pass doch auf, du dumme Göre“, fuhr er sie an und zog kopfschüttelnd seine Schere und die Chemikalien zu sich, die er gegen das Unkraut in die Fugen geschüttet hatte. Chiyo entschuldigte sich nicht, sondern nahm mit einem geübten Sprung die drei Stufen zur Holzterrasse und eilte an einigen Windspielen vorbei zur Hintertür.

„Wo bleibst du denn?“, hörte sie ihre Großmutter rufen, noch bevor sie die *Shoji*, die mit Reispapier bespannte Schiebetür, aufgezogen hatte. „Kishii war so lieb, uns im Garten zu helfen. Schade, dass du ihn nicht mehr getroffen hast, er ist so ein netter Mann.“

Nachdem sie ihre Schuhe draußen abgestreift und die Tür zugeschoben hatte, blickte Chiyo noch einmal Richtung Garten. Durch das Reispapier konnte sie Kishiis Schatten erkennen. Wie sie vermutet hatte, war er neugierig auf allen Vieren vorgekrochen und hatte um das verwitterte Geländer der Veranda gespäht. Er musste Chiyo hinter dem Papier gesehen und sich ertappt gefühlt haben, denn nun tat er, als müsse er sich einer besonders hartnäckigen Pflanze widmen.

„Ja. Sehr nett“, entgegnete Chiyo und verdrehte die Augen. Sie wollte ihre Umhängetasche vor dem niedrigen Esstisch fallen lassen, als sie bemerkte, dass sie gar keine mehr bei sich trug. Die musste noch immer im Electro-World oder inzwischen in irgendeinem Polizeirevier liegen. Verflucht! Sie wollte gar nicht daran denken, was alles Wichtiges in der Tasche gewesen war.

Ihre Großmutter kam zu ihr und Chiyo begrüßte sie mit einem Küsschen auf die Wange. Die zierliche Frau, deren Arme Chiyo zerbrechlich wie Glas erschienen, reichte ihr kaum bis zum Kinn.

„Sobo, tut mir leid“, entschuldigte sich Chiyo und hob die Deckel der Kochtöpfe. „Es war Stau nach Hachiōji.“

Sobo pfiff wie immer, wenn sie vorgab, entrüstet zu sein. „Wie war es in der Schule, mein Schatz?“ Sie schnappte Chiyo den Kochlöffel weg und drängte sie liebevoll beiseite. „Es gibt Nikuman, die magst du doch so gern. Ich dachte, wir fragen Kishii, ob er auch ein paar gefüllte Hefeklöße möchte."

„Sicher."

„Was hast du denn, Kind?"

Statt einer Antwort strich Chiyo ihrer Oma liebevoll über das weiße Haar. Sie spürte auf beiden Seiten von Sobos Schläfe die winzigen Narben. Beim großen Kantō-Erdbeben war ihre Großmutter als Baby zwischen zwei Betonteile gefallen. Chiyo mochte es, die feinen Linien der Narben zu streicheln. Und Sobo trug sie mit einer Art von Stolz. Die greise Frau hatte sich ihr weißes Haar zu Zöpfen geflochten und Chiyo fand, dass sie trotz der tiefen Falten, der Runzeln und der Erdbebennarben ziemlich frech aussah.

„Nichts, Sobo", log Chiyo, küsste ihre Großmutter aufs Haar und zwickte sie dann blitzschnell durch den Kittel in den Bauch.

„Na, warte!" Die kleine Frau schrie lachend auf. Doch bevor sie reagieren konnte, hatte Chiyo sich bereits den Kochlöffel geschnappt und einen Kloß aus dem Topf gefischt.

„Mir geht's gut", grinste Chiyo und steckte sich …

„Pass auf! Ist heiß!"

… gleich den ganzen Kloß in den Mund. „Verflucht! Heiß, heiß, heiß!" Sie fächelte sich Luft zu und hüpfte durch die Küche, während ihre Großmutter laut lachte.

Chiyo holte drei schlichte weiße Schalen aus dem

Schrank und deckte den niedrigen Tisch aus Bambusholz.

Um weiterem Ärger für heute auszuweichen, beschloss Chiyo, den Nachbarn einmal nicht zu provozieren.

Sie würde still und höflich sein.

Schon Sobo zuliebe.

21

Da sie ihn nur örtlich betäubten, kam Daniel in den zweifelhaften Genuss, Dozer und Greenlight beim Verkleben und Tackern der Wunde beobachten zu können. Erst entfernten sie das abgestorbene Fleisch um den Schnitt, dann gossen sie Fibrinkleber in die Wunde, der die Haut zusammenhalten sollte.

„Was ist mit dem guten alten Bindfaden?“, fragte Daniel, aber die beiden Männer lachten nur. Laut Dozer war das Tackern bei einfachen Schnitten besser, weil es weniger Narben hinterließ.

Es dauerte den halben Tag, bis Dr. Daniel Cornelis Rheinberg den ersten Schritt wagte. Die Haut spannte und er hatte Angst, die Wunde könne sich erneut öffnen. Doch er hatte das Liegen einfach nicht mehr ausgehalten.

Auf eine Krücke gestützt, humpelte er den Flur entlang zu seinem Labor. Dieser Abschnitt der Basis wirkte wie ein normales Bürogebäude. Lediglich die Decke, an der sich Kabel über Metallgitter zogen, und die Forscher in ihren dicken Schneeanzügen zeugten davon, dass Daniel nicht in Seattle oder Berlin in einer Versicherung arbeitete, sondern am südlichsten Punkt der Welt.

Langsam fand Daniel den richtigen Schritt-Rhythmus und humpelte an Frosty Boy, der Softeismaschine, vorbei.

Professor Dr. Greenlight und Dr. Ibaha hatten den Blechbauch der Maschine geöffnet. Die beiden Experten für Tiefkernbohrungen fuhrwerkten mit Schraubenschlüssel und Akkuschrauber in der alten Kiste herum. Frosty Boy litt seit Monaten an Verstopfung, was auf der Basis für erheblichen Missmut sorgte.

Die beiden Männer grüßten und boten ihm Hilfe an, aber Daniel schüttelte den Kopf. So schnell es sein Bein zuließ, hinkte er den Gang entlang zu seinem Büro, das am Ende des Flurs lag.

AMANDA stand mit Edding auf seiner Tür und irgendein Scherzkeks hatte einen gelben Notizzettel mit einem dicken Lippenstiftkuss daneben geklebt. Als sei AMANDA Daniels Geliebte und das kleine Zimmer, das er sich mit zwei Assistenten, vier Laptops und fünf Desktop-PCs mit Flachbildschirmen teilte, ein verwunschenes Liebesnest.

Ein Liebesnest voll unerledigter Arbeit, dachte er und musste lächeln. AMANDA war tatsächlich so etwas wie seine Geliebte. Selbst in der Nacht hockte er noch vor den Computern und lauschte auf das Knacken der Neutrinos.

Daniel öffnete die Tür. Laute EBM-Musik schlug ihm entgegen. Beinahe wäre er über ein Bündel Netzwerkkabel gestolpert, die sie letzte Woche provisorisch auf dem Boden mit Klebeband fixiert hatten.

„Lacruz“, schrie er gegen die Elektro-Beats an. „Lacruz!“

Ein junger, pausbackiger Mann mit Ohrringen und schwarzblauem Iro rollte mit seinem Bürostuhl hinter einer Regalwand hervor. Er war aus Venezuela und erzählte jedem, er sei in der wunderschönen Hafenstadt La Cruz gezeugt worden. „Schon wieder auf 'm Damm?", erkundigte sich sein Kollege und riss einen Müsliriegel auf.

„Ja, ja. Verfluchte Schneemobile ... Was habt ihr herausgefunden?"

„Wie ... Was ist los?" Endlich drehte Daniels Assistent seine Musik leiser. „Ach so, die Anomalie ... Alva hat's als Erste gesehen." Lacruz biss von seinem Müsliriegel ab und rollte zurück an seine Monitore. „Sie wollte Daten über die Eiskerne, die wir damals rausgebohrt haben."

„Für unsere Sonden? Hast du sie ihr gegeben?"

„Natürlich. Hätte ich nicht?"

„Doch, doch." Alva arbeitete nicht bei AMANDA, sondern bei einer anderen Forschungsgruppe, die sich mit Mikroben im Eis befasste. Er kannte sie erst seit drei Monaten. Sie halfen sich gegenseitig, auch wenn Dozer es gar nicht guthieß, dass die Wissenschaftler ständig ihre Unterlagen austauschten und damit immer wieder politische Komplikationen auslösten. Auf der Amundsen-Scott-Base arbeiteten mehr als siebzehn Nationen und normalerweise bedurfte es einiger Telefonate in ihre Heimatländer, um den Wissensaustausch abzusegnen. Hinzu kam, dass alle Forschungen mehr oder weniger von verschiedenen Firmen finanziell unterstützt wurden, die oft in Konkurrenz zueinander standen.

„Alva ist hier reingeschneit, hat kurz auf meine Charts gesehen und sofort den Knackpunkt gefunden." Lacruz strich sich über seinen Iro. „Ne echte *diablesa*."

„Knackpunkt?" Daniel trat hinter Lacruz und drehte den Monitor zu sich.

„Warte mal." Lacruz ließ seine Finger über die Tastatur huschen. „So, jetzt kommen die Werte. Ich hätte es erst übermorgen beim Checkdurchlauf gesehen. Voilà, die Anomalie!" Er tippte mit seinem Müsliriegel auf eine Kurve, die erst im Zickzack verlief, um dann mit einem Mal steil nach oben aus der Skala auszureißen.

„Was ist das denn? Das ist doch kein Impact, oder?"

Lacruz schüttelte den Kopf. „Nein. Das ist völlig außerhalb des Messbereichs. Wenn das eine Kollision von einem Neutrino war, dann eine ziemlich helle. Da hat's heftig gescheppert." Er deutete mit dem Riegel auf seine Füße und meinte das ewige Eis unter ihnen. „Die anderen Sonden im Umkreis haben es auch registriert."

Lacruz rollte ihm einen Bürostuhl heran. „Wenn es ein Einschlag ist, hat er unser Glasauge Nummer 5-7-4 ganz schön geblendet", stellte er fest.

„Was sagt 5-7-4 denn jetzt?"

„Nur noch Rauschen. Kein Signal mehr."

„Vielleicht ist das Auge einfach ausgefallen?"

Lacruz zuckte mit den Achseln. „Glaub ich nicht. Das hab ich gecheckt. Und sieh dir mal die umliegenden Sensoren an." Erneut fuhren seine Finger über die Tastatur und eine Grafik erschien, in der man die Sonden wie auf Fäden im ewigen Eis aufgehängt sah. „Die Sonden daneben haben es auch alle gesehen. Das war ein Einschlag, aber ich weiß nicht, weswegen 5-7-4 ausgefallen ist."

Tatsächlich zeigten auch die Messaugen um 5-7-4 einen Blitz an, wenn auch deutlich schwächer.

„Wir müssen analysieren, was da in unser Auge geflogen ist und woher es kommt."

„Vielleicht war es nur ein Kurzschluss. 5-7-4 verabschiedet sich mit einem Blitz und wir denken, es sei ein Impact."

„Hm. Auch möglich. Check das."

„Bin schon dabei. Während ich hier die Software befrage, solltest du 5-7-4 vielleicht aus dem Eis holen, damit wir Klarheit haben."

„Aus dem Eis holen? ... Lacruz, wie soll ich das denn anstellen?" Daniel kratzte sich an seinem Verband. „Außerdem dauert es Tage, bis wir das Bohrloch frei getaut haben." Einen Moment saß er still da und starrte die Kurve auf Lacruz' Monitor an. Weder das Heulen des Windes noch Lacruz' Musik war zu hören. Einen Augenblick lang war es totenstill und Daniel dachte: Diese Messdaten sind tückisch. Wenn wir Forscher wären, die mit Block und Fernglas durch den Dschungel ziehen würden, wäre vieles einfacher. Doch sogar ein Komet, der die Kraft hat, die Erde zu zerschmettern, wird erst nur als eine ungewöhnliche Kurve auf irgendeinem Monitor auftauchen. Ein unscheinbarer Strich. Eine winzige Anomalie, wie es Alva und Lacruz nannten. Bloß Zacken auf einer Grafik, mehr nicht.

Daniel schauderte.

Irgendetwas hatten die Augen in knapp zwei Kilometer Tiefe registriert und eines war erblindet. Merkwürdig.

Auf einmal hämmerte Lacruz' Musik wieder los und Daniel zuckte zusammen. „He, Lacruz, du könntest dir auch mal wieder ein paar neue Songs aus dem Internet –"

Eine Frauenstimme unterbrach Daniel mitten im Satz.

„Ich bring dich raus. Mein Husten ist zwar noch nicht weg, aber im Gegensatz zu dir kann ich wenigstens Schneemobil fahren." Alva stand mit zwei Tüten Softeis in der Tür. „Die Verstopfung ist beseitigt", erklärte sie knapp und reichte Daniel ein Eis. „Müsst ihr Euch teilen, Greenlight und Ibaha haben zwanzig Tüten aus dem Automaten gezogen. Jetzt hocken sie in der Kantine und stopfen sich ihr Eis in Rekordzeit rein. Als Lohn für ihre Schrauberei."

Während Lacruz dankend ablehnte, nahm Daniel es gerne an. „Ich dachte eigentlich, ich hätte für die nächsten drei Jahre genug von Eis."

„Schokolade müssen sie noch reparieren", ergänzte Alva und hustete. Sie reichte ihm seine Krücke. „Eure Anomalie ist nicht das einzige, was passiert ist."

„Sondern?"

„Unser alter DOME-F-Schacht ist voll Wasser gelaufen."

„Wasser?" Daniel wollte aufstehen, besann sich aber eines Besseren. „Was heißt *Wasser*? Euer DOME F geht keine dreißig Meter entfernt von unserem Sondenfeld in die Tiefe. Da ist alles gefroren. Bis runter auf 2,7 Kilometer."

„Das dachten wir auch."

Daniel kratzte sich am Verband. „Aber …"

„Ibaha hat gestern Proben aus DOME F für das National Snow and Ice Data Center genommen. Im alten Schacht hat er einen Kratzer herabgelassen – auf gute 700 Meter. Eigentlich wollte er Eisproben abschaben und raufholen und sehen, ob ...“ Ihre Worte gingen in Husten unter. „Entschuldigung ... Er wollte sehen, ob er Vulkanasche findet, aber in seinem Kratzer war am Ende nur Wasser.“

„In flüssigem Aggregatzustand“, fügte Daniel unnötigerweise hinzu. „Du meinst, unsere Sonde könnte im Wasser hängen und nicht im Eis?“

Sie zuckte hustend mit den Achseln.

„Du solltest dich wirklich hinlegen, Alva. Du brauchst kein Eis, sondern einen von meinen Anti-Husten-Spezial-Kamille-Vanille-Tees.“

Sie winkte ab. „Du willst mich ja nur ins Bett kriegen“, meinte sie schmunzelnd.

„Korrekt. Du bist krank, Alva.“

„Ja, Papa.“ Alva verdrehte die Augen. „Lacruz“, wandte sie sich an Daniels Assistenten. „Könnte es sein, dass die Sonde ausgefallen ist, weil sie im Wasser hängt?“

„Weiß nicht, denke nicht. Unsere Augen sind ziemlich robust. Ich meine, sie frieren da unten ein.“

Daniel nickte. Er legte die Stirn in Falten, wie immer, wenn er angestrengt nachdachte. Schließlich rief er: „Ich hab's! Wir sollten uns einen Endurance-Roboter ausleihen, ihn in DOME F hinablassen und nachsehen, was da unten los ist.“

„Einen Endurance?“ Alva lachte. „Den gibt dir Dozer nie. Pass auf, ich fahr dich raus und wir sehen zusammen nach.“

„Lass mich erst mit Dozer reden.“

„He, seit wann schlägst du ein Rendezvous mit mir aus?“

„Ach. Wusste gar nicht, dass du auf Händchenhalten bei gefühlten 666 Grad minus in dicken Thermoanzügen stehst.“

„Find’s doch raus“, hauchte Alva gespielt sexy. So übertrieben, dass Lacruz lachen musste.

22

Feine, graue Schleier wehten über die Schnellstraße. Das Wasser triefte Ian und Bpm aus den Haaren und war ihnen in den Kragen und in die Ärmel gelaufen. Ian begann langsam zu frieren. Die winzigen Tropfen drangen durch die Nähte seiner Bikerjacke, während er sich krampfhaft auf den Verkehr konzentrierte und betete, dass kein Polizist sie sehen möge. Wenn sie eine Streife stoppte, war er schneller wieder in Southend, als er bis zehn zählen konnte. Das Gefühl von Freiheit hatte er irgendwo auf der Schnellstraße Pinkham Way zwischen Talford Road und dem U-Bahnhof Hanger Lane verloren. Und spätestens nachdem er in die Kew Road eingebogen war und die Ladengeschäfte und Mietshäuser gesehen hatte, war das freudige Gefühl des Aufbruchs der Spannung gewichen, was sie wohl erwarten würde.

Trotz des kalten Fahrtwinds konnte Ian die Beats aus Bpms Ohrstöpseln hören. Die in Nieselgrau getünchten Fassaden, die Menschen, die unter Regenschirmen verborgen die Bürgersteige entlangeilten, die Autos, die am Zebrastreifen warteten, Taxis, die am Bordstein parkten – all dies zog an ihm wie ein düsteres Musikvideo vorüber. Das kehlige Wummern verstärkte in ihm das ungute Gefühl, eine Reise begonnen zu haben, die ihn zu etwas führen würde, das er lieber nie gesehen hätte.

Mit Bpms Handy, das über GPS verfügte und auf aktuelle Straßenkarten zugreifen konnte, war es ein Leichtes, die Villa am Ufer der Themse zu finden.

Er lenkte die schwere Harley durch den Stadtteil Richmond in die Willoughby Road und sah die ersten Villen auftauchen. Ian verlangsamte. Ein unangenehmes Kribbeln breitete sich in seinem Magen aus, als er die Harley stoppte. Sie stiegen ab und er stellte die Maschine vor der hohen Gartenmauer der Richmond-Villa ab.

Das Haus lag zurückgesetzt. Spitzdächer und drei Schornsteine aus Backstein, die von eisernen Ringen gehalten wurden, ragten neben einem angebauten Rundturm in den bleigrauen Himmel. Während das Haus mit seinen Vordächern, den vielen Säulen und Holzstreben viktorianisch anmutete, erinnerte der Turm mit seinen Feldsteinen an eine mittelalterliche Burg. Sein nasses Ziegeldach glitzerte im Regen. Wie schwarze Augen blickten Ian die halbrunden, gardinenlosen Fenster der Villa an. Die Dachziegel waren mit Moos überzogen und der Putz bröckelte an vielen Stellen.

Ein lautes Ächzen ließ Ian abermals zum Turm blicken. Er entdeckte eine verrostete Sonne aus Eisen, die sich auf der Turmspitze im Wind drehte. Mit einem Quietschen schwenkte sie in seine Richtung und Ian erschrak. War es überhaupt eine Sonne?

Der Rost hatte Löcher ins Metall gefressen und ein paar ihrer Strahlen waren wahrscheinlich schon vor Jahren abgefallen. Nun sah die Sonne wie ein grinsender Totenkopf aus, dem ein paar wirre Haare zu Berge standen. Ein vermodernder Schädel, aufgespießt auf einer Lanze, offen zur Schau gestellt.

Schwere, tiefgraue Regenwolken schoben sich hinter den Turm. Bald würde es ein Gewitter geben. Eine Böe schwenkte die Wetterfahne wieder zurück und der Totenkopf verschwand. Nur das ungute Gefühl blieb wie ein schlechter Geschmack im Mund zurück.

„Hallo?“, rief Ian, weil er glaubte, ein Geräusch gehört zu haben.

„Hier ist niemand.“ Bpm zog sich die Stöpsel aus den Ohren. „Sieht ganz schön ungemütlich aus. Hast du die Veranda gesehen?“ Er zeigte zum Eingang. Die Haustür wurde von mehreren dünnen Säulen flankiert, die das Vordach trugen. Rechts und links umlief eine Veranda das Haus, die nicht besser als der Rest des Hauses aussah: Ihre Holzbretter waren grün angelaufen und teilweise eingebrochen. Ein Absperrband flatterte zwischen den Säulen im Wind.

„Wohnt hier überhaupt wer?“ Bpm wischte seine nassen Hände an einer der Säulen ab, wodurch sie nur noch dreckiger wurden. „Also, wenn ja, dann würde ich mal sagen: Putzfrau feuern.“

Wolken verdunkelten den Himmel und warfen Schatten auf die Villa und den Garten. Der Wind frischte auf und die Temperatur sank fühlbar.

Ian konnte sich an nichts mehr erinnern. Weder an die Veranda oder die Auffahrt noch an die Mauer mit den Dornen, über die sie geklettert waren. Es war ihm alles fremd. Hatte er einmal in diesem Garten gespielt? War er auf die Bäume gehoben worden? Oder hatte er in dem runden Turm getobt? Er wusste es nicht.

Eine plötzliche Böe ließ die Äste eines Strauchs gegen einen Fensterrahmen schlagen.

„Das schüttet gleich richtig. Willst du da wirklich rein?" Bpm zog sich die Kapuze seines gelben Capes weiter ins Gesicht. „Ich frier mir den Du-Weißt-Schon-Wen ab. Wir sollten uns lieber irgendwo aufwärmen."

Ian ging nicht auf Bpms Einwand ein, sondern trat die Stufen zur Tür hinauf. Etwas streifte ihn an der Wange und er zuckte zurück. Ein Windspiel mit Tonglöckchen und Federn tanzte aufgeregt über der Eingangstür. Die Fäden hatten sich hoffnungslos verheddert.

Er presste seine Stirn an die Scheibe der Tür, konnte aber nichts erkennen. Als er sich stärker gegen die Haustür lehnte, schwang sie mit einem Mal auf.

„Spooky", entfuhr es Bpm, der seine Pilotenbrille an seiner Hose abwischte. „Na, dann mal hineinspaziert."

Im Innern des Hauses war es noch kälter als draußen. Leise schloss Ian die Tür hinter ihnen. Er lauschte, hörte aber nur den Regen gegen die Fensterscheiben prasseln. Sein Blick schweifte durch das Erdgeschoss, das mit schwarzem Marmor ausgelegt war. Eine geschwungene Holztreppe mit verziertem Geländer und ausgetretenen Stufen führte in den ersten Stock.

„Soll ich mal Licht –?"

„Sssssht." Ian legte den Zeigefinger auf den Mund. „Hörst du das?"

Es klang wie das Rattern eines Rasenmähers.

„Das ist draußen. Nicht hier drinnen. Irgendein Bekloppter mäht im Regen den Rasen."

„Hm. Mach mal lieber nur deine Taschenlampe an."

Vorsichtig leuchtete Bmp in den Raum – und blickte in das Gesicht eines Toten. Eine Gesichtshälfte war aufgeschnitten. Muskelstränge und rohes Fleisch traten hervor.

Bpm stieß einen gellenden Schrei aus.

Dann wurde es still im Haus. Totenstill.

123 Meter, meldete sein Victory-Zielfernrohr. Über hundert Meter durch den Regen bis zur Villa. Seufzend legte er das Fernrohr auf den Beifahrersitz. Vor ihm, keine zwanzig Meter entfernt, stand die Harley. Er hatte gewartet, bis die Jungen über das Tor der Villa geklettert waren.

Zachary hielt immer genug Abstand, wie er es beim Militär gelernt hatte. Observation war zwar nicht seine Stärke gewesen, aber er hatte die Aufklärung, wie sie die Spionage beim Militär nannten, sehr gemocht. Gern hätte er eine Offizierslaufbahn eingeschlagen und wäre irgendwann zum FBI gegangen. Doch eine defekte Sicherung an seiner Dienstwaffe hatte ihm einen Strich durch die Rechnung gemacht. Ein Materialfehler hatte sein Leben versaut. Obwohl die Jahre beim Militär schon weit zurücklagen, trauerte er noch immer um diese Zeit.

Bei dem starken Regen konnte er kaum etwas erkennen. Mit einem nervtötenden Quiiiiiiiiett-Quiiiiiiiiett versuchte der Scheibenwischer, dem Wasser Herr zu werden.

„Klauen Motorräder und brechen in Villen ein.“ Zachary pfiff leise und kratzte seinen Pitbull. Dann zückte er sein Handy und rief Tan an. Es klingelte über sechs Mal, bis der sich meldete.

„Alles okay. Machen keine Zicken.“

„Bist du noch drin?“

„Haben es uns auf der Couch gemütlich gemacht. Es gibt Kaffee und Thiopental.“

„Übertreib’s nicht, verstanden?“

„Ich?“, hörte er Tan unschuldig fragen. Es entstand eine Pause, weil Zachary die NRAD-Schallkanone aus dem Handschuhfach fischte, die sie dank des Plastikgehäuses und der klobigen Form, die an eine Spielzeugpistole erinnerte, problemlos durch den Zolldurchleuchter geschmuggelt hatten. Anfänger. Tan fuhr fort: „Sagen aber nichts. Sie jammert ständig. Dieser Boroughs soll beim Segelturn gestorben sein.“

„Bring sie zur Fabrikhalle. Und durchsuch das Haus.“ Zachary legte auf, dann eilte er durch den Regen zum Tor.

Bpm hatte vor Schreck die Taschenlampe fallen gelassen. Ian hob sie auf, leuchtete in Bpms Richtung und brach in schallendes Gelächter aus. Die unheimliche Fratze war nichts weiter als ein Plastikmensch, wie man ihn in Arztpraxen fand.

„Shit“, stöhnte Bpm. Obwohl der Mann nur aus Plastik war, wollte Bpm ihn sich nicht genauer ansehen. Kein Wunder, sein Gesicht war grauenhaft genug. Ian wandte sich ab und betrachtete Fotos von Unfallopfern an der Wand. Eine Rothaarige mit einer verbrannten Brust, ein Mann mit einem verätzten Kopf. Nüchterne Bilder des Leids. Verletzte Menschen, die für Plastische Chirurgie warben. Ein Blitz zerriss die Dunkelheit.

„Verdammt, was ist das hier?", hörte Ian seinen Freund fluchen. „Ne Freakshow?"

„Vermutlich eine Arztpraxis. Hast du ein Schild gesehen?"

Bpm verneinte.

Ein Donnerschlag krachte durch das Regenprasseln. Ian konnte das Absperrband im Wind flattern hören.

KLACK KLACK KLACK KLACK KLACK KLACK.

„Lass uns weitergehen", sagte er.

Plötzlich spürte er eine knochige Hand auf seiner Schulter. Er schrie auf und schlug instinktiv nach hinten. Im Schein von Bpms Taschenlampe sah er einen hageren Mann.

„Was wollt ihr hier?", fuhr der Alte ihn an. Ian konnte seine nasse Kleidung und seine Bierfahne riechen.

„Wer … wer sind sie?", fragte Bpm und wich einen Meter zurück.

Der Fremde hielt eine spitze Heckenschere in der Hand. In seinem Gesicht hatte er Striemen von Ästen und Dreck. Gras und Erde klebten an seiner Hose und seinem Kittel. Auf dem Kopf trug der Mann ein Plastiknetz, unter dem weiße Haare hervorquollen. Seine knochigen Beine steckten in kaputten Sandalen, die er mit einem Klebeband verschnürt hatte. Dazu trug er dicke Socken.

„Macht, dass ihr wegkommt“, knurrte er und wischte sich mit seinen dreckigen Fingern die Regentropfen aus dem Dreitagebart.

„Verzeihen Sie, Sir“, versuchte Ian die Situation zu entschärfen, den Blick ängstlich auf die Heckenschere gerichtet. „Ich habe hier mal gewo–“

Mit einem Mal schoss die Hand des Gärtners vor und Ian kreischte, weil er dachte, der Mann werde Bpm abstechen. Doch er packte ihn nur und zog ihn zur Seite.

„He, Mister! Finger weg!“, herrschte Bpm den Typen an und riss sich los. „Nicht anfassen, okay?“

„Haut ab. Die Praxis hat heute geschlossen. Los jetzt!“ Der Gärtner wedelte mit der Schere Richtung Haustür.

Ian überlegte noch, was er tun sollte, als Bpm mit einem Mal grölend davonrannte.

„Verdammt! Bleib stehen!“ Der Mann fluchte und drohte Ian mit der Schere. „Du bleibst hier!“ Schwankend stolperte er hinter Bpm her, der bereits zur Treppe gesprungen und in den ersten Stock gestürmt war.

Ein Blitz ließ das Treppenhaus aufleuchten. Was zum Teufel hatte er vor? Ian wusste nicht, was er tun sollte. Hinterherlaufen? Kaum war der Mann im ersten Stock verschwunden, hörte er oben eine Tür ins Schloss fallen. Wenig später streckte Bpm seinen Kopf zwischen den Streben des Treppengeländers hindurch und grinste.

„Sie wünschen eine Hausbegehung, Mylord?“ Er warf Ian einen Schlüssel zu und säuselte: „Lediglich jenes Zimmer ist heute ein wenig indisponiert für die Inaugenscheinnahme, befürchte ich.“

„Du bist völlig irre." Kopfschüttelnd lief Ian die Treppe hinauf. Schon auf halber Strecke konnte er den Gärtner an der Tür rütteln und zwischen dem Donnergrollen brüllen hören. „Und was ist, wenn er durchs Fenster klettert oder die Bullen ruft?"

„Der soll ein Handy haben? Glaub ich nicht", erwiderte Bpm.

Ian drückte sich an einem Malergerüst vorbei. Der Flur war teilweise mit Folie ausgelegt. Eine dicke Schicht Baustaub knirschte unter seinen Füßen. Kabel lagen am Boden verstreut, Kisten mit Steckdosen und Pinseln standen im Weg. Ian kam es vor, als wäre die Villa selbst ein Patient der Arztpraxis. Die freigelegten Elektroleitungen zogen sich den Flur entlang wie Nervenstränge durch einen Körper und die tiefen Furchen in den Wänden sahen aus wie Narben.

„Und wenn doch?"

„Wir müssen uns eben beeilen", lautete Bpms Antwort. „Was suchst du?"

Ian zückte das Foto mit den Formeln an der Wand und hielt es Bpm hin. „Das Arbeitszimmer", entgegnete er knapp.

23

Obwohl Nikuman zu ihren Lieblingsspeisen zählte, hatte Chiyo nur einen einzigen Kloß herunterbekommen. Zu sehr quälte sie der Gedanke an den Sicherheitsmann. Und zu allem Überfluss nervte sie auch noch Nachbar Kishii, der sie abfällig musterte, während er seine Nikuman mit viel Sojasoße schmatzend vertilgte.

Kishii war der Meinung, Chiyo läge ihrer Großmutter nur auf der Tasche und hätte mit ihren neunzehn Jahren längst einen anständigen Beruf erlernen sollen. Er machte keinen Hehl daraus, dass er Chiyo für eine Schmarotzerin hielt, die ihre Großmutter nur ausnutze.

Als Kishii sich seinen fünften Nikuman in die Soße gestippt und rülpsend verschlungen hatte, sprang Chiyo mit einer Entschuldigung auf. Nicht ohne sich artig zu verbeugen, floh sie aus dem Wohnzimmer.

Während sie den Abwasch für ihre Großmutter erledigte, sah sie durch die halboffene Schiebetür, wie Kishii auf ihre Großmutter einredete. Die Sojasoße lief ihm übers Kinn und er bemerkte es erst, als Sobo ihm zärtlich die rostrote Flüssigkeit mit ihrem Schürzenzipfel abtupfte. Widerlich. Seit Jahren versuchte Kishii, Chiyo aus dem Haus zu treiben und mit Sobo anzubändeln. Chiyo verstand nicht, was ihre Großmutter an dem geschwätzigen Nachbarn fand.

Da sie das Geturtel der beiden Alten nicht länger ertrug, flüchtete sie in den Garten. In solchen Momenten wünschte sie sich eine normale Familie. Obwohl es nicht ihre Art war, in Sentimentalität zu versinken, sehnte sie sich an solchen Abenden ihre Eltern herbei, die sie nie wirklich kennengelernt hatte. Sie waren kurz unter dem Gipfel des Aconcagua verunglückt. Chiyo hatte den Berg in Südamerika nie gesehen, aber sie konnte seinen Namen bereits mit elf Monaten aussprechen. Es war das erste Wort, was sie nach o-kaa-san und o-tou-san, nach Mama und Papa, gelernt hatte.

A-con-ca-gu-a. Das erste Wort nach ihrem Tod.

Grübelnd betrachtete Chiyo die vertrockneten Rosenbüsche und den gelben, staubigen Rasen. Sie musste auf andere Gedanken kommen und was gab es Besseres, als ein wenig an Gexx herumzuschrauben? Vielleicht konnte sie sich sogar selbst eine Hydraulikpumpe basteln.

Sie klappte die steile Leiter zum Heuboden des ehemaligen Hühnerstalls herunter. Flink erklomm sie die neun Sprossen und ließ den Strahl ihrer Taschenlampe über die nackten Holzbretter, den Krimskrams und die Spinnweben in den Ecken gleiten.

Sie ließ sich gern von dem Chaos aus kaputten Radios und Fernsehern, Fahrradskeletten und geklauten Elektronikteilen auf neue Ideen bringen. Alles, was sie für ihre Bastelei erst einmal nicht brauchte, landete hier oben auf dem Boden des Hühnerstalls.

Während der Staub und die Fliegen sie in der Nase kitzelten, starrten sie im Licht ihrer Taschenlampe drei ihrer alten Freunde an. Ein zwei Meter hoher Putzroboter, der leider die Treppe zum Keller hinabgestürzt war, ein buckliger – noch teils aus Holz gebauter – Roboter zum Reinigen des Fahrrads und ein kleiner Blechbursche, der die Eier hätte einsammeln sollen, aber immer nur Rührei abgeliefert hatte.

Sie kramte ein wenig zwischen den kaputten Monitoren und überlegte, ob sie ihrem alten Putzroboter ein paar Schläuche klauen sollte. Mit einem Blick auf ihren geradezu menschlich anmutenden *hōmu mēkā*, entschied sie sich dagegen. Nachdem sie erfolglos ein paar Pappkartons und Schubladen durchsucht hatte, kehrte sie nach unten zu Gexx zurück.

Vor einigen Wochen hatte sie ein paar Meter Kabel und einen großen Strahler von einer Baustelle geklaut. Bisher hatte sie es vorgezogen, nur die Lampen über ihrer Werkbank anzuknipsen. Wenn sie den Strahler angemacht hätte, um bis spät in die Nacht zu arbeiten, hätte Kishii sicher geschimpft oder gleich die Polizei gerufen. Doch heute war er mit Sobo und der Sojasoße beschäftigt.

Noch über Kishii den Kopf schüttelnd, schraubte sie den Stecker fest und testete den Strahler. Sie hatte ihn kaum angeschlossen, als sein heller Strahl ein Huhn aufschreckte, das sich in die Werkstatt verirrt hatte. „Sei leise!“, zischte sie und kletterte abermals die Stiege zum Stauboden hinauf.

Ihr Strahler tauchte den Schrott in ein unwirkliches Licht. Im Schein der Taschenlampe war ihr das Durcheinander an Ersatzteilen noch wie ein Haufen Spielzeug vorgekommen, doch nun wirkte alles spitz und gefährlich. Dunkle Schatten hockten bedrohlich hinter abgebrochenen Rohren und eingedellten Blechen. Sie schienen ihr in jeder Ecke und jedem Spalt aufzulauern.

Der Strahler erhitzte die stehende Luft. Staub tanzte wie Schneeflocken vor Chiyos Augen. Fluchend stolperte sie über einen alten Sicherungskasten. Mit dem Knie schob sie einen ausrangierten Bildschirm beiseite und tastete sich weiter auf dem Stauboden vor. In der Ecke war sie seit Jahren nicht mehr gewesen. Hier hinten musste sie irgendwo ihren Unkraut-Roboter beerdigt haben, den sie gebaut hatte, um Kishii loszuwerden.

Begleitet von den gaffenden Schatten, wuchtete sie ihn hervor und untersuchte den Mechanismus, mit dem der Roboter das Unkraut hätte ansaugen sollen. Zufrieden stellte sie fest, dass sich die kleinen Luftschläuche ideal als Hydraulikbauteil für Gexx' Beinchen eignen würden.

„Gewusst, wo", triumphierte Chiyo und zückte einen Schraubenzieher aus ihrer Tooltasche. Schwitzend, weil der Strahler den Stauboden in eine Sauna verwandelte, schraubte sie die Schläuche ab. Sie wollte die Ersatzteile gerade in ihre Tasche stecken, als ihr der Atem stockte.

Zwischen den gierigen Schatten, ganz hinten an der Giebelwand, hockte in einer zerfallenen Holzkiste ein riesiger Käfer.

Obwohl sie nicht schreckhaft war, stieß sie einen Schrei aus und hätte beinahe den Strahler fallen gelassen.

Das Tier war größer als ihr Kopf. Rotbraun. Sein geriffelter Panzer glitzerte im Licht des Strahlers. Lange, schwarze Beine wuchsen aus seinem monströsen Körper. Sie waren verdreht und erinnerten Chiyo an die Beine einer toten Spinne.

Der Käfer hatte sich in der Ecke hinter all dem Schrott versteckt und schien auf Beute zu lauern.

Vorsichtig stieg Chiyo über ein paar Rohre und schob eine Platine zur Seite. Bewaffnet mit ihrem Schraubenzieher, schlich sie vorwärts. Das Tier hatte sich bisher noch nicht bewegt, aber Chiyo befürchtete, es könne jeden Moment losflitzen oder sie gar anspringen. Sie umklammerte den Schraubenzieher noch fester. Trotz ihrer Furcht trat sie näher heran, denn ihre Neugier war größer als ihre Angst.

Zwei Meter vor dem schimmernden Panzer hielt sie jedoch inne, um sich lieber ein Metallrohr als Waffe zu schnappen.

„Hey!“, rief sie, doch der Käfer bewegte sich nicht. „Hey! Hey, du!“

Nichts.

Sie atmete noch einmal tief durch, wog das Rohr in der Hand und stieß zu. Es war kein harter Stoß, sondern nur ein Stupser, doch zu ihrem Entsetzen ging ein Ruck durch den Käfer.

Blitzschnell fiel er mit der Kiste herab und knallte mit einem hohlen *Pong!* auf die Bodenbretter. Chiyo blendete das Tier mit dem Strahler.

War der Käfer tot?

24

Ian und Bpm hatten die ersten Zimmer im Obergeschoss untersucht, doch keines stimmte mit dem Foto überein.

Überall standen verstaubte Kisten herum, die Möbel waren mit Tüchern abgedeckt und zu Bergen aufgestapelt. Während im Erdgeschoss eine moderne Arztpraxis untergebracht war, stand den oberen Räumen die Sanierung noch bevor. Enttäuscht schlichen sie den Flur entlang, vorbei an Heizungsrohren und Eimern mit Farbe.

Noch einmal warf Ian einen Blick nach unten ins Foyer. Der Schwung der Treppe, der Marmorboden, die Eingangstür – nichts weckte Erinnerungen in ihm.

Lautes Donnergrollen zerriss die Stille. Ein Blitz zuckte auf und erhellte für einen Lidschlag die Dunkelheit. Das Licht peitschte durch die Scheiben der Haustür und die Fenster der Front. Für den Bruchteil einer Sekunde meinte Ian einen Schatten auf der Veranda gesehen zu haben.

Er kniff die Augen zusammen, spähte noch einmal hinab zur Tür, doch im zuckenden Licht des nächsten Blitzes war der Schatten verschwunden. War es der Gärtner gewesen? Er hatte aufgehört, an der Tür zu rappeln. Hatte er sich befreit? Ian horchte angestrengt in die Dunkelheit. Der Wind pfiff und heulte, prasselnder Regen.

„Was ist denn?“ Beunruhigt starrte Bpm über das Treppengeländer ins Erdgeschoss.

„Nichts … Nur … Wir sollten uns wirklich beeilen!“

Bpm zuckte mit den Achseln und strich sich die Locken aus dem Gesicht. „Zeig doch noch mal das Foto.“

Gemeinsam betrachteten sie die verblichene Aufnahme.

„Ist das hinter dem Fenster da nicht der Garten und der kleine Punkt hier die Themse?“

Ian runzelte die Stirn. Er hatte dem Fenster am linken Bildrand bisher noch keine Beachtung geschenkt. „Das hätten wir gleich sehen müssen. Es liegt nach hinten raus. Zum Garten hin, nicht zur Straße.“ Eifrig öffnete Bpm eine Tür nach der anderen. „Zu klein. Nur ein Abstellraum mit Medizinzeug.“ Er stürmte weiter zur nächsten Tür. „Mist, verschlossen.“ Bpm überlegte kurz, dann fragte er in abgehacktem militärischem Tonfall: „Soll ich sie eintreten, Sir?“

Doch Ian war nicht zum Spaßen zumute. „Nein.“ Er schüttelte den Kopf. „Das wäre Vandalismus. Wir müssen sie irgendwie anders aufkriegen –“

Mit einem lauten Husten trat Bpm zu. Seine Bewegung wirkte leicht komisch, ungelenk, doch der Tritt mit seinen Docs verfehlte seine Wirkung nicht. Das alte, wurmstichige Türblatt brach aus dem Schloss und schwang auf.

„Entschuldigung“, murmelte Bpm gespielt kleinlaut. „Mein Fuß ist mir ausgerutscht.“

Ian verdrehte die Augen, spähte aber dennoch neugierig in das dunkle Zimmer. Er musste den Raum nicht einmal betreten, um zu erkennen, dass sie endlich das Arbeitszimmer gefunden hatten.

Bpm nahm kurz seine Pilotenbrille ab und drängte sich

an Ian vorbei durch die Tür. „Guck mal, hier hinten ist noch ein Zimmer, das zum Flur führt. Na ja, wohl eher eine Gerümpelkammer …“

Er plapperte wie ein Wasserfall, aber Ian reagierte nicht. Wenn die Zeitung recht hatte, war sein Vater in diesem Raum gestorben. Er traute sich kaum, auf den Boden zu schauen, aus Angst, einen Brandfleck zu entdecken. Erleichtert stellte er fest, dass inzwischen Linoleum über den Dielen lag. Wo einst der Schreibtisch seines Vaters gestanden haben musste, hatten Maler einen Tapeziertisch aufgebaut, auf dem eine leere Brotschachtel neben alten Zeitungen, einem Zollstock und anderem Krimskrams lag. Das Fenster zierte eine Plastikpflanze, deren Blätter weiß vor Staub waren. Ian sah nach draußen. In einiger Entfernung konnte er die Themse sehen.

Er erinnerte sich an gar nichts mehr. Kein Wunder, dachte er, ich war vier Jahre alt, als wir fortgezogen sind. Und der Raum ist irgendwann einmal renoviert worden.

Bpm riss Ian das Bild aus der Hand und versuchte, die Position des Fotografen zu finden. „Das Foto muss von da aufgenommen worden sein.“ Er deutete auf eine Kommode, auf der schmutzige Kaffeetassen standen. „Was ist denn da an der Wand?“

Mittlerweile blitzte und donnerte es so heftig, dass Ian die einzelnen Blitze gar nicht mehr auseinanderhalten konnte. Er trat neben seinen Freund und folgte dessen Blick.

„Du meinst den Strich?“ Ian tippte auf das Foto und die kuriose Formel hinter seinem Vater.

„Warte mal." Er schob die Stühle beiseite und kniete sich auf den Boden. Die Wand war zwar neu tapeziert worden, doch vielleicht konnte er noch etwas an den unsauber verklebten Rändern entdecken. Ian starrte die Wand und die Fußleiste an, bis –

„Er ist noch da, der Strich!", rief Ian aufgeregt.

Tatsächlich war ein dunkler Strich auf die Fußleiste gemalt. „Es muss noch da sein. Unter der Tapete. Sie haben es einfach überklebt."

„Dieses Gekritzel? Diese ... dieses ..." Bpm suchte nach Worten. „Dings?"

„Ja!" Ian tastete nach dem Anfang der Bahn und riss ein Stück Tapete ab.

„Aha. Ich darf nicht gegen die Tür treten, aber du machst hier einen auf Abrisskommando."

„Halt die Klappe und leuchte mal."

Bpm hockte sich neben Ian und ließ den Schein seiner Taschenlampe über die Wand gleiten. Der Kleister war über die Jahre bröselig geworden und rieselte wie Sand zu Boden, als Ian an der Tapete zog. Erfreut bemerkte er, dass sich die Bahn leicht von der Wand lösen ließ.

„Da ist wirklich was", raunte Bpm, aber seine Stimme wurde vom Donnergrollen geschluckt.

Ian konnte Filzerstriche erkennen. Sein Vater hatte etwas mit schwarzen und roten Stiften gemalt, vermutlich mit Boardmarkern, mit denen man normalerweise auf Tafeln schrieb. „Lass es uns freilegen", sagte er.

Ohne zu zögern, schob Ian die Stühle beiseite und riss das nächste Stück ab.

25

„Oh, verdammt!“, entfuhr es ihr, als sie das Tier noch einmal mit dem Rohr stieß.

Chiyo hatte eine Weile gebraucht, um Mut zu fassen und sich dem reglosen Käfer zu nähern. Nun lag er kopfüber auf seinem Panzer und streckte die Beine in die Luft. Sie trat noch einen Schritt auf das Tier zu.

Es war kein Monsterkäfer. Es war nur ein verrosteter Helm, an dem Kabel und ein langes Polster als Nackenschutz angebracht waren.

Chiyo zog am Strahler, um noch ein paar Meter Kabel zu gewinnen und die Lampe abstellen zu können. Der Helm wog überraschend viel, denn er war aus Eisen gefertigt. Schon auf den ersten Blick erinnerte er Chiyo an die Stahlhelme, die im Stadtteil Harajuku angeboten wurden, wo sie ihre Klamotten kaufte oder klaute. Gewöhnlich interessierten sich Gamefreaks oder Cosplayer für die Helme, die angeblich noch aus dem Zweiten Weltkrieg stammten.

Sie hatte den Helm weder entworfen noch auf der Straße gefunden, so viel stand fest. Neugierig betrachtete sie ihn. Seine Oberfläche war geriffelt, um noch stabiler zu sein. Unter ihren Fingern fühlte sich der Helm stumpf an. Einige Kabel führten vom Scheitel in das Nackenstück, das Chiyo an die traditionellen Helme der Samurais erinnerte. Die alten Helme mit ihren Geweihen hatten im Nacken einen *Shikoro*, ein Metallgerippe, das den Samurai vor Schlägen von hinten schützen sollte.

Chiyo drehte den Helm und stellte fest, dass der Shikoro nicht aus schlichten Lamellen, sondern aus Eisenringen bestand, die so ineinander vernietet waren, dass sie sich wie der Körper einer Raupe dehnen und stauchen ließen. Mit dem leichten Nackenschutz eines modernen Feuerwehrhelms hatte er nichts gemein, denn unter den Eisenringen kamen noch mehrere Buchsen für Stecker zum Vorschein, die durch altes, poröses Gummi geschützt waren. Bei genauerem Hinsehen erkannte sie, dass die Kabel mit einem Gewebe aus Stoff ummantelt waren und nicht wie heute aus PVC. Der Shikoro war dicker als Chiyos Hand und sah durch die Ringe und das Gummi wie verbranntes schwarzes Fleisch aus.

Obwohl Chiyo den Helm noch nie gesehen hatte, ahnte sie, dass er nicht vollständig war. Sie hatte gleich entdeckt, dass die Kabel, die sie für Spinnenbeine gehalten hatte, nicht in die Buchsen passten. Sie blies den Staub und ein paar Spinnweben weg, dann setzte sie sich den Helm auf.

Sein Gewicht war enorm und Chiyo musste unwillkürlich an Darth Vaders schwarzen Helm denken, während sie versuchte, sich mit ihm zu bewegen. Über dem Ohr ertastete sie eine Lederlasche, die sich herausziehen ließ und mit der man den Helm unter dem Kinn festzurren konnte. Das Leder war glatt und trotz der Jahre speckig, so als sei es unzählige Male gebraucht worden.

Nun hatte sie beide Hände frei, um die Holzkiste zu begutachten, in der ihr Käfer gelegen hatte.

Die Kiste war vor Jahren mit einer dunklen Plane abgedeckt worden, doch Ratten oder Mäuse hatten sie angeknabbert und sich an einigen Stellen sogar durch das Holz genagt. Chiyo hob einen Schnipsel Silberfolie auf. Ratlos betrachtete sie den Fetzen, bis sie erstaunt erkannte, dass ein Adler aufgedruckt war, der einen Anker in seinen Krallen hielt. Sie fuhr mit dem Finger über die Folie, in der Worte eingestanzt waren: *Department of the Navy.* Das Wappen der Kriegsmarine der USA.

Was immer die Navy in das Silberpapier eingeschweißt hatte – es war längst in den Mägen der Ratten gelandet.

Das morsche Holz zerfiel in ihrer Hand zu Sägespänen. Wahrscheinlich waren es Feldrationen gewesen. Wie lange die Kiste hier wohl schon gelegen hat, überlegte Chiyo. Sie war damals vielleicht acht oder neun gewesen, als sie ihre erste Maschine gebaut und den alten, stinkenden Hühnerstall zu ihrer Werkstatt erklärt hatte. Zehn Jahre, grübelte Chiyo und zog ein Päckchen aus der Kiste. Sicher ist sie älter. Das Päckchen wirkte trotz der Hitze des Strahlers kalt und klamm, denn es bestand aus Ölpapier. In das dicke Papier waren mehrere Eisenteile eingeschlagen, die dank des Öls kaum gerostet waren.

Eines weckte sofort Chiyos Neugier: Es war ein Monokel, ein Einglas, das aussah wie eine durchgesägte Brille. Das Monokel, das an der Seite sieben Einkerbungen und Spulen hatte, bestand aus mehreren bunten Gläsern, die sich hintereinander schieben ließen. Chiyo musste nicht lange überlegen, was man damit anstellen konnte. In wenigen Augenblicken hatte sie durchschaut, dass sich das Einglas an den Rand des Helmes stecken ließ, sodass es ihr rechtes Auge abdeckte.

Nun sah sie den Stauboden in den verschiedensten Schattierungen. Das Licht des Strahlers fächerte sich wie durch ein Prisma auf und glitzerte in allen Farben des Regenbogens.

„Genial!“ Sie drehte den Kopf und der Raum verformte sich merkwürdig. Die Dinge verloren ihre Konturen. „Abgefahren!“

„Chiyo?“ Die Stimme ihrer Großmutter drang zu ihr hinauf.

„Ja, Sobo?“

„Was machst du denn noch im Schuppen, mein Schatz? Kishii-San bittet dich, das Licht auszumachen!“

„Ich bastle nur noch etwas an Gexx.“ Chiyo verdrehte die Augen. Der Blödmann. Sie schnappte sich den Rest aus der Kiste, einige Drähte und weitere Ölpapierbündel, dann stakste sie über den Schrott zurück zur Luke. Sie überlegte noch, wie sie ihren Fund am besten die Treppe hinunterbugsieren sollte, als sie heftig erschrak.

Der weißhaarige Kopf ihrer Großmutter war in der Luke aufgetaucht. „Was hast du da auf dem Kopf?“, rief Sobo barsch. Einen derart finsteren Gesichtsausdruck hatte Chiyo bei ihrer Oma noch nie gesehen.

„Das lag da hinten“, erwiderte sie lächelnd. „Cool, oder?“

„Setz das ab!“, herrschte Sobo sie an.

„Was? Wieso?“ Chiyo verstand nicht und trat zu ihrer Großmutter, die keuchend die Stiege hinauf in den Staubboden geklettert kam. „Komm, ich helfe dir.“ Chiyo streckte den Arm aus, um ihre Großmutter zu stützen.

„Ich sagte, du sollst Hitomi hinlegen!“, wiederholte ihre Großmutter unwirsch und zog sich die Stufen hinauf.

„Aber …“ Chiyo nahm den Helm ab und klemmte ihn sich unter den Arm, um ihrer Großmutter zu helfen. Die alte Dame hustete vor Anstrengung und lehnte sich erschöpft an eine Strebe des Dachbodens.

„Kein Aber, Chiyo. Leg ihn zurück!“

„Aber … Ich hab doch nur … Warum denn?“ Überrascht stellte sie fest, dass sie ihre Großmutter noch nie so wütend erlebt hatte.

„Gib ihn mir!“

„Was hast du denn, Sobo?“

„Gib ihn mir!“

Die alte Dame schwitzte und wischte sich ihre weißen Haare aus der Stirn.

„Ist es dein Helm?“, fragte Chiyo, um etwas Zeit zu gewinnen. Doch ihre Großmutter ließ sich nicht ablenken. Geradezu gierig streckte sie ihre dürren Arme nach dem Helm aus. Ihre Haut wirkte schon bei Tageslicht blass und durchsichtig, doch im Licht des Strahlers musste Chiyo unwillkürlich an einen Geist denken. Eine kleine unerlöste Seele, die all jenen das Fürchten lehrte, die sich an ihrem längst verlorenen Besitz vergriffen. Sobo machte ihr Angst und das gefiel Chiyo ganz und gar nicht.

„Du hast ihn gebaut, Sobo? Und er heißt Hitomi?"

„Das geht dich nichts an, Chiyo. Gib ihn mir!", zischte Sobo. Sie sprach leise, doch die unterschwellige Wut in ihrer Stimme jagte Chiyo eine Gänsehaut über den Rücken.

„Hey, reg dich nicht auf, Sobo. Ich mach ihn schon nicht kaputt." Sie versuchte zu lächeln. „Wofür ist er denn? Zum Fernsehen oder so? Hast du ihn damals entwickelt, als du bei Sony gearbeitet hast?"

„Nein! Und jetzt hör auf zu fragen, Chiyo. Er ist nicht gut für dich." Unerwartet schnell trat Sobo einen Schritt vor und packte den Helm. „Ich hätte Hitomi vernichten sollen!"

Chiyo war so verdutzt, dass sie instinktiv nach dem Helm griff, um ihn ihrer Großmutter wieder zu entreißen. Einen Moment lang zerrten beide an dem Helm, doch Sobo war zu schwach, um sich mit Chiyo zu messen. Mit einem Ruck eroberte sich Chiyo ihren Helm zurück und Sobo stolperte schwankend Richtung Treppe.

Chiyo schnappte nach dem Arm ihrer Großmutter, aber es war zu spät. Die alte Frau verlor das Gleichgewicht. Beide schrien gleichzeitig auf, als Sobo rückwärts die Treppe hinunterstürzte.

Halb kletterte sie, halb sprang Chiyo die Stufen hinab.

„Hast du dir wehgetan?" Sie kniete sich neben Sobo, die regungslos im Heu lag.

Die alte Dame stöhnte und rieb sich den Rücken. Vorsichtig half Chiyo ihr auf die Beine und stellte erleichtert fest, dass Sobo nur ein paar Prellungen erlitten hatte. Ihr linker Ellenbogen färbte sich bereits bläulich und auch am Rücken würde sie sicherlich blaue Flecke davontragen. Doch das Heu schien Schlimmeres verhindert zu haben. Ihre Großmutter war zwar voller Staub, aber Chiyo konnte nirgends Blut entdecken.

Dafür sah sie etwas anderes: das griesgrämige Gesicht ihres Nachbarn Yutaka Kishii. Er stand vor dem Hühnerstall und hatte alles mit angesehen. Statt zu helfen, gaffte er nur mit offenem Mund durch die Tür. Erst als Chiyos Blick ihn strafte, stürzte er ihr entgegen. Schimpfend stieß er sie beiseite, nahm Sobo in den Arm und führte sie hinaus. Chiyo, aufgewühlt vom Unfall, blieb allein im Dunkeln zurück. Nicht wissend, ob sie den beiden folgen und sich bei Sobo entschuldigen oder ob sie die beiden Alten lieber allein lassen sollte.

26

Zachary zwang sich zur Ruhe. Wo waren die Jungen abgeblieben? Er konnte weder ein kaputtes Fenster noch eine offene Tür entdecken. Nachdem er die Villa zweimal umrundet hatte, warf er auf der Rückseite des Hauses eine Scheibe ein. Leise öffnete er das Fenster und kletterte über eine schwarze Liege in das Zimmer.

Er irrte durch die dunklen Untersuchungsräume, bis er Schreie hörte. Irgendjemand schlug gegen eine Tür und drohte mit der Polizei. Hatten die beiden Jungen etwa einen Überfall begangen?

Er sah die Treppe hinauf und zückte die Schallkanone. Wie er es gelernt hatte, drückte er sich an die Wand und schlich hinauf, die Waffe im Anschlag. Er vermied es, in die Mitte der Stufen zu treten, da er fürchtete, sie würden knarzen. Noch immer hatte er keine Ahnung, was die beiden Jungen in einer chirurgischen Praxis für Hauttransplantationen suchten.

Plötzlich tauchte oben am Treppenabsatz ein Mann auf. Er hatte eine Heckenschere in der Hand und sah verängstigt aus. Der Schürze nach zu urteilen war er der Gärtner. Zachary erinnerte sich, einen Lieferwagen hinter dem Haus gesehen zu haben.

„Was machen Sie hier?“ Zitternd hielt der Gärtner die Schere vor sich. „Gehören die Jungs zu Ihnen?“

„Steck die schön ein“, zischte Zachary leise. „Hände in die Tasche, okay? Und dann mach, dass du wegkommst.“

„Wer – wer sind Sie?“

Zachary hatte den Mann erreicht und hielt ihm die klobige Waffe vor den Bauch. „Geh“, befahl er. „Schneid morgen Blumen!“

„Aber … Aber das … Das ist Einbruch!“

Mit einem Lächeln holte Zachary ein Bündel Scheine aus seiner Jeanstasche. „Siehst du hier jemanden? Ich habe niemanden gesehen.“

Die Scheine waren mit einer Klemme zusammengehalten. Zachary zückte hundert Pfund und wedelte damit. „Die nimmst du und steigst in deinen beschissenen Wagen, okay? Du hast nichts gesehen. Du gehst.“

„Sssssssht! Hast du das gehört?“ Ian hielt mitten in der Bewegung inne. Er lauschte, aber außer dem Regen war nichts mehr zu hören.

„Was denn?“

„Stimmen.“ Er ließ die Tapetenbahn auf den Boden sinken und eilte zur Tür.

„Was machst du denn?“ Bpm trat zu Ian, der in den Flur spähte.

Ein Blitz erleuchtete das Treppenhaus und intuitiv duckte sich Ian. Er deutete Bpm, still zu sein. Zwei Männer. Deutlich waren ihre Silhouetten im harten Blitzlicht zu sehen. Ein stämmiger Kerl stand neben dem Gärtner, der ängstlich hin und her wippte.

„Ich nehme Ihr Geld nicht“, rief der Gärtner mit unsicherer Stimme. „Hier gibt es nichts zu klauen!“

„Das überlassen Sie mal mir“, entgegnete der Mann und tat, als stecke er den Geldschein wieder ein. Doch mit einem Mal riss er seine Waffe hoch und feuerte. Ein schriller Ton erklang. Vor Schreck sprang Ian auf und wurde hastig von Bpm zurück ins Zimmer gezogen.

„Was zum Henker war das?“, zischte Bpm.

Ian wusste es nicht. Er versuchte, noch einen Blick in den Flur zu werfen, konnte aber nur den breiten Rücken des Fremden sehen. Er schien sich über den Gärtner zu beugen. Wer war dieser Mann? Und warum schoss er auf diesen armen Trottel von Gärtner?

Plötzlich drehte sich der Mann um und eine Sekunde lang dachte Ian, er würde ihm direkt ins Gesicht schauen. Sein Herz setzte einen Schlag aus, doch dann wandte sich der Mann wieder dem Gärtner zu, der zwischen Bauschutt zusammengesunken war.

„Soll ich dir noch einmal die Ohren langziehen?“ Endlich kam Leben in den Gärtner. Der knochige Mann sprang auf und hastete schwankend die Treppe hinunter. Kaum war er fort, blickte der Fremde tatsächlich wieder in Ians Richtung.

„Shit!“ So schnell er konnte, tauchte Ian ab. „Wir müssen uns beeilen“, flüsterte er Bpm zu und war mit einem Satz an der Tapete. „Los! Der ist gleich da.“

„Spinnst du? Der Typ hat ’ne Waffe. Lass uns abhauen.“

„Los doch!“ Hektisch löste Ian die nächste Bahn von

der Wand. Mit Schwung riss er gleich zwei Meter Tapete ab. „Hilf mir", forderte er Bpm auf, der endlich aus seiner Starre erwachte. Leise schloss Bpm die Tür. In dem Moment hörten sie den Lieferwagen des Gärtners, der mit durchdrehenden Reifen startete und über den Rasen davonschoss.

Inzwischen hatten sie ungefähr eine so große Fläche an der Wand freigelegt, wie auf dem Foto zu sehen war. Schon jetzt war Ian klar, dass es keine Formel war, die sein Vater aufgeschrieben hatte. Es war ein Bild. Naive Malerei. Sein Vater hatte das Arbeitszimmer mit einer Art Höhlenmalerei geschmückt. Flächige Bilder mit zitternden Rändern, wie in den Steinzeithöhlen von Lascaux. Wirre Linien und ein paar Symbole, mit Filzer mehr schlecht als recht an die Wand gekritzelt. Mein Zeichentalent habe ich wohl nicht meinem Vater zu verdanken, schoss es Ian durch den Kopf.

„Mach ein Foto mit dem Handy. Mach gleich ein paar. Beeil dich!" Hektisch gehorchte Bpm.

Näherten sich da Schritte im Flur? Lief dieser Mann wirklich den Gang entlang und suchte nach ihnen? Sollte er etwa nicht wegen des Hauses oder wegen des Gärtners gekommen sein – sondern ihretwegen? Ian hörte eine Tür quietschen. Der Fremde schien systematisch Raum für Raum zu durchsuchen.

Mit einem Ruck riss Ian eine weitere Bahn weg, ließ die Tapete achtlos fallen und nahm sich das nächste Stück vor.

Plötzlich vernahm er laut und deutlich eine Stimme.

Eine Schrecksekunde lang dachte Ian, der Mann stünde bereits im Raum. „Ich tue euch nichts. Ich will nur mit euch reden!“, hörten sie ihn rufen.

Ian warf Bpm einen Blick zu. Sie waren sich einig, dass der Kerl log und nur wissen wollte, wo sie steckten.

Mit Bpms Hilfe legte Ian weitere Teile des Wandbilds frei. Doch einen Sinn erkannte Ian noch immer nicht. „Hilf mir!“, raunte er Bpm zu.

Gemeinsam zogen sie das letzte Stück Tapete fort, rissen gleich zwei Bahnen bis zur Decke ab. Während Bpm ein Foto nach dem anderen mit seinem Handy schoss, starrte Ian wie betäubt auf das, was sein Vater dort vor Jahren gemalt hatte. Bpms kleiner Blitz ließ die Wand immer wieder bleich aufleuchten.

„Was zum …“, brachte Ian über die Lippen, sprach jedoch nicht weiter.

Zu eigenartig war das, was sich da vor ihnen auftat: Ein Mann beugte sich nach hinten, fiel beinahe, starrte nach oben, wo fünf Zeichen schwebten.

Ian wusste mit den Symbolen nichts anzufangen. Sie waren handtellergroß und sein Vater hatte die kuriosen Formen offenbar in großer Eile gemalt. Vielleicht waren es Inseln, Tiere oder Gebäude?

Um den Mann herum, unter ihm und über ihm, braute sich etwas zusammen. Zwei ineinander verwirbelte Schatten beugten sich zu ihm herab. Dunkle Gestalten mit unzähligen Auswüchsen. Sie waren riesig. Ihre Konturen fransten aus, als hätten sie keine feste Gestalt. Ihre Tentakel versuchten, den Mann zu packen.

Ian bekam eine Gänsehaut.

Er kannte diese Arme, diese Äste oder was immer sie waren. Die Schatten überragten den Mann um ein Vielfaches, sie waren viel größer als ein Haus und stürzten wie eine riesige Welle auf ihn ein. Oder wie ein alles verschlingender Sturm.

Ian versuchte, menschliche Züge in den Schatten zu erkennen. Augen, Füße, Hände … ein Gesicht? Doch er erkannte nur Schemen. Und das machte sie noch bedrohlicher. Sie wollten den Mann nicht einfach greifen, sondern sie wollten ihn verschlingen. Ihre riesigen Körper, die nur Schlund waren, wollten ihn in sich aufnehmen, ihn im Schattenstrudel zerreißen …

„… und verbrennen", flüsterte Ian und musste an Zero denken.

„Was hast du gesagt?"

„Sie verbrennen ihn. Sie kommen in unsere Welt und verbrennen uns. Sie kommen aus der Hölle."

Obwohl er nicht verstanden hatte, was Ian meinte, nickte Bpm.

„He! Ich weiß, wo ihr euch versteckt! Wenn ihr nicht freiwillig kommt, dann …" Sie hörten, wie eine weitere Tür geöffnet wurde.

„Wir sollten machen, dass wir hier wegkommen." Bpm steckte sein Handy ein und eilte zum Fenster, um einen Fluchtweg zu suchen. Das Splittern eines Türblatts ließ beide innehalten. Wie viele Zimmer hatte der Flur? Wie lange würde es noch dauern, bis der Kerl die eingetretene Tür entdeckte?

„Die Kommode!“ zischte Ian. Mit aller Kraft schoben sie das schwere Möbelstück vor die Tür.

„Lass uns abhauen!“ Kurz entschlossen riss Ian die Kaffeemaschine von der Kommode und schmiss sie durch die Scheibe. Glas splitterte und kühle Regenluft strömte zum Fenster hinein. „Was machst du denn da?“ Entsetzt starrte Bpm seinen Freund an.

Unter ihnen verlief das Vordach der Veranda, etwas weiter auf dem Rasen zeugten Reifenspuren von der Flucht des Gärtners. Der Wind fegte durch die Ligusterhecke, die das Grundstück umrahmte, und ließ Blätter durch die Luft fliegen. Entfernt sahen sie die Themse gräulich-blau schimmern.

In dem Moment rüttelte der Mann fluchend an der Tür. Laut krachend prallte das Türblatt immer wieder gegen die massive Holzkommode.

„Cape“, befahl Ian knapp. Er hob einen Glassplitter vom Boden auf und trennte damit ein Stück von Bpms gelber Plastikjacke ab. Hektisch spießte er den Fetzen auf eine der Scherben im Rahmen. Auch ohne Worte hatte Bpm ihn verstanden und war bereits zur Nebentür geschlichen.

„Macht auf!“, brüllte der Fremde.

Leise öffneten sie die Nebentür, die in die Kammer führte. Bpms Taschenlampe glitt über Vitrinen voll Spritzen, Scheren und kleinen Sägen, die Ian an Folterinstrumente erinnerten. So geräuschlos wie möglich huschten die beiden zu der Tür, die auf den Flur führte. Regungslos horchten sie in das Gewitter.

Noch war der Fremde im Flur und trat immer wieder gegen die Tür. Doch langsam schien das Möbelstück nachzugeben. Ian versuchte abzuschätzen, wie lange es noch dauern würde, bis die Kommode den Kampf gegen den Mann verlor. Leise zog er die Tür auf und spähte in den Flur. Die Luft war rein.

Ian lief auf den Gang und gab Bpm ein Zeichen, ihm zu folgen. Vorsichtig gingen sie zur Treppe und schlichen die knarrenden Holzstufen hinunter.

Dann riss Ian die Haustür auf und stürmte mit Bpm durch den Regen in den Garten.

„Los! Da lang!“, rief er und zeigte auf die Ligusterhecke vor der Straße. Er selbst schlug einen Haken und hielt auf das Eisentor zu.

„Was?“

„Aufteilen. Schneller.“

Sie trennten sich. Ian brauchte sich nicht umzudrehen, um zu wissen, dass der Mann ihren Trick bereits durchschaut hatte. Sicher war er schon auf der Treppe. Äste eines Busches schrammten über sein linkes Ohr, aber er rannte weiter, bis er das Tor erreicht hatte. Verdammt! Der Gärtner hatte es wieder abgeschlossen! Ian hatte geglaubt, er sei einfach geflüchtet, aber dieser Trottel hatte sie eingeschlossen.

Seine Chucks rutschten an dem nassen Metall ab. Erst beim zweiten Anlauf schaffte er es hinüber, riss sich die Bikerjacke noch an einem Eisendorn auf und stürzte auf die andere Seite.

Er stöhnte. Alles tat ihm weh, doch zum Glück schien

er sich nicht ernsthaft verletzt zu haben. Nervös warf er einen Blick zurück zur Villa.

Im dunklen Gewitterlicht konnte er einen Schatten sehen. Der Mann lief bereits über den Rasen und hatte die Waffe auf ihn gerichtet. Er bewegte sich erschreckend schnell.

„Shit“, entfuhr es Ian. Er wandte sich ab und lief zur Harley.

Seine nassen Finger fanden den Zündschlüssel. Er zitterte und verfehlte das Schloss, versuchte es noch einmal. Endlich. Er drehte ihn, aber die Maschine wollte nicht anspringen. „Verdammt!“

Nächster Versuch.

Hektisch riss er den Kopf herum. Der Fremde war am Eisentor angelangt.

Ian konnte ein Tattoo auf seinem Arm erkennen, als der Mann sich mit einem eleganten Schwung am Tor hochzog. Panisch versuchte er erneut, die Harley zu starten. Statt wie Ian auszurutschen, landete der Mann sicher auf dem Bürgersteig. Sofort stürmte er auf die Harley zu.

Endlich sprang die Maschine an. Ian gab Gas, klammerte sich an den Lenker und sah, wie der Typ auf ihn zuschoss. Er hatte ein wettergegerbtes Gesicht, ein eckiges Kinn und kaum Haare. Wie ein Taucher presste er die Luft stoßweise aus.

Das Vorderrad hob sich und Ian ließ die Kupplung los. Nur um Haaresbreite verfehlte ihn der Mann, griff mit der muskulösen Hand ins Leere.

Schlingernd preschte Ian davon, legte aber schon einige

Meter weiter wieder eine Vollbremsung hin, weil Bpm von der Mauer sprang.

Noch einmal blickte sich Ian um und musste feststellen, dass der Fremde noch immer nicht aufgegeben hatte. Mit starrer Miene sprintete er hinter ihnen her und war bereits wenige Schritte hinter dem Motorrad. Er warf die klobige Waffe zur Seite, machte einen Satz nach vorn und wollte Bpms Cape packen. Zu spät. Die Harley schnellte vor und Bpm zeigte ihm grinsend den Mittelfinger. Mit einem erleichterten Aufschrei schossen sie durch den Regen davon.

27

„Ein Kurzschluss?"

„Wahrscheinlich nicht. Hören Sie, ich brauche nur einen der Endurance-Roboter. Wir lassen ihn in den alten DOME-F-Schacht der Geologen hinab und bohren uns von der Seite ins Feld. Vielleicht können wir so die Sonde bergen." Daniel stand auf seine Krücke gestützt vor Dozers mächtigem Schreibtisch, auf dem zwischen Papierstapeln zwei Laptops und mehrere Kaffeepötte standen.

„Hm. Von der Seite." Der Leiter der Forschungsstation rieb sich seine beiden Fingerstummel, dann nahm er seinen Baseball vom Tisch und drehte ihn betont gelangweilt in den Händen. „Professor Rheinberg, Sie leiden anscheinend noch immer unter den Spätfolgen Ihres Unfalls", knurrte er. Er griff sich seine Zigarre, nahm ein, zwei Züge, bevor er sie zurück in den übergroßen Ascher steckte, der die Form einer Bohrplattform hatte. Der Aschenbecher war ein Werbegeschenk einer Ölfirma, für die Dozer jahrelang im Pazifik und in der Barentssee gearbeitet hatte.

Einige Male warf der bullige Mann den Ball bis unter die Neonröhren an seiner kahlen Bürodecke. Dabei hatte er die Stirn derart in Falten gelegt, dass Daniel glaubte, er würde ihn gleich mit einer bahnbrechenden Idee überraschen.

Doch Dozer dachte gar nicht daran. Im Gegenteil – er beachtete Daniel nicht mehr.

„Laut Alvas Crew ist DOME F voll Wasser gelaufen, der Endurance muss sich also nicht mal durch kilometerdickes Eis bohren. Wir lassen ihn in DOME F abtauchen und die dreißig oder vierzig Meter zu unserer Sonde durchbohren. Das ist in zehn bis zwölf Stunden getan."

Endlich blickte Dozer ihn wieder an. „Wasser? Da unten?"

„Ja, ich weiß. Es klingt komisch, dass DOME F voll Wasser steht, aber das könnte ein Glücksfall sein, Doz..."

Beinahe hätte Daniel seinen Vorgesetzten mit Spitznamen angeredet. Die Crews hatten allen ihren Chefs mehr oder minder lustige Namen gegeben, nur bei dem kräftigen Amerikaner mit dem eckigen Kinn und der ewigen Zigarrenqualmerei war ihnen nichts eingefallen. Daniel glaubte, es sei Ibaha gewesen, der angetrunken auf der Sonnenfeier gemeint habe, Doktor Brian Stayyard wäre wie eine Planierraupe, ein Bulldozer. Er sei ein Doktor, der nur mit Firmengeldern operiere und genau wie ein Bulldozer alles plattwalze, was sich ihm in den Weg stelle. Irgendwann hatten sie dann das *Bull* weggelassen.

Daniel seufzte. „Brian, die Werte der Sonde – also bevor die Sonde ausfiel – sprengen jeden Rahmen. Da ist was nicht normal. Entweder unsere Sonde hat den Spitzenausschlag gesendet, weil sie zerstört wurde, oder sie wurde zerstört, weil es die Spitze gab. Verstehen Sie?"

Dozer verstand nicht.

„Irgendetwas ist in unser Array eingedrungen. Irgendwas ist dort unten mit den Atomen des Eises kollidiert und …"

„… und hat Ihre Sonde zerstört?", ergänzte Dozer gähnend.

Daniel nickte. „Einen Endurance, Brian. Nur einen Roboter. Er geht auch nicht kaputt."

Der Laborleiter knurrte und packte endlich seinen Ball zurück in das Basecap, das auf seinem Schreibtisch lag. Noch einmal ließ er sich seine Zigarre schmecken. Dass Daniel ihn geduzt hatte, um seine Bitte persönlicher und kumpelhafter vorzubringen, hatte er sofort durchschaut.

„Bei *Ihrem* Glück, *Dr. Rheinberg*, wäre ich mir da nicht so sicher", erwiderte er lächelnd.

Es schien dem Basisleiter zu gefallen, Daniels Nachnamen wie eine ekelerregende Substanz auszusprechen, die man lieber nicht in die Hand nahm.

„Was soll das heißen?"

„Ich habe meine Zweifel, ob Sie ihn unbeschadet lassen. Denn das letzte Mal …" Er machte eine vielsagende Pause. „Ich sage nur *Kernbohrer*."

Du Mistkerl, dachte Daniel und entgegnete pampig: „Bei allem Respekt, Dr. Stayyard, aber das ist über ein Jahr her."

„*Bei allem Respekt,* Dr. Rheinberg. Sie hätten vor einem Jahr beinahe zwei Menschen umgebracht. McGinley ist noch immer in Therapie", fuhr Dozer vorwurfsvoll fort. „Er kann kaum laufen. Stakst wie ein Storch herum."

Daniel ballte die Fäuste. Es fiel ihm nicht leicht, seinen Zorn herunterzuschlucken. Natürlich wusste er, dass er damals Mist gebaut hatte. Gehörigen Mist. Doch er fand es unfair von Dozer, ihm die Geschichte bei jeder Gelegenheit vorzuhalten. Schließlich war er damals ein Frischling gewesen.

Gerade in der Basis eingetroffen, hatte er unbedingt angeben und noch in der ersten Nacht eine ihrer Sonden versenken müssen. Trotz Sturmwarnung war er mit vier seiner Kollegen nach McGinleys Geburtstagsfeier aufs Eis hinausgefahren. Die Bäuche noch voller Lasagne, die Köpfe schwer vom Weinbrand, hatten sie begonnen, ein Loch zu bohren. Der Bohrer, eine Stahlstange mit einem tonnenschweren Bohrkopf, hing an einem acht Meter hohen Kran, damit er senkrecht in den arktischen Eispanzer vordringen konnte.

Bereits nach wenigen Metern war jedoch Schluss, weil eine Böe den Bohrer samt Kran umriss. Obwohl Daniel ihn vorschriftsgemäß gesichert hatte, knickte der beindicke Bohrer ab wie ein Streichholz. Er ächzte und drehte sich im Fallen wie eine betrunkene Ballerina, bevor er wegsackte und seine fingerdicken Eisendrähte auseinanderrissen. Dann ertönte ein Schrei. Daniel sah, dass McGinley von einem Stück des Bohrers am Rücken getroffen wurde und seine Sturmmütze davonflog. Er hörte eines der eisernen Halteseile durch die Luft zischen, bevor ihn etwas an der Hüfte traf und ein dumpfer Schmerz ihn von den Beinen riss.

Schnee stob auf. Schwärze. Sie umfing Daniel im Licht

der 2000-Watt-Strahler und dem grellen Weiß des Eises. Sie kam schlagartig und nahm alle Gedanken von ihm fort.

Das Nächste, was Daniel verschwommen erkannte, waren die Neonröhren der Krankenstation. Im Nachbarzimmer kämpfte McGinley um sein Leben, nur den beiden anderen Männern, Krögjonson und Pinfront, war wie durch ein Wunder nichts geschehen.

Zuerst kamen die Vorwürfe, dann die Albträume, dann das Verfahren gegen ihn. Daniel bestand darauf, dass er alles richtig gemacht und die Halteseile und Bolzen mehrfach kontrolliert und den Bohrer nach Handbuch in Betrieb genommen hatte. Obwohl es eindeutig Materialermüdung gewesen war, die den Bohrer hatte spröder werden lassen, hängte Dozer ihm ein Disziplinarverfahren an den Hals. Da er außerhalb des Dienstes den Bohrer bedient und getrunken hatte. Mehrfach bat Daniel Dozer, seinen geringen Alkoholpegel von 0,4 Promille bei der Versicherung unter den Tisch fallen zu lassen, aber Dozer ging strikt nach den Direktiven vor.

Daniel bettelte und flehte, ihm nicht seine Zukunft zu zerstören, doch „Vorschriften hatten eingehalten zu werden“. Als ob Dr. Stayyard noch nie in seinem Leben einen Fehler gemacht hätte. Mit einem einzigen Häkchen auf einem Vierzig-Seiten-Bericht ruinierte Dozer ihn. Absichtlich, wie Daniel argwöhnte, denn er hatte selbst einen Anwalt einschalten und veranlassen müssen, dass der Bohrer auf Materialermüdung geprüft wurde. Daniel, der nach jedem Besuch bei seinem Kollegen in der Reha geweint hatte, den seine Schuldgefühle wochenlang nicht schlafen ließen, würde wegen eines winzigen Häkchens sein Leben lang verschuldet sein. Obwohl die Materialprüfer Haarrisse und damit eine eindeutige Materialermüdung festgestellt hatten, war Daniel eine Teilschuld am Unfall zugesprochen worden. Wegen 0,4 Promille hatte er eine Schmerzensgeldzahlung von 150.000 Dollar zu leisten.

Daniel fixierte den bulligen Mann. Wie selbstgerecht dieser Klotz hinter seinem Schreibtisch saß. Widerlich.

Ich hätte die Männer niemals überreden dürfen, dachte er, aber nach all den Monaten damit zu kommen ... Er zwang sich innerlich zur Ruhe, sogar zu einem Lächeln.

„Es dauert Tage, bis wir den Senkkanal frei geschmolzen haben, Dr. Stayyard. Der Endurance kann uns in zehn Stunden einen Kanal von DOME F zu meinem Glasauge fräsen. Wir können zwei Kilometer Eis auf dreißig Meter abkürzen."

Dozer rieb die Zigarre zwischen seinen Fingern, sah auf die Laptops, als wäre Daniel gar nicht da, und schmauchte hörbar. Mutwillig blies er den Qualm in Daniels Richtung. Der Rauch blieb schwer über dem Schreibtisch hängen und schnürte Daniel die Luft ab.

„Und wenn DOME F doch gefroren ist? Wovon wir mal ausgehen sollten. Dann braucht mein Roboter mehr als drei Tage. Und wenn Sie Pech haben, wovon wir mal ausgehen, sitzt mein hübscher Bursche am Ende im Eis fest. Für das Bohren im Eis sind die Endurances nicht entwickelt worden, *Dr. Rheinberg*. Tut mir leid. Alle Roboter sind bei den Docks. Das ist wichtiger."

„Die Docks?"

„McMurdo-Base. Sie erinnern sich: unsere 1400 Kilometer entfernte Forschungsstation am Meer", fügte Dozer zynisch hinzu. „Da ihr Wissenschaftler ständig auf YouTube und myspace rumsurfen müsst und wie der ganze Mist heißt. Darum. Internet. Unsere Bandbreiten sind im letzten Jahr rapide gesunken. Manchmal starre ich länger auf den blöden Ladebalken als in die Dokumente. Die Paper sickern nur noch tröpfchenweise zu uns durch."

„Sie benutzen diese experimentellen Hightech-Roboter, um Kabel zu ziehen?"

„Ganz recht."

Bevor Daniel etwas erwidern konnte, hatte sich Dozer erneut seinen Baseball geschnappt. Er warf ihn gegen die Wand mit der Antarktiskarte, ließ ihn vor dem Drehstuhl auftippen, vor dem Daniel noch immer stand, und fing ihn wieder auf.

BLAMM, WHOCK, BLAMM, WHOCK …

„Alle Satellitenfrequenzen sind dicht. Wir legen in den nächsten fünf Monaten mit den Endurances ein neues Unterseekabel rüber bis nach Neuseeland."

BLAMM, WHOCK, BLAMM, WHOCK …

„Das ist ein internationales Großprojekt. Tut mir leid. Nehmen Sie sich einen Spaten und graben Sie von oben."

BLAMM, WHOCK, BLAMM, WHOCK …

Kopfschüttelnd wandte sich Daniel ab, zog die Tür auf und schlug sie wütend hinter sich zu.

Mist, verfluchter.

28

Zachary sah auf sein Handy. Seit mehr als zehn Minuten fotografierte er die mysteriösen Zeichen an der Wand, aber die meisten Bilder waren viel zu dunkel oder unscharf geworden. Er hatte im Menü seines alten Handys nach einem Blitz gesucht, aber keinen gefunden. Doch irgendwie mussten sie ihrem Auftraggeber in Buenos Aires die Fotos schicken.

Widerwillig schaltete er das Licht ein, drehte eine der Tischlampen zum Wandbild und stellte einen Stuhl auf den Tisch. Er legte das Handy auf den Stuhl und begann, eine Serie zu knipsen, indem er vorsichtig die Wand abschwenkte. Sein Handy hatte nicht genug Pixel für eine scharfe Panorama-Aufnahme.

Fluchend überlegte er, wie viel Zeit ihm noch blieb. Sicher hatte der Gärtner die Polizei gerufen. Er schoss ein weiteres Foto und schwenkte das Handy noch ein Stück.

Er wusste nicht, was ihm mehr Sorgen bereitete: Dieses unheimliche Bild mit den Geistererscheinungen, sein untaugliches Handy oder die Tatsache, dass er schon viel zu lange in der Villa hockte. Zu allem Überfluss klingelte sein Telefon nun auch noch. Missmutig unterbrach Zachary seine Fotoserie und nahm ab. Tan.

„Haben sie irgendetwas gesagt?“, brummte Zachary und sah aus dem zerschlagenen Fenster in den Garten.

Der Regen hatte noch immer nicht nachgelassen. Er hoffte, er würde die Bullen hören, wenn sie vorfuhren.

„Nein. Die wissen nicht, wo unsere Nummer 5 ist."

Zachary riss das Stück Cape ab. Die Jungen hatten es tatsächlich geschafft, ihn an der Nase herumzuführen. Um ein Haar wäre er aus dem Fenster geklettert.

„Sperr sie ein. Vielleicht brauchen wir sie noch."

„Was?"

„Mein Gott! Fahr zu 'nem 7-Eleven, hol was zu trinken und sperr sie weg."

„Gibt hier keinen 7-Eleven."

Stöhnend rieb sich Zachary die Augen. „Tan", sagte er ruhig.

„Ja?"

„Ich hol dich ab", schnitt er ihm das Wort ab. Dieser Björnsdotter brachte ihn noch um den Verstand. Genauso wie diese verfluchten Sechzehn-Uhr-Telefonate. Zachary hatte keine Ahnung, was er seinem Auftraggeber heute Nachmittag erzählen sollte. Sie hatten Ian verloren und keinen Hinweis auf Patient 5.

Eigentlich hatte er sich den Jungen schnappen wollen, um ihn dann über seinen Großvater auszuquetschen. Sicher wusste Ian, wo sich Professor Doktor Harvey Boroughs versteckt hielt. Genervt widmete sich Zachary wieder den Fotos.

Immerhin konnte er endlich seinem Chef das Wandbild als Beute schicken. Vielleicht würden die Fotos den Professor gnädig stimmen.

Verfluchte Beichterei. Es gefiel ihm nicht, wenn ein Plan

nicht aufging. Ganz und gar nicht. Doch eins musste er den Jungs lassen: Sie waren schlauer, als er gedacht hatte.

Er musste lächeln. Diese Jagd würde interessant werden. Vielleicht endlich eine Herausforderung. Er musste lächeln.

Keine sechs Schuss für sechs Fasane.

29

Ian stoppte bei einer Imbissbude unweit des Hyde Parks. Ein Asiate verkaufte Fish 'n' Chips in Papiertüten und sie hielten nur, weil ihm mit einem Mal auf der Harley schlecht geworden war.

Während Ian die ganze Aufregung auf den Magen schlug, war Bpm wie elektrisiert. Er zog seine letzten Pfund aus der nassen Jeans und bestellte beiden eine große Portion. Noch bevor ihr Essen kam, wussten sie bereits, dass der Imbissbesitzer aus Busan stammte und zwölf weitere Geschwister hatte. Der ältere Herr ohne Haar, aber mit umso größeren Tränensäcken schreckte auch nicht davor zurück, die durchnässten Jungen in seine Bude einzuladen.

Nachdem sie sich zwischen Ölkanistern und Kartons voller Gemüse durchgezwängt hatten, sackten sie erschöpft auf zwei Reissäcken an einem Bambustisch zusammen.

Bpm sah sich nach dem Imbissbesitzer um, der gut gelaunt die Pommes in der Friteuse schwenkte. Unablässig zwinkerte er den Jungen zu.

Während Ian kaum Appetit verspürte, schaufelte sich Bpm die Fritten in den Mund, als hätte er tagelang nichts mehr gegessen.

„Meinst du, der wollte uns umbringen?“ Bpm stopfte

sich ein Stück frittierten Fisch in den Mund. „Also wirklich umbringen?“

„Gibt’s ein Unwirklich-Umbringen?“, seufzte Ian.

„Der hatte eine Waffe. Ich weiß ja nicht, in was du da reingeraten bist, Ian, aber das ist unglaublich.“

Missmutig schmiss Ian seine Holzgabel zu den Chips. Ihm war noch immer schlecht und er konnte nicht verstehen, wie Bpm so aufgekratzt, geradezu fröhlich sein konnte.

„Für dich ist das alles ein großer Spaß, oder?“

„Was?“

„Dir macht’s einfach nur Spaß. Du nimmst das alles überhaupt nicht ernst.“

„Natürlich nehme ich es ernst. Dieser Spinner wollte mich vom Motorrad reißen.“

„Das mein ich nicht.“

„Was dann?“

„Die Geister.“

Bpm schwieg. Endlich schien er zu merken, wie sehr Ian der Schock in den Knochen steckte. Er sah fürchterlich aus. Seine dunkelblonden Haare waren noch immer nass und klebten ihm an der blutigen Stirn.

Bpm steckte sich die Pilotenbrille in seine schwarzen Locken und tupfte sich die Lippen mit einer Papierserviette ab. Hilflos suchte er nach Worten.

„Nun ja, ich meine, ich kann sie nicht sehen. Deine Geister. Das ist schon ein bisschen … entschuldige … *krank*.“ Er holte tief Luft. „Das Wandbild finde ich echt reichlich gespenstisch. Und dieser Typ war auch nicht ohne Grund in der Villa. Ich weiß auch nicht, ob er dieses Bild gesucht hat oder von Anfang an nur uns wollte."

„Keine Ahnung." Ian tastete wieder nach seinem Ohr, um sich zu vergewissern, dass es nicht mehr blutete.

„Was machen wir als nächstes? Hast du einen Plan?"

„Was wir als nächstes …?" Ian war fassungslos. „Der hat uns *angegriffen*, Bpm. Der hatte eine Waffe! Der … der …"

Da Bpm sich das Lächeln nicht verkneifen konnte, nahm Ian ihm sauer seine Fish 'n' Chips weg. „Siehst du", sagte er. „Das meine ich. Du findest es cool. Du bist bescheuert, echt!"

„He, was hast du denn?"

„Wir sind hier nicht in irgendeinem deiner beknackten Ego-Shooter, Bpm. Wir stecken voll in der …" Ian brach ab. „Ach, Scheiße!" Er schmiss die Tüte samt Chips in den Papierkorb.

„He!"

Ian winkte sauer ab. „Wenn du denkst, dass ich verrückt bin und meinen Hund im Keller abgefackelt habe, dann sag's gefälligst!" Er schluckte. Ihm kamen fast die Tränen vor Wut. „Wenn du mir nicht glaubst, Bpm. Wer dann?" Ian beugte sich vor und sah seinem Freund in die Augen. „Wer dann?"

Bpm schwieg. So sehr sich Ian auch eine eindeutige Antwort gewünscht hätte, Bpm blieb sie ihm schuldig. Er setzte seine Pilotenbrille wieder auf und Ian hoffte, dass er es nicht tat, um sich zu verstecken.

„Es gibt keine Geister, Ian. Ich bin zu alt, um an so was

zu glauben. Aber es gibt diesen Cowboy. Und der ist nicht ohne Grund hinter dir her. Wir sind dem nur mit Glück entkommen!"

Erneut breitete sich ein Lächeln auf Bpms Lippen aus. Er sah sich zu dem Südkoreaner um, der nach einer Decke für die beiden Jungs suchte. Als sich ihre Blicke trafen, streckte Bpm den Daumen hoch und rieb sich übertrieben genüsslich den Magen. „Apropos Essen", nuschelte er und deutete vorwurfsvoll auf seine Tüte im Papierkorb.

Konnte Ian es seinem Freund verübeln, dass er nicht an Geister glaubte? Innerlich schüttelte er den Kopf. Sicher nicht, denn vor einer Woche hätte er auch noch gelacht. Geister.

Die Geister haben Zero getötet.

Sie sind hinter dir her.

Was machte sie nur so wütend? Waren es Menschen, denen sein Vater etwas angetan hatte?

„Es muss doch eine Erklärung für all das geben", sagte Ian. „Warum taucht dieser Mann gerade jetzt auf? Ich habe Visionen, die ich seit Jahren nicht mehr hatte. Und plötzlich sehe ich sie wieder, diese Geister, und sie ... sie bringen meinen Hund um. Und jetzt taucht dieser Cowboy auf und verfolgt uns? Wie passt das zusammen? Geister heuern doch keinen Schläger an." Ian war ratlos. Einen Moment lang sah er Bpm zu, der sich nicht traute, seine Chips aus dem Papierkorb zu fischen, dann schob er ihm seine Tüte hin. „Entschuldige. Ich krieg eh nichts runter."

Bpm stopfte sich zwei Fritten in den Mund. „Ist doch klar. Der weiß von deinen Visionen."

„Wie sollte er?"

„Weiß ich auch nicht. Ich meine, den hat uns doch nicht Parodontose-Peter auf den Hals gehetzt. Oder glaubst du, er will so dringend seine Harley wiederhaben, dass er einen Killer auf dich ansetzt?"

„Mein Stiefvater? Quatsch."

Der Koreaner brachte ihnen die Decken. Er verbeugte sich mehrfach und erkundigte sich, ob es ihnen gut gehe. Ian bedankte sich, aber irgendetwas gefiel ihm an dem Mann nicht. Er hätte nicht sagen können, was es war. Wahrscheinlich war es lediglich die Tatsache, dass er ihnen allzu freundlich begegnete.

„Dieser Cowboy taucht jetzt auf", flüsterte Bpm zwischen zwei Schluck Cola, „weil wir an einer ganz heißen Sache dran sind. Das ist der Grund. Keine Geister. Es steckt etwas viel Banaleres dahinter. Da bin ich mir sicher. Deswegen war er auch in der Villa deines Vaters. Vielleicht hatte der noch mehr Geheimnisse als dieses kranke Wandbild." Er steckte sich einen seiner Stöpsel ins Ohr und begann, Musik zu hören, während er auf dem Handy die Fotos vergrößerte.

Nach einer Weile fügte Bpm hinzu: „Gruselig ist es schon. Glaubst du, es ist dein Vater da in der Mitte? Der kleine Mann?"

Ian nickte.

„Was hat er denn da in der Hand?" Bpm zeigte Ian das Foto, der einen Moment brauchte, bis er etwas auf dem

Display erkannte. Vorhin im Arbeitszimmer hatte er das Ding für eine Art Schild gehalten, doch dazu war es eigentlich zu klein. Es sah aus wie …

„Eine Taschenuhr“, stellte Ian fest und zoomte mit seinen Fingern den Ausschnitt näher heran. Sie war ungewöhnlich dick und … „Es könnte die Uhr meines Großvaters sein.“

„Dann ist es also dein Großvater?“

Ian suchte nach der Narbe, konnte aber nur mit Mühe überhaupt ein Gesicht erkennen. „Ich glaube nicht, nein. Es ist mein Vater.“

Seelen in Flammen. Zeit in Unruh.

Grübelnd betrachtete Ian das Foto. Der kleine Mann und die großen Geister. Die Wellen aus feuerspeiender Angst … Ian musste schlucken.

„Verdammt“, sagte er. „Er – er hat sich verbrannt. Selbstmord?“

Bpm nickte. „Ziemlich fiese Methode für einen Selbstmord.“ Er stürzte seine Cola hinunter.

Unruhig rutschte Ian auf seinem Reissack hin und her. „Und was, wenn es keiner war? Kein Selbstmord. Diese Geister sind durch Zero gefahren wie durch Butter, Bpm. Sie haben …“

Bpm griff nach dem Handy und blickte erneut auf das Foto. „Du meinst … Die haben auch deinen Vater …? Jetzt hör aber auf. Das ist Wahnsinn, Ian. Paranoid. Ich glaube eher, dass dieser Cowboy was damit zu tun hat. Es gibt keine Geister!“

Mit einem Mal stand Ian auf. Er schnappte sich seine

Bikerjacke und seinen Rucksack, stieß wortlos die Tür auf und ging.

Einen Augenblick lang sah Bpm ihm nach, dann sprang er auf, die leere Colaflasche noch in der Hand, und folgte ihm in den Nieselregen.

„Warte. So hab ich das doch nicht gemeint." Bpm packte ihn an der Schulter. „Tut mir leid."

„Muss es nicht. Du hast ja recht. Ich gehe zur Polizei. Ich sag denen, was ich weiß. Und dass auf uns geschossen wurde." Er wandte sich ab und ging ein paar Schritte auf die Harley zu, bis Bpm ihm den Weg verstellte.

„Wie, bitte, willst du der Polizei das alles erklären? Dass du an Geister glaubst? Dass Visionen deinen Hund und deinen Vater umgebracht haben? Und wie erklärst du denen das mit der Kreditkarte? Und dass du die Harley geklaut hast?"

Ian zuckte mit den Schultern. „Parodontose-Peter wird mich schon nicht anzeigen."

„Für ein paar saftige Sozialstunden reicht es auch so. Dafür muss er dich nicht anzeigen, das tust du mit deiner Aussage quasi selbst. Und was meinst du, werden die Bullen tun, wenn du ihnen von Geistern erzählst …? Tu es nicht, Ian. Mach keinen Fehler."

Ian riss sich los. Für Bpm war es einfach. Er hatte nicht viel zu verlieren. Er hatte nur einen langweiligen Tag mit seinem betrunkenen Dad verpasst, aber Ian stand kurz davor, seinen Vater erneut zu verlieren. Das Bild, das er sich über die Jahre gezeichnet hatte, war im Begriff, völlig ausradiert zu werden. Mehr noch: Die Scribbles stimmten nicht. Sie verblassten nicht nur, sondern wurden mehr und mehr übertüncht.

Seinen Hund hatte er bereits an die Geister verloren, nun holten sie sich auch noch das Bild seines Vaters.

„Jetzt warte doch." Mit ein paar Sätzen war Bpm wieder bei ihm. Er rang nach Atem. „Die Polizei wird dir nicht glauben, Ian. Niemand wird dir glauben."

Bpm sah ihm direkt in die Augen. „Ich habe es ernst gemeint, als wir aufgebrochen sind, Ian. Obwohl ich nicht an Geister glaube, bin ich mitgekommen ... Ich glaube nicht an Geister – aber ich glaube an dich. Wir ziehen das durch. Wir schaffen das gemeinsam. Es ist vielleicht das einzige und letzte Abenteuer, das wir zusammen erleben werden."

Ian musste sich eingestehen, selten so viel Ernsthaftigkeit in Bpms Augen gesehen zu haben. Regen lief ihm über das Gesicht, aber er schien es nicht einmal zu merken.

„Glaubst du, du bist der Einzige, der aus Southend raus will? Meinst du, ich will den Malerladen meines Vaters übernehmen und mit meinen Schulkumpels, mit Captain Kinnfresse, Michelle und Cathy mein Leben lang in den Pubs unseres Kaffs rumhängen?"

Ian antwortete nicht. Ich habe ihn zu dem ganzen Mist angestiftet, dachte er und wischte sich den Regen aus dem Gesicht. Ich habe vollmundig gesagt, dass ich diese Geister jagen will. Wenn Bpm etwas passiert ... Die Verantwortung kann ich nicht übernehmen.

„Denkst du, ich sehe zu, wie du ein berühmter Comiczeichner – oder Geisterbeschwörer – wirst und ich zisch Bier am Pier von Southend? Nein. Vielleicht ist das hier unser *einziges* Abenteuer, das wir jemals haben werden, Ian. *Sehr wahrscheinlich* ist es das. Es ist unser Sommer. Wir werden bald getrennte Wege gehen. Das ist unsere Chance, lass sie nicht verstreichen."

Ian sah zweifelnd auf den nassen Kies des Parkplatzes und schließlich auf Bpm, der sich angespannt mit beiden Händen an der leeren Flasche festklammerte.

„Wir kriegen raus, was der Cowboy will und was deine Visionen zu sagen haben. Wir machen das zusammen. Es ist unser Film. Und er läuft da draußen. In Farbe, mit THX-Sound in Breitwand-Format. Und du willst, dass andere die Hauptrolle spielen?"

„Okay, okay, ist schon gut!", seufzend gab Ian seinem Freund nach. Er spürte, wie ihm das Wasser aus den Haaren rann.

„Danke. So, und jetzt besiegeln wir das." Bpm hielt die Colaflasche hoch.

Mit einem Mal schlug er sie mit voller Wucht gegen einen Stein. Dann hob er eine Scherbe auf und ritzte sich damit in den Arm.

„Du hast 'nen Knall!"

„Blutsschwur." Bpm reichte Ian die Scherbe. „Unser Sommer."

„Blutsschwur", entgegnete Ian und ritzte sich ebenfalls in den Arm.

Sie pressten ihre Wunden aufeinander und verharrten im Regen.

Schweigend sahen sie auf ihre Arme, an denen sich das Blut vermischte, hinuntertropfte und den nassen Kies vor dem Motorrad färbte.

Nicht nur Freunde. Blutsbrüder.

Fluchend riss Bpm seinen Arm hoch. „Shit! Oh, Mann. Ich verblute! Hast du Pflaster dabei?“

30

Es roch nach Schweiß, Parfüm und Zigarettenrauch, der durch die offene Toilettentür in den Club zog. Die Beats dröhnten Ian in den Ohren. Seit dem Vorfall im Hangar hatte er das Gefühl, bewusster auf alle Töne zu achten. Früher war er wie taub durch die Straßen gegangen, ohne die einzelnen Geräusche zu registrieren. Doch seit den letzten Stunden meinte er, überall das seltsame Fiepen zu hören. Wahrscheinlich nahm er deswegen jeden Ton, jedes Tuscheln und jeden Fetzen Musik lauter wahr.

Er lehnte an einem Stehtisch und wartete auf Bpm, der sich auf der kleinen Tanzfläche im Rhythmus der Musik bewegte. Müde ließ er seinen Blick über die Tänzer und die Bar gleiten. Die meisten Clubgäste waren einundzwanzig oder älter. Eine Gruppe von stark geschminkten Frauen hockte mit betont gelangweilten Gesichtern auf den Sofas in der Lounge-Ecke. Ein paar betrunkene Studenten flirteten mit einer Kellnerin und zwei Mädels lästerten über ein knutschendes Pärchen. Ein Paradies für Studien.

Ian, der nicht so oft nachts unterwegs war wie Bpm, genoss es, ab und an sein Skizzenbuch mit ins Meyham zu nehmen und die verschiedenen Typen und Charaktere zu zeichnen. Stiernackige Türsteher, extrovertierte Tänzer, aufgestylte Lolita-Bräute, abgewrackte Singles. In seinen Zeichnungen wurde jede Facette geschliffen und jeder Mensch zu einem einfachen Typen. Ein Sammelsurium aus verschiedenen Momenten des Lebens, reduziert auf den Kern, den er in seinen Comics verwenden konnte.

Da Bpm noch immer ausgelassen tanzte, zog Ian sein Buch aus dem Rucksack und begann, ein paar Mädchen in lässigen Stiefeln und knappen Röcken zu skizzieren. Die vier schenkten ihm keine Beachtung. Sie standen auf der anderen Seite der Tanzfläche und unterhielten sich mit einem Kerl mit Pomade im Haar, den sie scheinbar ganz toll fanden. Eines der Mädchen erinnerte ihn an Cathy.

Wieder musste er an sie denken. An ihre samtige Haut, die im Abendlicht geglänzt hatte. Sie hatte wie ein warmer Sommertag gerochen. Nach Sonnenmilch, einer blühenden Wiese und Eiscreme … Nach einer *zu* heilen Welt, nach Southend-on-Sea.

Er seufzte. Es kam ihm vor, als wenn der Einbruch im Hangar der Royal Air Force schon Jahre zurückläge, als ob er in einem anderen Leben stattgefunden hätte.

„Was machst du denn da?“ Bpms Stimme riss Ian aus seinen Gedanken. Sein Freund stellte ihm ein Bier hin und warf einen Blick auf seine Skizzen. „He, nicht schlecht. Die Linke sieht echt scharf aus. Meine Fresse. Die hat ja quasi nichts an …“ Obwohl es so laut war, dass man sich kaum unterhalten konnte, hatte Bpm seine Ohrstöpsel drin. Einen Augenblick lang überlegte Ian, ob sein Freund auch hier Musik hörte.

„Hast du inzwischen einen Platz zum Schlafen gefunden?“

Es war Bpms Idee gewesen, durch das Londoner Nachtleben zu ziehen und sich dann in der Chill-Out-Zone irgendeines Clubs für ein paar Stunden aufs Ohr zu hauen.

Ian nickte an der Bar vorbei zu einem Bereich, wo Metallkästen zu einer Pyramide aufgetürmt waren. „Wir könnten uns dahinten hinlegen."

Nachdem Ian mit ein paar letzten Strichen seine Skizze vollendet hatte, schlenderten sie hinüber und kletterten auf einen der oberen Kästen.

„Wir müssen jemanden finden, der meinen Vater kannte", rief Ian seinem Freund zu, um die Musik zu übertönen. „Irgendwen, der uns mehr über diesen …" Er suchte nach dem richtigen Wort, entschied sich dann für das einfachste: „diesen *Selbstmord* sagen kann."

„Deine Mutter?"

Ian lachte auf. „Die weiß doch nichts. Außerdem lügt sie mich an. Ich weiß nicht warum, aber sie tut's. Und übrigens, wer wollte denn nicht zurückfahren? Halt mal." Er drückte Bpm den Rucksack auf den Schoß, um seinen Skizzenblock hineinzustecken. Dabei fiel ihm der Zeitungsartikel in die Hände, den sie in der Bibliothek kopiert hatten. Ian zog ihn heraus und legte ihn neben sich.

„Wenn wir Glück haben, schmeißen die uns erst um sechs Uhr morgens raus", sagte er hoffnungsvoll und schloss seinen Rucksack.

Sein Blick streifte die tanzende Menge und das zuckende Licht. Nebel ließ die hintersten Reihen verschwinden, dann durchschnitt ein Laserstrahl den Rauch und zeichnete psychedelische Muster an die Wand.

„Oh, Mann“, Bpm stöhnte auf. „Der Nebel riecht ja nach Johannisbeeren.“ Ian brummte nur. Er hatte gar nicht hingehört, denn er überflog noch einmal kurz den Artikel. Sein Blick blieb auf dem Kürzel des Reporters hängen. HRS.

„Reich mir mal dein Handy“, forderte er Bpm auf und drehte das Blatt um. Die Bibliothekarin hatte ihm mit Kuli den Tag und den Namen der Zeitung auf die Rückseite geschrieben.

„Was?“ Bpm schaute ihn fragend an. „Es ist halb zwölf. Wen willst du denn jetzt anrufen?“

31

Der Wind und die Schneeböen hatten nachgelassen, aber auch die Aussicht auf einen schneefreien Nachmittag konnte Daniels Laune nicht heben. Genauso wenig, wie der Trip mit Alva auf dem Schneemobil. Sie hatte ihn tatsächlich hinaus auf ihr Bohrfeld gefahren und er hatte sich die Fahrt über eng an sie schmiegen können. Ein lang gehegter Wunsch, aber heute vermieste es ihm zusätzlich seine Laune, da er ihre Zweisamkeit nicht genießen konnte. Daniel ging einfach zuviel im Kopf herum.

„Dozer kann mich mal", schimpfte er und stieg nach Alva vom Schneemobil. „Unterseekabel fürs Internet. Als wäre AMANDA nicht international. Deutschland, USA, Belgien, Schweden, Venezuela ... Wir wollen hier den Ice Cube bauen. 150 Millionen Dollar haben wir im Eis versenkt und noch mal 140 Millionen bis 2011. Was denkt Dozer sich? ... Internet, pah!"

„Eben! Soll Dozer doch mit seinem Laptop ins nächste Café fahren und da surfen."

„Genau! Was sind schon viertausend Kilometer?" Daniel lachte und strich sich durch seinen Vollbart. „Wir können mit unserem Neutrinoteleskop Supernovae entdecken oder endlich Dunkle Materie aufspüren. Das ist Milliarden von Kilometern entfernt! Und was will der Chef? Sich schneller seine Musik downloaden."

Er hatte Alva eine Thermobox mit seinem Laptop gegeben und folgte ihr auf einen Skistock gestützt zu einem Frachtcontainer. Es war ein gewöhnlicher, garagengroßer Metallkasten, wie er für die Verschiffung von Waren benutzt wurde. Doch die Geologen hatten mit Trennschleifern und Schweißbrennern Fenster hineingeschnitten, die sie mit Holz verriegeln konnten. Auf dem Dach schimmerten mehrere Satellitenschüsseln in der Morgensonne. Hier wurden die Messdaten einmal in den Orbit und zurück zur Amundsen-Scott-Base geschickt.

Alva putzte sich die Nase, dann öffnete sie die Tür, um Daniel hereinzulassen. Im Container war es genauso kalt wie draußen. Tische, Stühle und selbst der kleine Gasofen waren mit einer hauchdünnen Eisschicht überzogen. Während sich Daniel um den Dieselgenerator kümmerte, schloss Alva die Propangasflaschen an und entfachte ein Feuer. Zufrieden stellte Daniel fest, dass es schnell warm wurde.

In der Mitte des Containers hatten die Geologen ein Loch in den Boden gesägt, in dem ein Schacht in die Tiefe führte. Er war nur knapp einen Meter breit, sodass nicht mehr als ein Bündel Messkabel und der Bohrkopf für die Eiskernbohrungen in den Schacht passten. Doch Daniel war überzeugt davon, dass auch ein Endurance klein genug sein müsste, um in den Schacht zu rutschen. Zu dumm, dass Dozer so ein halsstarriger Idiot war.

Er kniete sich an den Rand, griff sich eine Taschenlampe und leuchtete in den Schacht hinab.

„Wieso glaubt ihr, dass er voll Wasser steht? Ich meine,

wie lange kann sich Wasser dort unten in flüssigem Zustand halten?"

„Im besten Fall ein paar Tage. Selbst wenn die Wassersäule hoch ist, friert alles von den Rändern aus zu."

„Du meinst, es ist jetzt schon wieder gefroren?"

Alva zuckte mit den Achseln. „Ibaha hat vorgestern gekratzt. Kann sein, dass der Spuk schon wieder vorbei ist."

Sie schwenkte mit einem Flaschenzug ein kleines Sonargerät zum Schacht. Vorsichtig schloss sie Daniels Laptop an, installierte ein paar Programme und bat ihn dann, ein Stück zurückzutreten.

„Ich messe den Schacht neu aus", erklärte sie und unterdrückte ein Husten. „Wir schicken ein paar Schallwellen ins Eis und sehen, wo und auf was sie treffen."

Daniel nickte. „Na, dann los."

Noch einmal ließ Alva ihre Finger über die Laptoptastatur gleiten. Daniel mochte ihre schlanken Finger und hatte schon an ihrem ersten Tag bemerkt, dass Alva nur einen einzigen Ring trug, der nicht wie ein Verlobungs- oder Ehering aussah. Ihre Fingernägel waren dunkelblau lackiert, was für eine Wissenschaftlerin ungewöhnlich war. Normalerweise trugen die Wissenschaftlerinnen, die er kannte, weder Nagellack noch Lippenstift.

„Achtung", warnte ihn Alva. „Es geht los." Sie drückte ein paar Knöpfe und das Sonar heizte sich auf. Daniel konnte ein gleichmäßiges PING-PING-PING hören.

Langsam baute sich auf seinem Monitor ein Bild auf. Anfangs sah er nur ein paar Striche und Punkte, dann wurde das Bild deutlicher. Grau in Grau erschien das Relief des Schachtes, als habe man ihn mit einem riesigen Messer bis auf den Grund aufgeschnitten. Er konnte eine Kurve mit Tiefenangaben auf seinem Bildschirm erkennen.

„Gut. Was haben wir denn da … Siehst du das Schwarze?“ Sie zeigte auf einen Schatten. „Hier?“

Daniel strich sich über den Bart und nickte.

„Umso dunkler, desto fester“, teilte ihm Alva knapp mit. „Da unten bei ca. 2760 Metern ist Fels. Da hört unser Eispanzer auf.“

„Wie wir schon wussten.“

„Ganz genau.“ Sie zeigte wieder mit dem Finger auf den Monitor. „Hier oben ist nichts außer Luft. Bis ca. 500 Meter Tiefe. Doch da, siehst du dieses Grau hier?“ Sie deutete auf das Bild, dann auf die Messkurve, die mehrere Ausschläge bei der zugehörigen Tiefe aufwies. „Da taucht eine dünne Eisschicht auf, die vielleicht zehn Meter dick ist. Dann aber kommt irgendwas mit einer Dichte größer als Luft und Eis.“

„Wasser.“

„Wasser. Ganz genau. Wahrscheinlich ist der obere Bereich zugefroren. Die Frage ist nur, warum es unten nicht zufriert.“

„Wie weit geht es runter?“

„Ungefähr bis auf 2100 Meter.“

„Perfekt“, stieß Daniel aus. „Wasser bis auf die Höhe unserer Sonde. Von 500 bis 2100 Meter Tiefe.“

„Sieht so aus, ja. Wir können die Messergebnisse im

Labor noch mal durch eine Software jagen, dann wissen wir die genaue Zusammensetzung."

„Kannst du zur Seite hinüber durchs Eis scannen und nachsehen, was bei unseren Sonden los ist?", fragte Daniel, aber er kannte die Antwort bereits.

„Nein. Das Ding ist ein Tiefensonar. Wir müssten es irgendwie runterlassen und drehen, aber dazu ist der Schacht zu schmal."

„Ich muss rausfinden, was mit der Sonde los ist. Und dafür müssen wir sie hochholen. Wenn DOME F voll Wasser steht, umso besser. Dann können wir ohne Probleme den Endurance runterlassen. Er fräst sich durch die zehn Meter neues Eis, taucht auf 1987 Meter ab und schneidet sich die dreißig Meter quer rüber."

Daniel zeigte in die Richtung, in der sein Sondenfeld begann. „Wir schneiden mit dem Endurance unser Auge heraus und bergen es. Punkt."

„Ja, aber da hast du Dozer vergessen, der …", wandte Alva ein, als ihr Daniels Funkgerät das Wort abschnitt.

„Lacruz. Was gibt's?"

„Das frag ich dich."

„Was, wieso?"

„Schalt mal deinen Laptop ein."

„Was hast du denn, du klingst so –"

„Hektisch, verwirrt, völlig verunsichert? Exakt."

Daniel warf Alva einen fragenden Blick zu, dann zog er den Laptop zu sich und schloss Alvas Sonarbilder. Es dauerte nur ein paar Sekunden, bis sich ein neues Bild aufgebaut hatte.

Ungläubig starrte Daniel auf die Diagramme. Ihr Ice-Cube war zu sehen, der Würfel, in dem die ganzen Sonden hingen. Doch diesmal zeigte das Bild nicht einen Blitz, sondern hunderte. Es blitzte überall. Ein Feuerwerk.

„Was um Himmels willen …", hauchte Daniel ins Funkgerät.

„Äh, Daniel? Sag mal, du klingst irgendwie hektisch, verwirrt, völlig verunsichert." Lacruz lachte. „Das geht seit 67 Sekunden so und hört nicht auf."

„Ein Neutrinoschauer?" Daniel trat an eines der Fenster und klappte das Holz zur Seite, als könne er die Neutrinos mit bloßem Auge sehen. Sofort schnitt ihm die Kälte ins Gesicht.

Normalerweise waren die Kollisionen der Neutrinos als ein Klacken zu hören. Sein Laptop konnte es verstärken und Daniel lag oft auf der unbequemen Pritsche in seinem Labor wach und lauschte den Treffern.

Das Klacken und leise Knistern klang für ihn wie eine Symphonie. Eine Symphonie von den Sternen, wie er so manches Mal vor seinen Freunden und Verwandten geschwärmt hatte, bevor er an den südlichsten Punkt der Erde gezogen war. Jedes Neutrino, das wir fangen, ist bereits Trilliarden Kilometer geflogen. Es ist durch ganze Planeten, Sternenhaufen und interstellare Nebel gerauscht, bevor es hier im Eis mit einem der Wasserstoffatome kollidiert ist und der Crash von unseren Messsonden aufgezeichnet wurde. Lacruz nahm die Zusammenstöße mathematisch auseinander, berechnete hübsche, bunte Diagramme daraus und hielt ihn mit den Terabyte an Messdaten vom Schlafen ab.

„67 Sekunden …“, brummte Daniel und wandte sich noch einmal dem Laptop zu. Das gewohnte Knacken war in ein Knistern übergegangen. Es hörte sich an wie das Rauschen eines Fernsehers mit Bildstörung. Konnte es tatsächlich sein, dass gerade jetzt, in diesem Augenblick, tausende Kollisionen dort unter ihnen stattfanden?

„Schneid alles mit, Lacruz!“, befahl er. „Und finde raus, woher das kommt. So eine große Supernova haben wir noch nie gehabt!“

„Zu Befehl, Chef.“

„Daniel?“ Alva zog ihn am Schneeanzug. „Komm her. Hier stimmt was nicht.“ Ungläubig starrten sie beide auf den Bildschirm.

„Was habt ihr?“, meldete sich Lacruz.

„Eure Augen erblinden“, stellte Alva fest.

„Was?“ Daniel stürzte vor und drehte den Laptop zu sich.

„Shit!“, rief Lacruz. „Sie hat recht. Es ist … Heilige Maria! Wir haben jetzt elf, zwölf, dreizehn Sensoren verloren. Siebzehn, achtzehn …“

„Das kann nicht sein!“ Vor Daniels Augen erstarb ein Sensor nach dem anderen. Während eine Flut von Daten in die Amundsen-Scott-Base gesendet wurde, fielen seine Sensoren reihenweise aus. Mitten im Feuerwerk der Signale verstummten seine Augen. Verflucht! Ohne nachzudenken, riss Daniel den Laptop an sich und eilte zur Tür.

Das Eis zog alle Wärme aus der kleinen Behausung. Die

Kälte schlug ihm wie eine Faust ins Gesicht. Hastig zog er seine Maske über die Wangen und taumelte nach draußen, lief humpelnd über das Eis und fiel ein paar Meter vom Container entfernt auf die Knie. Er schrie auf, weil seine Wunde sich anfühlte, als sei sie erneut aufgerissen.

„Verdammt!“, tobte er und hieb voll Frust in den Schnee. „Was macht ihr denn nur, ihr blöden Sensoren?“ Ihm war zum Heulen zumute.

Alva hockte sich neben ihn. Sie hatte seinen Skistock mitgebracht. Siebenundvierzig, achtundvierzig ... Lacruz zählte noch immer ihre ausgefallenen Sensoren und faselte ungläubig etwas von einer Hypersupernova in das Funkgerät.

„Unsere Augen erblinden und Dozer hockt in seinem Büro und spielt Baseball.“

„Krieg dich wieder ein.“

„Einkriegen! Mein Projekt wird da unten gegrillt, Alva“, fuhr er sie an. „Was würdest du denn sagen, wenn deine ach so teuren Eisbohrproben alle auf einmal verdunsten würden?“

Alva seufzte. „Ich mein ja nur, dass dir Selbstmitleid nicht unbedingt steht, Daniel.“

Sie strich ihm über die Mütze. Er wollte etwas antworten, war aber zu aufgebracht. Enttäuscht ließ er abermals seine Faust in den Schnee fahren, wie ein Kind im Sandkasten, dem man seine Schaufel geklaut hat.

Stöhnend sah er Alva an. Ihr Lächeln wirkte so fröhlich und aufgeweckt. Nach Tagen, in denen er nur den zerknautschten Lacruz oder den verhärmten Dozer gesehen hatte, war sie ein echter Lichtblick. Ob sie von seinem *Unfall* wusste, vom Unglück mit dem Bohrkran? Ob sie ihn auch für schuldig hielt? Alva und ihre Geologie-Kollegen waren erst in diesem Frühjahr in der Basis eingetroffen und sie hatte ihn nie darauf angesprochen. Sicher wusste sie es. In ihrem kleinen Mikrokosmos konnte man nichts geheim halten. Er lächelte und wollte schon ihre Wange streicheln, als sie sich mit einem Ruck die Maske über das Gesicht zog.

„Komm", sagte sie und streckte ihm ihre Hand entgegen. „Wir müssen eine Erklärung für das Feuerwerk da unten finden."

„Du hast recht." Daniel nickte. Er ignorierte ihre Hand und zog sich am Skistock hoch.

„Hast du die Tage was vor?", fragte er, nachdem er umständlich das Funkgerät aufgehoben hatte.

„Willst du mich um ein Rendezvous bitten?"

„Na ja. Ich dachte, wir gehen shoppen. In McMurdo."

Sie musste husten. „Du willst …" Sie sprach es nicht aus.

„Nur ausleihen", entgegnete er grinsend. „Ich will nur einen ausleihen."

Kopfschüttelnd hob sie den Laptop auf. „Sie spinnen, Dr. Cornelis Rheinberg."

32

Als der Buchenwald sich lichtete, wurde Ian wach. Das Sonnenlicht war durch seine geschlossenen Lider gedrungen und hatte ein Feuerwerk entfacht. Er brauchte einen Moment, um sich zurechtzufinden.

Neben ihm schnarchte Bpm zu einem Punkstück aus seinem Handy. Er betrachtete seinen Freund, dessen Kopf gegen die Scheibe des Busses gesunken war. Bpm könnte mit seinen schwarzen Locken ein richtiger Mädchenschwarm sein, dachte Ian. Wenn er bloß nicht immer dumme Sprüche reißen würde. Ian musste an Ann denken, seine erste und einzige Freundin. Bevor sie sich in Ian verliebt hatte, war sie bis über beide Ohren in Bpm verknallt gewesen. Ständig hing sie mit ihren Freundinnen in seiner Nähe herum. Bpm gefiel Ann, doch nach ein paar gemeinsamen Abenden mit ihren und seinen Freunden hatte sie auf einmal nur noch Augen für Ian gehabt. Bpm hatte den guten Verlierer gegeben und dann hatten sie nie wieder über das Thema gesprochen. Ann ... Cathy ... es schien schon so lange her zu sein.

Müde rieb sich Ian die Augen. Im Club hatten sie nicht viel Schlaf gefunden. Die Köpfe auf ihre Rucksäcke gebettet, die Rücken auf den Stufen verrenkt, waren sie morgens um sechs Uhr vom Lärm des Putzkommandos wieder aufgewacht. Im blauen Morgenlicht waren sie ziellos durch das verlassene London gestreift, ohne zu wissen, wohin, und mit der Angst im Nacken, der Cowboy könnte plötzlich wieder auftauchen. Schließlich hatten sie sich noch für zwei Stunden auf eine Wiese im Hyde Park gelegt. Punkt acht Uhr hatte Ian dann in der Zeitungsredaktion des *Guardian* angerufen. Sein ganzer Charme war vonnöten gewesen, sogar die Nummer mit dem vermissten Onkel hatte er ausspielen müssen, damit die Dame nicht nur den Klarnamen, sondern auch die Privatadresse von HRS herausrückte.

Henry Rudyard Seymour wohnte in der Nähe der Kleinstadt Sunningdale, nur eine halbe Stunde Autofahrt von London entfernt. Obwohl es nicht sehr weit war, hatte Ian nicht mit der Harley fahren wollen. Er war einfach zu müde gewesen und hatte noch von der letzten Fahrt Muskelkater in den Armen. Und wozu hatte er schließlich Peter die Kreditkarte geklaut? Nachdem sie Geld abgehoben und bei McDonalds Cheeseburger, Pommes und Softeis gefrühstückt hatten, waren sie in den Bus gestiegen und nach ein paar Haltestellen sofort wieder eingenickt.

Ian blickte aus dem Fenster. Laub- und Nadelbäume, dann eine kleine Wiese gefolgt von hohen Rhododendren, die noch immer in voller Pracht standen. Rot, orange und weiß zog ihr Blütenmeer am Fenster vorüber, um schließlich wieder in Wälder überzugehen.

Wenig später rüttelte Ian seinen Freund wach und sie stiegen aus.

Die Haltestelle lag direkt an der Landstraße und es war

weit und breit kein Haus zu sehen. „Zehn Minuten Fußmarsch“, stellte Bpm mit einem Blick auf sein Handy fest, mit dem er sich ins Internet eingewählt hatte. Er zeigte die Straße hinunter. „Ein Stück den Hügel hoch, dann links in den Wald hinein.“

Nach einem kurzen Spaziergang durch die Felder erreichten sie ein Haus, das hinter einer hohen Feldsteinmauer versteckt lag. Pflanzen überwucherten die Steine und hatten mit ihren dicken Wurzeln einige der Findlinge herausgebrochen. Wasserspeier in Form von Drachen und Ungeheuern lugten zwischen den Blättern hindurch und schienen die beiden Jungen mit ihren Blicken zu verfolgen. Noch bevor Ian klingeln konnte, öffnete sich quietschend das Tor zur Einfahrt. Keine Fragen, keine Begrüßung.

Unentschlossen liefen sie auf das einstöckige Cottage zu, an dem sich der Efeu bereits bis unter das Dach rankte. Für Ian sah das Haus aus, als läge es seit Jahrzehnten im Dornröschenschlaf.

„Es scheint keiner da zu sein. Die Geister haben uns aufgemacht“, witzelte Bpm.

„Und die fahren einen klapprigen Citroën.“ Ian deutete zur Garage, vor der ein rostiger Wagen aus den 80er-Jahren stand. Sein Lack war von Blütenstaub und Blättern, die sicherlich noch vom letzten Herbst stammten, matt und fleckig geworden.

Ein paar Fackeln, teilweise halb heruntergebrannt, steckten im Rasen. Im Halbschatten einer Eiche wartete ein klappriger Bistrotisch auf bessere Tage. Hinter den

Bäumen konnte Ian einen steinernen Pool erkennen, in dem sich das Laub der letzten Jahre gesammelt hatte. Ein Windstoß trug einen merkwürdig süßlichen Geruch zu den Jungen hinüber. Ian hoffte, dass es nur die verrotteten Blätter waren und nicht Mr. Seymour, der tot in seinem Haus lag.

Bpm drehte die Musik leiser und klingelte an der Haustür. Kaum hatte sein Finger den Knopf berührt, wurde sie bereits mit einem Ruck aufgerissen. Vor Schreck sprang Bpm einen Meter zurück.

„Ja?“ Trübe blassblaue Augen starrten durch die Jungen hindurch. Henry Rudyard Seymour war blind. „Was wollt ihr?“

Der Mann tastete nach dem kalten Zigarettenstumpen, der hinter seinem rechten Ohr klemmte, und steckte ihn sich in den Mund. Ein schweres, goldenes Armband rutschte an seinem Handgelenk herunter, als er seine Unterhose zurechtzog. Vergeblich versuchte er, seinen Seidenbademantel enger um den dicken Bauch zu schnüren. Er war scheinbar gerade im Bad gewesen, denn er trug ein Hemd, aber keine Hose. Mit einer Mischung aus Abscheu und Faszination betrachtete Ian seine stämmigen X-Beine.

Ian holte Luft, um sich vorzustellen. Doch kaum hatte er den Mund geöffnet, zischte Seymour: „Ihr seid wegen der Geister hier.“

Ian und Bpm sahen sich wie vom Blitz getroffen an. Es war unmöglich, dass dieser blinde Journalist …

„Kommt rein.“ Der Mann machte eine einladende

Geste mit der Hand. Unsicher traten die beiden Jungen ein.

„Wir sind nicht –", begann Ian, kam jedoch nicht weiter, weil Seymour plötzlich herumfuhr und ihn anblaffte: „Wie oft hab ich gesagt, Schuhe ausziehen!"

Verwirrt sah Ian auf den Boden. Sie standen auf einem weißen Teppich, der mit Rotweinflecken übersät war. „Ähm, natürlich, Sir." Er stieß seinen Freund an.

„Gut", sagte Seymour schroff und steckte sich den abgekauten Stumpen wieder hinters Ohr.

Der Flur war schmal und mit fremdartigen Holzmöbeln geschmückt, die aus Afrika oder Indien stammten. Links und rechts gingen mehrere Zimmer ab, aus denen die verschiedensten Gerüche strömten. Ian nahm den Duft von Räucherkerzen und von Badewasser wahr. Wahrscheinlich, überlegte er, orientiert sich Seymour am Geruch.

Der Mann klopfte seinen Bademantel ab. „Wo ist denn mein Telefon geblieben? Elektronisches Ungeziefer."

„In Ihrer Bademanteltasche, Sir", sagte Ian, der tatsächlich ein Telefon mit Wählscheibe und Samtschoner aus Seymours Tasche ragen sah. Schnaufend schleppte sich Seymour zu einem Beistelltisch, rollte das lange Telefonkabel auf und stellte den Apparat akkurat zwischen zwei grazilen Blumenvasen ab.

„Sollte mir wohl mal ein Handy kaufen." Er gab den Jungen ein Zeichen. „Kommt."

Ian und Bpm tauschten einen Blick aus und folgten dann dem Mann bis zu einer Tür am Ende des Flurs, die Seymour schwungvoll aufstieß.

„Wow", entfuhr es Ian. Selbst Bpm stand der Mund offen. Er nahm sogar seine Pilotenbrille ab. Der Raum war aus Feldsteinen gemauert und besaß eine Panoramascheibe, hinter der man den mit Laub gefüllten Pool sehen konnte. Um die fünfzig Kerzen erhellten die Mauervorsprünge, auf denen unzählige Figürchen standen. Auf den ersten Blick dachte Ian an harmlosen Nippes, dann sah er jedoch, dass es sich um Dämonen und Trolle handelte, die aus Elfenbein, Stein und Holz geschnitzt waren. Das Tageslicht, das durch die Äste der Bäume ins Zimmer fiel, vermischte sich mit dem goldenen Glanz der Kerzenflämmchen und ließ die Götzen mysteriös leuchten.

„Mein kleines Museum", sagte Seymour nicht ohne Stolz. Und im nächsten Atemzug: „Kostet zwei Pfund Eintritt." Er streckte seine Hand aus und Ian drückte ihm perplex das Geld in die Hand.

Überall an den Wänden hingen seltsame Zeichnungen von Chakren, düstere Deutungen des Tarots und spiritistische Anleitungen für Séancen. Ölgemälde hingen neben Geisterfratzen aus Holz, die Seymour vermutlich von einer seiner Reisen nach Afrika oder Asien mitgebracht hatte. Bei einem Schwarz-Weiß-Foto, das den Geist eines Fährmanns zeigte, lief es Ian eiskalt den Rücken herunter. Wahrscheinlich lag es an der alten Aufnahmetechnik, dass der Geist meterlange Arme hatte.

„Ich sammle alles, was mit Geistern zu tun hat. Wusstet ihr, dass 1930 einem Medium bei einer Séance Ektoplasma aus den Augen gelaufen ist?" Seymour zeigte auf ein Gefäß mit einer weißlichen Flüssigkeit.

Ian und Bpm traten vor und musterten den Schleim.

Ian räusperte sich: „Wir sind in der Tat wegen der Geister hier. Wir haben allerdings sehr spezielle Fragen."

Seymour blickte skeptisch mit seinen glanzlosen Augen an Ian vorbei.

„Der *Guardian* war so nett, uns Ihre Adresse zu geben", erklärte er. „Wir sind wegen eines Artikels über meinen Vater hier."

„Ich schreibe keine Artikel mehr."

„Er ist auch schon älter." Ian zog die Kopie aus dem Rucksack. Erst wollte er den Artikel Seymour reichen, dann wurde ihm bewusst, dass er ihn nicht würde lesen können.

Seymour knurrte, was wohl seine Art zu lachen war. Aus seinem Bademantel fingerte er eine Hornbrille, deren Gläser dick wie Colaflaschenböden waren, und ging zu einem kleinen Regal, auf dem eine große Lupe in einem Samtfutteral lag. „Sehkraft: fünf Prozent", erklärte er und schaltete Licht an. Mit Brille und Lupe bewaffnet, überflog er den Artikel.

„Das ist ja eine Ewigkeit her", stöhnte er und schob sich den Stumpen wieder in den Mund.

„Wir hatten gehofft, Sie könnten uns etwas mehr über meinen Vater erzählen." Ian versuchte, einen Blick an Seymour vorbei auf Bpm zu werfen. Der hielt noch immer das Ektoplasma dicht vor den Augen und tippte ständig gegen das Glas. Wohl in der Hoffnung, die Substanz werde sich bewegen.

„Dein Vater?" Kopfschüttelnd schmatzte Seymour an

seinem Stumpen und fuhr sich mit der Hand durch das graue Haar. „Dein Vater“, wiederholte er. „Junge, weißt du, über wie viele Selbstmorde, Unfälle und Verbrechen ich in den letzten zwanzig Jahren geschrieben habe? Ich war auch einer von denen, die glaubten, sie wüssten alles, und was sie nicht wüssten, könnten sie erforschen.“ Er machte eine wegwerfende Handbewegung.

„Bitte“, sagte Ian, „versuchen Sie, sich zu erinnern. 1994. Mein Vater, Thomas Boroughs, hat sich ... er hat sich verbrannt.“

„Verbrannt?“

„Ja! Er war Bankier und hat in Richmond gewohnt. Wir – also mein Freund und ich – wir glauben, dass es kein Selbstmord war.“

Als wäre das sein Stichwort gewesen, trat Bpm von hinten neben Seymour und fügte leise hinzu: „Wir glauben, dass es Geister waren, die ihn umbrachten.“

Seymour schob den Stumpen mit seiner Zunge ein paar Mal zwischen den Zähnen hin und her. „Geister? Soso. Kein Selbstmord. Hm ... Ihr wollt mich wohl auf den Arm nehmen, was?“

Ian verstand nicht. „Nein“, wehrte er ab. „Wir wollen wirklich herausfinden, was mit meinem Vater passiert ist. Sehen Sie.“ Hastig fischte er seine Brieftasche aus der Jeans und zog seinen Personalausweis hervor. Seymour musterte erst das Papier durch die Lupe, dann die beiden Jungen. Nach einer Weile erklärte er in vertraulichem Tonfall: „Ich ziehe sie an. Geister und andere Wesenheiten. Liegt an meinen Chakren. Energiekreise, hier in uns drin." Er deutete auf seine Stirn, seine Brust, seinen Bauch. „Ich mache manchmal Séancen. Draußen im Pool. Na ja, das letzte Mal ist schon länger her. Hier drinnen ist es zu gefährlich. Die Seelen Verstorbener mögen keine kleinen Räume."

Bpm wollte etwas erwidern, aber Ian stoppte ihn mit einem Blick.

„Es gibt einen Haufen Dinge zwischen Himmel und Erde, die wir uns nicht erklären können. Und der Haufen stinkt gewaltig, das kann ich euch sagen. Manche der Wesen sind nicht nett." Er blickte auf den Artikel. „Wann sagtest du, war das?"

„1994."

Seymour rieb sich die Augen.

Ian bat Bpm, ihm sein Handy zu reichen, dann rief er schnell die Fotos von der Wand in der Villa auf. Wortlos sah Seymour sich die Aufnahmen an. Dann knotete er seufzend seinen Bademantel zusammen und ging in den Flur. Die Hand schon auf der Klinke, erklärte er: „Ich kann mich an die Story erinnern. Der verbrannte Bankier ... und das Wandbild ... So etwas vergisst man nicht."

Neugierig begleiteten Ian und Bpm den ehemaligen Journalisten in sein Arbeitszimmer, in dem Pappschachteln bis unter die Decke gestapelt waren. Jede Schachtel war feinsäuberlich mit Filzstift beschriftet, aber Ian wurde nicht schlau aus den Abkürzungen. NPG 87/88, ZLK 93, KKJ 93/94 ...

„Halt das mal." Seymour zog drei Kisten heraus und

reichte sie Ian, dann nahm er die oberste und öffnete sie. Es waren Zeitungsausschnitte, Fotos und ausgerissene Seiten aus einem Notizbuch darin. „Vertraue keiner Elektronik. Alles Mist. Der ganze neumodische Kram." Seymour tippte sich an die Stirn. „Darauf kommt's an. Den Rest kannst du vergessen. Laptops, Handys, Handhelds, SMS, MMS ... Alles großer Mist."

Bpm steckte sein Handy in die Tasche, mit dem er ein paar Fotos geschossen hatte. „Ist Ihre Sammelei in Kartons nicht dasselbe, als würde ich auf meinem Laptop ein paar Ordner anlegen und Dateien verlinken, die ..."

Seymour warf dem Jungen einen entnervten Blick zu, dann schüttete er den Inhalt der Kiste auf seinen Schreibtisch.

„Nein", erwiderte er schließlich. „Es ist nicht dasselbe. In den Kartons kann es atmen und arbeiten. Es redet. Es spricht zu einem im Schlaf. Im Computer ist es gespeichert. Es ist *gesichert*. Damit ist es tot. Abgetötet. Aber das verstehst du nicht. Dazu bist du noch zu jung ... Was haben wir denn hier? Hm ..."

Seinen Stumpen genussvoll kauend, ging Seymour die Unterlagen durch. Überrascht sahen die beiden, dass nicht nur Papiere und Fotos darin waren, sondern auch ein paar Steine und ein Stück Stoff. Der Mann zog sich einen klapprigen Holzstuhl heran und setzte sich.

„Thomas Boroughs ..." Seymour suchte nach den richtigen Worten. „Ich habe dieses Wandbild damals gesehen. Im Arbeitszimmer. Laut deiner Mutter hat er es kurz vor seinem Tod gemalt. Nur zwei Wochen vorher. Ihr habt doch auch die Symbole gesehen, oder? Ich wollte ergründen, was sie zu bedeuten haben. Diese hier." Seymour zeigte auf eine Detailaufnahme der Zeichen, die er 1994 in der Villa geschossen hatte. „Ich fand es merkwürdig, dass ein Bankier den Tod sucht, indem er sich verbrennt. So etwas tut kein Selbstmörder, egal, wie verrückt er ist." Er sah über seine schwarze Hornbrille zu Ian. „Tut mir leid, war nicht so gemeint, Junge."

Ian nickte. „Aber man hört doch immer wieder von Menschen, die sich selbst angezündet haben."

„Ja, aber aus Protest", warf Bpm ein.

„Das stimmt. Sich zu verbrennen, ist sehr ... sehr, nun ja ... ungewöhnlich", erklärte Seymour, aber Ian wusste, dass er *schmerzhaft* hatte sagen wollen. Es entstand eine kleine Pause, die Seymour nutzte, um laut raschelnd seinen Krimskrams zu durchwühlen.

„Wie auch immer, jedenfalls habe ich damals noch etwas tiefer gebohrt. Merkwürdig war nur, dass ich über deinen Vater nur wenig gefunden habe. Und bevor dein oberschlauer Freund einen Spruch macht: So schlecht war ich als Journalist nicht. Ich habe *auffallend* wenig gefunden."

„Was soll das heißen?"

„Er wurde gedeckt. Irgendjemand, vielleicht er selbst, wollte nicht, dass man etwas über Thomas Boroughs in Erfahrung bringt. Es gab kaum Fotos von ihm und sein Lebenslauf schien mir auch sehr glatt zu sein. Zu glatt."

Seymour zog an seiner Zigarette, obwohl sie immer

noch nicht brannte, und schob den Jungen eine Kopie hin. „Das ist sein Lebenslauf. Ich meine, da hattest du vielleicht einen Vater. Meine Güte, der Mann ist nicht sitzen geblieben, nie zu schnell gefahren, und außerhalb von England war er auch nie. Hat sich noch nicht mal nach dem College ein paar Monate Auszeit genommen."

„Sie wollen damit sagen, der Lebenslauf ist erfunden?", fragte Bpm.

„Für mich sieht das so aus, ja."

„Und warum?", hakte Ian nach.

„Wollte ich damals schon wissen, aber aus dem Artikel wurde nichts. Mayer, mein Chef, hat mich auf einer Firmenparty gefeuert. Zu viel esoterisches Geschwafel, hat er gesagt. Zu viele Spekulationen, zu wenig Fakten. Der hat mich glatt für verrückt erklärt. Wenn ich so einen guten Draht ins Jenseits hätte, hat er gemeint, könnte ich doch mal aufklären, ob Marilyn Monroe tatsächlich eine Affäre mit J.F.K. hatte. Der hat mich überhaupt nicht ernst genommen!" Seymour schnaubte wütend. „Na ja, ich hab dann erst mal Mayers Affären im Diesseits aufgeklärt ... Ja ... die Party war dann auch ziemlich schnell zu Ende und ich hab die heulende Frau des Chefs getröstet." Seymour lachte dreckig, dann wurde er wieder ernst. „Der hat nicht erkannt, dass ich an einer ganz heißen Story dran war. Dass sich dein Vater verbrannt hat, war nämlich nicht das einzige Ungewöhnliche an der Geschichte."

„Sondern?", fragte Bpm, der Fotos von den Notizen in der Kiste schoss.

Ian lehnte sich vor. „Sie … Sie wissen, was diese … diese Wesen auf dem Bild sind?"

„Die Geister? Nein. Keine Ahnung." Seymour nahm seine Lesebrille ab und rieb sie an seinem Bademantel sauber. „Ich kenne nur die fünf Zeichen auf dem Wandbild." Er zeigte auf sein Foto mit der Detailaufnahme. „Ich dachte damals, sie seien wichtig. Immerhin sieht es so aus, als würde dein Vater von diesen Schattenwesen rechts und links gefressen werden. Und die Zeichen stehen zwischen allem und über allem. Versteht ihr, was ich meine?"

Die Jungen hingen an seinen Lippen. Leise drang ein langsamer Walzer aus dem Schlafzimmer zu ihnen und Ian fragte sich, ob der alte Herr vielleicht Damenbesuch hatte.

„Ich habe mich damals gefragt", fuhr Seymour fort, „ob diese Zeichen vor Geistern schützen oder ob sie die Geister erst rufen? Schutz oder Bann? Gehören sie zu deinem Vater oder zu den Wesen? Und der gute alte Seymour ist fündig geworden."

Ian war mit einem Mal hellwach. „Das heißt, Sie wissen, was sie bedeuten?", platzte er heraus.

„Nein."

„Was? Aber … aber Sie sagten doch –"

„Ich weiß nicht, was sie *bedeuten*, ich weiß aber, wo sie noch aufgetaucht sind."

„Wo?", riefen Ian und Bpm gleichzeitig.

Seymour schmunzelte. „Wie gesagt, dass sich dein Vater umbrachte, ist nicht das einzig Seltsame." Vorsichtig legte er die Kopien und Fotos wieder zurück in den Karton. „Sagt euch der Rendlesham-Vorfall etwas?"

Ian warf Bpm einen Blick zu. Er selbst hatte keine Ahnung, aber wenn es ein spektakulärer Unfall oder eine Katastrophe war, würde Bpm sicher mehr wissen. Zufrieden stellte er fest, dass sein Freund sofort drauf losplapperte: „Rendlesham? Klar, doch. Das britische Roswell! Logisch haben wir davon gehört. Da gab es Ufo-Sichtungen."

„Ufos. Richtig", pflichtete Seymour Bpm bei.

„Ufos?" Ian lachte. „Das ist nicht Ihr Ernst, Mr Seymour. Mein Vater war Bankier. Was sollte er mit Ufos zu tun gehabt haben?"

„Nun ja", begann Seymour und griff nach einem Streichholz, um sich seine Zigarette anzuzünden. „Die Sache ist die. Rendlesham ist der bedeutendste Vorfall einer Ufo-Sichtung in Großbritannien, abgesehen von Roswell sogar weltweit. Es handelt sich dabei um die einzige Ufo-Sichtung, die vom Militär und der Regierung anerkannt wurde. Irgendetwas Unerklärliches ist dort 1980 in den Kiefernwäldern vor der Militärbasis Bentwater geschehen."

Ungläubig starrte Ian Seymour an. Ufos! Als wären Geister nicht schon irre genug. Er sah zu Bpm, doch der lauschte gebannt dem Bericht des Ex-Journalisten.

„Ein paar Fischer behaupten schon seit Jahren, in der Nähe des Luftwaffenstützpunktes grüne Lichter beobachtet zu haben. Ein Farmer hat von seltsamen Lauten in der Nacht berichtet und ein Ehepaar aus Ipswich will bei einem Ausflug in die Wälder merkwürdige Schatten gesehen haben. Doch nichts, nichts von alledem, ist so eigenartig und von so vielen Soldaten bezeugt worden wie der Rendlesham-Vorfall zwischen dem 26. und 28. Dezember in den Kiefernwäldern vor der US-Airforce-Basis.“

33

US-Airforce-Base Bentwater, Rendlesham, Suffolk, England, 28. Dezember 1980, 21 Uhr 12

Nick Waterspoon schloss seine Umhängetasche, in die er eilig einen Geigerzähler, ein Fernglas und ein paar neue Socken geworfen hatte. Er blies sich in die Hände, die während der Fahrt von der Wissenschaftsbaracke zum Offiziershaus ganz steifgefroren waren. Seit dem ersten *Vorfall*, so hatten sie das Auftauchen der seltsamen Lichter gestern genannt, hatte es ununterbrochen geschneit.

Feine Flocken wehten über die Landebahn, über die Mannschaftshäuser, die Bunker und die Hangars für die Düsenjäger. Gerade wurden zwei F-4-Phantoms-Düsenjäger auf die Startbahn gezogen. Sie sollten den Luftraum wegen des neuerlichen Vorfalls klären und über dem Luftwaffenstützpunkt und dem nahegelegenen Wald Schleifen fliegen.

Nick sah den vier Männern zu, die in ihre Maschinen stiegen. Er kannte die Piloten nicht, denn er war erst seit wenigen Tagen auf dem Stützpunkt. Nick wusste noch nicht einmal, weshalb man ihn von der Universität abgeworben hatte, aber der charmante, geradlinige Amerikaner, der ihn auf dem Campus der Universität angesprochen hatte, beeindruckte ihn noch immer. Der Mann hatte mit einem Sack voller Geld gewunken und ihm eine Karriere in Aussicht gestellt, die jenseits seines Vorstellungsvermögens lag. Er hatte sofort zugegriffen und war nun als einziger Brite wissenschaftlicher Assistent auf einer Militärbasis, auf der mittlerweile die US-Army das Sagen hatte.

Socken steckst du ein, dachte er und rieb sich abermals die Hände, aber deine Handschuhe vergisst du.

Er schüttelte über sich selbst den Kopf, sprang aus dem Jeep und rannte hinüber zum Offiziershaus. Schon von Weitem konnte er Weihnachtsmusik und Gelächter hören. Es war Nick unangenehm, Leutnant Colonel Lath bei den Festlichkeiten zu stören.

Henry Lath musste jedoch bereits gesehen haben, wie er vorgefahren war. Der ältere Offizier kam mit einem Glas Brandy in der Hand und seiner Sturmjacke über dem Arm schon aus dem Haus geeilt. Seine Stiefel waren noch offen, als er Nick abpasste und im Laufschritt einen ersten Lagebericht verlangte.

„Es war wieder im Wald bei Rendlesham“, erzählte Nick aufgeregt. „Wir haben vier Männer mit Jeeps rausgeschickt und zwei Phantoms starten lassen. Ich bin hier, um Sie hinzufahren, Sir. Heggert und seine Leute sind schon vor Ort.“

Lath schnaufte. „Besser, Sie geben mir Deckung. Bei diesen Vorfällen ist mir ein ambitionierter Wissenschaftler lieber als einer dieser schießwütigen Privates. Haben Sie Ihr Sturmgewehr?“

Nick deutete zum Jeep und hielt Lath die Beifahrertür auf. „Selbstverständlich, Sir.“

Während Nick mit durchdrehenden Reifen startete – er kam noch immer nicht mit der schlichten Schaltung des Wagens klar –, schnürte sich Leutnant Colonel Henry Lath in aller Ruhe die Stiefel zu und trank seinen Brandy aus. Im Gegensatz zu Nick wirkte sein Vorgesetzter kaum nervös. Er machte eher einen genervten Eindruck. Nick würgte den dritten Gang rein und der Geländewagen holperte los. Sie schossen an zwei salutierenden Privates vorbei, die neben dem offenen Schlagbaum warteten, dann jagten sie in den schneebedeckten dunklen Wald davon.

Ein leichter Wind ließ die Wipfel der Bäume rascheln. Feine Schneeflocken wehten zwischen den dunklen Stämmen hindurch und landeten in Nicks Haar. Sie schmolzen unangenehm in seinem Nacken, während er hinter seinem Vorgesetzten durch den Schnee stapfte. Immer wieder sah er zum Himmel auf, aber zwischen den Ästen, die ein schwarzes Dach über ihren Köpfen bildeten, war kaum etwas zu erkennen.

Er war gestern, als die Lichter das erste Mal gesichtet wurden, nicht hinausgefahren. Doch das Knarren und Flüstern der Bäume kündigte für ihn etwas Unheilvolles an.

Der Strahl seiner Taschenlampe, die er sich unter das Schulterrevers gesteckt hatte, zuckte aufgeregt über die schwarzen Bäume. Leise fluchend folgte Nick Leutnant Colonel Lath durch den Schnee. Laths Funkgerät knatterte in einem fort, immer wieder erhielt er Meldungen von den anderen Soldaten, die bereits tiefer in den Wald vorgedrungen waren. Wie es aussah, befanden sich die Männer auf einer niedrigen Anhöhe und führten bereits Messungen mit ihren Geigerzählern durch.

„Okay, wir erreichen nun das Gebiet von ungefähr fünfundzwanzig oder dreißig Fuß. Was wird angezeigt? Was bekommen wir?“, fragte ein Soldat und erhielt die Antwort: „Nur fünf Klicks.“

„Fünf Klicks? Und wo sind die Abdrücke?“

„Hier ist einer und da drüben ist auch alles verbrannt.“

„Sir, wir bekommen weitere Klicks.“

„Wie viele?“, bellte Lath ins Funkgerät und versank auf einmal bis zum Knie in einer Schneewehe. Der Leutnant Colonel stieß einen wütenden Fluch aus.

Das Gespräch auf der anderen Seite verstummte. Dann durchschnitt die helle Stimme eines jungen Soldaten die Nacht: „Uh. Verdammt. Sechs, sieben steigend auf einer Skala bis zehn.“

„Gut, Soldat“, entgegnete Lath und befreite sich aus der Wehe. „Sie sind dort sicher. Aber bleiben Sie nicht zu lange.“

Nick schloss zu Lath auf, der den Soldaten Befehle über Funk erteilte, während er sich den Schnee von der Uniform klopfte. „Dokumentiert alles. Wir sind gleich bei euch. Nehmt die Videokamera und haltet die Klicks auf den Geigerzählern fest. Ich brauche was für unsere Fuzzis in den Kitteln.“ Lächelnd drehte er sich zu Nick, der nur verständnislos die Augenbrauen hob.

„Ihr solltet etwas besser auf eure Abschirmung achten“,

riet Leutnant Colonel Nick. „Ihr habt mir schon gestern das Weihnachtsfest versaut, aber langsam geht's zu weit. Wir haben verfluchte Nuklearwaffen auf unserem Stützpunkt."

„Sir?"

Lath sah seinen Soldaten kopfschüttelnd an, dann packte er Nicks Gewehr und drückte es dem jungen Mann barsch vor die Brust. „Sie gehen vor. Sie sollen mich gefälligst beschützen. Diesmal seid ihr wirklich zu weit gegangen."

„Was soll das heißen?" Nick stolperte voraus. Sein Blick ging hektisch zwischen den Bäumen hin und her. Wovon sprach Leutnant Colonel Lath?

Sie hatten Lichter gesehen. Gegen drei Uhr morgens wurde ein fliegendes Objekt von der Sicherheitspatrouille gemeldet, die am Westtor der Basis ihre Weihnachtsschicht schob. Sie dachten, ein Flugzeug wäre im Wald abgestürzt, doch draußen angekommen, sahen die Soldaten nur ein seltsames Leuchten. Einige Minuten später funkten sie zur Basis, dass Bäume von selbst zu brennen begonnen hätten und merkwürdige Lichter durch den Wald huschten. Da der Vorfall außerhalb der Basis stattgefunden hatte, riefen sie die örtliche Polizei hinzu. Doch die Polizisten behaupteten, die Lichter kämen von dem Leuchtturm an der Küste und die Soldaten hätten sich einen Weihnachtsspaß erlaubt und die Feuer selbst gelegt.

„Was das heißen soll?", wiederholte der Leutnant Colonel zornig. „Ihr kocht doch irgendetwas aus in eurer Hexenküche ... Was ist es diesmal? Sagen Sie es mir!"

„Sir?“ Nick blieb stehen und blickte sich fragend zu Lath um. In dem Moment zogen zwei Phantoms wie ein gewaltiges Donnergrollen über den Wald und schraubten sich dem bleichen Mond entgegen. Nick, der den Lärm der Maschinen nicht gewohnt war, zuckte zusammen.

Seine Finger fühlten sich wie Eiszapfen an. Er ließ seine Waffe sinken und wollte eine Antwort, doch der Leutnant Colonel nickte lediglich stumm in den dunklen Wald. „Ihr seid die Wissenschaftler. Ich bin nur der Chef, der die Kampfpiloten zusammenscheißt. Und jetzt los. Sehen wir zu, dass wir bis Silvester bei unseren Männern sind.“

„Heggart“, bellte er ins Funkgerät, „bestätigen Sie noch einmal Ihre Koordinaten.“ Während der Soldat seinen Standort durchgab, stapfte Nick weiter voraus durch den Schnee.

Nach wenigen Metern erreichten sie einen zugefrorenen Bach und Nick setzte zögernd sein Gewehr ab. Obwohl der Bach sicher nur knietief war, wusste er nicht, ob das Eis ihn tragen würde. Mit nassen Stiefeln und Socken durch den Schneewald zu irren, war das Letzte, was er jetzt gebrauchen konnte. Während er noch überlegte, ob er springen sollte, war der Leutnant Colonel bereits an ihm vorbei über den Bach gestapft. „Kommen Sie! Oder wollen Sie da Wurzeln schlagen?“

Nick rückte seine Umhängetasche zurecht und folgte seinem Vorgesetzten.

Das Wäldchen war nicht sehr groß, aber dennoch hatte er inzwischen jegliche Orientierung verloren. Nur ab und an schimmerte der Mond zwischen den Bäumen hindurch. Es war eigenartig, mal schienen sie von ihm fort und mal zu ihm hin zu laufen. Gern hätte Nick seinen Kompass gezückt, doch die Blöße wollte er sich nicht geben. Lieber ließ er sich hinter Lath zurückfallen, der ab und an in seine Karte schaute und ihre Position abglich.

Gerade waren sie einen Hang hinabgeklettert und auf eine schmale Lichtung getreten, als Nick etwas hörte. Es war ein leises Trommeln. Ein Trommeln und Rascheln.

„Kommt das näher?“ Lath hatte es auch gehört und blickte von seiner Karte auf.

„Was ist das?“

„Keine Ahnung.“ Er zuckte mit den Schultern. „Sagen *Sie* es mir.“

„Wie sollte ich?“ Langsam wurde Nick stocksauer. „Was soll das?“

„Sie arbeiten in Hangar B4. Sie sind der Neue.“

„Hangar B4? Ach, darum geht's hier.“ Nick trat zu Lath. „Es tut mir leid, Sir. Aber erstens habe ich erst diese Woche dort angefangen und zweitens unterliegt meine Arbeit der Geheimhaltung.“

„Ach, kommen Sie, Waterspoon.“ Der Leutnant Colonel sah erst ihn an, dann in den Wald. Er nahm Nick das Gewehr ab und lud durch, während er krampfhaft versuchte, etwas zwischen den Bäumen zu erkennen. Das Trommeln wurde lauter. Es hörte sich nun mehr wie ein Stampfen an. Irgendetwas schnaubte dort im Dunkeln.

Erneut durchbrachen die F-4-Phantoms die Stille. Ihre Triebwerke waren so laut, dass Nick befürchtete, sein

Trommelfell würde platzen. Kaum waren die beiden Kampfjets hinter den Bäumen verschwunden, dachte er, das Stampfen habe aufgehört. Doch als kein Geräusch mehr von den Jägern zu hören war, kam es sofort wieder. Diesmal lauter.

Er hörte Äste brechen, dann ein lautes Schnaufen und ein krachendes Rascheln, als wälze sich ein Panzer durchs Unterholz und schleife Büsche mit sich. Die Äste knackten so laut, dass ihr Bersten durch den Wald hallte. Etwas bewegte sich auf sie zu. Etwas sehr Großes.

Der Leutnant Colonel richtete Nicks Sturmgewehr auf die Bäume. Er hatte seine Taschenlampe auf den Lauf gesteckt und versuchte verzweifelt, die Ursache des Lärms im Unterholz zu erkennen. „Heggart, hören Sie das auch?“

„Was, Sir?“, krächzte es aus dem Funkgerät. „Hier ist alles ruhig. Wir messen die radioaktive Strahlung weiter. Die Bäume sind verbrannt und –“

„Ja, ja“, unterbrach ihn Lath. „Haben die Phantoms Feindkontakt gemeldet?“

„Negativ, Sir.“

„Sichtungen?“

„Negativ.“

Nick mischte sich ein. „Es kommt näher, Sir.“ Er nickte zu einem dicken Baumstumpf und Lath verstand sofort. Gemeinsam gingen sie in Deckung.

Keine Sekunde zu spät, denn kaum hatten sie sich hingehockt, brach es aus dem Wald.

Es war nicht groß.

Es waren viele.

Sie brachen durch das Unterholz und rannten auf Nick und Lath zu, sprangen über Bäume und Äste und schließlich über ihr Versteck. Nick schrie vor Überraschung auf und auch Lath riss das Gewehr hoch, doch er drückte nicht ab. Es waren Tiere. Sie kamen aus dem Wald gelaufen. Hunderte.

„Was zum Teufel –?“, entfuhr es Lath beim Anblick der Horde.

Nick konnte drei Dutzend Rehe sehen, viele Kitze, acht, neun Wildschweine mit ihren Frischlingen, ein paar Füchse und sogar zwei Pferde. Das Wild war verschreckt und rannte um sein Leben, hielt direkt auf sie zu, teilte sich auf, sprang und rannte zwischen den Ästen hindurch, bevor es wieder im Wald verschwand.

Der Spuk war so schnell vorbei, wie er begonnen hatte.

Ungläubig blickte Nick sich um und konnte die letzten Wildschweine über den Bach springen sehen. Er wollte schon befreit auflachen und Lath folgen, der schon die Deckung aufgegeben hatte, als er erneut etwas wahrnahm.

„Die Phantoms haben sie aufgeschreckt“, stellte Lath fest und nahm sich seine Karte vor.

„Das glaube ich kaum“, widersprach ihm Nick.

„Wieso? Was ist denn?“

„Hören Sie das nicht, Sir?“ Nick war überrascht. Das Rauschen der Bäume und das Trampeln der Tiere hatte einem Sirren Platz gemacht. Es war nicht zu überhören. Als würden Millionen Bläschen schneller und schneller platzen. Beide horchten sie in die Nacht, aber Nick merkte, dass Leutnant Colonel Lath überhaupt nichts wahrnahm.

„Haben Sie irgendetwas eingenommen, Waterspoon?“, wollte Lath wissen und sah Nick skeptisch an. „Sie … Sie bluten ja.“

„Was? Wo?“ Nick konnte ihn kaum verstehen, so laut war das Sirren bereits. Es begann zu schmerzen.

„Aus Ihrer Nase.“

Völlig entgeistert starrte Nick erst Lath an, dann auf den Schnee zu seinen Füßen. Erste Tropfen hatten ihn rot gefärbt. Erst jetzt spürte Nick, wie ihm das Blut über die Lippen lief. Er stieß einen Fluch aus und starrte ungläubig auf seine blutverschmierten Finger.

„Alles in Ordnung, Soldat?“

„Hören Sie es nicht?“, schrie Nick gegen den Lärm an.

„Was denn? Hier ist niemand. Was ist denn los?“ Leutnant Colonel Lath wich einen Schritt zurück. Vergeblich versuchte Nick, dem Mann zu erklären, was er hörte.

WHIIIIIIIIIEEEEEEEEEEPPPPPPPPPPPP …

Das Geräusch war unerträglich. Er traute sich nicht, seine Hände von den Ohren zu nehmen. Das Blut tropfte ihm auf die Tarnjacke.

Nick machte einen Schritt auf Lath zu, aber der wich noch weiter zurück. Sein Blick war ein einziges Fragezeichen. Lath zückte das Funkgerät. „Heggart. Wir haben hier ein Problem. Schicken Sie mir einen Sanitäter. Ich befinde mich auf Bravo-Alpha-3 …“ Er begann ihre Position durchzugeben, kam aber nicht weit.

Direkt hinter dem Leutnant Colonel schien die Luft aufzureißen. Nick schrie vor Entsetzen. Mit einem Mal spürte er die Hitze. Etwas schob sich aus dem Nichts heraus und streckte sich empor, wuchs auf vier Meter heran. Wie ein Fächer spreizte es sich auf und Nick musste an eine giftige Kobra denken, obwohl dieses Wesen nichts mit einem Tier gemein hatte. Die Ränder des Schattens blitzten, während sich dieses Ding laufend veränderte.

WHIIIIIIIIIEEEEEEEEEEPPPPPPPPPPPP ...

„Was haben Sie denn, Soldat?“, erkundigte sich Lath, der zwar Nicks Entsetzen sah, aber offenbar nicht, was direkt hinter ihm geschah. Selbst als er sich in Nicks Blickrichtung umdrehte, bemerkte er nichts, rein gar nichts.

„Was ist denn?“, fragte der Leutnant Colonel noch einmal. Nach endlos langen Sekunden erkannte auch Lath, dass der Schnee um sie herum zu schmelzen begann.

Weitere Auswüchse, Arme, Tentakel, was immer die halbdurchsichtigen Dinger waren, schossen aus dem Leib des Geisterwesens. Nick schrie auf und mit einem Mal schrie auch Lath.

Seine Haare standen in Flammen.

Er brüllte und wälzte sich im Schnee, doch seine Kleidung hatte bereits Feuer gefangen. Nick stürzte vor, wollte dem Mann helfen, aber Lath zog unbewusst den Abzug des Sturmgewehrs. Kugeln peitschten um Nick, rissen Spuren in den Schnee.

„Oh, Gott!“, schrie Nick. „Legen Sie sich hin. Feuer einstellen. Stellen Sie das Feuer ... Legen Sie sich hin! In den Schnee.“ Noch immer brüllte Lath vor Schmerzen und Nick konnte sehen, wie die Flammen ihn umhüllten.

Plötzlich traf Nick ein Schuss und warf ihn nach hinten. Lath hatte ihn in den Oberschenkel geschossen und sein Bein begann zu bluten. Nick fiel über einen verrotteten Baum, kam wieder auf die Knie und wollte erneut zu Lath, aber weitere Schüsse zischten durch die Luft. Das Letzte, was Nick sah, bevor er rückwärts durch den Schnee davonstürzte, war das Wesen.

Es war mittlerweile so hoch wie die Bäume und breiter als ein Lastwagen. Es hatte Leutnant Colonel Lath komplett eingeschlossen, ihn regelrecht *in sich* gefangen. Die Schüsse schienen ihm nichts auszumachen. Sie drangen einfach durch das Wesen hindurch.

Lath hatte den Kampf verloren. Der muskulöse Mann brach brennend im Schnee zusammen, das Gewehr fiel ihm aus der Hand und alles wurde still.

Nick, am Bein blutend, schrie auf. Er konnte nichts tun, er konnte nur noch fliehen. Tränen des Entsetzens rannen ihm die Wangen hinunter und er spürte, wie Äste und Steine in seine eiskalten Hände stachen. Mit letzter Kraft rappelte er sich auf und lief.

Er wusste nicht, in welche Richtung, doch Nick lief. Er humpelte, sprang, strauchelte durch den Schnee. Wünschte sich Laths Stimme neben sich, wünschte, er hätte das Funkgerät an sich genommen. Ja, selbst die Phantoms mit ihrem ohrenbetäubenden Lärm wünschte er sich herbei. Doch statt ihrer Düsen hörte er lediglich das schreckliche Fiepen.

WHIIIIIIIIEEEEEEEEPPPPPPPPPPPP …

Er drückte sich durch ein paar Büsche und spürte Schnee im Gesicht. Die Äste rissen an seiner Tarnkleidung, aber er schob sie beiseite und taumelte weiter. Abgeknicktes Schilf. Im Sommer verbrannt, im Winter zu weißen Linien gefroren. Ein Tümpel. Nur ein paar Meter im Durchmesser. Nick lief auf das Eis, das Ufer im Auge, doch das Eis brach jäh entzwei. Nick schrie auf, sackte mit einem Ruck ein und steckte plötzlich bis zum Hals in eiskaltem Wasser. Er klammerte sich an den abgebrochenen Rand des Eises. Es hielt. Gott sei Dank.

WHIIIIIIIIIIIIIIIIEEEEEEEEEEEEEEEEEPPPPPPPPPPPP …

Die Kälte lähmte seine Muskeln. Schon nach ein paar Augenblicken merkte er, dass er sich kaum noch bewegen konnte. Nur das Adrenalin, das sein Herz wie wild durch seinen Körper pumpte, hielt ihn wach. Das Sirren wurde lauter. Auf einmal meinte er, Wärme an seinen Beinen zu spüren, und schrie auf. Wie ein Ertrinkender zappelte er in einem Becken voller Haie. Den brennenden Lath vor Augen, versuchte er, sich aus dem Tümpel zu ziehen. Immer wieder ließ er seine Hände auf das Eis schlagen, suchte verzweifelt nach Halt. Da, ein eingefrorener Ast. Etwas Raues im Eis. Endlich. Seine Finger fanden Halt. Das Wasser um ihn war bereits lauwarm, zumindest kam es ihm so vor. Seine Nase blutete noch stärker als vorhin.

Endlich. Es gelang ihm, sich hochzuziehen und das Knie auf den Eisrand zu setzen. Brich nicht ein! Brich nicht ein!, betete er.

Stöhnend zog er sich hoch und rollte sich ab. Er hatte eine Blutspur auf dem Eis hinterlassen. In kunstvollen Zickzacklinien verästelte sich das Blut langsam auf der Oberfläche und vermischte sich mit dem Tauwasser. Nick hatte keinen Sinn für das Schauspiel. Erschöpft blieb er am Ufer liegen. Er versuchte, alle seine Kräfte zu sammeln, um sich aufzurichten, aber ihm sackten die Beine weg.

Und dann sah er wieder das Wesen.

Es erhob sich aus dem Tümpel. Es wuchs aus dem Wasser, ohne nass zu sein. Schneeflocken verdampften, wenn sie das Wesen durchflogen. Seine wehenden Ränder leuchteten und mit Erschrecken stellte er fest, dass das Tümpelwasser kochte. Das Eis schmolz in Sekundenschnelle.

Nick war wie gelähmt. Er sah diesem Geist zu, wie er größer und größer wurde, und er spürte die Hitze, die von dem Wesen ausging. Das Ding war ... war lebendig. Es pulsierte, wuchs an und schwoll ab. Ständig änderte es aus dem Nichts seine Form. Waren da noch zwei, drei weitere Geister neben ihm? Oder war es dieselbe Gestalt, die sich aufgespaltet hatte?

Verzweifelt versuchte er, einen Kopf zu erkennen, Augen, einen Mund, irgendetwas, an dem er eine Regung des Unbekannten hätte ablesen können. Das es vertrauter und damit weniger beängstigend gemacht hätte, doch das Wesen besaß nichts Menschliches.

Plötzlich wuchs direkt vor Nick ein weiteres Wesen aus dem Nichts hervor. Eine Art Arm. Wie eine Schlange ohne Haut kam es auf Nick zu. Er wollte zurückweichen, aber er konnte nicht. Von der Kälte geschwächt und steif vor

Entsetzen starrte er unbewegt die schimmernde, sich verändernde Form dieses halbdurchsichtigen Arms an, der nun weniger als eine Handbreit vor seinem Gesicht in der Luft stand. Die Hitze ließ seine Haut austrocknen.

Berühre es, sagte ihm eine innere Stimme.

Nick beugte sich vor.

Du bist Wissenschaftler, berühre es. Wieso kannst du es sehen und Leutnant Colonel Lath nicht?

Langsam näherte sich Nick dem Fangarm. Die Hitze war unerträglich schmerzhaft. Als er nur noch einen halben Meter von dem Wesen entfernt war, schnellte etwas aus dem Ding heraus. Fingerdick schoss eine Art Faden hervor und auf sein Gesicht zu. Nick schrie und fiel zurück in den Schnee. Mit einem Mal änderte der Faden die Richtung und stürzte erneut auf ihn zu.

Doch dieser monströs lange Finger traf ihn nicht, sondern senkte sich knapp neben seinem rechten Stiefel in den Boden. Es zischte, als er mühelos wie ein Schweißdraht durch den Schnee fuhr.

Nick wagte nicht, sich zu bewegen. Gelähmt vor Angst, blickte er auf den Tümpel und die große Gestalt, die dort ruhig in der Luft hing und stetig ihre Form änderte.

Nick betete. Er betete, das Wesen würde nichts mehr aus dem Nichts erwachsen lassen. Er betete, dass es ihn nicht wie Lath einhüllen und verbrennen würde.

Er schloss die Augen.

Und mit einem Mal war alles vorbei.

Das Sirren verstummte und die Hitze verpuffte mit einem Schlag.

Das Wesen war fort. Nur der dampfende Tümpel und sein Nasenbluten zeugten noch von seiner Anwesenheit, aber der Wald lag ruhig vor ihm. Leichter Schnee tanzte in der Luft.

Unsicher öffnete er die Augen.

Er sah sich um.

Sein Blick fiel auf die Erde neben ihm.

Als hätte ein Chirurg mit einem Laserskalpell in den Schnee geschnitten, hatte das Wesen merkwürdige Zeichen hinterlassen. Er atmete ein paar Mal tief durch. Trotz seines pochenden Herzens fasste er Mut. Einer Eingebung folgend, streckte er seine Hand nach dem Schnee aus und berührte eines der Symbole.

Nichts geschah.

Es war lediglich Schnee. Nick griff nach seiner durchweichten Umhängetasche und ließ den Geigerzähler über die Zeichnungen streifen. Fünf Klicks. Der Schnee war leicht radioaktiv verstrahlt.

Mit zittrigen Händen begann er, die mysteriösen Zeichen abzumalen. Es gelang ihm erst nach zwei Anläufen, sie in sein klitschnasses Notizbuch zu übertragen. Zu sehr zitterte der Stift in seiner Hand. Frierend wischte er sich den Schnee aus den Haaren und steckte sein Notizbuch zurück in die Umhängetasche.

Was hatte der Leutnant Colonel nur gemeint, als er gesagt hatte, sie sollten die Abschirmung verbessern? Nick war erst ein paar Tage auf dem Stützpunkt und hatte mit ansehen müssen, wie ein Mann grausam verbrannte.

Dieses Wesen hatte ihn getötet.

Was würde ihn noch erwarten?

Erschöpft sank er zurück in den Schnee. Die Kälte brannte. Er wollte nur noch schlafen, sich in den Schnee legen und die Augen schließen.

Die Wipfel der Bäume raschelten und in weiter Ferne dröhnten die Phantoms durch die Nacht.

Sie werden mich niemals finden, dachte er und wünschte sich einen Peilsender oder eines der neuen GPS-Geräte herbei, die sie ab und an auf ihren Touren mitnahmen. Doch die Empfänger waren teuer und schwer.

Es war das Jahr 1980 und Abba mit *Super Trouper* auf Platz eins der UK-Charts.

34

US-Airforce-Base Bentwater, Rendlesham,
Suffolk, England

Stille. Kein Geräusch war zu hören, außer dem Rauschen der Kiefern, wenn der Wind durch die Zweige fuhr. Ian stellte die Harley ab. „Lass uns die letzten hundert Meter lieber zu Fuß gehen“, sagte er.

Sie waren erst spät in London aufgebrochen, da Bpm noch unbedingt zu den Camden Markets gewollt hatte. Obwohl Ian über zwei Stunden mit der Harley gefahren war, hatte er keine Lust gehabt, unterwegs zu übernachten. Dafür war er viel zu aufgeregt. Und bei einer Militärbasis war es hoffentlich egal, ob sie morgens um acht oder nachts um elf auftauchten.

„Da sind nicht mal Wachen“, zischte Ian. Sie blieben stehen und betrachteten den hohen Zaun und die dunklen Silhouetten der Wachtürme und Baracken. Bpm zog seine Stöpsel aus den Ohren und lauschte. Doch es waren nur die Bäume zu hören.

„Sind die alle ausgeflogen?“, wunderte er sich. Die Jungen ließen den Wald hinter sich und folgten der schmalen Straße bis zum Tor. Im Mondlicht konnten sie ein verlassenes Wärterhäuschen neben einem Schlagbaum erkennen und unzählige Bunker, die sich rechts und links wie

Wellen an der Rollbahn entlangzogen. In einiger Entfernung sahen sie ein Backsteinhaus mit einem Turm. Doch es brannte kein Licht.

„Es sind die Zeichen, die auch dein Vater gemalt hat“, hatte Seymour geflüstert und seine trüben Augen hatten Ian durchbohrt. „Dieselben Symbole, die vor dreißig Jahren auch ein junger Soldat namens Nick Waterspoon in sein Notizbuch gekritzelt hat.“

Seymour hatte Ians Wandbildfoto neben eine Kopie der Notizbuchseite von Nick Waterspoon gehalten. Die Zeichnungen waren identisch, auch wenn der Soldat sie hektisch und mit unsicherer Hand gezeichnet haben musste. Ian hatten sich die Nackenhaare aufgestellt. Was hatte sein Vater – ein Bankier aus Richmond – mit einem US-Soldaten in Rendlesham zu tun? Seymour wusste es nicht.

„Lass die Erinnerung atmen, Junge. Vielleicht spricht sie im Schlaf zu dir“, hatte er gesagt und ihm die Schachtel in die Hand gedrückt.

Im Schlaf, dachte Ian. Genauso sieht es hier aus – als würde alles schlafen. Oder als schliefen wir. Und träumten.

„Hier müssten doch Wachen sein. Irgendwelches Militär. Piloten, Jeeps. Hier ist gar nichts … Haaaaaallo?“

Bpm rüttelte am Zaun. Sein Ruf verhallte ungehört.

„Sssssssssht!“ Ian zog seinen Freund zu sich, weil er einen Lichtschimmer in einem Gebäude unweit des Towers ausgemacht hatte. „Da vorne.“ Er deutete auf ein dunkelgraues Gebäude, das wie mehrere wuchtige Fertiggaragen aussah.

„Du hast recht“, flüsterte Bpm. „Doch nicht alle tot. Da ist noch Leben in der Bude.“

„Lass uns nachsehen.“

„Du willst da einfach reinspazieren?“

Ian zuckte mit den Schultern. „Ich bin nicht so weit gefahren, um mich von hohen Zäunen und verlassenen Wachtürmen abschrecken zu lassen. Vielleicht hocken die alle in der Kantine und feiern.“

Das breite Schiebetor zur Basis stand offen. Bpm blickte sich nervös nach allen Seiten um, als sie direkt am Schlagbaum vorbeiliefen. An den Wachhäuschen hingen Schilder, die vor dem Betreten der Basis warnten. Ein von Rost zerfressenes Stoppschild schwang bei jedem Windhauch hin und her. Sein leises Quietschen hallte über den Vorplatz und verlor sich zwischen den Bunkern.

Der Asphalt fühlte sich noch immer warm an. Ian konnte den Teer riechen. Sie verließen den Kontrollbereich und gingen über den Platz auf das Licht zu. Alles war so ausgestorben, dass die beiden gar nicht daran dachten, sich anzupirschen oder Deckung zu suchen. Sie hatten die halbe Strecke zurückgelegt, als Ian abrupt stehen blieb. Er spürte, wie sein Herz zu rasen begann.

„Warte!“, raunte er Bpm zu.

„Wieso denn?“

„Das Licht! Es flimmert.“ Er hörte selbst, dass seine Stimme brüchig klang.

Eine Haut aus winzigen Lichtblitzen, schoss es Ian durch den Kopf. Schlauchartige Auswüchse, Äste, Tentakel, wabernde Körper, auf denen Explosionen stattfanden. Der Wind strich ihm über den Arm und er musste an Cathy denken, an den Hangar und schließlich an den Keller. An Zero.

Dreh um, Ian. Verschwinde von hier.

Unwillkürlich griff Ian an seine Nase, doch sie blutete nicht.

Bpm musterte seinen Freund. „Was hast du denn? Hörst du wieder Geräusche? Siehst du was?“ Beunruhigt drehte er sich um. „Hast du ein Fernglas?“

Ian schüttelte den Kopf.

„Da steht eine Tür offen. Es ist bestimmt der Wind. Hier gibt’s keine Geister.“ Er klopfte Ian auf die Schulter.

Sie gingen weiter, doch Ian folgte Bpm nur zögerlich. Er ließ das flackernde Licht nicht aus den Augen. Und wenn es doch die Geister waren? Er mochte gar nicht daran denken, was dann geschah. Letztes Mal hatten sie sich Zero geholt, würden sie diesmal Bpm … Ian schluckte.

Immer wieder schoben sich Wolken vor den Mond. Die Stille war drückend. Unwillkürlich sah sich Ian nach Brandspuren um, doch er konnte in der Dunkelheit nichts erkennen. Konnte es sein, dass die Geister die Basis eingenommen und die Soldaten verbrannt hatten?

Er verdrängte den Gedanken. Langsam wurde er wirklich verrückt. Er konnte doch nicht im Ernst glauben, dass die Geister eine Basis auslöschen könnten, ohne dass NBC, CBN und BBC darüber berichtet hätten.

Sie erreichten den Tower und gingen weiter auf das flackernde Licht zu. Erst als die Wolken weiterzogen, sah

Ian eine angelehnte Eisentür. Er wollte schon nach der Klinke greifen, als er mitten in der Bewegung innehielt.

„Ist das Asche?“, rief Ian entsetzt und zeigte auf zwei dunkle Haufen, die unweit der Tür lagen. Etwas stakste aus ihnen hervor und Ian drehte es den Magen um. Waren das Armknochen? Die Überreste von verkohlten Soldaten, die –

Nach einer kurzen Schrecksekunde rang sich Bpm durch, den Haufen näher zu untersuchen. Er stieß mit der Spitze seiner Docs gegen die Knochen und atmete erleichtert auf. Es waren nur dicke Äste, die jemand zusammengefegt hatte. „Du kannst einen echt fertigmachen. Du und deine Geistergeschichten“, schimpfte er und wandte sich der Tür zu. „Hallo?“

Bpm und Ian traten in einen schmalen Flur.

„Da ist dein Geist!“, lachte Bpm auf und zeigte an die Decke. „Eine kaputte Neonröhre.“

Ian atmete auf. Sie liefen den Flur entlang, an dessen Wänden Abzeichen und Wimpel hingen. In einer Glasvitrine waren Modelle von Düsenjägern ausgestellt.

„Ist da wer?“, fragte Ian laut. Keine Antwort. Langsam gingen sie weiter. Ein alter Monitor, noch aus dem letzten Jahrhundert, stand blind und schwarz in einer Ecke. Neben den Dienstplänen hingen Uniformen akkurat in einer Reihe, als hätten die Soldaten sie vor zehn Minuten auf den Haken gehängt. Im flackernden Licht der kaputten Neonröhre betrachtete Ian eine Tafel, auf der ein Einsatz der Fliegerstaffel angekündigt war: Di – 0700, Tiefflugübung A3. 527th Aggressor Squadron.

Beim Anblick der Dienstpläne, der Uniformen und der alten Fliegerbilder fühlte Ian sich merkwürdig verloren. Sie gehörten nicht hierher, in diese geputzten Gänge, in diese kalten und toten Flure, die so aussahen, als seien sie erst vor wenigen Minuten verlassen worden.

„Den Plan kannst du vergessen, der ist von 1993“, riss ihn Bpm aus seinen Gedanken. Tatsächlich. Der Plan war seit gut sechzehn Jahren nicht mehr beschrieben worden.

„Was, aber …“ Mit gerunzelter Stirn nahm er eine der Mützen vom Haken und wischte über die Krempe. Kein Staub blieb an seinem Finger haften. „Was geht hier vor?“

Sie erreichten eine Art Einsatzzentrale. Schmale Pulte, die sich von einer Wand zur anderen zogen und in die Telefone und Tastaturen eingelassen waren. Die technischen Aufbauten wirkten antiquiert und erinnerten Ian an die Armaturen ihres Chemieraums in der Schule. Es gab keine Beamer, keine großen Monitorwände oder Flatscreens.

„Sieht aus wie ein Museum“, stellte Ian fest.

„Du meinst, die haben die Basis dichtgemacht und zum Museum umgebaut?“

Ian nickte. Er wollte zu einem der Pulte gehen, als ein schleifendes Geräusch ihn aufhorchen ließ. Hatte sich jemand unter den Pulten versteckt?

„Hallo?“, rief Ian.

„Sieh mal.“ Bpm zeigte auf eine Falltür, weiter hinten im Raum. Die Metallklappe stand offen und gab den Blick auf eine steile, schmale Stiege frei.

Mit einem Mal fiel die Neonröhre komplett aus.

„Shit!“ Ian tastete sich am Pult entlang, doch bevor er einen Schalter finden konnte, hatte Bpm schon seine Handytaschenlampe eingeschaltet.

„Was wohl Michelle gerade macht?“, fragte er unvermittelt, winkte dann aber ab. Bpm fühlte sich also auch an den Ausflug zum Hangar in Southend erinnert. Zögerlich trat Ian vor und sah die Treppe hinunter. Er meinte, ein schwaches Aufblitzen wahrzunehmen. Ein kurzes Glimmen, das von den Wänden reflektiert wurde.

„Ich … Ich … Ich geh da nicht runter“, stammelte er.

„Ach, komm schon … Was hast du denn?“, versuchte ihn Bpm zu beruhigen, doch seine Stimme klang wenig überzeugend.

Ian spürte, wie ihm der Schweiß ausbrach. Wieder meinte er, für den Bruchteil einer Sekunde eine winzige Explosion gesehen zu haben. Er lauschte, aber er konnte das Fiepen nicht hören. Der Geruch von kalten, nassen Wänden wehte ihm entgegen. Der Geruch des Kellers seiner Eltern. Der Geruch des Raumes, in dem Zero gestorben war.

„Gut“, sagte Bpm schließlich. „Warte hier. Ich sehe nach.“ Er nahm die ersten Stufen, dann drehte er sich noch einmal um. „Ich habe leider nur die eine Lampe. Hältst du es wirklich für ’ne gute Idee, hier im Dunkeln zu warten?“

Endlich riss sich Ian aus seiner Starre und folgte Bpm die Stiege hinunter.

Die Eisentreppe endete in einer mannshohen Stahlbetonröhre, die als Durchgang diente. Mit einem Mal blitzte es erneut, diesmal war der Schein ein wenig heller.

„Komisch, sind denn hier alle Lampen kaputt?“

Bpm leuchtete die Wände ab, konnte aber keinen Lichtschalter entdecken. Links und rechts der Röhre befanden sich Kammern, die man in die Erde gegraben und mit massiven Gittern abgesperrt hatte. Die meisten Keller waren leer, doch in zwei von ihnen stapelte sich alter Krimskrams in Eisenregalen: Hefte, Decken, alte Schuhe, die Reste eines Motors.

Die Gittertür der letzten Kammer stand offen. Bpm leuchtete das Vorhängeschloss an, dessen offener Bügel an der Tür baumelte.

Sie tauschten einen Blick aus und verständigten sich stumm, die Kammer in Augenschein zu nehmen. Bmp ließ seine Lampe über die Eisenregale huschen. Immer wieder schluckte Ians Rücken den Lichtstrahl des Handys. Durch die Schatten, die sie warfen, kam es Ian vor, als würde sich alles in den Regalen bewegen. Mit einem Mal starrten kalte, riesige Pupillen die beiden Jungen an. Hunderte von Augenpaaren verfolgten ihre Schritte. Für einen Moment setzte Ians Herzschlag aus. Dann erkannte er, dass es Atemmasken waren, die alt und verstaubt in den Regalen auf ihren Einsatz warteten. Die runden Gläser und die abgehackte Nase, in die man Filter schrauben musste, erinnerten Ian an deformierte Totenköpfe.

Plötzlich wieder ein Blitz! Eine Schrecksekunde lang hielt Ian inne. Wie erstarrt lauschte er in die Dunkelheit. Er wartete auf seinen Freund und bog dann um eines der

Eisenregale. Im schwachen Schein einer Taschenlampe kniete ein Mann. Dunkle, krause Haare fielen ihm in den Nacken. Seine Füße steckten in ausgetretenen Turnschuhen. Er trug ein verwaschenes T-Shirt, unter dem sich seine Speckröllchen abzeichneten. Die Hose, an der ein Schlüsselbund klimperte, spannte über seinem Hintern.

Leise schlich Ian sich näher an den Mann heran. Er sah staubige Aktenordner des Militärs am Boden liegen, die der Kerl mit einer Digitalkamera abfotografierte. Mit einem Mal fuhr der Mann herum. „Oh Gott!“, stieß er überrascht aus und ein Blitz löste sich.

Während Ian geblendet die Augen zukniff, sprang der Mann trotz seiner Pfunde geschwind auf die Beine und ließ in Sekundenschnelle die Kamera verschwinden.

„Habt ihr mich erschreckt!“ Er hustete und kratzte sich nervös sein ungepflegtes Kinnbärtchen.

I want to believe, las Ian auf dem T-Shirt des Mannes, der durch seinen Bart älter wirkte, als er vermutlich war. Ian schätzte ihn auf höchstens Anfang dreißig. Die Zähne des Mannes waren nikotingelb verfärbt.

„Was tun Sie hier?“ fragte Bpm.

„Äh, und ihr?“, der Mann wippte unruhig von einem Bein aufs andere.

Bpm zuckte mit den Achseln, trat näher und versuchte, einen Blick auf die Akten zu werfen. „Einen Soldat suchen?“

„Soldat?“ Der junge Mann verstellte Bpm die Sicht und musterte ihn skeptisch. „Ihr verarscht mich.“ Er deutete den beiden, stehen zu bleiben. Vorsichtig, Ian und Bpm nicht aus den Augen lassend, schob der junge Mann die Aktenordner zurück ins Stahlregal.

„Wir werden jetzt die Polizei rufen und dann klären wir das. Was habt ihr da im Rucksack? Sprayflaschen?“ Der Mann beäugte die beiden argwöhnisch.

Ian wollte seinen Rucksack öffnen, doch die Bewegung ließ den Mann sofort zurückweichen. Zu Ians und Bpms Erstaunen hielt er plötzlich einen Elektroschocker in der Hand.

„Schön ruhig“, sagte er. „Macht keinen Stress, ja. Ihr wolltet hier sprayen und ich hab euch ertappt. Wir gehen jetzt nach oben und rufen die Polizei.“

„Entschuldige mal“, protestierte Bpm und baute sich mit finsterer Miene breitbeinig vor dem Mann auf. „Sehe ich aus wie so ’n Sprayer? Und wer sagt uns, dass du kein Einbrecher bist?“

„Vielleicht wolltest Du ja was klauen“, Ian stellte sich neben Bpm und blickte den Mann herausfordernd an.

„Genau. Du wolltest was klauen. Wer hat hier also wen ertappt?“

„Und jetzt wollen wir jemanden sprechen, der hier was zu sagen hat!“

Dem Mann war anzusehen, dass er noch immer nicht wusste, ob sich die beiden über ihn lustig machten. Doch zu Ians Erleichterung steckte er den Elektroschocker weg.

„Die Basis wurde 1993 geschlossen. Und ich bin hier der, der was zu sagen hat! Zumindest nachts. Ich bin nämlich der Nachtwächter des Museums.“

„Aha“, spottete Bpm. „Du machst einen fantastischen Job. Ich würde dich sofort einstellen. Bei dir hat kein Dieb ’ne Chance.“

Der Mann verschränkte die Arme und überlegte offenbar, ob er wütend werden sollte. Dann streckte er Bpm die Hand entgegen und räusperte sich verlegen: „Ich heiße Wesley. Und ich … ich hätte mich wohl nicht ablenken lassen dürfen.“

Wesleys Händedruck war unangenehm kalt und fischig.

35

Die Polizeiwagen waren nicht ihretwegen gekommen. Das wusste sie sofort. Dazu waren es zu viele.

Ein kleiner Stau hatte sich von der Kiesauffahrt bis zu ihrem Haus gebildet. Allein vier Autos standen neben dem Gemüsebeet, drei Polizeiwagen und ein weißer Kleinbus.

Gegen die Morgensonne blinzelnd konnte Chiyo zwei Beamte erkennen, die Kaffee oder Tee aus Pappbechern tranken. Sie standen bei den Kirschbäumen und sprachen mit Yutaka Kishii.

Der Nachbar lehnte in einem dreckigen Hemd und einer löchrigen Bundfaltenhose an einem der Bäume. Als sie ihren Roller weiter die Auffahrt hinaufschob, stellte sie mit Verwunderung fest, dass ihm kein Schmutz, sondern Ruß am Hemd klebte. Auch seine Hose hatte Brandlöcher. Kishii selbst sah ungewöhnlich mitgenommen aus. Seine Haare standen wild zu Berge und seine Wangen, die gewöhnlich nach einem Schluck Schnaps blutrot anliefen, waren schwarz gefärbt. Ihre Blicke trafen sich, aber keiner der beiden sagte ein Wort. Schließlich nahm ihr ein weiterer Kirschbaum die Sicht auf den unliebsamen Nachbarn.

Eine schlanke Polizistin rollte mit zwei weiteren Kollegen Absperrband aus. Ein älterer Herr mit Glatze und zerknittertem Cordanzug hielt ein Plastikbeutelchen in der Hand und suchte den verdorrten Rasen ab. Dabei rief er drei Männern in weißen Plastikoveralls, die auf der Veranda warteten, Fragen zu.

Chiyo schnürte es die Kehle zu. Genauso sicher, wie sie wusste, dass die Männer nicht ihretwegen gekommen waren, genauso wusste sie, dass etwas Schlimmes mit ihrer Großmutter geschehen war.

Nachdem Kishii gestern Abend ihre Großmutter ins Haus gebracht hatte, war Chiyo noch lange in der Werkstatt geblieben, um nachzudenken. Sie hatte nicht gewusst, wie und ob sie sich entschuldigen sollte. Schließlich hatte sie den Helm und die Ölpapierbündel in eine Geschenkbox getan und eine Schleife drumgebunden. Wenn ihrer Großmutter soviel an dem alten Helm lag, sollte sie ihn eben bekommen. Ihr Sturz war zwar ein dummer Unfall gewesen, aber Chiyo fühlte sich trotzdem schuldig. Sobo war der wichtigste Mensch in ihrem Leben, den sie auf keinen Fall verlieren wollte.

Gott sei Dank war Kishii schon weg, als Chiyo nach Hause gekommen war. Sie hatte Sobo gleich das Geschenk gegeben und nach ihren Wunden gesehen. Wie leicht hätte sie sich eine Rippe, den Arm oder gar den Hals brechen können, hatte Chiyo immer wieder gedacht. Und obwohl sie oft unnahbar tat, waren ihr angesichts des ausgemergelten, verletzlichen Körpers ihrer Großmutter die Tränen gekommen.

Chiyo hatte ihre Oma gewaschen, die Prellungen mit Eis versorgt und Sobo ins Bett gebracht. Ihre Großmutter lehnte es ab, Medikamente zu nehmen und behandelte stets alle Wunden und Infekte mit Kräutern und Tee.

Doch als sie heute Morgen nicht einmal mehr ihre Misosuppe hatte löffeln können, hatte Chiyo es nicht mehr ausgehalten. Sie war vom Küchentisch aufgesprungen, hatte ein paar Yen aus der Zuckerdose geklaut und die nächste Apotheke aufgesucht.

Anstatt den Roller ordentlich abzustellen, ließ sie ihn einfach auf die Kiesauffahrt fallen. Sie hörte noch, wie die Plastiktüte mit den Medikamenten vom Gepäckträger auf die Steine fiel und die Tablettenpackungen und Salben herausrutschten. Chiyo hatte keine Zeit, sich darum zu kümmern.

Ohne auf die Absperrbänder zu achten, eilte sie auf das Haus zu. Die kaffeetrinkenden Beamten wollten sie aufhalten, doch Chiyo war bereits zum Hintereingang gelaufen. Irgendwie gelang es ihr, im Laufen aus den Schuhen zu schlüpfen und die Schiebetür aufzustoßen. Sie fand sich in einem Wirrwarr aus Absperrbändern, Beamten und Markierungskarten wieder, die auf dem Boden des Wohnzimmers aufgestellt waren. Der Geruch von Räucherstäbchen, von Grillfleisch und verbranntem Holz stach ihr in die Nase. Schwer wie Nebel hing er in allen Räumen. Hatte Sobo das Essen auf dem Herd vergessen?

Das Schummerlicht, das ihre Großmutter so mochte, wurde von Blitzen zerrissen und Chiyo konnte durch die Papierwände einen Gerichtsfotografen erkennen, der ununterbrochen Fotos schoss. Er stand im Badezimmer.

Bei jedem Aufflammen des Blitzes fühlte sich Chiyo leichter. Wie schwerelos. Die Zeit wurde zu einem zähen Sirup, durch den sie sich mit aller Kraft kämpfen musste.

Es war ihr, als kühle die dickflüssige Zeit ihre Haut. Sie fror zwar, fühlte sich aber dennoch auf eigentümliche Weise eingehüllt. Die Rufe der Polizisten drangen gedämpft in ihr Bewusstsein, während sie an der Küche und dem Wohnzimmer vorbei lief und die Badezimmertür erreichte.

Sie wollte das Bad gerade betreten, als der Fotograf heraustrat und ihr den Weg versperrte. Er griff nach ihrer Schulter, aber auch seine Bewegung erschien Chiyo unglaublich langsam. Der Mann trug einen Schnauzer und hatte sein Basecap falsch herum aufgesetzt, damit er besser knipsen konnte. Um seinen Hals baumelte eine teure Digital-Spiegelreflexkamera. Er schob sich vor sie, wollte sie abhalten, das Bad zu betreten und rief die Kollegen, doch Chiyo verstand nicht, was er sagte. Sie blickte in die Optik der teuren Canon und musste an den Helm denken, an Hitomi – die Pupille –, und an Sobos Sturz. Sie musste daran denken, wie Sobo gestern noch im Bett von dem Helm hatte erzählen wollen, doch dann sofort eingeschlafen war. Sie musste daran denken, dass sie Sobo zugedeckt hatte, wie Eltern ihr Kind zudecken. Verkehrte Welt.

Mit dem nächsten Schritt schob sie sich an dem Gerichtsfotografen vorüber und war nun selbst ganz Hitomi, ganz Auge.

Was sie sah, würde sie niemals in ihrem Leben vergessen.

Chiyo warf nur einen einzigen Blick in den kleinen, fensterlosen Raum. Dieser einzige Blick reichte, um sie gänzlich in den zähen Sirup der Zeit zu ziehen. Bevor Schultern sich vor sie schoben und Hände sie von allen Seiten packten, spürte sie schon, wie ihre Beine nachgaben. Sie taumelte zurück und hielt sich am erstbesten Beamten fest.

Tausend Schattierungen von Schwarz, schoss es ihr durch den Kopf. Das rote Holz war schwarz. Die weiße Badewanne war schwarz. Die gelbe Zimmerdecke war schwarz. Alles war schwarz.

Tausend Schattierungen von Schwarz.

Sobo war schwarz.

Sobo war tot.

Zusammengesunken, die Augenhöhlen zur Decke gerichtet, den Mund zum Schrei aufgerissen, lag sie verkohlt in der Badewanne.

Ein Mensch, ein Schatten. Ihr Gesicht war eine Fratze aus Asche. Das Feuer hatte ihre Arme gefressen, ihren Oberkörper bis auf die Knochen abgenagt. Nein, das war nicht ihre Großmutter. Das war ein Albtraum und gleich würde Sobo an ihrem Bett stehen und sie wecken. Sie spürte schon ihre Arme, die sich um sie legten.

„Sie sollten das nicht sehen."

„Was?", fragte Chiyo und hielt sich am Cordanzug des Beamten wie ein kleines Kind fest.

„Sie sollten das nicht sehen." Der Glatzkopf im Anzug versuchte, ihren Kopf an seine Brust zu drücken und sie durch den schmalen Flur zurück zur Haustür zu bugsieren, doch Chiyo wehrte sich mit Händen und Füßen. Sie konnte neben der verkohlten Badewanne Hitomi und eine ihrer alten Batterieblöcke für den Roller auf dem Boden liegen sehen. Der Käfer lag auf dem Rücken, als ob er Sobo aus der Hand gerutscht wäre, die nur noch Kohle war …

„Ganz ruhig", sagte der Mann. „Ich bin Kommissar Kenichi Akiyama. Ganz ruhig. Lassen Sie uns draußen sprechen. Sie sind doch Ishizuka Chiyo? Sie sind doch Ishizuka Chiyo?"

Hatte er die Frage wirklich zweimal gestellt? Sie wusste es nicht.

Obwohl sie ihren Anblick nicht ertragen konnte, wollte Chiyo noch einmal Sobo sehen. Sie wollte sich nur vergewissern, dass es wahr war. Der Kommissar griff fester zu und zerrte sie einen weiteren Meter vom Badezimmer weg. Chiyo wurde unangenehm heiß, weil er sie im Schwitzkasten hatte.

Endlich drangen die Geräusche wieder zu ihr durch. Das Schnaufen des Kommissars, die aufgeregten Stimmen, das Schnarren der Funkgeräte.

Irgendwo lachte irgendwer und sie erkannte, dass Sobos Radio noch lief. Ihre Großmutter liebte es, klassische Musik beim Baden zu hören. Sie hatte es geliebt. Mozart, Verdi, Wagner. Wenn Sobo donnerstags ihr Schaumbad nahm, hatte sie immer gesagt, es wäre wieder Zeit für ihre Soap Opera.

Der alte Glatzkopf hielt Chiyo noch immer an sich gedrückt. Sie konnte den Muff seines Cordanzugs und sein herbes Rasierwasser riechen, das er zu stark aufgetragen hatte.

„Kommen Sie“, befahl er mit schroffer Stimme, aber Chiyo gehorchte nicht. Sie kratzte und biss ihn, bis sie beide gegen eine der Papierwände krachten.

„Was soll denn das?“, stieß der Kommissar hervor und packte fester zu. Er zerrte sie an ihren buntgefärbten Haaren Richtung Ausgang. Chiyo entging nicht, dass die anderen Beamten den Ringkampf sprachlos beobachteten. Der Fotograf schüttelte den Kopf.

Sie hatten beinahe die Tür erreicht, als Chiyo dem Mann mit voller Wucht das Knie in den Bauch rammte. Sie spürte, wie ihm einen Augenblick die Luft wegblieb. Endlich gelang es ihr, sich zu befreien. Doch sie kam nur zwei Schritte weit, bevor Kenichi sie erneut packte. Chiyo ließ ihren Ellbogen hochfahren und traf sein linkes Auge. Er stöhnte, ließ aber nicht locker. Vor Wut schnaufend, drehte er ihr den Arm auf den Rücken.

Chiyo schrie auf: „Loslassen!“

„Schnauze!“, bellte Kenichi zurück. „Komm jetzt mit!“

„Lassen Sie mich los!“

Kenichi trat die Haustür auf und stieß sie hinaus ins Freie. Mit Gewalt drückte er sie auf die verwitterten Holzstufen vor der Tür. Sofort wollte Chiyo aufspringen, doch ein Fingerzeig des Kommissars ließ sie zurückzucken. In seinem Blick lag so viel Autorität, dass selbst Chiyo sich nicht mehr rührte. Sie sah, dass sein linkes Auge tränte und bereits rot anlief. Kaum saß sie einen Moment still, kamen ihr die Tränen. Sie wollte etwas sagen, brachte aber nur ein lautes Schluchzen hervor.

Kenichi reichte ihr stumm ein Taschentuch, dann setzte

er sich zu ihr auf die Stufen. Mit einem Nicken wies er den Fotografen an, sie in Ruhe zu lassen und hinten aus dem Haus zu gehen.

„Du lebst schon seit dem Tod deiner Eltern bei ihr. Hast sie sehr gern gehabt, hm?“

Chiyo nickte unter Tränen.

„Und doch hast du dich ganz schön oft mit ihr gestritten, nicht wahr?“

„Was?“, brachte Chiyo hervor und schnäuzte sich.

„Ihr habt euch oft gestritten. Du und deine Großmutter.“

Chiyo musterte Kenichi und überlegte, ob sie ihm das Gesicht zerkratzen sollte wie diesem Koreaner.

„Wer sagt das?“, fragte sie stattdessen.

„Euer Nachbar. Er meinte, du hast sie die Treppe hinuntergestoßen.“

„Meine Großmutter?“

Der Kommissar nickte.

„Sind Sie bescheuert?“, fauchte sie. „So ’n Blödsinn! Kishii behauptet jeden Dreck. Der redet den ganzen Tag nur Bullshit.“

„Nicht in dem Ton, ja?“, drohte er.

„Wieso sollte ich Sobo was antun?“, schrie Chiyo zurück. Sie wollte nicht weinen, hatte aber ihre Tränen nicht mehr unter Kontrolle. Ihren eigenen Gefühlen hilflos ausgeliefert zu sein, machte sie noch wütender als die dummen Unterstellungen des Kommissars. Mit zitternden Händen wischte sie sich die Tränen weg und verrieb ihren Kajal über das ganze Gesicht.

„Ich rede nicht mehr mit Ihnen!“, schluchzte sie.

„Das wirst du aber wohl müssen, Chiyo."

Sie bemerkte, dass sein Blick auf die Medikamente gerichtet war, die noch immer auf dem Kies lagen.

„Und ich nehme an, das ist alles für dich."

„Sie ist gefallen. Ein Unfall!"

Kenichi nickte stumm. Es war ein abfälliges Nicken, das Chiyo erneut die Tränen in die Augen trieb.

„Ich habe Sobo nicht gestoßen und … jetzt soll ich ihr eine Badewanne mit Benzin gefüllt –" Sie brach ab. „Das ist doch Bullshit."

„Woher weißt du, dass es Benzin war?"

Chiyo sprang auf und zeigte auf Kishii, der noch immer unter den Kirschbäumen neben zwei Polizeibeamten stand.

„Wahrscheinlich war er es. Wahrscheinlich hat Sobo ihm gesagt, was für 'n Arsch er ist, und da ist er ausgerastet."

„Kishii-San hat sie *gefunden*, Chiyo. Er hat das Feuer gelöscht und schwere Verbrennungen davongetragen. Kishii-San meint, du seiest heute Morgen früher als sonst und ziemlich übereilt mit dem Roller losgefahren … und dann hätte es gebrannt."

Chiyo schwieg. Er würde ihr nicht glauben, egal, was sie sagte.

„Besser du sprichst mit mir", sagte er leise und fügte ebenso ruhig hinzu: „Wenn ich mir deine Akte so ansehe, bist du nicht gerade ein unbeschriebenes Blatt, Chiyo. Mindestens vier Diebstähle, ein paar Schlägereien am Hafen … Hast du wirklich eine Touristin geschlagen, als du sie beklauen wolltest?" Er seufzte. „Ich denke, ich nehme dich vorerst mit."

Die Arme vor der Brust verschränkt, blinzelte Chiyo trotzig in die Morgensonne: „Ich sage gar nichts mehr. Nicht ohne Anwalt."

Kenichi lachte. „Kein Problem. Der wird dir gestellt. Das kennst du ja." Dann nickte er zwei Beamten zu, die sich noch immer mit Kishii unterhielten. Die zwei stellten ihren Kaffee ab und schlenderten zu ihnen herüber. Bevor weitere Tränen Chiyo die Sicht nahmen, konnte sie die Handschellen an ihren Gürteln baumeln sehen.

36

„Was soll das heißen, du arbeitest nicht wirklich hier?"
„Ich bin der Nachtwächter, das schon, aber ihr habt ... Nun ja, ihr habt mich bei meinen Nachforschungen gestört."

„Nachforschungen?" Misstrauisch betrachtete Ian den jungen Mann. Ob er auf derselben Spur war wie sie? Arbeitete er womöglich mit dem Mann zusammen, der sie verfolgt hatte? Ian beschloss, vorsichtig zu sein, und warf auch Bpm einen warnenden Blick zu.

Sie waren mit dem Nachtwächter in den Kontrollraum gegangen. Ian hatte sich auf eine Armeekiste fallen gelassen und Bpm saß auf einem wackligen Stuhl, der jeden Moment zusammenzubrechen drohte.

Der Nachtwächter bot den beiden eine Dose Bier an, bevor er zu sprechen begann: „Ihr wisst schon. Ufos. Geheime Experimente. Entführungen der dritten Art. Solche Dinge." Wesley nahm einen kräftigen Schluck und wischte sich den Schaum aus dem Bärtchen.

Hatte Ian Wesley eben noch voller Argwohn beobachtet, warf er Bpm nun einen belustigten Blick zu. „Du hast dich wegen des Rendlesham-Vorfalls hier als Nachtwächter beworben?"

Wesley lächelte verlegen und trank noch einen Schluck. „Ja, vor zwei Jahren. Ich musste irgendwie an Informationen rankommen und hatte gehört, dass sie die Akten nach der Auflösung der Basis 1993 noch immer im Keller liegen hatten. Die Regierung versucht natürlich, alles zu vertuschen, aber manchmal fallen ein paar Krumen durch das Raster."

„Infos über die Aliens?" Bpms Belustigung war nicht zu überhören. Doch Ian war unschlüssig, ob er diesen durchgeknallten Nachtwächter ernst nehmen sollte oder nicht. Aliens. Wie absurd. Allerdings musste er zugeben, dass es genauso bescheuert war, an Geister zu glauben.

„Ja, ich habe auch Infos über Aliens sammeln wollen. Die Regierung – und es ist egal, wer da an der Macht ist – will uns weismachen, dass es sie nicht gibt, aber ich weiß, dass es sie gibt." Wesley zeigte mit seiner Dose gen Decke. „Sie sind da draußen."

Während Bpm laut auflachen musste und sein Gelächter schnell durch einen Hustenanfall tarnte, blieb Ian still. Früher hätte er sich auch über Leute wie Wesley lustig gemacht, aber nach allem, was passiert war, blieb ihm das Lachen in der Kehle stecken.

„1980 waren sie an zwei Tagen hier, da gibt's Berichte drüber", fuhr Wesley fort. „Aber sie kamen immer wieder – hier nach Bentwater."

„Und du hast sie gesehen?" Ian kassierte prompt ein Kopfschütteln von Bpm, weil er auch noch nachfragte.

„Nicht direkt, also eher nicht. Sie sind schlau, sie verbergen sich gut." Wesley zündete sich eine Zigarette an und inhalierte tief.

Ian lächelte. Er stieß mit Wesley an, um ein wenig Vertrauen aufzubauen. „Kamen sie mit einem Ufo? Wie sahen sie denn aus?“

Doch Wesley antwortete nicht auf seine Frage. Er starrte auf seinen überquellenden Aschenbecher und sagte: „Ich habe Physik studiert, bis es mir im vierten Semester zu langweilig wurde. Die Profs schauen einfach nicht über ihren Tellerrand.“ Er nahm einen Schluck aus der Dose. „Ich bin aus Ipswich. Das ist nicht weit von hier. Seitdem die Ufos im Dezember 1980 hier gelandet sind, kommt es ständig zu Erscheinungen. Seltsame Lichter im Wald, Entladungen an den Strommasten, verbrannte Traktoren.“

„Verbrannt?“ Ian nippte an seinem Bier, um den Kloß in seiner Kehle runterzuspülen.

„Das sind keine dummen Jungenstreiche, wisst ihr. Seit ein paar Wochen hat es zugenommen, aber schon davor hatten wir hier unwahrscheinlich viele Waldbrände. Ich meine, hier brennt es selbst im Winter.“ Wesley griff nach seiner schweinsledernen Aktentasche, die viel zu altbacken für den jungen Mann in seinen kurzen Containerhosen wirkte. Er zog ein Notizbuch heraus, in das er in winziger Schrift feinsäuberlich Diagramme und Tabellen gezeichnet hatte. Er zeigte sie Ian und erklärte: „Vorige Woche zum Beispiel. Da hat es geregnet. Stundenlang. 10 Liter pro Quadratmeter. Der Boden war aufgeweicht und trotzdem hat einer der Wachtürme mit einem Mal in Flammen gestanden! Einfach so.“

„Na ja. Mit Regen kann auch mal ein Gewitter kommen.“ Mit einem fiesen Knirschen zerdrückte Bpm seine

Dose und warf sie in hohem Bogen zum Papierkorb. Natürlich traf er nicht.

Wesley stand auf. „Gewitter“, sagte er verächtlich, las die Dose auf und steckte sie in seine Aktentasche. „Darf keinen Alkohol hier trinken, während der Schicht … Es hat nicht geblitzt. Da drüben war der Turm.“ Er deutete mit seiner Zigarette aus dem Fenster. „Und da hinten, da sind die Hangars für die Düsenjäger. Bisher konnte mir kein Mensch verraten, warum sie wie Bunker gebaut sind. Ich meine, die haben partiell über vier Meter dicke Mauern. Warum?“

„Vielleicht haben sie hier mal Atomwaffen gelagert?“, warf Ian ein. Er nahm einen großen Schluck Bier. Seine Kehle fühlte sich trocken an.

„Das habe ich auch erst gedacht, aber ich habe nachgeforscht. Ich habe keine Überstellungen von Atomsprengköpfen gefunden. Es gibt weder Flieger noch Bahntransporte, die Nuklearsprengköpfe hierher gebracht haben. Dass die Amerikaner hier im Kalten Krieg Atomwaffen gelagert haben sollen, war nur ein Gerücht oder vielmehr eine Vertuschungsaktion gewesen.“

Ian sprang von der Kiste auf. „Vertuschungsaktion? Für was?“ Durch die Scheibe konnte er schemenhaft die tote Anlage erkennen. Der Tower ragte in die Sterne und warf einen dunklen Schatten auf die Startbahn.

„Mein Vater hat ein paar Symbole gezeichnet“, wagte Ian sich vor. Er stellte die Bierdose auf den Boden, griff nach seinem Armeerucksack und zückte die Schachtel, die Seymour ihm gegeben hatte. „Hier, das sind sie. Ein

Soldat, ein gewisser Nick Waterspoon, hat diese fünf Symbole gezeichnet. Und mein Vater hat sie auch gemalt." Ian reichte Wesley die Kopie von Waterspoons Kritzeleien.

„Dein Vater?" Verwundert sah Wesley zu Ian. „Wer ist dein Vater?"

„Er war Bankier. Er ist –" Ian zögerte.

Verbrannt.

„Er ist gestorben. Schon lange her."

Wesley kratzte sich am Bauch und drückte seine Zigarette im Ascher aus. „Hmmmm ... Von wann stammen die Symbole? 1980? Dezember?"

Ian nickte. „Diese ja. Aber mein Vater hat sie erst Jahre später gezeichnet."

„Interessant." Wesley hielt die Zeichnungen unter seine Taschenlampe und lächelte. „Die kommen mir bekannt vor ... ja ..."

„Woher denn?"

„Von den Aliens. 1980 haben sie diese Symbole hier im Wald hinterlassen. So heißt es zumindest."

Ian spürte ein ungutes Gefühl in seinem Magen. Er sah sich zu Bpm um. Der hockte noch immer auf seinem Klappstuhl mit trotzig verschränkten Armen. Auf Ians fragenden Blick reagierte er mit einem heftigen Kopfschütteln.

„Was bedeuten sie?", wandte sich Ian an Wesley.

„Keine Ahnung."

„Und warum zeichnet sie mein Vater fast fünfzehn Jahre nach dem Vorfall?"

„Das musst du schon selber wissen." Er schob sich an Bpm vorbei zu den Kontrollpulten und riss sich noch eine Dose vom Träger. Zischend öffnete er sie. „Kann ich dir leider nicht sagen, aber über diesen Nick Waterspoon habe ich schon mal was gelesen."

„Ach!" Bpm stand auf. „Das ist ja ein Zufall."

„Ich bin es gewohnt, dass man mir nicht glaubt", brummte Wesley. „Wartet hier." Er klopfte sich noch eine Zigarette aus dem Päckchen, schnappte sich sein Feuerzeug und verließ den Kontrollraum.

„Das ist jetzt nicht dein Ernst", raunte Bpm Ian zu.

„Wieso, was ist denn?"

„Aliens?" Hilflos breitete Bpm die Arme aus. „Es ist ja schon abgedreht genug, dass ich mit dir auf Geisterjagd gehe. Aber ..." Wieder schüttelte er den Kopf. „Aliens?"

Ian antwortete nicht. Sie schwiegen, bis Wesley mit einem Bürowagen zurückkam, auf dem eine schwere Blechkiste stand.

„Mein Baby. Ich versteck' sie hier. Zu Hause ist es zu gefährlich. Die observieren mich."

„Die Regierung?" Bpm zog die Augenbrauen hoch.

„Nein, die Aliens." In Wesleys Blick lag nicht ein Funke von Humor.

Während Bpm die Augen verdrehte, half Ian dem Nachtwächter, die Kiste aufs Pult zu legen. Gemeinsam öffneten sie die Vorhängeschlösser. Wesley hatte ganze Arbeit geleistet: Mehrere dicke Hefter, ein paar alte Tagebücher und vier, fünf Aktenordner lagen neben einer Vielzahl loser, getippter Seiten.

Wesley hob einen über hundert Seiten starken Hefter aus der Kiste und packte ihn beiseite. Dann wühlte er weiter in der Kiste. Schließlich zog er eine Klarsichthülle heraus, in der zwischen zwei Löschpapieren ein Foto steckte. Er zog es aus der Folie und balancierte es wie einen kostbaren Schatz auf seiner Handfläche. „Seid vorsichtig. Es ist das einzige Exemplar, das ich habe. Es zeigt das ganze Projektteam."

Während Ian noch in die Kiste starrte, hatte Bpm das Bild schon an sich genommen. Mit gekräuselter Stirn musterte er es. Ian drängte sich neben ihn und sah einige Männer, die vor einem Bunker standen und in die Abendsonne blinzelten. Einer der Männer trug eine Kampffliegermontur, die anderen drei Kittel, wie man sie von Chemielaboranten kannte.

„Das Bild wurde 1985 aufgenommen", erklärte Wesley. „Der Typ ganz links, der mit dem Vollbart und dem Druckanzug, der offenbar gerade aus einem Düsenjäger gestiegen ist, nannte sich Waterford. Er war der Projektleiter."

„Ganz schön alt", stellte Ian fest. Der Mann auf dem Foto hatte ein faltiges Gesicht und schlohweiße Haare. Trotz seines aggressiv wirkenden Kampfanzugs konnte Ian erkennen, dass er zum Zeitpunkt der Aufnahme bereits über sechzig gewesen sein musste.

„Projektleiter, wovon denn?", erkundigte sich Bpm.

„Die vier haben hier über zehn Jahre geheime Waffenexperimente durchgeführt."

„Echt?" Das schien Bpm zu beeindrucken. Vor allem

war diese Erklärung realistisch, dachte Ian. Bpm gab das Bild an Ian weiter und blickte aus dem Fenster.

„Und was für Waffen? Neue Düsenjäger? Raketen? Kann man da noch was besichtigen?"

„Tarntechnologie", entgegnete Wesley knapp. „In den Bunkern gibt's nichts mehr zu sehen. Die haben selbst die Rohre von den Wänden abgeschraubt und den Betonboden rausgerissen."

Die Blicke der Jungen trafen sich. Tarntechnologie? Ian fühlte sich an einen von Bpms abgedrehten Science-Fiction-Filmen erinnert, in denen Leute durch Strahlung unsichtbar wurden. Ian merkte, wie er eine Gänsehaut bekam.

Wesley fuhr fort: „Ich kann mich an Waterspoon deswegen erinnern, weil sein Name ständig in den Berichten auftaucht, die ich unten im Keller entdeckt habe. Er war kein Soldat. Er war ein Wissenschaftler. Und ich habe eine ganze Akte über ihn gefunden."

Er nahm den Hefter, den er neben die Kiste gelegt hatte, und las: „*Nick Waterspoon* ... Das ist seine Krankenakte." Er wollte sie Bpm geben, doch der schüttelte den Kopf. „Krankenakte? Nein, danke. Ich hab schon genug mit Kranken zu tun." Er sah Ian an, der sauer die Mundwinkel verzog.

Wesley ließ die Akte wieder in die Kiste sinken. „Die haben sich alle lustige Decknamen gegeben. Echte Scherzkekse." Kichernd zeigte Wesley auf die Gesichter und zählte auf: „Waterford, Watermelon, Watergate ... Und dies hier ist Waterspoon."

„Was?“ Ian hatte ihm kaum zugehört. Er starrte auf das Bild, in das junge Gesicht des Wissenschaftlers, der neben dem Mann im Fliegeranzug vor dem Bunker stand. Plötzlich war sein Mund trocken. Er spürte, dass er zitterte, doch er konnte nichts dagegen tun. Ungläubig hielt er das Foto unter Wesleys Taschenlampe. Das Gesicht kam ihm vertraut vor. Nick Waterspoon hätte sein Bruder sein können. Doch er war nicht sein Bruder.

„Das … das …“, stammelte er. „Das ist mein Vater.“

„Was?“, schrie Bpm auf. „Was meinst du?“

„Dein Vater? Wirklich wahr? Dein … Ich …“ Wesley war sprachlos. „Ich habe versucht, ihre richtigen Namen herauszubekommen, aber alle Spuren führten ins Leere.“ Er trank sein Bier aus. „Und du machst keine Witze?“, fragte Wesley unsicher.

Ian schüttelte den Kopf. „Das ist mein Vater“, wiederholte er. Er konnte es selbst kaum glauben, aber das Foto war gestochen scharf. Die Ähnlichkeit zwischen ihm und dem Wissenschaftler ließ keinen Zweifel aufkommen. Bpm riss Ian das Foto aus der Hand und hielt es skeptisch neben Ians Kopf.

Grübelnd kratzte sich Wesley das Bärtchen. „Nick Waterspoon ist also dein Vater. Na, da haben wir die Erklärung!“ Er deutete auf Waterspoons Notizbuch mit den fünf Symbolen. „Dein Vater hat ein paar Jahre später dieselben Symbole an die Wand gemalt, die er 1980 in sein Notizbuch gezeichnet hat. Er hat sie einfach noch mal gezeichnet. Vermutlich hat ihn die Begegnung mit den Aliens sein ganzes Leben lang nicht mehr losgelassen.“

Ian nickte. Wesley ahnte gar nicht, wie recht er hatte. Sein Vater war verrückt geworden, weil ihn Visionen geplagt hatten. Weil er geglaubt hatte, Geister zu sehen. Aliens? Ian griff nach der Krankenakte von Nick Waterspoon alias Thomas Boroughs. Er wollte schlucken, bekam aber nicht genug Spucke zusammen. Sein Vater war kein Bankier gewesen, sondern ein Wissenschaftler, der verdeckt an einem geheimen Militärprojekt mitgearbeitet hatte?

Während Ian fassungslos auf die Akte starrte, hatte sich Bpm ein zweites Bier geschnappt. Er öffnete es und hielt Ian das Bier hin: „Willst du ’nen Schluck trinken?“

Wesley hatte sich eine weitere Zigarette angezündet und die Beine übereinander geschlagen. Er blies Rauchringe in die stickige Luft und betrachtete Ian nachdenklich.

„Und man weiß wirklich nicht, was sie bedeuten? Die Symbole, mein ich?“ Noch hatte Ian nicht gewagt, die Krankenakte seines Vaters zu öffnen.

Wesley schüttelte den Kopf.

„Was haben die denn genau erforscht? Du weißt doch mehr, Wesley. Was für ein Wissenschaftler war mein … mein Vater?“

Wesley antwortete nicht. Er drückte die Zigarette an seiner Schuhsohle aus und stand auf.

„Lasst uns in die Stadt fahren und was essen. Bier macht mich immer hungrig.“

37

Ipswich – Suffolk,
England

Wesley war nervös. Der junge Mann mit dem Bärtchen und den fettigen krausen Haaren stocherte in seinen Chinanudeln, als wären sie vergiftet. Ian hätte am liebsten seine Hand mit den Stäbchen gepackt und sie ihm mit einer großen Portion Nudeln in den Mund geschoben. Anfangs hatten Ian und Bpm gedacht, Wesley mache einen Witz, als er erst den Imbiss und dann die Spielhalle am Bahnhof angesteuert hatte.

Nun standen sie in der Nähe des Notausgangs neben zwei Flippern, die von gelangweilten Jugendlichen besetzt wurden, die ständig Geld wechseln gingen.

Ian griff nach seiner Chinapfanne, die er auf einem defekten PacMan-Automaten abgestellt hatte. Endlich steckte sich auch Wesley einen Happen in den Mund. Auffällig unauffällig sah er sich in der Spielhalle um. „Man muss vorsichtig sein", zischte er den Jungen zu. „Die finden einen sonst schnell."

„Die Aliens?", fragte Bpm spöttisch.

Das ewige Gepiepe und Geblinke ließ Ian langsam unruhig werden. Seit er das Fiepen das erste Mal gehört hatte, war er hellhöriger, um nicht zu sagen schreckhafter geworden. Die Angst ließ ihn aufhorchen und wie ein Reh auf freiem Feld unentwegt die Ohren spitzen. Die Angst, das Fiepen kehre zurück.

„Die Regierung“, erwiderte Wesley und wischte sich über seine feuchte Stirn.

„Wie bitte?“

„Darum habe ich den Ort hier gewählt. Die Regierung kann uns hier nicht finden … Wegen der … Wegen der Abschirmung.“ Wesley blickte sich zum Gang um, wo ein paar Jungen und Mädchen auf einen freien Billardtisch warteten. „Die Regierung oder die da.“ Wesley zeigte zur Decke. „Aber keine Sorge, die Automaten schirmen ihre Scanner ab. In dem ganzen Elektro-Smog finden die uns nicht.“

Ian fing Bpms Blick auf. Er drückte aus, was auch Ian dachte: Der Typ spinnt.

„Ihr solltet aber trotzdem auf der Hut sein! Ich meine, dein Vater war Physiker und er hat für die gearbeitet. Der steckte in Bentwater voll mit drin.“

„In was steckte er drin? Was haben sie denn genau erforscht?“

Es dauerte, bis der Nachtwächter alle Gesichter im Raum überprüft hatte.

„Tarntechnologie mit Hilfe von Raumzeitverzerrungen und Gravitation. Schon seit den Sechzigern.“

„Raumzeitverzerrungen?“, fragte Ian irritiert.

„Du meinst so was wie Wurmlöcher? Stargates?“ Bpm lachte und deutete mit der Hand ein Plemplem an. „Du verarschst uns.“

„Du meinst Experimente mit der Zeit und mit der Schwerkraft?“, erkundigte sich Ian. Seltsamerweise war er enttäuscht. Was hatte die Gravitation mit Geistern zu tun?

Er hatte auf eine Antwort gehofft, die ihm mehr über seine Visionen verraten würde. Irgendwelche Experimente im Reich der Parapsychologie. Das Öffnen des Höllentors, dunkle Riten – irgendetwas in der Art.

Ein lauter Knall ließ Wesley zusammenzucken und selbst Ian und Bpm für einen Moment erstarren. Doch es war nur der Puck eines Air-Hockey-Spiels, der laut gegen die Bande geknallt war. Ein Goth mit langem Ledermantel und schwarz lackierten Fingernägeln hatte vor seiner gepiercten Freundin angeben wollen.

Wesley stopfte sich einen letzten Happen Nudeln in den Mund und schob seine Pappschale beiseite. „Kein Scheiß, sondern Physik.“ Er klopfte auf seine Umhängetasche. „Ich steh’ auf Physik. Und was ich in den Akten gelesen habe …“ Verschwörerisch beugte er sich zu Ian vor. „Was ich da gelesen habe“, fuhr er fort, „das ist mehr als Physik … das ist Musik … Schon mal was vom Lense-Thirring-Effekt gehört? Vom gravitomagnetischen Moment?“

Erneut tauschten Ian und Bpm einen Blick aus. Sie mussten verneinen. Ian zückte sein Notizbuch, aber Wesley riss es ihm aus der Hand. „Keine Fotos, keine Notizen, klar?“, fuhr er Ian schroff an.

„Und Scribblen? Ist das auch verboten?“ Das Scribblen war gut für die Konzentration. Tatsächlich half es Ian, sich zu erinnern, wenn er in seinem Büchlein blätterte und die Bilder betrachtete. Die Skizzen vermittelten ihm das Gefühl von Ordnung, gaben ihm die Sicherheit, dass die Ereignisse eine logische Reihenfolge hatten. Da Wesley nichts erwiderte, begann er zu zeichnen.

„Gut“, begann Wesley. „Ihr habt also keine Ahnung. Dann passt auf. Der Mathematiker Lense und der Physiker Thirring haben 1918 mit Einsteins Allgemeiner Relativitätstheorie rumgerechnet. Einsteins Theorie enthält komplizierte Formeln und die beiden haben damit rumgespielt, okay? Ihr wisst doch, was die Allgemeine Relativitätstheorie in Bezug auf die Gravitation besagt, oder?“

Bpm seufzte nur und Ian lächelte verlegen. Das war das Zeichen für Wesley. „Oh, Mann! Hat dein Vater dir denn gar nichts beigebracht? Ich denke, er war Wissenschaftler ...“

„... und ist viel zu früh gestorben“, entgegnete Ian kühl. Mit einem Mal herrschte Schweigen in der Runde, während jaulend Aliens um sie herum starben und Sternenschiffe in Flammen aufgingen.

„Ja, richtig. Tut mir leid, Ian“, sagte Wesley so beiläufig, als hätte er sich bloß einen Kaffee bestellt.

Obwohl ihn Wesleys lapidare Entschuldigung ärgerte, hielt Ian sich zurück, denn Wesley begann endlich zu erklären, was er Musik nannte.

„Also, es gibt vier uns bekannte Kräfte im Universum. Seit Jahrzehnten versucht man, weitere zu finden. Vergebens. Es gibt anscheinend nur diese vier Kräfte. Die *Schwache Kraft*, die *Elektromagnetische Kraft*, die *Starke*

Kraft und die *Gravitation*. Die *Schwache Kraft* sorgt für radioaktiven ß-Zerfall. Wenn Atomkerne sich umwandeln, wirkt sie auf kleinstem Raum. Wir messen die dabei auftretende Strahlung mit Geigerzählern. Die *Starke Kraft* ist das hier."

Zu Ians und Bpms Erstaunen griff sich Wesley eine Kugel vom Billardtisch und ließ sie mit einem lauten KLONG zu Boden fallen.

„He, was soll der Scheiß!", fuhr ihn ein fünfzehnjähriger Junge mit Baggy Trousers und Basecap an. Ian beobachtete, wie die Kugel zwischen Wesleys Füße rollte, und machte sich schon auf eine Schlägerei gefasst. Doch der Hip-Hopper war so verwirrt, dass er nur zusah, wie sich Wesley bückte und die Kugel wieder aufhob.

„Warum ist die Kugel nicht durch den Boden geflogen?", fragte Wesley und legte die Kugel mit einem schlichten „danke" zurück.

„Weil da Atome sind", entgegnete Bpm. „Dreckige Fußboden- und Billardkugel-Atome."

Erstaunt blickte Ian seinen Freund an, der abwehrend die Hände hob: „He, ich hab bloß alle Folgen Star Trek gesehen."

Unter den wütenden Blicken der anderen Billardspieler legte Wesley die Kugel zurück auf den Tisch.

„Atome. Ganz genau. Die *Starke Kraft* ist – wie ihr Name schon sagt – ungeheuer stark und hält die Protonen und Neutronen innerhalb des Atomkerns zusammen."

„Protonen?" Ian bekam langsam Kopfschmerzen von der ganzen Atomphysik.

Wesley winkte ab. „Das ist jetzt nicht wichtig. Also: *Schwache Kraft, Starke Kraft*. Sie sind beide in den 30er-Jahren gefunden worden. Dann haben wir noch die *Elektromagnetische Kraft*. Die ist verantwortlich für eine Reihe von Effekten, die selbst ihr kennt: Licht, chemische Reaktionen, Magnetismus …"

„Und die vierte Kraft, die Gravitation?", wollte Ian wissen. „Die hat die Kugel angezogen. Ich meine, die Erde hat die Billardkugel angezogen", warf Bpm ein.

„Richtig. Sie ist die schwächste aller Kräfte. Obwohl sie zwischen den Planeten, den Galaxien und zum Beispiel der Erde und der Sonne wirkt, also auf unglaublich großen Distanzen. Dennoch ist sie viel, viel schwächer als die *Starke Kraft*, die nur im Atomkern wirkt. Wir Menschen denken bloß, dass die Gravitation stark sei, weil sie so große Dinge bewegt. Sie lässt zum Beispiel die Erde um die Sonne kreisen."

„Logisch, dass sie schwach sein muss", überlegte Ian, „sonst bekämen wir mit unserer Muskelkraft die Füße gar nicht hoch. Und eine Billardkugel würde beim Herunterfallen den Fußboden durchschlagen."

„Richtig. Die Gravitation ist schwächer als die *Starke Kraft*. Ungefähr 10 hoch 38-mal schwächer. Das ist eine Eins mit 38 Nullen! Die Gravitation ist zwar mickrig, hält aber unser ganzes Universum zusammen. Sie durchdringt *alles*. Sie ist überall."

Ian malte Wesley eine Erdkugel in die Hand und legte den Stift beiseite. „Und was *ist* die Gravitation?"

Wesley lachte. „So richtig weiß das niemand. Laut Einstein krümmen schwere, massereiche Objekte den Raum und die Zeit. Er ging sogar noch einen Schritt weiter: Für Einstein *ist* die Gravitation schlicht die Krümmung von Raum und Zeit.“ Wesley kraulte sich seinen Bart.

Fragend blickten ihn die Jungen an und er holte seufzend weiter aus: „Nehmen wir an, wir haben die Sonne. Die ist ziemlich schwer und krümmt den Raum um sich. Stellt euch eine Bowlingkugel auf einer Gummidecke vor, die würde die Decke ganz schön durch ihr Gewicht eindellen. Sie bildet einen Trichter in der Decke und genau an der Innenwand dieses Trichters kullert unsere Erde entlang. Immer schön um die Sonne. Auch die Erde dellt die Gummidecke natürlich ein, aber sehr viel schwächer als die Sonne. Und im Trichter der Erde kullert dann der Mond entlang. Umso schwerer ein Objekt, desto tiefer und steiler der Trichter, also die Krümmung des Raumes und damit die Anziehungskraft.“

„Und dieses Krümmen des Raumes und der Zeit ist die Gravitation?“, hakte Bpm nach.

„Exakt. Nach Einstein sind Zeit und Raum untrennbar miteinander verknüpft und große Massen verzerren beides. Das heißt, der Trichter wird quasi nicht bloß in der Gummimatte gebildet, sondern auch in der Zeit! Die Uhren in der Nähe von großen Massen ticken anders. Die Zeit vergeht langsamer und der Raum verbiegt sich. Deswegen nannte Einstein das alles hier –“, Wesley holte mit den Armen weit aus, „auch schlicht *Raumzeit*. Weil Zeit und Raum seit seinen Überlegungen untrennbar miteinander verbunden sind.“

„Gut. Und was ist nun mit diesem Lense-Thirring-Effekt?", bohrte Bpm weiter.

Wesley nahm Ian den noch halb vollen Pappbecher mit den Nudeln aus der Hand. „Darf ich?"

Ian nickte. Ihm hatte der Imbissfraß ohnehin nicht geschmeckt.

„Der Lense-Thirring-Effekt sagt, dass sich die Raumzeit auch bei rotierenden Massen verändern müsste. Die Sonnen-Bowlingkugel drückt die Gummidecke ein, gut und schön. Aber was macht die Erde, wenn sie rotiert? Drückt sie die Gummidecke nur ein bisschen ein? Ja, aber sie macht noch mehr. Passt auf. Nehmen wir mal an, das Stäbchen hier wäre eine große Masse und die kreist so herum …" Wesley steckte das Stäbchen in die Nudeln und begann langsam zu rühren. Einige der Nudeln wurden mitbewegt und verdrehten sich. „Die Masse bewegt sich durch die Raumzeit wie durch einen zähen Brei, wie durch diese Nudeln hier. Sie fliegt an der Wand des Trichters entlang und verdreht um sich herum die Raumzeit. Sie verwirbelt sie. Ganz schwach natürlich."

„Und verstärkt oder vermindert dadurch die Gravitation?"

„Der Lense-Thirring-Effekt nicht, aber das, was das Militär daraus entwickelt hat, schon. Sie haben einen ähnlichen Effekt bemerkt, wenn sie einen keramischen Supraleiter schnell rotieren lassen."

„Supraleiter? Du meinst Material, das man abkühlt, bis es keinen elektrischen Widerstand mehr hat?", fragte Bpm eifrig.

„Exakt. Sie haben ein supraleitendes Material genommen, es beinahe auf dem absoluten Nullpunkt eingefroren und schnell rotieren lassen. Und mit einem Mal haben sich Raum und Zeit verstrudelt und die Gravitation wurde abgeschirmt. 1992 hatte ein russischer Chemiker namens Jewgeni Podkletnow eine Gravitations-Abweichung mittels Supraleitern im Labor hervorgerufen. Und vor einigen Jahren wurde eine solche Abweichung im Austrian Research Center in der Nähe von Wien erzeugt. Sie distanzieren sich zwar vom Podkletnow-Experiment, aber der Witz ist, dass das Militär bereits seit 1943 genau in dieselbe Richtung forscht und die Ergebnisse –"

Bpm schnitt Wesley das Wort ab, indem er seine Pappschale unter dessen Raumzeitbecher steckte. „Schön und gut, Wesley. Aber was hat das mit der Arbeit von Ians Vater und diesen … diesen Aliens zu tun?"

Wesley liefen bereits Schweißtropfen über die Stirn. Er beugte sich zu den Jungen vor und flüsterte: „Ich weiß, das ist nicht einfach zu verstehen, aber es hat sie … angelockt."

„Es hat was?" Ungläubig sahen Ian und Bpm den jungen Mann an, konnten aber nicht die Spur eines Lächelns in seinem Gesicht entdecken.

Ian brauchte ein paar Sekunden, um seine Gedanken zu sortieren. Seine Geister, die bösartigen, Rache suchenden, gequälten Seelen sollten tatsächlich Aliens sein? Geister waren doch viel … innerlich suchte er nach dem passenden Wort und fand keines … *glaubwürdiger*.

„Mein Vater hat auf dem Stützpunkt an einer Art

Lense-Thirring-Podkletnow-Effekt gearbeitet", fasste Ian zusammen. „Und diese Experimente mit der Schwerkraft haben die Geister angelockt?"

„Geister? Äh, du meinst die Aliens?", berichtigte Wesley ihn. „Ich gehe davon aus, ja. Ich denke, die Stärke der Gravitationswellen hat sie angelockt. Die Wissenschaftler müssen von der Stärke der Wellen selbst überrascht gewesen sein."

„Aber ihr Ziel war doch nicht, Aliens anzulocken, oder?", unterbrach ihn Ian mit gerunzelter Stirn.

„Nein, natürlich nicht. Laut meinen Nachforschungen wollte das US-Militär in Bentwater ein Kampfflugzeug, einen Victor-Bomber, unsichtbar machen. Ich meine, die haben während des Zweiten Weltkriegs in Bentwater das Radar erfunden! Und nun wollten sie die ultimative Tarntechnologie entwickeln. Immerhin hatten sie bereits Daten und Messwerte aus anderen Versuchen wie zum Beispiel dem Experiment, das 1943 im Hafen von Philadelphia stattgefunden hat."

Bpm gähnte. „Das Philadelphia-Experiment."

„Ihr kennt es?"

Ian und Bpm nickten. „Wir haben den Film gesehen."

„Den Film!" Hätte Wesley gesessen, wäre er jetzt aufgesprungen. „Den Film!", rief er noch einmal und schüttelte ungläubig den Kopf. „Der Film ist Bullshit. Fantasy-Quatsch. Was ich im Bunker von Bentwater gefunden habe, ist real. Genauso wie die Ufo-Sichtungen 1980 … Im Jahr 1943 haben die Amerikaner versucht, ein Schlachtschiff unsichtbar zu machen, indem sie Berechnungen des Lense-Thirring-Effekts nutzten, um die Raumzeit um das Schiff herum zu verdrillen. Tja, und was soll ich euch sagen? … Es ist ihnen geglückt. Die USS Eldridge, so hieß das Schiff, verschwand." Nervös klopfte er eine Zigarette aus dem Päckchen und drehte sie in der Hand.

„Es gibt Augenzeugen, die berichten, dass nur noch die Wasserverdrängung des Schiffs im Hafenbecken zu sehen gewesen war. Das Schiff aber nicht."

Ian seufzte und rieb sich die Schläfen. Unsichtbar. Ein ganzes Schiff. Angelockte Aliens.

„Aha. Und warum haben wir diese Tarntechnologie noch nicht längst?", warf Bpm ein. „Ich meine, das wäre doch ein Spaß für die ganze Familie."

„Wenn du einen Atomreaktor mitten im Wohnzimmer haben willst, um die Energie für das Experiment zu erzeugen …" Wesley schüttelte den Kopf. „Das Schiff verschwand nur wenige Minuten lang, aber die Folgen für die Besatzung waren verheerend. Als die USS Eldridge wieder auftauchte, steckte ein Teil der Besatzung im Rumpf fest. Sie waren mit dem Stahl des Decks verschmolzen! Einige waren verbrannt. Andere litten an Halluzinationen oder wurden einfach verrückt. Es gab Soldaten, die sich noch Wochen später in Luft auflösten. Kein Witz."

Bei dem Wort Halluzinationen schreckte Ian auf. „Sie hatten Visionen?"

„Ein paar von ihnen, ja."

„Und in Bentwater gingen die Experimente dann weiter?"

„Sie wurden wieder aufgenommen. Im Kalten Krieg, als sich die westlichen Staaten von den Sowjets bedroht fühlten, experimentierte das US-Militär erneut mit der Gravitation. 1951 übernahmen sie die Basis in Bentwater, aber erst dreißig Jahre später wiederholten sie die Tests. Sie zogen aus England, Deutschland und den USA junge Wissenschaftler von den Universitäten ein, um die Experimente zu verbessern."

„Und am 26. Dezember 1980 lockte man durch die Gravitationswellen die ..." Es fiel Ian schwer, nicht *Geister* zu sagen. „*Aliens* an."

„Exakt." Wesley vollführte mit seiner Hand eine Landebewegung. „Was als Tarnung im Krieg gegen andere Menschen eingesetzt werden sollte, war ein Signalfeuer für außerirdisches Leben. Die ungewöhnlich starken Gravitationswellen haben sie angelockt. Das Tor der Hölle wurde geöffnet, meine Freunde. Aber nicht mit nackten Jungfrauen und dem Blut geköpfter Hühner, sondern mit Physik."

Wesley spielte hektisch mit der Zigarette in der Hand.

„Nichts für ungut, Jungs, aber ich muss zurück ins Museum." Ian griff seinen Rucksack, drehte sich zum Ausgang und erstarrte. „Weg hier!", zischte er Bpm zu, der an seinem Rucksack nestelte.

„Was?" Bpm folgte verwundert Ians Blick. „Shit!", entfuhr es ihm. Zwischen den Videokonsolen stand der Cowboy, der sie in der Villa verfolgt hatte. Noch blickte er sich um, aber er konnte sie jeden Moment entdecken.

„Wer ist das?", wollte Wesley wissen, doch die Jungen

stürmten bereits in Richtung Notausgang. Verwirrt folgte Wesley ihnen.

„Wohin geht's da?", schrie Ian im Laufen.

„Keine Ahnung." Wesley rannte ihnen keuchend hinterher. Immer wieder drehte er sich um und glotzte den Fremden an, der sich grob mit den Ellenbogen durch eine Traube Billardspieler drängte.

Ian drückte die Tür auf. Sofort schrillte der Alarm los.

„Shit!" Aus den Augenwinkeln sah Ian, wie der Mann den Kopf herumriss. Ihre Blicke trafen sich.

38

„Der ist von der Regierung, oder? Ihr habt den hergeführt! Ihr habt den … Shit!“

Bpm, Wesley und Ian rannten in den Flur, während der Alarm durch die ganze Spielhalle schrillte.

„Wie konnte der uns hier finden?“, schrie Wesley.

„Gute Frage!“ Bpm überholte die beiden und drückte eine weitere Tür auf. Erneut ertönte ein Alarm und Ian spürte, wie Wesley langsamer wurde. „Ihr habt doch nicht etwa Handys dabei? Mit den Scheiß-Handys können die jeden orten! Die sind wie Peilsender.“

„Komm schon“, rief Ian Wesley zu und zog den Nachtwächter am Anorak hinter sich her. Er warf einen Blick über die Schulter und konnte sehen, dass der Mann ihnen bereits dicht auf den Fersen war.

Der Gang gabelte sich. Ian folgte den Exit-Schildern. Hinter sich konnte er den Kerl brüllen hören. Der Lautstärke nach zu urteilen, war er nur noch wenige Meter von ihnen entfernt.

Neonlicht flackerte auf, als sie eine weitere Abzweigung passierten und zu einer breiten Doppeltür gelangten, hinter der Ian eine Seitenstraße vermutete.

Bpm warf sich gegen die Tür und zog gleichzeitig die schwere Verriegelung auf. Kalte Nachtluft strömte herein und er stolperte ins Freie.

Direkt in den Schatten eines hageren Mannes.

Zu spät erkannten sie, dass es der Partner des Cowboys war.

Ian hörte ein Lachen, dann einen unterdrückten Schrei. Nein, eher ein Quieken. Und das Nächste, was er wahrnahm, war Bpm, der mit einem Stöhnen auf die Knie sank. Ian ließ Wesley los, den er die letzten Meter hinter sich hergeschleift hatte.

„Benjamin!", schrie er und sprang zu seinem Freund. Ohne auf den hageren Typen zu achten, hockte er sich neben Bpm. Er legte den Arm um seine Taille, um ihm aufzuhelfen, doch sein Freund schrie vor Schmerz.

„Was –!" Überrascht zog Ian seine Hand zurück. Sie schimmerte nass. Es dauerte einen Moment, bis er begriff, was geschehen war. Dieser hagere Kerl, der kaum älter als er selbst war, hatte seinen Freund niedergestochen. Bpm versuchte, auf die Beine zu kommen, doch es gelang ihm nicht.

„Du Arschloch! Was hast du –! Was –", brüllte Ian voller Wut. Hinter sich hörte er Wesley, der noch immer in der Tür stand und schnell zur Seite wich, als der stämmige Kerl an ihm vorbeisprang.

„Mein Gott", fluchte der. „Was zum Teufel –?"

Der Junge wollte etwas erwidern, aber Ian merkte, wie ein einziger Blick des Mannes ihn stoppte. Statt sich um Ian oder Bpm zu kümmern, packte der Cowboy seinen Partner und stieß ihn zurück. Fluchend krachte der Blonde gegen ein geparktes Auto. Mit zwei Schritten war der Mann bei Ian und zog ihn auf die Beine.

„Wir – wir haben nichts dabei! Kein Geld, wir – Was wollen Sie von uns?“, stammelte Ian, doch der Kerl packte ihn mit einem Ruck am Hals. Mühelos schleuderte er Ian herum und drückte ihn gegen die Rollläden eines Friseursalons. Die Gasse war menschenleer. Ein paar verrostete Laternen warfen Licht auf die parkenden Autos, eine Baugrube und die verrammelten Fronten der Geschäfte. Zwei Katzen hockten auf den Absperrungen, die Bauarbeiter aufgestellt hatten, damit niemand in das Loch fiel.

Ian stöhnte auf und schnappte nach Luft. Einige Seiten von Wesleys Kopien rutschten aus seinem Rucksack, den er in der Eile nicht geschlossen hatte.

Ian blieb die Luft weg. Er wollte schreien, aber es kam kein Ton heraus.

„Was suchst du hier?“, fuhr der Mann ihn an. „Was hat der Typ dir erzählt? Wer ist das? Wo ist Patient 5?“

Ian verstand kein Wort. Keuchend wollte er antworten, aber der Kerl drückte seinen Hals zu. „Ich kann ni… atmen.“ Endlich ließ der Typ locker. Aus dem Augenwinkel sah Ian, wie Wesley ihn starr vor Angst beobachtete. Todsicher war er davon ausgegangen, dass die Männer ihn suchten, doch nun interessierte sich keiner für ihn. Obwohl er hätte wegrennen können, stand Wesley wie angewurzelt da und blickte mit schreckgeweiteten Augen die Männer an.

Wutentbrannt knallte der Fremde Ians Kopf gegen die Rollläden. Das Scheppern ließ die Katzen flüchten. „Wo ist Nummer 5?“

„Ich weiß nicht, wovon Sie reden“, presste Ian hervor. „Was für eine 5?“ Obwohl seine Schläfe blutete, spürte er vor Aufregung keinen Schmerz. Panik erfüllte ihn, als sein Blick von Wesley zu Bpm glitt. Die massige Schulter des Mannes versperrte ihm die Sicht, doch er sah, dass Bpm sich noch immer vor Schmerzen krümmte. Sein Kopf lag auf dem Asphalt neben den Stiefeln des Blonden, der ungerührt auf ihn herabblickte. Dunkel glitzerte Blut auf dem Teer.

„Harvey Douglas Boroughs. Patient 5“, fuhr ihn der Hüne an.

Verwirrt blinzelte Ian. Ein Magenschwinger hätte ihn nicht weniger umgeworfen. „Mein Großvat–“

Weiter kam Ian nicht, denn der Mann drückte ihn mit voller Wucht gegen die Eisenlamellen. „Wo ist er?“

„Er ist tot.“

„Der verarscht uns, Zachary“, stellte der Junge knapp fest.

Wieder warf der Mann seinem Partner einen bösen Blick zu – weil der seinen Namen genannt hatte?

„Gib endlich zu, dass du Kontakt mit ihm hast“, knurrte der Mann namens Zachary und schüttelte Ian grob.

Was wollten sie von ihm? Wie kamen sie darauf? Sein Blick fiel auf Bpm. War da noch mehr Blut? Vergeblich versuchte er, sich zu befreien. „Nein! Ich hab keinen … Er … er ist verschwunden“, rief Ian verzweifelt.

„Untergetaucht, meinst du. Wo versteckt er sich?“

„Ich … Ich weiß es nicht!“, schrie er den Mann an.

„Hat er dir eine Nachricht geschickt? Hat er dir gesagt,

du sollst in die Villa fahren? Hat er dir von Bentwater erzählt?"

„Nein." Ian sah dem Kerl direkt ins Gesicht. Er hatte immer geglaubt, die Augen eines Killers seien kalt oder stumpf, aber diese Augen waren voller Feuer, voller Zorn. Was immer für diesen Mann auf dem Spiel stand, er war bereit, bis zum Äußersten zu gehen.

„Du verarschst uns!", zischte der Killer und zerrte Ian zu Bpm. Er langte absichtlich in die Blutlache, um Ian dann seine große, blutbefleckte Hand ins Gesicht zu pressen.

„Du Scheißer willst mich verschaukeln, ja? Nur Nummer 5 kann sie sehen. Es gibt nur einen, der sie sieht! Er hat dich informiert. Darum bist du abgehauen!"

Ian würgte. Er glaubte, keine Luft mehr zu bekommen.

Der Kerl hob die Faust zu einem weiteren Schlag.

„Ich weiß nicht, wo er ist! Was hat mein Großvater mit den Geistern zu tun?"

Mit einem Mal hielt der Mann inne. Er musterte Ian und schien nur langsam zu begreifen. „Was hast du gesagt?"

„Die Geister! Diese Wesen, die alles verbrennen! Was hat er damit –?" Ian brach ab, denn mit einem Mal wurde ihm bewusst, dass er zu viel verraten hatte. Er sah es im Blick des Mannes, der ihn mit einer Mischung aus Erkenntnis und Sorge betrachtete. Es war ein Ausdruck, über den Ian sicher geschmunzelt hätte, wenn sie sich unter anderen Umständen begegnet wären.

„Du kannst sie auch sehen", raunte der Fremde und

packte wieder fester zu. „Du siehst sie auch. Es ist erblich."

Er befahl dem Blonden, sich um die drei zu kümmern. „Pack sie alle ein. Zeit für deine Spritzen." Mit lockerem Schwung packte Zachary Ian am Rucksack und riss ihn herum.

Ein Grinsen machte sich auf den Lippen des Jungen breit. Übertrieben freundlich wies er Wesley auf einen Mietwagen hin, der nur wenige Meter entfernt unter einer Laterne parkte. „Darf ich bitten, du Freak", sagte er und wollte den Nachtwächter am Arm greifen. Er hatte seine Hand kaum ausgestreckt, als er mit einem schrillen Schrei zurückstolperte. Zachary, der Ian Richtung Wagen drückte, blieb erstaunt stehen.

„Selber Freak", sagte Wesley trocken. Ian erkannte, dass Wesley seinen Elektroschocker in der Hand hielt. Stöhnend sank der blonde Mann neben Bpm am Boden zusammen.

Jetzt oder nie, dachte Ian. Noch immer war der Kerl abgelenkt, hatte vor Überraschung sogar lockergelassen.

Er griff nach dem Erstbesten, dem er habhaft werden konnte. Mit aller Kraft riss er eine der Absperrungslampen aus der Verankerung und schleuderte sie herum. Es kostete ihn kaum Überwindung zuzuschlagen.

Mit einem Aufschrei traf er Zachary direkt vor der Brust. Ian meinte, ein Knacken zu hören. Er beobachtete, wie der Kerl nach hinten stürzte, gegen eines der Plastikschilder knallte und mit ihm in die Baugrube rutschte.

Ian hörte ihn fluchen.

Doch keine Minute später hob der Kerl schon wieder einen Arm aus der Grube. Ein Pitbull grinste Ian schief an. Bloß weg hier, schoss es Ian durch den Kopf. Er stürzte zurück zu Bpm und zog ihn am Rucksack auf die Beine. Wo war Wesley? Ian sah ihn nicht und hatte auch keine Zeit, ihn zu suchen. Sein Blick fiel auf den Mietwagen, dann zurück zur Baugrube. Plötzlich tauchte Zachary wieder auf, benommen zwar, aber schon wieder auf den Beinen. Er fluchte jetzt lauter, hielt sich die Brust und versuchte bereits, aus der Grube zu steigen.

„Komm! Komm schon!“ Mit zwei Schritten war Ian bei dem Blonden. „Die Schlüssel?“

Da er keine Antwort bekam, griff Ian den Jungen an den Haaren und zog ihn mit aller Kraft auf den Rücken. Es war ihm gleich, ob er diesem hageren, bleichen Schläger die Haare büschelweise ausriss. Der Blonde schien halb ohnmächtig vor Schmerz. Offenbar wollte er etwas sagen und nach Ian treten, aber es gelang ihm nicht. Endlich hatte Ian die Autoschlüssel gefunden. Er packte Bpm unter den Armen und schob ihn mit aller Kraft vorwärts.

Der Wagen, endlich.

Er zog die Tür auf, riss Bpm den Rucksack von den Schultern und stieß seinen Freund auf den Beifahrersitz. Er warf beide Rucksäcke auf die Hinterbank und hetzte auf die andere Seite des Wagens. Aus dem Augenwinkel sah er Wesley wegrennen. Der Nachtwächter hatte bereits das Ende der Gasse erreicht, als der stämmige Cowboy gänzlich aus der Baugrube geklettert war.

„Verfluchter Mist!“ Ian ließ sich auf den Fahrersitz fallen. Schlüssel rein und drehen. Nichts.

Dafür stolperte dieser Zachary auf den Wagen zu. Sein Hemd und sein Gesicht waren schwarz vor Dreck. Er zog wieder diese kuriose Waffe, diesen unförmigen Revolver, hervor, die Ian schon in der Villa seines Vaters gesehen hatte.

Nochmals drehte Ian den Schlüssel. Nichts. Nicht mal der Anflug eines Geräusches. Der Anlasser blieb still. Der Mann legte auf die beiden an.

„Fahr doch!“, hörte er Bpm sagen, der vor Schmerz kaum sprechen konnte. Er drückte sich die Stichwunde mit der Hand ab, aber trotzdem floss Blut über seine Finger. „Fahr!“

„Verdammt!“ Ein weiteres Mal wollte Ian den Schlüssel drehen, als er entdeckte, dass der Wagen einen Startknopf hatte.

Sofort sprang der Motor an. Eine Sekunde lang hörten sie das Piepen für die Sicherheitsgurte, dann übertönte ein entsetzlich lauter Knall jedes andere Geräusch. Die Windschutzscheibe vibrierte, doch Ian widerstand dem Drang, sich die Ohren zuzuhalten. Er gab Gas. In Panik drückte er aufs Pedal, ohne einen Gang einzulegen. Der Motor heulte auf, aber sie bewegten sich nicht. Mit Schrecken sah er den hageren Blonden an seiner Tür stehen. Der Junge hielt sich die Brust und sah noch bleicher aus als vorher. Dafür blitzten seine Augen umso mordlustiger. Ians Blick wanderte zu Zachary, der schon fast vor dem Auto stand und abermals auf sie schießen wollte.

„Shit!“, fluchte er und schaffte es endlich, den ersten Gang ins Getriebe zu drücken. Die Reifen quietschten und der Wagen schoss vor.

Ein Aufprall. Der Cowboy wurde vom Kotflügel getroffen und verschwand aus Ians Blickfeld, noch bevor der Wagen schleudernd auf die Straße einscherte und an Fahrt gewann.

Erleichtert atmete Ian aus und Bpm musste lachen, obwohl er wegen seiner Schmerzen kaum Luft bekam.

Es dauerte nur Sekunden, bis die beiden Killer nur noch entfernte Schatten waren.

39

Im schwachen Licht seiner Taschenlampe konnte Daniel kaum die Tastatur erkennen. Er hatte sich nicht getraut, die Neonröhren anzuschalten, und ärgerte sich nun über sich selbst. Die Sucherei und das ewige Löschen der falschen Buchstaben kosteten ihn viel zu viel Zeit. In seiner Not klemmte er sich die Taschenlampe in den Mund, um beide Hände freizuhaben.

Für gewöhnlich ging Dozer bereits um 6:30 Uhr zum Frühstücken in die Kantine. Wenn Rodrigues und sein Küchenteam Spiegeleier mit Speck anboten, nahm er normalerweise zwei Eier und dazu einen Kaffee. Ein scheußliches Gesöff, das hart zu werden drohte, wenn man es nicht sofort trank. Für die Eier und den Kaffee brauchte Dozer höchstens eine halbe Stunde. Meist brachte er sein Tablett gerade zurück, wenn Daniel und seine Kollegen um sieben Uhr zum Frühstück eintrafen.

Dozer mochte es nicht, mit den Wissenschaftlern zu essen, und schon gar nicht, sich vor Mittag Gespräche über Sternenexplosionen, Neutrinos und Quarks anzuhören. Wahrscheinlich versteckt er sich zu Hause hinter einer Tageszeitung, um bloß nicht mit den Kindern oder seiner Frau zu sprechen, dachte Daniel, während er weitere Telnet-Befehle eingab.

Nachdem ihre Sensoren ausgefallen waren, hatte er mit

Lacruz und seiner Laborgruppe alle Möglichkeiten durchgecheckt. Sie hatten sogar die Datenverteiler auseinandergenommen und jedes Kabel geprüft. Daniels ganzes Team war am Boden zerstört gewesen. Lacruz hatte sich haltlos betrunken und Daniel war zu Dozer gegangen, um ihn anzuflehen, den Endurance freizugeben. Mit Blick auf das Budget hatte Dozer abgelehnt. Ihm erschien es zu unwahrscheinlich, dass so viele Sensoren gleichzeitig ausfallen konnten, und befahl, noch einmal alle Datenleitungen und die Verarbeitung der Signale sowie die Software zu kontrollieren.

„Ich bin nicht gewillt, einen Millionen teuren Spezialroboter abzuziehen, nur weil ihr ein Plus statt ein Minus in irgendeine Signalverarbeitungs-Software gehackt habt!" Das waren Dozers Worte gewesen. *Gehackt*, dachte Daniel. Dir zeige ich mal, was *Hacken* ist.

Er lehnte sich gegen den Schreibtisch, weil sein rechtes Bein nach wie vor schmerzte, und warf einen Blick auf die Digitaluhr des Monitors. Es war bereits nach sieben Uhr. Dozer war überfällig und Daniel noch nicht annähernd fertig mit der Manipulation des Computers. Um besser arbeiten zu können, stellte er seinen Laptop auf einen der Papierstapel. Er hatte ihn ans Netzwerk angeschlossen und tippte abwechselnd auf seiner und auf Dozers Tastatur.

„Was brauchst du denn so lange?"

„Ssssssht!" Er deutete Alva, still zu sein. Eilig nahm er die Taschenlampe aus dem Mund und winkte sie ins Büro. „Das ist nicht ganz so einfach."

Alva kam zu ihm und schob seine Krücken beiseite, um besser auf den Monitor sehen zu können. Erneut hackte Daniel ein paar Befehlszeilen in Dozers PC.

Es war ein Leichtes gewesen, sein Passwort zu erraten, sich auf dem POP3-Server einzuloggen und an seine E-Mails zu kommen. Daniel interessierte sich zwar nicht für seine Nachrichten, aber er wollte, dass sie zeitverzögert eintrafen.

Er kopierte sämtliche Mails in ein anderes Postfach, das er extra angelegt hatte, und konfigurierte Dozers E-Mail-Programm neu. Wenn er mit etwas Geschick vorging, würde Dozer nicht merken, dass er gar nicht auf sein Postfach, sondern auf ein ganz anderes zugriff, in dem nur Kopien lagen.

„Es läuft jetzt alles über meinen Laptop", flüsterte er. „Wenn eine Nachricht reinkommt, haben wir zwei Minuten Zeit, sie zu beantworten oder zu löschen, ansonsten geht sie einfach an Dozer weiter."

„Und das merkt er nicht?"

„Ich hoffe nicht. Wenn er nicht zu tief in seinen Account-Angaben schnüffelt. Er bekommt die Nachrichten und gut ist. Nur dass er sie aus einem anderen Briefkasten bekommt, der genauso aussieht und riecht wie sein alter. Und wenn er Mails verschickt, dann in einem Postamt, das leider meins ist."

Zweifelnd sah Alva ihn an. „Wirklich?"

„Wir können die Original-Mail löschen oder auf alle Mails antworten. In Dozers Namen natürlich. Warte mal." Daniel quittierte ein paar Eingaben.

„So. SMTP und POP3 sind umgezogen. Kommt davon, wenn einem kein besseres Passwort als seine Lieblingsmannschaft einfällt." Er nahm Dozers Cap vom Schreibtisch und deutete auf das dicke, blaue T über dem Schirm. Texas Rangers. „Ich kopiere seine Mails in die neuen Postfächer, damit er nichts merkt."

„Können wir nicht eine Wagenladung Reizwäsche für ihn bestellen? Rosa Spitzenhöschen?"

Fast hätte Daniel laut losgelacht. „Mit seiner Kreditkarte immer, die hab ich aber leider gerade nicht zur Hand. Aber wir können ihn jetzt in tausend nervigen Newslettern eintragen." Er zwinkerte Alva zu.

Vor Lachen musste Alva husten. „Ich möchte Dozers Gesicht mal sehen, wenn er jeden Morgen Post von der Anti-Raucher-Lobby und Greenpeace bekommt."

Daniel sah auf den Verlaufsbalken, der angab, wie viele Mails bereits kopiert waren. Nervös rieb er seinen Vollbart. Es fehlten noch 230 und der Balken füllte sich nur langsam. „Noch drei Minuten." Daniel begann aufzuräumen, peinlich darauf bedacht, keine Spuren auf Dozers Schreibtisch zu hinterlassen.

Eigentlich hatten sie ausgemacht, dass Alva im Gang warten und Dozer abfangen sollte. Doch gerade als Alva auf ihren Posten zurückkehren wollte, vernahmen sie deutlich Schritte im Flur.

„Oh, nein." Daniel sah auf den Balken. Noch 123 Mails. War der Monitor überhaupt eingeschaltet gewesen, bevor er in Dozers Büro eingebrochen war? Mit einem Mal wusste es Daniel nicht mehr zu sagen, obwohl er sich alles hatte genau einprägen wollen. Der Computer war ausgeschaltet gewesen, das wusste er noch, aber der Monitor? Gehörte Dozer zu den Menschen, die ihn immer auf Standby ließen?

97 Mails.

Die Schritte kamen näher. Dozer war bereits in den schmalen Gang eingebogen, der zu seinem Büro führte. Daniel meinte schon, ihn riechen zu können. Wahrscheinlich bildete er es sich nur ein, aber es war ihm, als dringe kalter Rauch durch die angelehnte Bürotür, vor der Alva reglos verharrte.

Hilflos sah sie sich zu ihm um. Sie konnte nicht einfach aus Dozers Büro kommen und ihn in ein Gespräch verwickeln. Wie gewöhnlich war Dozers Raum heute Morgen abgesperrt gewesen und Daniel hatte das Schloss erst mit zwei kleinen Uhrmacher-Schraubenziehern knacken müssen.

„Mach die Tür zu“, zischte Daniel.

„Was?“

„Tür zu!“

Leise schlich Alva zur Tür und drückte sie kaum hörbar ins Schloss.

Noch 57 Mails. Seufzend starrte Daniel auf die Anzeige. Er musste warten, bis alles kopiert war, dann konnte er erst die Fenster schließen und den Computer ausschalten. Zum Herunterfahren würde keine Zeit mehr bleiben.

32 Mails.

„Wohin?“, flüsterte Alva.

„Keine Ahnung.“ Daniel sah sich um. Sich unter dem

Schreibtisch zu verstecken, war lächerlich, aber hinter den braunen Sesseln war auch kein Platz. Hektisch nahm er seine Krücke und riss dabei Dozers Ölplattform-Ascher um. „Mist!"

7 Mails.

Sie hörten, wie Dozer einen abfälligen Kommentar über die Frühstückseier machte. Jetzt stand er direkt vor dem Büro. Als ob gleich ein Monster durch die Tür brechen würde, wich Alva hinter Daniel zurück. „Wir müssen hier weg!" Sie wollte Daniels Laptop greifen, aber er hielt sie zurück.

Bing! Die Mails waren kopiert. Sehr gut. Alle Veränderungen waren vorgenommen.

Einen Moment lang blitzte in Daniel der Gedanke auf, durchs Fenster zu entkommen, doch dann wurde ihm schlagartig bewusst, dass Dozers Büro überhaupt keine Fenster hatte. Und selbst wenn, wäre es keine schlaue Idee gewesen, bei 40 Grad minus ohne Jacke, Handschuhe und Mütze durch den Schnee zu laufen.

Dozer stocherte mit dem Schlüssel eine Weile in dem Schloss herum. Entweder hatte er die Einbruchsspuren bemerkt, die Daniels Uhrmacherwerkzeug hinterlassen hatte, oder er hatte sich nebenbei die nächste Zigarre angesteckt.

„Komm schon", flüsterte er dem Computer zu und wartete darauf, dass alle Programme beendet wurden. Er klickte auf *Herunterfahren*.

„Was wollen Sie tun: Abmelden, Herunterfahren, Neustart …", maulte Daniel über die unnötige Frage, die das

Betriebssystem ihm sicherheitshalber stellte. Eine zähe Sekunde verstrich, bis er quittieren konnte. Endlich. Noch bevor der Computer sich abgeschaltet hatte, knipste er den Monitor aus, stellte in Panik den Ascher wieder hin und schnappte sich seine Krücke.

„Komm!"

Daniel schwenkte die Taschenlampe. Alva hatte eine kleine Klappe in der Wand neben dem Tisch geöffnet. Zwischen der Konstruktion aus Metallprofilen und Gipskartonplatten war ein Hohlraum für die Netzwerkkabel, für Rohre und Datenleitungen. Dozer nutzte ihn als Stauraum. Daniel drückte Alva die Krücke vor die Brust und zwängte sich in den schmalen Hohlraum. Eng knieten sie aneinander und er spürte seine Beinwunde ziehen und pochen.

In diesem Moment drückte Dozer die Bürotür auf und kam schmauchend herein. Wie jeden Morgen knipste er die Lampen an und wartete ab, bis alle leuchteten. Daniel konnte Dozers schwere, stets blitzblanke Stiefel unter dem Schreibtisch sehen, als er sich noch einmal aus dem Versteck beugte, um leise die Klappe zu schließen.

Dunkelheit umgab sie und Daniel hörte jedes Stoffrascheln von Dozers Militärhose, jedes Schnaufen und jeden Zug an der Zigarre. Er hielt den Atem an.

Das Jahr am Südpol hatte ruhig und beschaulich begonnen. Er hatte mit Lacruz die Software überarbeitet, die Messdaten analysiert und aufgrund der Neutrino-Einschläge die Sternenkarte erweitert, in die sie die Neutrinoquellen eintrugen. Nach dem schrecklichen Unfall hatte sein Alltag aus ein wenig Forschen, Football im Schnee und ein bisschen Rumcruisen mit den Schneemobilen bestanden. Doch nun hockte er am südlichsten Punkt der Erde mit einer schwedischen Wissenschaftlerin in einem Schacht voller Kabel und Rohre, nur weil er einen Roboter klauen wollte.

Mit einem Mal musste Alva husten. Geistesgegenwärtig packte Daniel sie und hielt ihr den Mund zu. Sie strengte sich an, den Hustenreiz zu unterdrücken und zog Luft durch die Nase ein.

Daniels Herz hämmerte. Er spürte seinen Puls bis in die Schläfen. Schweiß brach ihm aus. Er lehnte sich an Alva und stellte erleichtert fest, dass ihr Hustenanfall vorbei war. Während sie auf Dozers Schritte horchten, beteten sie, er möge kein neues Papier für seinen Laserdrucker brauchen und sich unter seinen Schreibtisch bücken.

Doktor Daniel Cornelis Rheinberg, dessen bisheriges Leben darin bestanden hatte, Hypothesen über die Entstehung des Weltalls aufzustellen, musste passen: Er wusste nicht, ob sein Herz wegen Dozer oder wegen der Tatsache, dass Alvas Haar nach herber Vanille roch, so schnell schlug.

40

Ian sah in den Rückspiegel. Hinter ihm verlor sich Ipswich in der Dunkelheit. Ein paar vereinzelte Gehöfte zogen vorbei, dann nur noch Bäume, durchschnitten von Feldern. Nass glänzend schlängelte sich die Landstraße im Mondlicht dahin, verlor sich trügerisch ruhig hinter ein paar flachen Hügeln in der Nacht.

„Wir müssen in ein Krankenhaus."

„Nein!" Bpm hatte die Knie ans Armaturenbrett gedrückt und verrenkte sich unter Schmerzen auf dem Beifahrersitz, um die Stichwunde zu begutachten. Zum Glück blutete sie nicht mehr so stark. „Im Kofferraum ... ist bestimmt ... ein Verbandskasten. Muss reichen", presste er hervor.

„Die Wunde muss genäht werden, Benjamin." Ian nahm den Fuß vom Gas. Er lehnte sich zu seinem Freund rüber und zog dessen Gurt zu sich. Während er ihn mit einem Klack einrasten ließ, versuchte er, einen Blick auf die Wunde zu erhaschen. Bpms Hemd war vom Bauchnabel bis zur Brust rot.

„Das muss behandelt werden."

„Quatsch! Geht schon." Mit einem Mal riss sich Bpm das Hemd auf, riss es einfach entzwei. „Halt an. Ich hole den Kasten."

Ian schüttelte den Kopf und fuhr an den Straßenrand.

„Wenn, dann hole ich ihn.“ Er ließ den Wagen am Waldrand ausrollen. Als er stand und Ian die Tür öffnen wollte, sah er im Rückspiegel ein Licht. Den Türgriff noch in der Hand, hielt er inne. Seit sie aus Ipswich geflohen waren, war ihnen nicht ein Auto gefolgt.

Das Licht dort auf der Kuppe war auch kein Auto. Es war lediglich ein einzelnes Licht. Es flackerte leicht. Vielleicht nur eine optische Täuschung? Oder waren es die leuchtenden Ränder eines …

„Was ist denn?“ Bpm versuchte, einen Blick über die Schulter zu werfen, doch der Schmerz ließ ihn zurückzucken.

Instinktiv griff Ian nach seiner Nase. Sie blutete nicht und er hörte auch nicht dieses nervtötende Fiepen.

„Schon gut, ich dachte … Schon gut.“ Noch immer starrte Ian in den Rückspiegel. Ein ungutes Gefühl kroch in ihm hoch. Er ahnte, was dort hinter ihnen herschoss.

Kein Geist.

„Ist das unser Motorrad?“, fragte Bpm mit Blick auf den Seitenspiegel. Vergeblich versuchte er, sich umzudrehen, doch die Wunde ließ es nicht zu. „Entscheid dich. Weiter oder … oder Verbandszeug.“

Noch war das Licht ein kleiner Punkt. Ian schätzte, dass es eine Meile entfernt war. Er drehte sich zu Bpm um, erschrak über den leidenden Gesichtsausdruck seines Freundes und sprang aus dem Wagen.

Die nächtliche Waldluft roch köstlich. Alles war so still, wie eingefroren durch das silberne Mondlicht. Ian zwang sich, nicht auf das Licht zu achten, und redete sich ein, dass es nur irgendein Moped war. Irgendein Jugendlicher auf seiner 80er oder ein Mädchen auf einer Vespa.

Er schloss den Kofferraum auf, als die klare Nacht das unverkennbare, satte Rumoren einer Harley zu ihm trug. Einen Moment lang blendeten ihn die Scheinwerfer so stark, dass er nichts erkennen konnte. Dann setzte Ians Herz für einen Schlag aus. Tatsächlich.

Der Cowboy. Zachary.

Er musste ihre Maschine kurzgeschlossen und sich unverzüglich an ihre Fersen geheftet haben. Der Mann saß leicht gebeugt auf der Harley und fuhr viel sicherer und aggressiver, als Ian es gekonnt hätte.

„Shit!" Ian knallte den Kofferraum zu und sprintete zurück.

„Besuch", erklärte er knapp und trat aufs Gas. Schlingernd kam er vom Grasstreifen zurück auf die Straße und gewann an Fahrt, doch er war nicht schnell genug. Ein Blick in den Rückspiegel zeigte ihm, dass Zachary aufgeschlossen hatte.

„Runterschalten?", schrie er gegen das Motorendröhnen und Bpms Schmerzensschreie an. „Soll ich runterschalten?"

Würde der Wagen schneller beschleunigen, wenn er im vierten statt im fünften Gang fuhr? Er wusste es nicht. Bisher hatte er im Mercedes von Parodontose-Peter nur ein paar Runden um den Block drehen dürfen. Langweilige Straßen in langweiligem Tempo. Begleitetes Fahren für die Führerscheinprüfung in wenigen Wochen.

Die Bäume wischten vorbei. Rechts ein Feldweg, vor

ihm eine Kreuzung. Er hatte keine Zeit, auf die Vorfahrt zu achten und dachte nicht daran abzubremsen. Ian stand förmlich auf dem Gaspedal, hörte aber trotzdem, wie sich die Harley näherte. Das satte Wummern der Maschine wurde lauter und plötzlich tauchte der Pitbull neben seinem Fenster auf. Er fletschte die Zähne.

Zachary sah zu ihnen herein. Sein grimmiger Blick ließ Ian zurückschrecken.

„Fahr ihn um", schrie Bpm, der sich in neuerlichen Krämpfen wandte.

„Was?" Ian hatte ihn kaum verstanden, so sehr konzentrierte er sich auf die Kurven und das ständige Auf und Ab der Hügel. Immer wieder verschwand der Mond hinter den Schleierwolken, sodass er die Straße nur noch im Licht der Scheinwerfer sehen konnte.

„Umfahren", stieß Bpm hervor, doch Ian zögerte. Der Cowboy fuhr direkt neben ihm und schrie, er solle das Tempo drosseln. Doch Ian dachte gar nicht daran. Statt den Fuß vom Gas zu nehmen, ließ er den Wagen ein paar Zentimeter ausbrechen. Nur eine Warnung.

Mit quietschenden Reifen schlingerte das Auto auf Zachary zu. Der Mann fiel zurück, doch nur für einen kurzen Augenblick. Dann drehte er voll auf und die Harley sprang mit einem Satz vor. Auf einmal befand sie sich direkt vor Ians Kühlergrill.

„Verdammt!"

Nochmals stammelte Bpm etwas, doch Ian konnte ihn nicht verstehen.

Der Mann gewann an Vorsprung, fuhr jetzt 60, 90, 120

Fuß vor ihnen und Ian begann zu ahnen, was der Cowboy plante. Er sah es förmlich vor sich, bevor es geschah: Zachary bremste und ließ das Motorrad herumschleudern. Mit einem Mal stand er quer auf der Straße und instinktiv trat Ian auf die Bremse.

Das Kreischen der Reifen vermischte sich mit dem Aufschrei der Jungen. Zachary schoss auf sie zu, füllte jäh das ganze Blickfeld aus und leuchtete grell im Scheinwerferlicht.

Ian riss das Steuer herum und sah noch, dass der Wagen an Zachary vorbeizog und endgültig ausbrach. Dann nahm Ian das Geschehen nur noch in Bruchstücken wahr. Zu viele, die sich in seinem Kopf zu einem unvollständigen Film in Zeitlupe zusammensetzten.

Er spürte, dass sie schwebten. Und Ian musste grinsen. Er konnte nichts dagegen tun.

Ian lächelte.

Da waren Schatten. Sie erinnerten ihn an die Arme der Geister, die Zero getötet hatten. Brutal sahen sie aus, so verkrüppelt, unförmig, schwarz. Und sie griffen nach ihnen, schlugen mit Gewalt gegen den Wagen. Sie kreischten und schrien, während sie zupackten. Schattenhafte Hände mit tausend Fingern vor dem Glitzern der Milchstraße.

Ian schmeckte Blut und ihm wurde schlecht. Er dachte an das Nasenbluten und Zero und fragte sich, warum seine Lippe mit einem Mal aufgeplatzt war.

Lense-Thirring-Effekt, dachte er unsinnigerweise. Die Zeit wird verwirbelt.

Ein heftiger Ruck ließ seinen Kopf gegen den Holm der

Autotür schlagen und ein stechender Schmerz durchfuhr ihn. Dann zerriss der Knall des Seitenairbags die unmögliche Ruhe. Und mit der Explosion krachte die Zeit zurück und Ian unsanft in die Gegenwart.

Jäh wurde ihm bewusst, dass tatsächlich etwas das Auto streifte, dass wirklich Finger gegen den Kotflügel schlugen und Arme die Seite des Wagens aufrissen. Die Arme der Bäume. Äste, Zweige, Stämme. Schatten wirbelten um das Auto und rissen Teile von ihm ab. Wie schnappende Hunde fraßen sie den Wagen im Flug.

Ihr Trommelfeuer war überwältigend, das Bersten von Metall, das Krachen und Quietschen von Gummi und Plastik.

Wie ein Taucher, der aus der schwerelosen Stille des Wassers wieder an die Oberfläche kommt, so tauchte Ian im harten, schreienden Chaos auf. Bevor er nach Luft schnappen konnte, schleuderte das Auto ein weiteres Mal herum und er krachte mit den Knien gegen das Armaturenbrett. Hart bohrte sich sein Kopf in den Frontairbag.

Ian hörte Bpms Schreie, als sich der Wagen überschlug, aber sie klangen fern, so weit weg, als wäre sein Freund längst nach draußen in den Wald geschleudert worden.

Die Windschutzscheibe brach und überschüttete Ian mit Sicherheitsglas, doch das spürte er schon nicht mehr.

Aufgefangen in seinem Gurt, hing Ian kopfüber im Auto und träumte von fremden Wesen und einem Vater, den er nie wirklich kennengelernt hatte. Ein verschollener Großvater kraulte einen toten Hund.

Er spürte nichts mehr.

41

A 12, Bundesstraße nahe Colchester – Essex, England

Schwamm er? Da war Wasser … Es war doch Wasser? … Ein Bach? Sein leises Plätschern drang zu ihm. Er lag da und lauschte, bevor es ihm endlich gelang, die Augen aufzuschlagen. Durch die zerschlagene Windschutzscheibe sah er Bäume, die verkehrt herum in einen Bach wuchsen, der sich am Himmel entlangschlängelte.

Nein, der Wagen lag auf dem Kopf. Ian spürte den Gurt, der ihm in die Schulter schnitt. „Benjamin", brachte er mühsam hervor und drehte sich zum Beifahrersitz. Er hatte erwartet, Schlimmes zu sehen. Doch auf diesen Schock war er nicht vorbereitet: Neben ihm hing dieser Zachary. Ordentlich angeschnallt und völlig ohne Blessuren. Sogar sein Gesicht war sauber. Dafür war etwas Eigenartiges mit seinem Brustkorb geschehen.

Genau dort, wo Ian ihn mit der Baulampe getroffen hatte, ragte ein Geisterarm heraus. Ein schimmernder, halbdurchsichtiger Arm mit endlos langen Fingern.

Langsam drehte sich Zachary zu Ian um.

„Führerscheinprüfung", sagte er grinsend und hob ermahnend den langen Zeigefinger. „Du böser Junge, was hast du mit Daddys Wagen angestellt?" Der Fremde lachte laut auf und begann mit einem Mal zu brennen. Der unheimliche Finger wand sich in ihm wie ein verreckender Wurm. Eine Sekunde später stand Zachary schon bis zu den Haaren in Flammen.

Mit einem Schrei fuhr Ian im Bett hoch und starrte einen Moment mit weit aufgerissenen Augen auf die Wand des schmucklosen Motelzimmers.

Schnaufend holte er Luft und wollte sich auf die andere Seite drehen, doch seine Hüfte, sein Kopf und sein Rücken schmerzten zu sehr. Sein Körper fühlte sich wie eine einzige offene Wunde an. Überall hatten sich blaue Flecken gebildet, seine Nase begann zuzuschwellen und auf seiner Stirn ertastete er eine dicke Kruste aus getrocknetem Blut.

Obwohl ihm alles wehtat, hatte er Glück im Unglück gehabt. Beide hatten sie Glück gehabt. Er und Bpm.

Sie waren nicht aus dem Auto geschleudert worden und die lange Knautschzone des schweren Mietwagens hatte die meiste Energie des Aufpralls absorbiert. Zwar hatte das Auto einen Totalschaden, aber die Fahrerkabine war trotz des Überschlags beinahe unversehrt geblieben. Gute zehn Fuß hatte die Schneise in der Breite gemessen, die der Wagen in den bewaldeten Abhang gerissen hatte, bevor er am Ufer eines Baches zum Liegen gekommen war.

Eine Tür war abgerissen und das Verdeck vollkommen verbeult. Die Motorhaube war wie eine Ziehharmonika zusammengequetscht und später, auf ihrer Flucht vor Zachary, hatte Ian eines der Räder im Bach entdeckt. Abgerissen, weggeschleudert von der Wucht des Aufpralls.

Ian war benommen zu sich gekommen und hatte Bpm stöhnend, aber lebend in seinem Gurt gefunden. Obgleich Ian nur mühsam laufen konnte, galt sein erster Gedanke sofort Zachary, der ihnen auf den Fersen war. Ian kam zu dem Schluss, dass der eine Weile brauchen würde, um den steilen Abhang hinunterzuklettern. Falls sie ihn nicht ohnehin schon mit dem Wagen außer Gefecht gesetzt hatten.

So vorsichtig wie möglich hatte er Bpm von seinem Gurt befreit. Unter Schmerzen hatten sie sich ihre Rucksäcke geschnappt und waren zum Bach geflüchtet. Erst liefen sie eine Weile am Ufer stromaufwärts, dann schlugen sie sich in die Büsche. Irgendwann erreichten sie eine Landstraße, auf der sie über eine halbe Stunde lang wanderten. Kurz glaubte Ian, das Brummen der Harley zu hören, doch es war kein Licht mehr hinter ihnen aufgetaucht. Zachary blieb verschwunden und während Ian Bpm durch die Nacht führte, war er mehr und mehr zu der Überzeugung gelangt, dass er den Cowboy verletzt hatte, bevor der Wagen ausgebrochen war.

Verschwitzt stand er auf. Soweit er sich erinnern konnte, hatte er noch nie in einem Motel geschlafen. Er kannte solche Absteigen nur aus amerikanischen Filmen. Wenn er mit seiner Mutter und Parodontose-Peter verreiste, dann nur in *richtige* Hotels, wie Peter die 4- bis 5-Sterne-Hotels nannte. Aus dem Flieger in den Mietwagen und ab ins Hotel. Keine Experimente, keine Erkundungen und wenig Ausflüge. Ian hasste diese ereignislosen Urlaubsreisen, bei denen das Highlight des Tages das Abendessen war, zu dem sich seine Eltern immer aufbretzelten, als wären sie zu einer Oscarverleihung eingeladen. Jedes Jahr hatte er darum gekämpft, nicht mehr mitkommen zu müssen. Im letzten Winter war es ihm zum ersten Mal geglückt und er hatte allein zu Hause bleiben dürfen, während seine Eltern vierzehn Tage Dominikanische Republik genossen. Das heißt, den Pool irgendeines Hotels in der Dominikanischen Republik.

Er lauschte und konnte Bpm hören, der ins Badezimmer verschwunden war, während Ian noch geschlafen hatte. Wahrscheinlich hatte er vom Bach geträumt, weil er das Plätschern des Wasserhahns gehört hatte.

Noch steif vom Schlaf und den Prellungen schlurfte Ian zum Fenster. Ihr Zimmer war unterste Preisklasse. Nur ein Raum mit einem durchgelegenen Bett, einer verstaubten Lampe und einem Kleiderschrank in einem hässlichen braunen Plastikfurnier, das nicht zu den Nachttischen passte. Der grün-orange Vorhang mit den 70er-Jahre-Blumen roch nach kaltem Rauch. Ian zog ihn beiseite.

Es musste in der Nacht geregnet haben. Grell spiegelte sich die blutrote Neonreklame des Motels in den Pfützen. Das Sirren des Schriftzugs, dessen O und L nicht mehr leuchteten, war Ian schon aufgefallen, als er sich mit Bpm über den Parkplatz zu dem langgestreckten, niedrigen Flachbau geschleppt hatte. MTE glimmte dort in der Nacht. *Empty*, dachte Ian. Leer.

Sie hatten mit Peters Kreditkarte bezahlt und Ian hatte sich gewundert, dass sie noch immer nicht gesperrt war. War Peter vielleicht doch kein so schlechter Kerl? Hatte er absichtlich noch nicht bei seiner Bank angerufen, um Ian und Bpm auf diese Art zu unterstützen? Sicher hatte Olivia ihn bekniet, ihnen die Karte zu lassen. Vielleicht, weil sie so ein Lebenszeichen von ihm erhielt. Und Bpms Vater machte sich mit Sicherheit auch Sorgen.

Ian öffnete das Fenster und tapste zurück ins Bett. Er setzte sich vorsichtig auf die durchgelegene Matratze und lehnte seinen Kopf gegen die Wand. Obwohl er nicht weinen wollte, kamen ihm die Tränen. Ihre Reise hatte er sich wahrlich anders vorgestellt. Bpm war seit einer halben Stunde im Bad verschwunden und immer wieder hörte Ian, wie er Klopapier abriss, um die Stichwunde auszuwaschen.

Wut stieg in ihm hoch, auch auf seine Mutter. Wie hatte sie ihn all die Jahre belügen können? Hatte sie wirklich nichts vom Doppelleben seines Vaters gewusst? Er wischte sich die Tränen weg und konzentrierte sich darauf, endlich ein paar Antworten zu finden.

Wer waren dieser Zachary und sein hagerer, blonder Partner? Warum wollten sie etwas über seinen Großvater wissen? Was hatte Harvey Douglas Boroughs mit seinen Visionen zu tun? Wieso hätte sein Großvater ihn warnen sollen oder ihn *informieren*, wie Zachary gemeint hatte?

Seelen in Flammen. Zeit in Unruh. H. D. Boroughs.

Wieso hatte seine Mutter ihm den Selbstmord verschwiegen? Wieso hatte er nicht wissen dürfen, dass sein Vater ein Wissenschaftler war? Stimmte es, dass Thomas Boroughs ein Physiker gewesen war, der mit der Gravitation experimentiert hatte? Mit einer Kraft, die zwar allgegenwärtig war, von der aber noch niemand wusste, was sie wirklich war? Hatte er die Geister gerufen? Oder Aliens, wie Wesley behauptete?

Nein, dachte Ian. Sicher nicht. Die Geister waren schon vorher da. Der Cowboy hatte ihm verraten, dass sein Großvater die Geister auch sehen konnte.

Es war ein Fluch.

Ein Familienfluch.

Wesley liegt falsch. Auch mein Großvater hat sie bereits gesehen und deswegen ist Zachary hinter mir her, weil er an meinen Großvater kommen will. An Patient 5.

Einen Moment lang durchflutete Ian ein ungeahntes Gefühl der Freude. Die beiden Killer hatten bestätigt, was er kaum noch zu hoffen gewagt hatte. Sein Großvater lebte. Doch würden sie ihn auch am Leben lassen, wenn sie ihn fanden?

Ian rieb sich die Rippen, die bei jedem Atemzug schmerzten.

Dummerweise wusste der Cowboy nun, dass er die Geister auch sah. Und wenn sein Großvater die Geister bereits sehen konnte und wenn Wesleys Gequatsche einen wahren Kern hatte, dann waren die Geister die Verbindung. Die Verbindung zwischen seinem Großvater, seinem Vater und ihm selbst.

War es möglich, dass sein Großvater am Philadelphia-Experiment beteiligt gewesen war?

Was, wenn der Mann mit der Nickelbrille und der langen Narbe, die angeblich von einem Duell stammte – die Geister gerufen hatte? Damals, 1943? Ian erschauderte.

Angenommen, er hätte die Geister gerufen, wäre dann untergetaucht und später hätte sein Sohn da weitergeforscht, wo sein Vater aufgehört hatte und wäre durch die Visionen wahnsinnig geworden. Malt Bilder an die Wände, fühlt sich von Geistern verfolgt und verbrennt schließlich …

Ziemlich viele Wenns, dachte Ian. Doch tief in seinem Innern sagte ihm eine Stimme, dass es eine plausible Geschichte war. Die Puzzlestücke schienen sich zu einem Bild zu fügen.

Die Verbindung sind die Geister, grübelte Ian.

Du siehst sie auch. Es ist erblich.

Was sollte er nur tun? Jetzt, wo Zachary wusste, dass er die Geister auch sah, würden sie ihn nur noch erbarmungsloser jagen. Waren die beiden überhaupt Verbrecher? Oder arbeiteten sie am Ende gar für den amerikanischen oder britischen Geheimdienst? CIA, FBI oder MI6? Sollten sie zur Polizei gehen? Oder nach Hause fahren?

Ian schwirrte der Kopf. Er griff nach Bpms Handy, das auf dem Nachttisch lag, und drehte es in der Hand. Dann gab er sich einen Ruck und wählte die Nummer seiner Mutter.

Er horchte auf das Tuten und musste an den muskulösen Kerl denken, an seine kräftige Hand, die sich um seinen Hals gelegt hatte. An den Pitbull, der die Zähne gefletscht hatte.

Tuuuut … Tuuuut …

Dieser harte Blick, während Zachary einfach mit Peters Motorrad dastand und dennoch auf sie zugerast kam. Grell und leuchtend im Scheinwerferlicht.

Untergetaucht, meinst du wohl.

Tuuuut ... Tuuuut ...

Dein Großvater kann sie sehen.

Tuuuut ... Tuuuut ...

Es ist erblich.

Tuuuut ... Tuuuut ...

Ich sehe sie schon seit meiner Kindheit.

Tuuuut ... Tuuuut ...

Ich bin anders als Bpm. Ich bin anders als alle.

„Guten Tag. Dies ist der Anschluss der Familie Boroughs. Wenn Sie einen Zahnarzttermin vereinbaren wollen, ..."

Er lauschte. Reglos und stumm. Nur der Anrufbeantworter.

Ich bin ein Freak.

„... wenden Sie sich bitte an meine Praxis. Wir sind zurzeit nicht da. Wenn Sie uns eine Nachricht hinterla–"

Ian legte auf. Er zog seinen Rucksack zu sich und kramte in der Seitentasche. Behutsam schlug er den bunt gefleckten Lappen auf und nahm die Taschenuhr seines Großvaters heraus.

Seelen in Flammen. Zeit in Unruh. H. D. Boroughs.

Das abgenutzte Metall fühlte sich warm an. Er strich mit den Fingern über die Gravur und öffnete den Deckel auf der Rückseite. Unter einem kleinen Mondkalender waren zwei Skalen mit ungeheurer Präzision in das Metall geritzt worden. Eine der Skalen war ein Halbkreis mit einer Einteilung von 0 bis 222. Die andere Skala war eine Säule, die nur in vier Abschnitte untergliedert war.

Mehrere schwarze und blaue Zeiger, teilweise geschwungen und auf feine Zahnräder geschraubt, warteten bewegungslos unter und neben den Skalen. Ian hatte keine Ahnung, wie man die Zeiger zum Leben erweckte, hatte aber schon mehrmals versucht, sie aufzuziehen. Es war ihm nur geglückt, die normalen Zeiger der Uhr auf der anderen Seite in Schwung zu bringen.

Er steckte die Uhr zurück. Noch immer drang das Stöhnen seines Freundes durch die Badezimmertür. Ians Gaumen fühlte sich so trocken an, dass seine Zunge an seinem Unterkiefer kleben blieb. Seine Augen brannten und jeder einzelne Knochen tat ihm weh. Er wünschte sich eine Cola, doch er fand keine Kraft, um über den Parkplatz zum Automaten zu gehen.

Ian setzte sich auf die Bettkante und zog sein Skizzenbuch hervor. Nachdenklich blätterte er die Seiten durch: seine Manga-Studien. Die Posen der Superhelden. Die Skylines der Megacitys, die er nach Fotos aus dem Web gezeichnet hatte. Die Skizze des Wandbildes. Die Geister, die wie eine Welle auf seinen kleinen Vater herabstürzten, um ihn zu verbrennen.

Einen Moment war er versucht, die Seite einfach herauszureißen und wegzuschmeißen, dann blätterte er weiter zu der Skizze des Discogirls und des seltsamen Mr Seymour. Keine schlechten Studien, wie er zugeben musste: Er hatte den Journalisten in seinem Bademantel umringt von religiösen Symbolen gezeichnet. Ganz in der Art der Manga wehte sein Mantel übergroß im Wind. Er nahm beinahe den ganzen Raum ein und breitete sich wie ein düsteres Grabtuch um den halbblinden Mann aus. Wie ein Fürst aus der Unterwelt streckte Seymour seine langen Finger nach fliegenden Karteikästen und dem alten Telefon aus.

Ian schloss das Heft und zog die Krankenakte aus dem Rucksack, die Wesley ihm gegeben hatte. Sie war auf den 12. Januar 1981 datiert. Offenbar war sie nur ein paar Tage nach der Einberufung seines Vaters angelegt worden oder knapp zwei Wochen nach den angeblichen Ufo-Sichtungen, wie Ian feststellte. Er sah sich einen Moment lang das Passbild seines Vaters an, das mit einer Büroklammer an den Bericht geheftet worden war. Es war eigenartig, denn Ian hatte das Gefühl, sich selbst zu betrachten. Kein Wunder, dachte er, mein Vater ist auf dem Bild nur drei Jahre älter als ich heute.

Das Gefühl, seinem Vater in jungen Jahren in die Augen zu sehen, bereitete ihm Unbehagen. Obwohl er ihn nie kennengelernt hatte, bekam sein Vater mehr und mehr Konturen. Thomas Boroughs – der Ehemann und Bankier, der Vater und Wissenschaftler, der Mann mit den zwei Existenzen – war nicht nur interessanter für Ian geworden, er hatte auch etwas Wahrhaftiges bekommen.

Was hatte Seymour gesagt? Er habe *auffallend* wenig gefunden und der Lebenslauf seines Vaters wirke zu glatt. Nun hatte Ian ihn nicht nur durch ein paar Recherchen aufgeraut – er hatte ihn regelrecht in zwei Teile zersplittert.

Er überflog die Papiere. Schnell stellte er fest, dass es keine Krankenberichte, sondern die Notizen einer Psychiaterin waren. Zwar verstand Ian wenig von dem Fachchinesisch, doch dass die Akte über 320 Seiten zählte, sprach für sich.

Die erste Mappe begann mit einem Formblatt, an dem das Passfoto klemmte. Sie ging von 1981 bis 1993, dem Jahr, in dem die Basis geschlossen wurde.

Über zwölf Jahre lang hatte Thomas Boroughs jeden zweiten Monat einen Termin bei einer gewissen Dr. Amy Stratton gehabt. Während sie die ersten Stunden ausführlich in Handschrift festgehalten hatte, fanden sich am Ende der Mappe nur noch wenige Einträge. Immer wieder sprangen Ian die Worte „paranoide Schizophrenie" entgegen. Es ärgerte ihn, dass Dr. Stratton seinen Vater für krank erklärt hatte. Vielleicht hatte er aber auch nur Angst, selbst als verrückt zu gelten.

Warum hatte sein Vater diese Frau immer wieder aufgesucht, wenn sie ihm nicht glaubte, dass es die Geister wirklich gab?

Seufzend legte Ian die Akte beiseite und schloss für einen Moment die Augen.

„Bpm? Alles klar da drinnen?" Ian ging zum Bad und klopfte. Nachdem er keine Antwort erhielt, griff er nach der Klinke.

Sie war ungewöhnlich warm und schien in seiner Hand noch heißer zu werden. Mit einem überraschten Aufschrei ließ er sie los und trat die Tür auf. Ein Schwall heißer Luft strömte ihm entgegen. Er hat nicht abgeschlossen, schoss es ihm durch den Kopf. Da sah er Bpm. Schreiend taumelte Ian zurück. Er bekam keine Luft mehr.

Bpm lag auf dem Boden. Er war vollkommen schwarz. Nur noch Kohle.

Ian wurde schlecht. Er knallte gegen den Türrahmen und sein Blick fiel nach oben. In dem kleinen Bad wuchs ein Geist aus der Decke. Entsetzt starrte er das Wesen an und spürte, wie seine Haut zu brennen begann, als das Licht auf ihn zuschoss.

Er erwachte schreiend.

42

Polizeipräfektur, Shinjuku City – Zentral Tokio, Japan

„Der Anwalt kommt gleich. Er steckt noch im Stau.“ Die blonde Beamtin mit den europäischen Gesichtszügen und dem Designerhosenanzug warf Chiyo einen missbilligenden Blick zu. Seit sie eingetroffen waren, saß Chiyo auf ihrer Sporttasche in der hintersten Ecke des Raumes. Sie hatte weder den Kaffee, den ihr die Frau gebracht hatte, noch den Stuhl vor dem Tisch angerührt.

„Du kannst ruhig etwas entspannen. Kommissar Kenichi-San wird dich erst befragen, wenn er mit der Aufnahme der forensischen Details fertig ist.“

„Forensische Details“, äffte Chiyo die Beamtin nach und dachte gar nicht daran, von ihrer Sporttasche aufzustehen. „*Entspannen* … Sie sind witzig. Na, wirklich, ich lach mich gleich tot.“

Ihre Augen taten weh. Sie waren sicher ganz rot. Das letzte Mal hatte Chiyo so viel geweint, als ihre Eltern gestorben waren. Sobo hatte ihr erzählt, dass sie drei Tage durchgeweint hatte, nachdem sie nicht mehr aus Argentinien zurückgekehrt waren.

Inzwischen fühlte sich Chiyo mehr verwirrt als traurig, doch sie wusste, dass die Trauer um Sobo sie in Kürze wie ein Schnellzug treffen würde. Sie brauchte nur ein paar Stunden Abstand von all den Anschuldigungen und der Hektik.

Chiyo war schon öfter auf einer Polizeiwache gewesen, wenn auch nicht in diesem Distrikt von Tokio. Dieses Mal jedoch war es anders. Zwei Beamte hatten sie wie eine Schwerkriminelle an den Tresen gedrückt. Ihre Personalien waren aufgenommen, ihre Taschen geleert und ihre Fingerabdrücke genommen worden. Dann hatten sie Chiyo in einen kleinen Raum geführt, durch das Großraumbüro, in dem die Ladendiebe, Prostituierten und Falschparker abgefertigt wurden.

Das Verhörzimmer hatte kein Fenster, nur eine große Belüftungsanlage an der Decke. Von draußen drang dennoch das Hupen der Autos und das Knattern der Roller herein. Der Verkehr schwappte in Tokios Straßen wie ein zäher Brei hin und her. Über acht Millionen Menschen lebten in Tokio, weitere 30 Millionen in den Randgebieten, im Ballungsraum jenseits der Wolkenkratzer. Chiyo hatte einmal von einem Gott namens Moloch gehört. Einem bösen Geist, der mit seinem Feuer Menschen verschlang. Tokio war für sie dieser Gott. Ein Moloch, in dessen Magen sie bis jetzt jedoch immer gut Unterschlupf gefunden hatte.

Im Gegensatz zu ihren vorigen Besuchen auf einer Polizeistation war kein Streifenpolizist gekommen, der ihre Aussage lustlos in einen PC getippt hatte. Stattdessen hatte eine aalglatte Hosenanzugträgerin mit einer Plastikkarte am Revers Chiyo mitgeteilt, dass sie ihr einen Anwalt rufen würde und Kommissar Kenichi entschuldigt, der noch immer in ihrem Haus sei, um Spuren zu sichern.

Das Schlimmste aber war die Sporttasche, die sie Chiyo vor die löchrigen Turnschuhe gestellt hatten. Offensichtlich hatten Kenichi oder seine Männer in ihren Sachen gewühlt und ihre Ramones-Shirts, zwei rosa Faltenröckchen mit Rüschen und ihre geringelten Stretchhosen zusammengepackt. Sogar vor ihren BHs und Slips hatten sie nicht Halt gemacht.

Der Gedanke, dass sie ihre Unterwäsche angefasst hatten, regte sie weniger auf als die Tatsache, dass die Sporttasche einen längeren Aufenthalt bedeutete.

Diese Idioten gehen wirklich davon aus, dass ich länger hier bleibe. Die glauben tatsächlich, ich hätte Sobo umgebracht.

„Haben Sie nach meinem Spielzeug gefragt?“ Chiyo setzte eine versöhnliche Miene auf. „Ohne mein Spielzeug kann ich mich nämlich überhaupt nicht entspannen.“ Sie ließ eine Kaugummiblase zerplatzen.

Die Beamtin lächelte und legte zu Chiyos Erstaunen eine Plastiktüte auf den Tisch. „Ich habe den Roboter auf deinem Nachttisch gefunden. Ich hoffe, es ist der Richtige. Setz dich aber bitte an den Tisch und trink etwas.“ Sie stellte eine Plastikflasche Gerolsteiner hin. Chiyo fragte sich, ob sie sich mit dem Modegetränk der Jugendlichen bei ihr einschleimen wollte.

„Und Kaugummi raus!“

Chiyo setzte sich wie befohlen und nahm ihren Kaugummi aus dem Mund. Die Beamtin streckte ihr ein Taschentuch hin. Chiyo nahm es dankend, pappte aber den Kaugummi unter die Tischplatte.

„Wann ist der Anwalt da?"

„In ungefähr zwei Stunden. Er hat angerufen, steckt im Wan-Tunnel fest. Es gibt wohl eine Vollsperrung."

Obwohl Chiyo sich nicht sicher war, ob es nicht reine Taktik war, sie warten zu lassen, nickte sie. Sie wollte nicht länger auf Konfrontation gehen, auch wenn es ihr schwerfiel.

Höflich bedankte sie sich und trank einen Schluck Wasser. Es war warm im Raum. Da es kein Fenster gab, wusste Chiyo nicht, wie spät es inzwischen war. Sie schätzte, dass es kurz nach Mittag war. „Und danke auch dafür." Sie deutete auf die Plastiktüte, die ihr die Beamtin prompt herüberschob.

„Ich habe dir auch deine PSP mitgebracht."

„Danke. Haben Sie auch Yutaka Kishii verhaftet?"

„Kenichi-San geht gründlich allen Spuren nach", erwiderte die Frau vage und lächelte. Ein Lächeln wie vor dem Spiegel geprobt.

„Ich war es nicht! Ich bring doch nicht meine Großmutter um, das müssen Sie mir ..."

„Spar dir deine Erklärungen für Kenichi und den Anwalt auf." Sie nickte zum Abschied. Bevor Chiyo noch etwas sagen konnte, hatte sie bereits den Raum verlassen. Chiyo hörte, wie die elektrische Verriegelung der Tür einrastete, dann war sie allein.

Sie hatte immer gedacht, ein Verhörzimmer müsse einen großen, halbdurchsichtigen Spiegel haben. Wie in den Blockbuster-Movies, die sie mit ihrem Freund so gerne sah. Doch hier konnte sie keinen Spiegel entdecken. Es hing lediglich eine kleine Kamera unter der Decke, deren Bilder vermutlich über einen der unzähligen Monitore der Bereitschaft flimmerten. Wahrscheinlich sollte die Kamera die Verdächtigen nur davon abhalten zu randalieren oder sich etwas anzutun. Die Kamera war ein billiges Fabrikat aus dem Baumarkt. Es sah aus, als wäre die Kamera erst nachträglich eingebaut worden, denn die Kabel verliefen sichtbar auf der Wand. Sie besaß kein Froschauge, wie Chiyo mit einem Seitenblick registrierte. Wahrscheinlich konnte sie nur drei Viertel des Raumes einsehen.

Gelangweilt blickte sie zur Decke, die bestimmt über vier Meter hoch war. Zwei Reihen Neonröhren, ein paar hellweiß, einige gelbstichig, verliefen dicht unter der Decke. Standard-Plastikverkleidung. Zwischen den Röhren war der Lüftungsschacht eingelassen. Ein schlichter Metallrahmen, der halb so groß war wie der Tisch, vor dem sie saß. Der Schacht war mit breiten Lamellen verkleidet, die drei bis vier Zentimeter auseinander standen, damit die Luft durchströmen konnte.

Konzentriert tigerte Chiyo auf und ab, tat, als würde sie trinken, doch jedes Mal, nachdem sie die Flasche abgesetzt hatte, klopfte sie mit ihr leise die Wand ab. Falls ein Beamter sie auf seinem Monitor beobachtete, würde er sie nur für einen frustrierten Teenager halten. Die Wand an der Tür hörte sich nach Rigips an, wahrscheinlich mit U-Profilen verstärkt. Die anderen Wände waren aus festem Mauerwerk, vermutlich aus Beton. Vom Straßenlärm her zu urteilen, handelte es sich bei der linken Wand um eine Außenmauer.

Egal. Erneut setzte sie sich und dachte gründlich nach. Wenn sie sich nicht durch die Wand hacken wollte, blieb nur der Lüftungsschacht. Er war breit genug, um sich hineinzuzwängen. Das Problem war nur, dass er viel zu hoch angebracht war. Selbst wenn sie sich auf den Tisch stellte, würde sie die Lamellen nicht erreichen können. Neben der Lüftung führte ein Wasserrohr für die Sprinkleranlage entlang. Wenn sie es richtig erkannte, war das Rohr mit dicken Schellen angebracht worden und hing ein paar Zentimeter unter der Decke. Mit ein bisschen Glück würde es reichen.

Chiyo ging präzise vor. Sie schnappte ihre Sporttasche, tat, als suche sie einen neuen Sitzplatz, und ließ sie – ganz zufällig – im toten Winkel der Kamera fallen. Dann holte sie in aller Seelenruhe den Plastikbeutel, zog die PSP und Gexx heraus und tauchte in den toten Winkel ein.

Den Gürtel und die Ohrringe hatte die Hosenanzugträgerin ihr abgenommen, aber sie hatte vergessen, ihr das Piercing aus dem Bauchnabel zu ziehen. Chiyo löste es und zog die silberne Nadel aus der Haut.

Die Leitungen auf dem Putz, die zur Kamera führten, bestanden aus einem Videokabel und der Stromversorgung. Mit einem leichten Ruck riss Chiyo das Kabel für den Strom aus den Wandklemmen und ritzte es vorsichtig mit ihrer Piercing-Nadel auf.

43

„Es war schwer, dir zu glauben, Ian. Ich dachte, du bist einfach ein bisschen ...“ Bpm tippte sich mit dem Finger gegen die Stirn. Im Knien las er blutige Tücher vom Boden auf, da er sich wegen der Wunde nicht bücken konnte.

„Na, danke.“

„Bitte, mein Freund.“

Ian wühlte in seinen Sachen und zog ein zerknautschtes T-Shirt hervor, das inzwischen den Geruch des Armee-Rucksacks angenommen hatte. Widerwillig streifte er sich das müffelnde Shirt über den Kopf. Voll Wehmut dachte er an zu Hause, an sein Zimmer, sein Bett und den vollgestopften, duftenden Kleiderschrank. Mit einem Mal hatte er den Geruch von Olivias Cottage Pie in der Nase, den sie mit Paprika verfeinerte.

„Langsam hab ich das Gefühl, dass *ich* verrückt werde“, sagte Bpm. „Ich dachte, dein Vater hat sich damals in irgendetwas Illegales verstrickt, aber so eine Nummer ... Ich meine, erst jagen wir deinen Visionen nach, dann werden wir bedroht und es stellt sich heraus, dass dein Vater ein Doppelleben geführt hat. Und nun sind wir beim Militär mit Geheimexperimenten und Aliens. Und zwei Killern, die wahrscheinlich irgendwelche geheimen Papiere suchen.“

„Ich weiß“, entschuldigte sich Ian. „Es klingt immer verrückter.“ Schweißgebadet war er im Motelbett neben Bpm aufgewacht. Die Krankenakte seines Vaters hatte er verstreut auf dem Boden wiedergefunden. Noch immer steckte ihm der Schreck in den Knochen. Der Traum mit Bpm, verkohlt im Bad, war so real gewesen …

„Finde ich nicht“, widersprach Bpm. „Endlich macht es ein wenig Sinn.“ Er kontrollierte den Pressverband und kam stöhnend auf die Beine.

Zum Glück hatte ihnen der gelangweilte Mann am Empfang keine Fragen gestellt und den Verbandskasten ohne Murren über den Tresen gereicht.

Erleichtert hatten sie festgestellt, dass sich Bpms Wunde nicht entzündet hatte. Wie es aussah, hatte ihm der Blonde nur einen tiefen Schnitt verpasst. Dennoch hätte Ian seinen Freund lieber zum Arzt gefahren, doch Bpm weigerte sich hartnäckig.

Durch das geöffnete Fenster drang der Lärm des morgendlichen Lastwagenverkehrs auf der A 12 zu ihnen. So früh schienen vor allem Lastwagen unterwegs zu sein. Ian nahm die dicke Krankenakte vom Bett. Sein Vater hatte über siebzig Therapiestunden bei Dr. Stratton gehabt. Sie kannte seinen Vater als Nick Waterspoon und hatte ihn zwölf Jahre lang betreut. Sobald sie ihre Adresse herausgefunden hatten, würden sie einen von den Trucks anhalten und per Anhalter zu ihr fahren. Sie musste alles über die Geister wissen.

„Ich dachte, du packst jetzt endgültig die Koffer.“ Ian entfernte ein paar Glassplitter aus seinem Rucksack.

„Welche Koffer?", scherzte Bpm und fuhr sich durchs Haar. Er wollte nach seiner Brille greifen.

„Ich fürchte, die liegt noch hinter der Spielhalle."

„Waaaas? Wenn ich den Kerl noch mal in die Finger bekomme, dann kann er was erleben!", schimpfte Bpm. „So 'ne coole Brille bekomme ich doch nie wieder!"

Obwohl sein Freund ein todernstes Gesicht machte, musste Ian lächeln. Auch Bpm grinste.

Er stopfte sein blutiges T-Shirt in den Mülleimer. „Ian, mal ganz im Ernst. Ich glaube nach wie vor nicht an Geister. Es könnte aber tatsächlich sein, dass ein militärisches Experiment irgendwelche Aliens angelockt hat ... Ich meine, dieser Wesley hat zu lange zwischen den Spielautomaten gehockt, das ist mal klar, aber ... trotzdem. Ehrlich gesagt, finde ich die Bedrohung greifbarer als vorher."

Ian nickte. „Du glaubst, es sind Außerirdische, die ich sehen kann?"

„Keine Ahnung. Aber etwas ist hinter dir her. Und das ist nicht dein verkorkstes Ego."

„Der Cowboy ist auf jeden Fall hinter uns her. Nach der letzten Begegnung wird er uns vermutlich noch heftiger jagen als vorher."

Bpm schaute Ian fragend an.

„Ich hab gestern einen Fehler gemacht. Er wusste nicht, dass ich sie sehen kann und ich hab's ihm verraten."

„Du meinst, er sucht nicht nur deinen Großvater, sondern will auch uns – also dich – ausschalten?"

„Davon gehe ich aus."

„Aber warum?“

„Weil ich sie sehen kann, vermute ich ... Oh, verdammt!“ Ian schlug sich mit der Hand gegen die Stirn. „Wir müssen meine Mutter warnen. Vielleicht kreuzen die beiden bei ihr auf.“

Bpm schmiss Ian sein Handy rüber, der sofort auf Wiederwahl drückte und ungeduldig auf das Klingeln wartete. „Und das Handy sollten wir auch loswerden.“

„Du meinst ...?“

Ian gab ihm ein Zeichen, kurz still zu sein. Wieder nur der AB. Vermutlich schliefen sie noch. Ian räusperte sich: „Mama, ich habe Mist gebaut. Es tut mir leid. Es könnte sein, dass ein paar üble Typen demnächst bei euch auftauchen. Ruft die Polizei, wenn ihr sie seht. Der eine hat ein Hundetattoo auf dem Arm. Ich ...“ Er stockte kurz, weil er es mit sieben Jahren das letzte Mal gesagt hatte. „Ich liebe euch. Bye.“ Er legte auf.

„Du meinst, dieser Cowboy und sein kranker Freund haben mein Handy angepeilt?“, nahm Bpm den Faden wieder auf.

„Wesley hat zwar einen Knall, aber ich habe mich auch gefragt, woher die wussten, wo wir sind.“

„Na gut, dann muss es wohl weg“, seufzte Bpm.

Ian ging zum Fenster und wollte das Handy auf den Parkplatz fallen lassen.

„Warte! Was machst du denn da? Es reicht doch völlig, wenn du die SIM-Karte rausnimmst!“, rief Bpm. „Dann ist das Handy nicht mehr zu orten.“

Ian gab seinem Freund das Telefon zurück. „Mach du

das. Und ruf vorher deinen Vater an. Er soll mal zu meinen Eltern rübergehen."

Bpm schleppte sich ins Badezimmer, um ungestört telefonieren zu können. Wider Willen konnte Ian durch die dünne Tür hören, was sein Freund sagte. Die meiste Zeit schrie er. Es ginge seinen Vater gar nichts an, wo er sei! Sein Vater solle erst mal selbst klarkommen, bevor er ihm dumme Ratschläge gebe! Und – nein! – er werde nicht morgen im Laden arbeiten. Es dauerte, bis Bpm genervt seine Bitte vortragen konnte. „Kann ich mich drauf verlassen, ja?" fragte Bpm, als wäre sein Vater zehn Jahre alt. Ian wusste von ihren gemeinsamen Bootstouren, dass Bpm den ganzen Haushalt schmiss, während sein Vater vergeblich versuchte, das Geschäft über Wasser zu halten. Der Laden lief schlecht und umso schlechter er lief, desto öfter war Bpms Vater betrunken. Und umso öfter er betrunken war, desto schlechter lief der Laden.

„Gut, Dad", beendete Bpm das Gespräch. „Ich rufe dich heute Abend noch mal an. Pass auf dich auf."

Als Bpm aus dem Badezimmer kam, schulterte Ian bereits seinen Rucksack. „Wenn dein Vater deine Hilfe braucht, kannst du jederzeit zurückfahren, Bpm. Das weißt du, oder?"

„So wie ich das sehe, brauchst vor allem du meine Hilfe." Er zog die SIM-Karte aus dem Handy und zwinkerte Ian zu. „Brüder", sagte er und hielt seinen Arm mit der Schnittwunde neben Ians.

„Blutsbrüder."

44

Es dauerte eine Weile, bis Chiyo die Isolierung des Kabels längs aufgeritzt hatte, ohne die Adern darin zu verletzen. Als sie fertig war, fühlte sich ihr Daumen taub an.

Wie sie erwartet hatte, führten mehrere Adern im Kabel herab. Sie hatte Glück, es war auch ein Schutzleiter dabei. Weil es ihr nach der Schinderei mit der Isolierung nun so mühelos gelang, ihn zu durchtrennen und aus der Ummantelung zu ziehen, musste sie lächeln. Da sie den Schutzleiter gewählt hatte, lief die Kamera wie gewohnt weiter. Niemand hatte bisher bemerken können, dass sie nun im Besitz eines drei Meter langen Kabels war. Chiyo sah nach oben. Der Schutzleiter war zu weich, um ihn von unten zwischen Decke und Wasserrohr durchzustecken, aber sie hatte eine Idee.

Im toten Winkel der Kamera zog sie den Akku aus der PSP, trennte ein paar Zentimeter ihres Kabels ab und stellte Gexx neu ein. Dann holte sie ihren Kaugummi unter der Tischplatte hervor und klebte den Akku auf Gexx‘ Rücken. Sie band ihm das Kabel um den Bauch und schloss den Akku an sein Motherboard an.

Nachdem sie ungefähr abgeschätzt hatte, bis wohin die Kamera den Raum überblicken konnte, setzte sie Gexx an die Wand und schaltete ihn ein. Wie sie glücklich feststellte, hielt sich der mechanische Gecko auch mit fünf statt sechs Tatzen an der Wand fest. Solange das Kabel, das von seinem Rücken baumelte, nicht allzu sehr hin und her schwang, würde er es nach oben transportieren können. Und mit etwas Glück sogar zwischen Wasserrohr und Decke hindurch.

Chiyo kontrollierte noch einmal die genaue Richtung, dann trat sie unter die Kamera zurück.

Langsam kletterte Gexx die Wand hinauf. Die unzähligen Härchen an seinen Tatzen hafteten gut auf dem porösen Beton. Noch war er im Sichtschatten, aber er musste den toten Winkel verlassen, um die Lamellen zu erreichen. Chiyo hoffte inständig, dass die Wachmänner nur ein Tier sehen würden. Einen großen, dunklen Punkt an der Wand. Hoffentlich würden sie Gexx für eine große Spinne halten und ihn nicht weiter beachten. Denkbar war es, denn die beiden Wachmänner, die im Eingangsbereich des Reviers hockten, hatten um die zwanzig Monitore im Auge zu behalten und wurden ständig durch das Kommen und Gehen der Kollegen abgelenkt.

Mechanisch setzte Gexx einen Fuß vor den anderen und erklomm im Schneckentempo die Wand, bis er am Knick zur Decke angelangte.

„Komm schon“, flüsterte Chiyo. Innerlich musste sie über sich selbst lachen, dass sie einer Maschine Mut zusprach. Sie wusste, dass Gexx von Wänden auf Decken übersetzen konnte, dass er die komplizierte Abfolge der Schritte kannte. Immerhin hatte sie ihm die Schritte beigebracht, jede noch so kleine Bewegung hatte sie ihn gelehrt: in Assembler und C++.

Gexx traute sich noch einen Schritt weiter vor, drehte seinen Körper aus Eisenstangen und Plastik und setzte die ersten beiden Füße an die Decke. Dann wollte er das nächste Beinchen nachziehen und platzieren, aber das Bein fehlte.

Gexx trat nicht ins Leere, er trat mit der Leere zu.

Chiyo hielt den Atem an und beobachtete, wie Gexx zwei Beine an der Decke und drei an der Wand hielt und ungerührt sein Programm abspulte. Anscheinend dachte er, sicher an der Decke zu hängen, denn er löste eine weitere Tatze von der Wand. Er wollte sie zur Decke bewegen, aber kaum hatte er den Fuß weggezogen, verlor er die Haftung.

Chiyo stürzte vor. Sie fing ihn gerade noch rechtzeitig auf, bevor er auf dem Boden aufschlug.

„Kuso!“, entfuhr es ihr und erst jetzt bemerkte sie, dass sie mitten im Raum stand.

Das kalte Kameraauge hatte sie gut im Blick.

Waren die Polizisten am Empfang schon auf sie aufmerksam geworden? Wie viel Zeit blieb ihr noch? Nur eine Minute, mit Glück zwei, schätzte sie.

Chiyo schnappte sich den Stuhl und klemmte ihn unter den Türknauf. Ohne zu zögern, stemmte sie sich gegen den Tisch und schob ihn an die Wand. Schnell sprang sie hinauf und setzte Gexx so weit oben an der Wand an, wie sie nur konnte.

Zweiter Versuch.

Erneut begann der kleine Roboter seinen Aufstieg. Schritt um Schritt, Zentimeter um Zentimeter. Zischend füllten sich die winzigen Hydraulikzylinder seiner Beine. Zahnrädchen surrten. Chiyo blieb nichts als Hoffen und Bangen und tatenloses Zusehen. Sie betete, er möge diesmal die Kante anders erklimmen und genug Halt finden. Während Gexx sich der Decke näherte, lief Chiyo zu ihrer Sporttasche. Sie holte das Ramones-Shirt heraus und stopfte es sich unter ihr Top.

Der kleine Robotergecko hatte gerade die schwierigste Stelle erreicht, als es an der Tür rüttelte. Chiyo fuhr herum und sah, wie der Türknauf hin- und hergedreht wurde.

„Aufmachen!“, brüllte ein Beamter.

„Du kannst mich!“, schrie sie zurück und hoffte inständig, dass der Stuhl nicht brach. Gexx hatte begonnen, zur Decke überzusetzen. Diesmal gelang es ihm. Geschickt drehte er seinen Körper und unter dem Gebrüll des Mannes ging Gexx geradewegs an der Decke entlang, während das Kabel an ihm herunterbaumelte.

Normalerweise hätte Chiyo vor Freude ihre alte Anlage in der Werkstatt aufgedreht und so lange *Atari Teenage Riot* gehört, bis Sobo mit einem Kochlöffel in der Hand die Hütte gestürmt hätte. Doch ihr blieb keine Zeit, um sich zu freuen.

Das Rütteln wurde lauter. „Mach keinen Unsinn“, hörte sie einen zweiten Mann rufen. Kurz darauf traten sie gegen die Tür.

Fünf grausame Sekunden später hatte Gexx das Wasserrohr für die Sprinkleranlage erreicht und ging zwischen ihr und der Decke hindurch. Chiyo packte das Kabel und streckte den Arm aus, damit es sich nicht am Rohr verfing. Es funktionierte. Gexx hatte es sauber über das Rohr gefädelt und hielt weiter auf den Lüftungsschacht zu, der nur drei Handbreit vom Rohr entfernt war.

„Geh von der Tür weg! Ich mache Gebrauch von der Schusswaffe! Wegtreten!", brüllte der Polizist oberkorrekt. Gebannt beobachtete Chiyo, wie Gexx zwischen den Lamellen verschwand. Sie schloss die Augen und begann zu zählen. Eins – zwei – drei …

BLAAMMMMM!

Der Beamte hatte auf den Türknauf gefeuert und die Kugel riss eine Schmarre in den Boden, bevor sie in die Rückwand des Raums einschlug.

„Habt ihr 'nen Knall? Hört sofort auf!", schrie Chiyo.

„Öffne die Tür. Mach keine Dummheiten. Das ist doch kein Ausweg."

Meinten sie den Lüftungsschacht oder dachten sie im Ernst, sie wolle sich erhängen? Chiyo wusste es nicht. Sieben – acht – neun – zehn!

Sie zog einmal kurz, riss Gexx von den Tatzen und sah, wie er zwischen zwei Lamellen am Kabel hängend herabfiel.

Perfekt, schoss es ihr durch den Kopf. Gexx hatte das Kabel über das Wasserrohr und über eine der Lamellen des Schachts gefädelt und hing nun strampelnd in der Luft. Hektisch band sie das lose Ende des Kabels um eines der Tischbeine.

„Geh von der Tür weg! Ich schieße!" Ein weiterer Schuss ließ Chiyo zusammenzucken.

BLAAAAMMMMM.

Sie lehnte sich vor, packte Gexx und band ihn vom Kabel los. Kaum hatte sie den Roboter in ihre Strumpfhose gesteckt, zog sie mit aller Kraft am Kabel. Ein Knirschen ertönte, dann ein leises Ratschen. Das Wasserrohr hatte sich nicht bewegt, dafür aber das Gitter des Lüftungsschachts. Es war mit vier Schrauben verankert und zwei davon waren schon lose. Mit einem Aufschrei hängte sie sich ans Kabel. Auf einmal brach das Gitter heraus und rutschte am Kabel auf sie zu. Sie ließ wieder los und wartete, bis es auf den Boden gefallen war. „Auf geht's!", sprach sie sich Mut zu, dann schlang sie sich das Kabel um das rechte Handgelenk und begann, sich hochzuziehen.

Der erste Versuch war ein Fiasko. Kaum hing sie am Kabel, schnellte der Tisch am anderen Ende in die Höhe und knallte gegen das Wasserrohr.

Armlänge um Armlänge kämpfte sie sich nach oben. Das Kabel schnitt ihr in die Haut, doch sie blutete nicht. Nur ihre Hände liefen krebsrot an. Keuchend erreichte sie die Öffnung des Lüftungsschachts. Sie ahnte, dass sie nur eine einzige Chance haben würde, ihr Bein hineinzuschwingen. Wenn es ihr nicht gelang, würde entweder der Tisch das Wasserrohr wegreißen oder sie so heftig zum Schaukeln bringen, dass sie sich nicht mehr würde halten können.

Sie atmete tief durch.

„Chiyo, reiß dich zusammen", ermahnte sie sich und schwang vor.

Es klappte! Sie konnte den zweiten Fuß nachschieben und die Hände entlasten. Chiyo drückte sich hoch und in den Lüftungsschacht. Damit das Gewicht des Tisches sie nicht wieder zurückzog, musste sie sich in dem Blechkasten verkeilen.

„Mist“, stöhnte sie und band panisch das Kabel von ihrer Hand. Sie ließ es los und sah vom Schacht aus, wie der Tisch zu Boden krachte und das Kabel mit sich riss, geradewegs zurück über das Wasserrohr. Wie eine tote Schlange fiel es zu Boden.

BLAAAAMMM!

Durch das Rechteck des Lüftungsschachts konnte sie die Tür sehen. Holz barst, Splitter spritzten durch den Raum. Kaum war der Stuhl zur Seite gefallen, stürmten die beiden Polizisten herein. Während Chiyo schnell in die Dunkelheit kroch, konnte sie hören, wie die Männer den Tisch unter die Öffnung schoben und vergeblich versuchten, die Kante des Schachts zu erreichen.

„Für so was hat man Leitern erfunden“, murmelte Chiyo lächelnd. Obwohl es anstrengend war und sie in der schmalen Röhre kaum Luft bekam, krabbelte sie weiter. „Erstickt in der Lüftung“, witzelte sie.

Sie gelangte an eine Abzweigung und ließ den Roboter in den Schacht laufen. Es tat ihr leid, Gexx zu opfern, aber ihr blieb keine andere Wahl. Chiyo sah ihm noch einen Augenblick nach, dann kroch sie weiter, ohne zu wissen, wohin. Blind nahm sie die nächsten Abzweigungen, folgte allein ihrem Gefühl und dem Lärm der Straße, der dumpf durch die Rohre hallte. Sie hoffte, in einem

Hinterhof oder in einer der Kopierräume zu landen, die sie vorhin passiert hatten.

Bloß keine andere Zelle, betete sie. Bei meinem Glück komme ich in einem Nachbarraum raus, der genauso aussieht wie der eben.

Wieder tauchte unter ihr ein Gitter auf und sie warf einen Blick durch die Lamellen. Mittlerweile schien sie sich nicht mehr über dem Trakt mit den Befragungszimmern, sondern über den Großraumbüros zu befinden. Zwischen den Lamellen konnte Chiyo Tische erkennen. Beamte telefonierten, wühlten hektisch in ihrer Ablage oder starrten auf ihre Monitore. Sie krabbelte weiter und erblickte durch das nächste Gitter zu ihrer Überraschung die Hosenanzugträgerin. Zwei junge Beamte standen bei ihr und erstatteten Bericht. Kaum hatten die Männer ausgesprochen, starrte die Frau an die Decke.

Chiyos Herz setzte aus. Ihre Blicke trafen sich und sie hätte schwören können, dass auch die Beamtin sie gesehen hatte. Doch die Polizistin wandte den Blick ab und rannte los.

Hoffentlich macht Gexx genug Lärm in den Schächten, dachte Chiyo. Sie hasste es, ihn als Lockvogel einzusetzen, aber diesen Preis musste sie wohl zahlen.

Die Bolzen, die die Elemente des Lüftungsschachts verbanden, rissen ihre Netzstrümpfe auf. Obwohl sie sich die Knie aufschürfte, kroch sie schnell und leise weiter.

Das nächste Gitter. Sie spähte nach unten. Ein über zwei Meter hoher Aktenschrank stand unter dem Schacht, aber es war weit und breit niemand zu sehen. Einen Moment lauschte sie noch in die Stille, dann löste sie die Schrauben und klappte das Gitter weg.

Chiyo streckte den Kopf heraus und stellte fest, dass sie in einem Seitenflur unweit des Großraumbüros gelandet war. So schnell sie konnte, ließ sie sich auf den Aktenschrank fallen. Sie öffnete mit dem Fuß eine Schublade und kletterte auf diese Weise herab. Unten angekommen, richtete sie sich das Haar, indem sie sich schnell zwei Zöpfe mit ihren Schnürsenkeln band. Geschwind zog sie sich ihre zerlöcherten Strümpfe unter dem Rock aus und streifte ihr Ramones-Shirt über.

Aus dem Großraumbüro schallten aufgeregte Stimmen zu ihr herüber. Sie meinte, einen Beamten ihren Namen rufen zu hören, war sich jedoch nicht sicher. Vorsichtig schlich sie zum Ende des Gangs und spähte in den Raum.

Während die Hosenanzugträgerin wie eine Königin in der Mitte des Raumes thronte, schwirrten ihre Kollegen wie fleißige Bienen hin und her. Doch die Mehrzahl der Beamten telefonierte weiter, blätterte in Datenbanken oder nahm Anzeigen auf.

Hinter den offenen Schreibtischen, Stellwänden und Glasverschlägen, in denen weitere Büros untergebracht waren, lag der Ausgang. Er war nicht sehr weit entfernt, vierzig Meter vielleicht, aber an der Glastür zur Straße stand ein Polizist, der gerade Verstärkung durch einen zweiten Mann bekam.

Langsam betrat sie das Großraumbüro, nicht zu schnell und nicht zu zögerlich, um nicht aufzufallen. In zahlreichen Supermärkten und Elektroläden hatte sie geübt, wie man sich unauffällig bewegte. Es stellte für sie kein Problem dar, den Beamten direkt ins Gesicht zu sehen und nur aus Höflichkeit den Blick zu senken. Sie lief zwischen ihnen durch, als hätte sie gerade eine langweilige Zeugenaussage gemacht. Lässig griff sie sich einen rosaroten Kapuzenpulli, der über einer Stuhllehne hing, und streifte ihn sich im Gehen über.

Der Hoody war perfekt. Er war zwar eine Nummer zu klein, doch die Kapuze verbarg ihr Gesicht gut. Und der rosafarbene Stoff mit der aufgestickten Glitzerkatze verlieh ihr eine harmlose, vor allem aber gänzlich andere Ausstrahlung.

Unbeirrt hielt sie auf den Ausgang zu. Sie schnappte sich noch einen Manga, den sie sich unter den Arm klemmte, und zwei Tische weiter gelang es ihr, bei einem Laserdrucker einen Karton für Farbkartuschen zu greifen.

Niemand beachtete sie, niemand sprach sie an. Sie packte den Manga auf die Schachtel und drückte sie sich vor die Brust.

Ich bin nur ein Lieferant, ich habe nur was abgeholt, sagte sie in Gedanken zu den beiden Wachen am Ausgang. Kein Grund, mich anzusprechen.

Noch fünfzehn Meter.

Sie tat sogar, als sei die Schachtel schwer, damit die Männer ihr die Tür aufhalten mussten. Es lief großartig.

Plötzlich eilte aus einem der Glasbüros ein Beamter hinaus.

Kenichi.

Ihre Blicke trafen sich und Chiyo blieb wie vom Blitz getroffen stehen. Er kam auf sie zu. Sofort verspürte sie den Impuls zu fliehen, doch sie zwang sich zur Ruhe. Ein, zwei Mal holte sie tief Luft, dann hob sie die Kiste etwas höher, sodass Kenichi ihr Gesicht nicht sehen konnte. Möglichst cool steuerte sie einen der Kaffeeautomaten an. Noch immer hielt der Kommissar auf sie zu. Hatte er sie bereits erkannt? Jeden Moment würde er rufen, seine Waffe ziehen, sie packen ...

Mit dem Telefon am Ohr hetzte er an den Tischreihen vorbei. Ruckartig drehte sich Chiyo zu dem Display des Kaffeeautomaten um.

Verdammt, dachte sie, ich verhalte mich viel zu auffällig. Sie stellte den Karton ab und gab vor, einen Kaffee zu ziehen. Da spürte sie Kenichi in ihrem Rücken.

Ihr stockte der Atem.

Sie konnte sein scharfes Rasierwasser riechen.

„Chiyo?“, fragte er. Sie schloss die Augen und hielt die Luft an. Langsam drehte sie sich um, setzte ein entschuldigendes Lächeln auf und hob die Hände. Da hörte sie Kenichi sagen: „Abgehauen? ... Noch im Gebäude? ... Wo?“

Er war keinen Meter neben ihr stehen geblieben und telefonierte, während er mit Kleingeld für den Kaffee spielte. Kaum hatte er gehört, was geschehen war, sah er sich um. Augenblicklich wandte Chiyo sich wieder dem Automaten zu und drückte einen Knopf.

„Ich sagte, ihr sollt sie lediglich ein bisschen schmoren

lassen. Ein bisschen mürbe machen. Dann hätte sie uns sicher mehr erzählt."

Chiyo atmete aus. Seine Stimme wurde leiser, als er sich entfernte. Sie verharrte noch einen Moment am Automaten und sah, wie Kenichi sich mit der Hosenanzugträgerin absprach. Beide verschwanden Richtung Befragungszimmer.

Chiyo wollte gerade das Revier verlassen, als ihr Blick durch die Glasfront in Kenichis Büro fiel.

Unverkennbar lag dort auf einem Aktenstapel der Helm.

Hitomi, dachte Chiyo. Ich finde dich und Sobo stirbt. Was ist dein Geheimnis?

45

Cambridge – Cambridgeshire, England

Die Frau kniff die Augen zusammen, um den Besuch zu mustern. Offenbar gefiel ihr nicht, was sie sah, und Ian konnte es ihr noch nicht einmal verübeln. Zwischen all den fröhlichen Menschen in ihren luftigen Sommerkleidern mussten sie ein schreckliches Bild abgeben, mit ihren blauen Flecken und blutigen Schrammen. Es war ein Wunder gewesen, dass überhaupt ein Lkw-Fahrer gehalten hatte, um sie mitzunehmen. Beinahe den halben Tag hatten sie für die lausigen sechzig Meilen nach Cambridge gebraucht.

Das kleine Straßencafé am Flussufer der Cam war gut besucht. Ein paar Mütter standen mit ihren Kindern an der Eistheke, Studenten saßen lachend und rauchend in der Sonne und ein paar Touristen erholten sich unter bunten Sonnenschirmen von ihrer Stadtbesichtigung.

„Du hast lange gebraucht, Ian." Dr. Stratton lächelte ihn an.

„Haben Sie uns erwartet?" Ian war verwirrt. Hatte die Sprechstundenhilfe sie angerufen, nachdem sie in der Praxis gewesen waren? Oder was meinte sie?

Mit gerunzelter Stirn betrachtete er die Frau mit den

perfekt lackierten roten Fingernägeln, dem geblümten Sommerkleid und dem großen Strohhut. Obwohl sie schon über fünfzig sein musste, sahen ihre Arme straff und muskulös aus. Dr. Stratton wirkte nicht nur schlank, sondern geradezu durchtrainiert. Vermutlich weil sie jahrelang für das Militär gearbeitet hat, überlegte Ian. Ihre grünen Augen waren außergewöhnlich hell und verliehen ihrem Gesicht einen aufgeweckten Eindruck. Um den Hals trug sie eine feingliedrige Perlenkette, die ihr Dekolleté mit den vielen Sommersprossen zur Geltung brachte.

Für gewöhnlich achtete Ian bei Frauen, die seine Oma sein könnten, nicht aufs Aussehen. Doch er musste zugeben, dass Amy Stratton schön war. Nicht niedlich, makellos hübsch wie ein Pin-up-Girl oder wie diese ganzen austauschbaren Shampoo-Beautys. Nein, sie besaß eine reife Schönheit, die durch ihre Augen ihr ganzes Gesicht erstrahlen ließ.

„Seit über zehn Jahren warte ich auf dich", sagte sie und lächelte. „Du siehst ihm sehr ähnlich." Sie schaute ihn freundlich an. „Ich dachte nur, du würdest früher kommen."

Da Ian noch immer sprachlos war, zog Bpm zwei Korbstühle an den Tisch und sprang für ihn ein.

„Gut." Er räusperte sich. „Dann sollten wir mit dem Smalltalk aufhören. Wir sehen beschissen aus, das wissen wir selbst. Warum haben Sie auf Ian gewartet? Und woher kennen Sie seinen Namen? Hat Ihnen Nick Waterspoon von ihm erzählt?" Er gab Ian ein Zeichen, die Krankenakte auf den Tisch zu legen.

Mit feuchter Hand griff Ian in seinen Rucksack und suchte die Papiere zusammen. Es war auf einmal unangenehm heiß in der Sonne.

„Da hast du deine Antwort", entgegnete Dr. Stratton lächelnd mit Blick auf die Krankenakte.

„Thomas hat mir viel über dich erzählt, Ian." Nachdenklich rührte sie in ihrem Eiskaffee.

„Sie kannten den Namen meines Vaters? Ich meine, den richtigen?"

Amy Stratton nickte.

Ian starrte sie an, bis sie die Augenbrauen hob. Verlegen wandte er seinen Blick ab und schaute zum Fluss. Unter den lauten Rufen des Steuermanns zog ein Ruderachter auf der Cam vorbei. Gleichmäßig schnitten die Ruder durch die leicht gekräuselte Wasserfläche und Ian konnte die Studenten lachen hören, während sie sich in die Riemen legten.

„Nick Waterspoon ist also tatsächlich Thomas Boroughs?", hakte Bpm nach. „Das können Sie bestätigen?"

Amy Stratton nickte. „Thomas war ein außergewöhnlicher Mensch. Er war äußerst aufmerksam und einfühlsam, litt jedoch unter starken Schüben von Paranoia."

„Er sah Wesen." Ian beobachtete ihre Reaktion, doch nichts in ihren Zügen verriet Erstaunen oder Entsetzen. „Haben Sie deswegen auf mich gewartet?"

„Nun, da ihr ...", sie hob die Akte kurz an, „... gute 320 Seiten Untersuchungsprotokolle habt, denke ich, dass wir die ärztliche Schweigepflicht außer Acht lassen können.“ Sie seufzte. „Ja, er hatte Visionen. Er glaubte, diese Wesen würden ihn verfolgen und alles verbrennen. Er nannte sie Feuerengel.“

Sie schob ihren Eiskaffee beiseite, blätterte in der Akte und legte sie mit einem Blick zurück, der ein wenig zu wehmütig war. Ian fand, dass ihre Hand eine Minute zu lang auf dem abgegriffenen Deckel ruhte. Ganz so, wie man ein Fotoalbum voller Erinnerungen liebkost.

„Sie hatten ein Verhältnis mit ihm“, stellte er nüchtern fest. „Deswegen war er so oft auf dem Stützpunkt bei Ihnen, auch wenn Sie ihn nicht therapieren konnten.“ Während er sprach, hatte sie reflexartig ihre Hand zurückgezogen. Ian blickte ihr in die Augen. Sie schien sich ertappt zu fühlen und nicht zu wissen, ob sie ihm die Wahrheit sagen sollte.

„Was hat mein Vater Ihnen noch alles über mich und meine Mutter erzählt? War er glücklicher mit Ihnen als mit uns? Hat er uns deswegen jahrelang angelogen?“ Er hörte selbst, wie seine Stimme lauter und aufgebrachter wurde. Nahmen denn diese Lügen nie ein Ende?

Einige der Gäste drehten sich zu ihnen um, aber Ian scherte sich nicht darum.

„Ian, bitte …“ Seufzend rieb sich Dr. Stratton die Stirn. „Vielleicht ist es besser“, murmelte sie, „du fährst einfach wieder nach Hause.“

„Mein Vater hat ein Doppelleben geführt und mich und meine Mutter jahrelang belogen! Und Sie sagen mir, ich soll einfach *nach Hause* fahren? Jetzt, wo ich ihn endlich gefunden habe? Meinen richtigen Vater?“ Ian lachte bitter. „Nach allem, was passiert ist, reden Sie mit mir wie mit einem Schuljungen?“ Kopfschüttelnd zeigte er auf seine Schrammen. „Ich habe mein Leben riskiert, um mehr über meinen Vater zu erfahren. Da werde ich mich ganz bestimmt nicht von seiner Geliebten abwimmeln lassen.“

„Beruhige dich bitte, Ian!“

Selbst Bpm warf seinem Freund einen überraschten Blick zu. In Ians Augen blitzte Zorn auf. Er verschränkte die Arme vor der Brust und starrte Amy Stratton so lange an, bis die Ärztin verlegen den Blick senkte und nach ihrem Eiskaffee griff.

„Sie haben auf mich gewartet. Also! Hier bin ich.“

Eine angespannte Stille entstand. Bpm rutschte nervös auf seinem Stuhl hin und her, dann ergriff er das Wort: „Wir wissen, dass in Bentwater Anfang der 80er-Jahre geheime Experimente durchgeführt wurden. Es ging um einen Victor-Bomber und Tarntechnologie. Und wir glauben, dass Ians Vater keinen Selbstmord begangen hat.“

Dr. Stratton zündete sich eine Zigarette an, dann gab sie sich einen Ruck: „Das habe ich damals auch als Erstes vermutet. Mein Gott, habe ich gedacht: Jetzt haben seine Feuerengel ihn geholt.“ Sie versuchte ein Lächeln. „Dein Vater, Ian, arbeitete dort als Physiker. Wir lernten uns kennen, weil ihn schreckliche Albträume quälten. Ich habe versucht, ihn zu therapieren, aber er litt immer massiver unter seiner Schizophrenie. Er hörte Stimmen, hatte Zönästhesien und erst akustische, dann optische Halluzinationen.“

Es ist erblich.

„Zönästhesien?“ Bpm beugte sich vor, um aus dem Parka zu schlüpfen, doch seine Wunde schmerzte zu sehr. „Darf ich?“, fragte er und deutete auf ein leeres Wasserglas. Dr. Stratton nickte und kippte ihm die Eiswürfel auf die Hand, damit er sie sich gegen den Verband pressen konnte. Besorgt betrachtete die Ärztin die Blessuren der Jungen. „Wir sollten in meine Praxis fahren“, sagte sie und trank den letzten Schluck Kaffee aus. „Zönästhesie heißt, dass er eine krankhafte Wahrnehmung seines Körpers hatte. Er dachte, es sei etwas *in ihm*. Er meinte, es wachse etwas in ihm heran.“ Mit einem Mal sah sie Ian mit traurigen Augen an. „Ian, es tut mir leid. Dein Vater war schwer krank.“

Flüchtig zählte sie ihr Geld ab und legte es auf die Untertasse. Ihr Blick glitt kurz rüber zur Cam, auf der noch immer die Ruderer ihre Bahnen zogen.

„In den ersten zwei Jahren durchlief er alle Stadien der Schizophrenie“, erklärte sie, „und ich konnte nur zusehen. Er wollte nicht darüber reden, was in Hangar B4 mit dem Bomber geschah oder woran sie forschten. Mehrfach habe ich sein vorzeitiges Ausscheiden bei der US-Army beantragt, aber das Militär hat sich geweigert, ihn vom Dienst abzuziehen. Die wollten ihn nicht mal versetzen.“

„Und irgendwann passierte mehr bei ihren Treffen“, warf Ian forsch ein und erhob sich.

„Ich habe gegen alle Gesetze der Lehrbücher verstoßen“, erwiderte sie, „aber aus den Therapiestunden wurde Freundschaft und später Liebe. Ja, Ian, du hast recht. Das da –", sie deutete auf die Krankenakte, „war nur noch pro forma. Dein Vater verschloss sich sämtlichen Heilansätzen. Er lebte in seiner eigenen Welt und war nicht davon abzubringen, dass seine Feuerengel existierten. Manchmal lag er die Nacht über wach und weinte, sagte, dass er schuld sei und sie seinetwegen gekommen seien."

Wesley lag also richtig mit seiner These. Sie hatten die Wesen mit dem Experiment angelockt. Sein *Vater* hatte sie angelockt und war sie nicht mehr losgeworden.

Während Bpm sich die Akte unter den Arm klemmte und sich mühsam aufrichtete, fragte Ian leise: „Waren Sie beide bis zu seinem Tod ...?" Er sprach die Frage nicht aus.

Hatte Olivia seinen Vater überhaupt gekannt? Oder hatte er sie nur belogen und betrogen?

Bei der Vorstellung, dass er seine Mutter so lange hintergangen hatte, wurde Ian übel.

„Nein. Wir trennten uns bereits, bevor die Basis geschlossen wurde. Und danach gingen wir unsere eigenen Wege. Ich habe meine Praxis in Cambridge eröffnet und ihn nur ein einziges Mal wiedergesehen." Sie hängte sich ihre kleine Korbtasche über den Arm und wartete, bis die Jungen ihre Rucksäcke geschultert hatten.

Gemeinsam schlenderten sie die Straße entlang. „Im Januar 1994 kam er mich auf einmal besuchen. Er sah fürchterlich aus. Gehetzt, zu wenig Schlaf ..."

„Einen Monat vor seinem Tod?"

Sie nickte. „Er bat mich, ein paar Kisten für ihn aufzubewahren."

„Kisten?"

„Sie waren für dich bestimmt, Ian."

Lächelnd öffnete sie die Beifahrertür ihres roten Cabrios und machte eine einladende Handbewegung. „Ich sagte doch, ich hatte dich früher erwartet."

46

Chiyo ließ ihren Kaugummi platzen, zog ihre schwarzen Strümpfe hoch, die bei der Flucht durch die Blechrohre aufgerissen waren, und sah noch einmal durch den Türspion.

In der Wohnung spielte Musik. Sie meinte auch, den Schatten ihres Freundes im Flur zu sehen. Noch einmal klingelte sie, ließ den Finger diesmal aber einfach auf dem Knopf.

„Mach auf, Takai! Ich weiß, dass du da bist“, schrie sie. Eine Frau mit Lockenwicklern im Haar öffnete neugierig ihre Tür gegenüber und gaffte. Chiyo streckte ihr die Zunge raus. Sie bohrte weiter mit dem Finger in dem Klingelknopf und schob nervös ihren Kaugummi hin und her. Warum machte ihr Freund nicht endlich die Tür auf?

„Takai! Komm schon!“ Sie schlug ein paar Mal mit der Faust gegen die Tür. Wie immer war der Aufzug in dem schmutzigen Hochhaus am Rande der Stadt kaputt gewesen und sie hatte mit dem klobigen Helm durch das schmale Betontreppenhaus bis in den zwölften Stock laufen müssen.

Ein Airbus drehte irgendwo über Hachiōji bei und der Lärm seiner Düsen übertönte einen Moment lang ihr Klingeln. Nachdem der Flieger eingeschwenkt und das Dröhnen verebbt war, horchte sie am Türblatt und konnte Technomusik hören. Endlich näherten sich Schritte.

Einen Augenblick später öffnete ihr Freund die Tür. Er hatte sich ein weißes Rüschenhemd übergeworfen und war in eine Jeans geschlüpft.

„Chiyo?“ Er sah verschlafen auf seine protzige, mit Schmucksteinen besetzte Digitaluhr, die sie vor zwei Monaten für ihn geklaut hatte. Die Uhr war ihr Geschenk zu ihrem einjährigen Jubiläum gewesen.

„Wer denn sonst?“, entfuhr es ihr wütend. „Ich warte schon wie bescheuert.“

Er gähnte, aber irgendwie kam ihr Takai gar nicht müde vor. Seine Wangen waren rosig, sein Haar zerzaust und seine Augen ziemlich wachsam. Sie wollte ihn küssen, aber er wich ihr aus.

„Was ist denn los?“, fragte sie misstrauisch. „Hast du irgendwas eingeworfen?“ Bevor er antworten konnte, hatte sie sich schon an ihm vorbei in den engen Flur gedrückt. „Ich muss irgendwo unterkommen. Nach Hause kann ich nicht und ich dachte, bei dir –“

„Warte mal, Chiyo. Ich bin gerade mit meiner Mutter am Chatten. Es ist ... Ich hab nichts genommen.“ Er holte sie ein und zog sie zu sich. „Hör mal, das ist ein bisschen ungünstig im Moment.“

„Ungünstig? Du hast Nerven! Ich weiß nicht wohin. Ein paar Tage nur, es wird sich schon alles klären.“

Er schwieg.

„Ich hab einen coolen Helm dabei. Draußen im Flur.“

Chiyo hatte gehofft, er würde nicken, irgendeine Regung zeigen, aber Takai fuhr sich nur durch sein dichtes schwarzes Haar, das in alle Richtungen abstand.

„Ich habe gehört, sie haben dich verhaftet?"

Sie verdrehte die Augen. „Nur vernommen", korrigierte sie ihn. Noch immer musterte sie ihn mit Befremden. In seiner Frage schwang Sorge mit, doch sie galt nicht Chiyo. „Woher weißt du das?"

„Ich war bei euch, aber so 'n alter Kommissar hat mich wieder weggeschickt."

Bildete sie sich das ein oder bugsierte er sie langsam zurück zur Haustür?

„Was ist hier los?", fuhr sie ihn an. „Du verschweigst mir doch was."

Takai verzog gequält das Gesicht. „Hör mal, Chiyo. Ich stell doch gerade diese Flugpässe und Bordkarten für die Taiwaner in Ikebukuro her. Und du hast doch schon eine Akte bei den Bullen. Diebstähle, Schlägereien am Hafen, Körperverletzung ... Na ja, es ist ... Es ist einfach nicht der richtige Zeitpunkt, bitte versteh mich nicht falsch, aber ..." Er zuckte hilflos mit den Schultern.

Chiyo verstand gar nichts. Noch nicht einmal falsch.

„Sag mir endlich, was hier los ist."

„Ich ... Also, ich meine, gib mir nur ein paar Tage. Eine Pause würde uns beiden gut tun. Ich meine, ich brauche diesen Job, wenn ich denen die Flugpässe nicht fälsche, dann kann ich meine Miete diesen Monat nicht zahlen. Und du bist verhaftet worden und so jemand wie du in meiner Wohnung, das ist gerade –"

„*So jemand wie ich!*", schnitt sie ihm das Wort ab. „Du meinst, ich bin jetzt offiziell eine Kriminelle und deswegen willst du mich nicht reinlassen?"

Sie sahen sich an. Die Stille war unerträglich. Schließlich nickte Takai, ohne ihr in die Augen zu sehen.

Irgendwas war hier faul, dachte Chiyo, denn Takais ängstliche Art wollte so gar nicht zu dem Jungen passen, der gewöhnlich Motorräder stahl und mit seinen Freunden Touristen ausnahm.

„Du willst also eine Pause?“, hakte sie nach. „Willst du Schluss machen?“

„Ich?“, entgegnete er empört. „Nein. Wieso denn, nein …“

Endlich verstand Chiyo richtig. Sie schubste ihn beiseite und lief zum Schlafzimmer. In Takais Bett räkelte sich ein junges Mädchen, das gar keine Anstalten machte, ihre vollen Brüste zu bedecken. Halbnackt spielte sie Wii und ließ sich nur kurz stören, um ihr zuzuwinken.

Chiyo fuhr herum und warf Takai einen hasserfüllten Blick zu. Er wollte etwas sagen, aber Chiyo stoppte ihn mit einer Geste. Takai hob die Hände und wollte sich erklären, als ihn ein Schlag ins Gesicht traf. Bevor er Chiyo packen konnte, hatte sie ihn schon beiseite gestoßen und war in den Hausflur gerannt. Wutentbrannt warf sie die Tür hinter sich zu.

Eins, zwei … Sie holte Luft, drehte sich um und trat mit einem lauten Schrei gegen die Tür. Dann schnappte sie sich den Helm und ging zum Fahrstuhl. Während ein weiteres Flugzeug die Stille des Hochhauses zerriss, schlug Chiyo mit voller Kraft gegen die Verkleidung des Fahrstuhls. Immer wieder ließ sie ihre Faust gegen das zerkratzte und beschmierte Plastik krachen.

47

Obwohl der Fahrtwind kalt war, schwitzte Bpm. Nachdem sie in Dr. Strattons Praxis etwas gegessen und ihre Wunden versorgt hatten, waren sie nach Thorpe on the Hill aufgebrochen. In dem kleinen Dorf, neunzig Meilen nördlich von Cambridge, besaß Dr. Stratton angeblich ein altes Ferienhaus.

Ian hatte sich gewundert, dass sie die Kisten nicht bei sich zu Hause verwahrte. Er hatte damit gerechnet, von ihr schlicht einen Schuhkarton voller Briefe zu erhalten. Doch bei dieser Vorstellung hatte sie nur gelacht.

Er saß auf dem Beifahrersitz neben Dr. Stratton, die gleichzeitig rauchte und aus einem Pappbecher Kaffee trank. Besorgt drehte sich Ian zu Bpm um, der gekrümmt auf der Rückbank des Cabrios lag. Er habe Magenkrämpfe, hatte er vor ein paar Minuten gesagt und sich hingelegt. Nun zitterte er und seine Lippen waren bläulich angelaufen. Mehrmals hatten sie nachgefragt, ob sie etwas für ihn tun könnten. Bpm hatte aber nur um einen Saft gebeten, als sie bei einem Sainsbury's gehalten hatten, um Proviant für die Jungen zu kaufen.

Ian glaubte nicht, dass es an Dr. Strattons Essen lag. Die Psychiaterin hatte ihnen ihr Mittag vom Vortag, Roastbeef mit Nudeln, in der Mikrowelle erwärmt. Nach all dem Fast Food der letzten Tage hatte es köstlich geschmeckt. Hoffentlich hat es nichts mit dem Messerstich zu tun, dachte er. Gut, dass auch Dr. Stratton sich die Wunde angesehen und sie mit Jod desinfiziert hat.

„Ist alles okay?“, fragte er Bpm beunruhigt.

„Mir ist nur ein bisschen schlecht. Geht schon.“

„Ist es deine Wunde?“

Bpm schüttelte den Kopf. „Nein, glaube nicht.“

Ian wandte sich wieder Dr. Stratton zu. Während er vor einigen Stunden noch wütend gewesen war, dass sein Vater Olivia mit dieser Frau betrogen hatte, so war sein Zorn nun der Neugier gewichen. Schon in der Praxis hatte er Dr. Stratton die fünf Symbole gezeigt, doch sie hatte nur die Stirn gerunzelt. Ian zog noch einmal die Kopien des Notizbuches aus seinem Rucksack, die Seymour ihm überlassen hatte.

„Er muss doch gewusst haben, was diese Symbole bedeuten und woher diese … diese Feuerengel stammen!“

Und wie man sie vernichten kann, ergänzte er in Gedanken.

„Mag sein, ja. Aber das ist Jahre her.“ Dr. Stratton drückte ihre Zigarette im Ascher aus. „Unser letztes Treffen hatten wir, als du gerade mal geboren warst. Glaube ich zumindest. Vielleicht hat er etwas gesagt, aber dann müsste es in der Krankenakte stehen.“

Schwungvoll nahm sie die Ausfahrt und bog auf eine schmale Landstraße ab. Sie fuhr schweigend zwei Meilen, dann wandte sich die Psychiaterin Ian zu. „Definierst du deinen Vater eigentlich nur über seine Krankheit? Was ist so wichtig an seinen Wahnvorstellungen? Gibt’s nichts anderes, was dich interessiert? Ehrlich gesagt, bin ich überrascht, dass du mit mir nur über sein Krankheitsbild sprechen willst."

Ian wollte etwas erwidern, biss sich dann aber auf die Zunge. Er schaute aus dem Seitenfenster auf die grünen Maisfelder. Hatte sie recht? Sollte er sich mehr für den Menschen Thomas Boroughs interessieren und die Geister für einen Moment vergessen?

Er hatte das einstige Bild seines Vaters wegradiert. Der liebevolle Familienvater, der mit seinem Sohn ins Science Museum von South Kensington ging, und der geschäftstüchtige Bankier, der sich eine protzige Villa und ein schnelles Auto leistete, waren gelöscht worden. Was blieb, war ein Mann mit einem Doppelleben. Ein Verrückter, der fürs Militär gearbeitet und sich heimlich mit seiner Geliebten getroffen hatte. Ein Leben, das sicher voller spannender Geheimnisse gewesen war – aber Ian gefiel ganz und gar nicht, was er bisher herausgefunden hatte.

„Wie war er denn so?", fragte er unbeholfen und Amy Stratton musste lachen: „Wirklich sehr spontan und mitfühlend gefragt." Sie trank ihren Kaffee aus und klemmte den leeren Becher hinters Lenkrad ins Armaturenbrett. „Tiefsinnig war er." Aus einem silbernen Etui fingerte sie eine weitere Zigarette. „Das trifft es wahrscheinlich am besten."

Ian hielt nach den ersten Häusern von Thorpe Ausschau, doch Amy bog noch vor dem Ortsschild ab und lenkte den Wagen auf einen Kiesweg, der sich durch grüne Felder schlängelte.

„Tiefsinnig? Und das ist alles? Ein Stubenhocker, der sich nur mit seinen Experimenten befasste?"

Wieder lachte die Psychiaterin: „Nein, nein. Er ist gern ausgegangen, soweit es seine Krankheit zuließ. Das Wasser liebte er am meisten. Ich weiß nicht, warum, aber die Berge haben ihn nie gereizt."

Mich auch nicht, dachte Ian.

„Am liebsten war er hier am See oder am Meer. Er hatte einen wunderbaren Sinn für Humor und liebte Denkspiele." Sie warf einen Blick auf die Kopien, die Ian in der Hand hielt. „Das könnte eines von seinen Rätseln sein. Er hat mir mal erzählt, dass er früher stundenlang mit seinem Vater geknobelt hat. Sie haben sich komplizierte Rätsel ausgedacht und seine Mutter damit geärgert."

Sie schaute auf die Straße. „Ich weiß nicht, was sie bedeuten, aber ja ... Er sprach in einer unserer ersten Stunden davon, dass der Feuerengel ihm Zeichen gesandt habe. Ja. Das ... ja, das hat er mal gesagt."

„Sie stammen von diesen Geistern?"

Skeptisch warf Dr. Stratton Ian einen Blick zu. „Du glaubst doch nicht etwa auch an diese Engel, die Feuer auf die Erde bringen?"

Ian holte tief Luft und schüttelte den Kopf.

„Seine Halluzinationen passten eigentlich gar nicht zu ihm, denn er war ein Mann, der mit beiden Beinen auf dem Boden stand. Er wusste genau, was er im Leben erreichen wollte und hatte seine Gedanken stets gut unter Kontrolle. Dein Vater war sehr rational in seinen Überlegungen. Ich meine, er war nicht umsonst Physiker."

„So ist es wohl mit Krankheiten“, mischte sich Bpm ein. „Sie erwischen immer die Falschen.“ Er zitterte noch immer, lächelte aber, wenn auch gequält.

„Ich sollte dich lieber zurückfahren“, sagte Dr. Stratton.

„Nein, nein. Inzwischen ist mir zwar kalt, aber mir ist nicht mehr schlecht.“

Amy Stratton drosselte das Tempo und lenkte das Cabrio auf einen Waldweg. Sie musterte Bpm im Rückspiegel. „Solange man noch klar denken kann, ist wohl jeder für sich selbst verantwortlich.“ Sie drückte ihre erst halb aufgerauchte Zigarette im Ascher aus und zündete sich fahrig eine neue an.

Ist sie Kettenraucherin, überlegte Ian, oder ist sie nervös?

Er drehte sich noch einmal zu Bpm um, der kreidebleich auf dem Rücksitz saß.

„Bist du dir sicher, dass du nicht zum Arzt willst?“

Bpm schüttelte genervt den Kopf. „Warum hat er Ihnen die Kisten für Ian gegeben und nicht Mrs Boroughs?“, setzte er das Gespräch fort.

„Er sagte, er wolle es seiner Frau nicht noch schwerer machen.“

„Das hat er aber“, entgegnete Ian trotzig.

„Kann ich mir denken ... Und, Ian, du kannst mir glauben, dass es für mich auch nicht leicht war. Ich habe mir schwere Vorwürfe gemacht, dass ich ihm nicht helfen konnte und –“, sie schluckte, „dass ich nicht gemerkt habe, dass er sich das Leben nehmen will. Spätestens, als er mir die Kisten brachte, hätte ich es wissen müssen.“

Ihr Gesicht verzog sich kurz. Es sah aus, als würde sie gleich weinen.

Dann hatte sie sich wieder gefangen und zeigte auf die Zweige, die auf der Straße lagen. „Hier kommt niemand her.“ Geschickt umkurvte sie einen dicken Ast, der auf die Straße gefallen war.

„Ich war selbst schon seit anderthalb Jahren nicht mehr hier.“ Sie schüttelte den Kopf. „Die Zeit vergeht so schnell. Ich weiß noch, wie ich mich Weihnachten 1990 mit deinem Vater hier getroffen habe.“ Sie verlor sich in ihren Gedanken.

Ian beobachtete sie aus dem Augenwinkel, während das Cabrio tiefer und tiefer in den dichten Wald fuhr. Er wusste noch immer nicht, was er von ihr halten sollte.

„In den Kisten sind nur ein paar alte Filme aus dem Urlaub und von Geburtstagen. Nichts Besonderes, aber ich habe sie mir bisher nicht angesehen. Eigentlich habe ich nur ein einziges Mal in die Schachteln geschaut. Ich habe sie lieber in meinem Seehaus eingelagert. Wohnungen rümpeln zu, wenn man sie nicht ab und an ausmistet. Genau wie Seelen.“

Die Hütte stand halb an Land, halb auf Pfählen im Wasser. Sie sah malerisch aus. Windschief und unberührt lag sie am Ende eines Trampelpfads.

„Himmel, wie sieht's denn hier aus“, stöhnte Dr. Stratton und hielt vor zwei griechischen Statuen, die einst den Pfad zum Haus markiert hatten, nun aber durch die hohen Gräser beinahe nicht mehr zu sehen waren. Ian öffnete die Wagentür.

„Ihr könnt hier wohnen, wenn ihr wollt. Leider gibt es keine Busverbindung in den Ort. Ungefähr zwei Meilen weiter, dahinter –“ Sie zeigte über den See und zu fünf mächtigen Eichen. „Dort ist ein Bauernhof. Ihr könnt auch mit dem Boot hinüberfahren. Das geht schneller, als um den See zu laufen.“

„Wollen Sie nicht mit hineinkommen?“

Dr. Amy Stratton sah noch einmal zur Hütte, dann drückte sie seufzend ihre Zigarette aus. „Es hängen zu viele gute Erinnerungen an dem Häuschen. Es tut mir immer weh. Ich wollte die Hütte schon verkaufen, aber …“ Nachdem sie aus dem Kofferraum die Rucksäcke und drei Plastiktüten Proviant geholt hatten, verabschiedete sie die Psychiaterin.

Die beiden sahen ihr nach, blieben noch lange auf dem Pfad zwischen den Statuen von Ares und Athene stehen, bis der Wald ihr rotes Cabrio geschluckt hatte.

48

McMurdo-Station,
Antarktika

Der schwere Super Puma AS332 Transporthelikopter kreiste bereits seit einer halben Stunde wegen zu starker Böen über der weitläufigen Basis, als der Pilot endlich anzeigte, dass sie landen würden. Müde sah Daniel aus dem Helikopter auf die Bucht von McMurdo. Durch den Schnee konnte er türkise neben weißen und roten Rechtecken erkennen. Dächer und Container. Die Station am Schelfmeer war eine der Hauptversorgungsbasen der Antarktis. Das Logistik- und Forschungszentrum versorgte nicht nur die Amundsen-Scott-Base, sondern auch die Russen in ihrer Wostok-Station und einige andere Stützpunkte mit Ausrüstung und Lebensmitteln. Seit Mitte der 50er-Jahre, in denen die Station entstanden war, wurde sie Jahr für Jahr größer. Annähernd neunzig Gebäude bildeten an den Küstenstreifen ein Labyrinth aus Unterkünften, Laboren, Versorgungslagern und Tanks. Ein unübersichtliches Dorf mit schlammigen Pfaden und gewundenen Trampelpfaden mitten im weißen Nichts.

Die erste und längste Strecke hatten sie mit einer schweren Hercules-LC-130-Transportmaschine bewältigt, bevor sie in einer kleinen Station am Fuß des Transantarktischen Gebirges auf den Helikopter umgestiegen waren. Kaum in der Luft, hatte sich das Wetter verschlechtert.

Daniel musste gähnen. Seine Augen brannten vor Müdigkeit. Das ewige Sitzen, erst im Flieger, dann im Helikopter, und die Übernachtung in einem winzigen Zelt irgendwo im Gebirge hatten der Schnittwunde nicht gerade gutgetan. Gott sei Dank hatten sie es mit dem Super Puma bis in eines der *dry Valleys* geschafft, in ein Tal, das nahezu frei von Schnee und Niederschlägen war.

Sie landeten auf der Eispiste nördlich des Heli-Ports. Noch bevor die Rotoren ausgeschaltet waren, half Alva Daniel aus dem Helikopter. Er wollte sein Gepäck schultern, drohte aber wegen seines Beins das Gleichgewicht zu verlieren. Schnell packte Alva mit an und hievte den großen Rucksack auf seinen Rücken. Wie gerne hätte er ihr geholfen, statt auf seinem Skistock gestützt wie ein Rentner die Koffer getragen zu bekommen.

Verflixtes Bein, dachte Daniel, als er unter den Rotorblättern im grellen Licht der Scheinwerfer hindurch humpelte. Mit seinem Skistock, dem Rucksack und dem schweren Schneeanzug kam er kaum vorwärts. Noch dazu blendeten ihn die Strahler der Landebahn. Ihr grelles Licht erhellte eine Reihe Helikopter und Berge von Holzkisten und Versorgungscontainern, die sich am Rande des Flugfeldes stapelten. Daniel kniff die Augen zusammen, konnte sie aber wegen seines Rucksacks und des Skistocks nicht beschatten. Der Lärm des Super Pumas war ohrenbetäubend.

Kaum war er aus dem Sog des Rotors getreten, bemerkte er den Schnee, der wie ein Schwarm Sternschnuppen im Licht der Scheinwerfer zu Boden fiel.

„Schau dir das an“, rief er Alva begeistert zu, die ebenfalls stehen geblieben war und die Flocken beobachtete, die schwerelos in der Nacht tanzten.

„Wunderschön“, brüllte er, um den startenden Helikopter zu übertönen.

Alva nickte schweigend. Seit sie aufgebrochen waren, hatte sich ihr Husten verschlimmert. Obwohl sie es abstritt, befürchtete Daniel, dass er sich festgesetzt hatte.

Auf halber Strecke zu den Baracken schnitt ihnen eine kastenförmige Schneeraupe den Weg ab. Ein dicker Mann quälte sich aus dem Fahrerhaus, um Alva und Daniel herzlich zu begrüßen. Er stellte sich als Dr. Hamilton vor, Leiter der Krankenabteilung von MacTown, wie er McMurdo liebevoll nannte.

Dr. Hamilton nahm Daniel und Alva das Gepäck ab, verstaute die Rucksäcke hinter den Sitzen seiner Raupe und half ihnen einzusteigen.

Um Dozers Einverständnis für den Flug zu bekommen, hatten sie Alvas Husten und Daniels Wunde vorgeschoben. Unter dem Vorwand, sich gründlich in der Krankenstation untersuchen zu lassen, hatte Dozer beide nach McMurdo fliegen lassen. Tatsächlich verfügte die Amundsen-Scott-Base nur über das Nötigste an medizinischen Geräten und Medikamenten, während McMurdo eine gut eingerichtete Krankenabteilung besaß und regelmäßig Präparate aus Neuseeland einfliegen ließ.

„Um was geht es denn genau?“, wandte sich Doktor Hamilton an Alva.

„Ich huste seit zwei Wochen und –“

„Rückenschmerzen?“, unterbrach sie der Dicke. Er zog sich seine rote Pudelmütze vom Kopf und griff nach einem Flachmann.

„Nur das Übliche.“

„Das Übliche? Na ja …“ Der Mann nickte seufzend.

„Auch einen Schluck?“, fragte er, aber Alva und Daniel schüttelten den Kopf.

Während die Raupe gemächlich an den Versorgungskisten und Tanks des Flughafens vorbeizuckelte, stürzte Hamilton achselzuckend den Schnaps in einem Zug runter und klemmte die Flasche zwischen die Sitze in der Fahrerkabine. Wie Daniel sehen konnte, sammelte sich dort schon einiges an Leergut.

„Frostschutz“, erklärte Dr. Hamilton und klopfte sich auf die Brust. „Gut gegen innere Vereisung.“ Er lächelte entwaffnend und fuhr dann fort: „Das Übliche klingt aber wirklich nicht gut, Doktor …“

„Ohlström.“

„Doktor Ohlström. Sie können in unserer bescheidenen Krankenstation übernachten. Aber ich denke, wir sollten Sie noch heute Nacht durchchecken, nicht, dass Sie sich eine Lungenentzündung eingefangen haben.“

Daniel warf Alva einen besorgten Blick zu. Dozer hatte sie beide per Mail angekündigt und sie hatten herzlich gelacht, als die Nachricht tatsächlich auch auf Daniels Laptop erschienen war. Obwohl es nur ein Trick war, um ein paar Tage frei und einen Helikopter nach McMurdo zu bekommen, war Daniel froh, dass sich Alva bei der Gelegenheit gleich durchchecken ließ.

„Und Sie?"

„Schnittwunde am Bein." Mit einer schnellen Geste zeigte Daniel auf seinen rechten Oberschenkel. „Getackert." Seine knappe Antwort verfehlte ihre Wirkung nicht. Der Dicke brummte ein „Okay" und belästigte ihn nicht weiter.

Daniel lehnte sich mit dem Kopf an die Scheibe der Raupe. Ihn überkam wieder die Müdigkeit und er musste gähnen.

„Machen Sie es sich ruhig gemütlich." Der Leiter der Krankenabteilung sah in den Federschnee und musste aufstoßen. „Zwei Eisbrecher haben heute unsere Piste nach MacTown aufgerissen. Alles Vorbereitungen für das große Schiff aus Neuseeland. Die bringen jede Menge Ausrüstung und Medikamente. Darum müssen wir einen Umweg nehmen."

Ratternd quälte sich die Raupe weiter durch den Schnee. Was zum Teufel mache ich hier eigentlich?, grübelte Daniel, während er durch die beschlagene Scheibe das Schneetreiben betrachtete. Ich hätte mir ein schönes Labor in Berlin suchen können, eine hübsche Freundin nehmen und jeden Tag am Hackeschen Markt Sushi essen können. Doch ich hocke am Arsch der Welt und klaue meinem Chef sein Multimillionen-Dollar-Spielzeug. Und muss zusehen, wie eine bescheuerte *Anomalie* die Früchte meiner Arbeit zerstört. Was mache ich hier eigentlich, sechzehntausend Kilometer von meinem Oldtimer-Käfer und meinen Freunden entfernt?

Als könnte Alva seine Gedanken lesen, nahm sie seine Hand. Daniel drückte ihre schlanken Finger und wandte ihr den Kopf zu.

Ihr Lächeln war bezaubernd und reichte ihm als Antwort auf seine Frage. Er blickte ihr in die Augen und was er dort sah, gefiel ihm. Ich wollte ein Abenteuer, dachte er, und nun habe ich mein Abenteuer.

Der Duft ihres Haares ließ ihn wieder an den Morgen in Dozers „Wandschrank" denken. So unfreiwillig nah waren sie sich noch nie gekommen. Eine halbe Stunde lang hatten sie dicht an dicht im Schrank gehockt, bis Greenberg in Dozers Büro geplatzt war. Er hatte etwas von einem unterirdischen Beben gefaselt und war mit Dozer in eines der Labore verschwunden.

Weit entfernt meinte Daniel, die drei Vulkane zu erkennen, die unweit von McMurdo in den Himmel ragten. Die dunkelgrauen Kegel hoben sich kaum vom Grau des Schnees ab. Wahrscheinlich bilde ich sie mir nur ein, überlegte er. Terra Nova, Mount Terror und Mount Erebus lagen mitten auf der Rossinsel und sicherlich spielte ihm seine Erinnerung einen Streich. Ihr Anblick hatte sich in Daniels Gedächtnis gebrannt. Die Vulkane waren das Erste gewesen, was er vom Schiff aus gesehen hatte, als er am Südpol angekommen war. Vor allem der mächtige Mount Erebus hatte es ihm angetan.

Ich schlafe schon, dachte er, als er die Wolken über Erebus glimmen sah. Ein kaum wahrnehmbarer, roter Schein ging von ihnen aus. Daniel wusste nicht, ob er die Augen offen oder geschlossen hatte und er fühlte sich zu ausgelaugt, um seine Lider zu bewegen. Wir sind ein gutes Team, Alva und ich, dachte er. Heute Nacht werden wir diesen Roboter klauen und dann werde ich wissen, was meine Sensoren zerstört hat.

49

Eine weiße Schneelandschaft. Sanfte Hügel, auf denen noch niemand Spuren hinterlassen hatte. Eine Schneelandschaft eingefrorener Erinnerungen.

Ian sah sich in der Hütte um. Amy Stratton hatte nicht gelogen. Sie hatte ihre Erinnerungen an die schönen Tage mit Thomas Boroughs regelrecht eingefroren, indem sie weiße Leinentücher über die Möbel gebreitet hatte. Neugierig zog er die Tücher weg, wirbelte Staub auf und legte Schritt für Schritt Amys Schätze frei: Fotos von Thomas auf einer Kommode, halb heruntergebrannte Kerzen, ein getrockneter Strauß Rosen auf dem Kaminsims.

Die Hütte bestand nur aus einem Raum, der von einem mächtigen Kamin und einem roten Sofa beherrscht wurde, das Ian an Dr. Strattons Cabrio erinnerte. Neben dem Eingang befand sich eine Kochnische mit einem Bollerofen und einer winzigen Spüle, unter der Ian ihre Vorräte verstaute.

Während er versunken die Fotos seines Vaters betrachtete, kurbelte Bpm die Holzrollläden hoch. Die Fenster gaben einen wundervollen Blick auf den See frei. Die Sonne strahlte warm in den Raum und blendete Bpm, als er auf den Steg hinausschaute.

Ian trat ans Fenster und hielt das Foto ins Licht. Das Gesicht seines Vaters, glücklich lachend über einen gefangenen Fisch. Ian schmunzelte. Der Fisch war gerade so groß wie sein Zeigefinger. Er zog das Foto aus dem Rahmen und legte es in sein Skizzenbuch. Wieder ein Mosaikstück, dachte er, eine weitere Facette von Thomas Boroughs.

Er blickte sich nach Bpm um, doch der war schon durch eine Holztür nach draußen gelaufen.

„Ist das nicht herrlich hier?“, rief er Ian zu und breitete die Arme aus, nur um einen Moment später vor Schmerzen zu fluchen. Ian stürzte zu ihm auf den Steg, doch Bpm schwor, dass es ihm gut ginge. Wie Ian erleichtert feststellte, schwitzte er nicht mehr.

Sie gingen bis zum Ende des Stegs, an dem ein Ruderboot vertäut lag. Mit den Jahren hatte sich die Natur zurückgeholt, was ihr gehörte. Unkraut und Blumen wuchsen auf dem Steg, der bedrohlich unter ihren Schritten wackelte. Dr. Stratton hatte vergessen, das Ruderboot abzudecken, sodass sich Laub und Äste darin verfangen hatten. Die Planken waren grün vor Moos, doch es schwamm noch. Sacht dümpelte es auf dem klaren See vor sich hin.

„Zu dumm, dass ich mit der Wunde nicht baden kann“, seufzte Bpm. „Aber wir sind ja auch nicht aus Spaß hier. Wo, hat Dr. Stratton gesagt, finden wir die Kisten?“

„Im Zwischenboden“, antwortete Ian.

Sie gingen zurück ins Haus, das ein Satteldach hatte. Ian kratzte sich am Kinn. Er hatte keine Idee, wie sie aufs Dach kommen sollten, denn in der holzvertäfelten Decke war keine Falltür eingelassen.

„Ich habe eine morsche Leiter gesehen. Vielleicht ist der Zugang außerhalb der Hütte“, überlegte Bpm.

Sonnenlicht fiel durch die löchrigen Schindeln und zeichnete Muster auf den dreckigen Holzboden. Vor allem Gartengeräte hatte Amy Stratton auf dem Dachboden gelagert, aber Ian fand auch ein paar Angeln und Kescher sowie wurmstichige Ruder.

Bpm hatte recht gehabt. Eine morsche Leiter führte durch eine Luke auf den Dachboden.

„Da sind sie. Zweifel ausgeschlossen.“ Bpm zeigte auf zwei Umzugskisten, wie sie in Büros für Akten benutzt wurden. Eine der Kisten war bereits von Tieren angeknabbert worden, die den Karton offensichtlich auch als Toilette benutzt hatten. Mit spitzen Fingern rückte Bpm die Kisten beiseite, während Ian beherzt zugriff und sie zur Luke schob. Hinter den Kisten kam ein Projektor zum Vorschein, vermutlich für Super-8-Filme.

Mit Bpms Hilfe bugsierte Ian die Kisten die morsche Leiter hinunter. Nachdem sie ihren Fund kurz entstaubt hatten, machten sie es sich mit den Kisten auf dem roten Sofa bequem.

Hungrig löffelten sie eine kalte Bohnensuppe. Dummerweise war es ihnen nicht gelungen, ein Feuer im Bollerofen zu entzünden. „Wären wir doch mal besser zu den Pfadfindern gegangen“, witzelte Bpm. Er hatte sich in Cambridge eine neue SIM-Karte gekauft und mit seinem Handy im Internet recherchiert. Doch trotz der vielen Tipps, die sie unter dem Stichwort „anfeuern“ gefunden hatten, war ihnen die kleine Flamme immer wieder erstickt.

Ian leerte die erste Kiste und breitete die Sachen vor ihnen auf dem niedrigen Couchtisch aus. Drei Bündel mit Briefen. Vermutlich Liebesbriefe, so hübsch, wie sie mit einem Stoffband verschnürt waren. Ein schweres Fotoalbum und zerfledderte Schulhefte, in denen sein Vater Formeln notiert hatte.

„Irgendeine Idee, was das ist?" Ian schob Bpm eins der Hefte hin.

„Es ist nicht das kleine Einmaleins." Bpm blätterte ratlos die Seiten durch. „Vielleicht Protokolle seiner Forschung und Experimente. Keine Ahnung. Vielleicht hat er was vom Stützpunkt geschleust."

„Wären wir doch besser mal zu den Mathestunden gegangen." Ian grinste und hob den Deckel der zweiten Kiste.

„Was ist denn das?" Bpm fischte einen Umschlag heraus. Er war an Amy Stratton adressiert. Neugierig griff Bpm in den Umschlag und zog drei schmale, fast quadratische Plastikboxen heraus. Er öffnete eine und eine kleine Filmrolle purzelte in seinen Schoß. Bpm schnappte sie schnell, bevor sich der Film entrollen konnte.

Etwas hilflos sahen sich die beiden an. Schließlich knobelten sie aus, wer den Projektor bedienen sollte. Bpm verlor und baute den Projektor auf einem Stuhl auf, während Ian eines der Laken als Leinwand aufhängte.

Bpm beugte sich zum Projektor vor und hielt den Stecker hoch. „Hätten wir mal besser Elektriker gelernt. Wie wollen wir denn das Ding ohne Strom zum Laufen bringen?"

Ian unterdrückte einen Fluch. Der Strom war abgestellt. Keine der Lampen funktionierte, wie sie gleich bei ihrer Ankunft festgestellt hatten.

„Ich fand's eh Luxus, dass sie hier Strom hat", gähnte Bpm und lehnte sich im Sofa zurück. Er massierte sich die Schläfen. Seine Wangen sahen etwas rosiger aus, aber nun klagte er über Kopfschmerzen, wie er Ian gestanden hatte.

„Ja, hast recht. Dass bis hier raus eine Leitung –"

Bpm fuhr in die Höhe. „Moment mal", riefen sie beide gleichzeitig. „Es gibt gar keine Leitung!"

Neben dem Steg entdeckten sie in einer wasserdichten Kiste einen Dieselgenerator. Sie suchten eine halbe Stunde nach einem Kanister und fanden ihn schließlich neben dem Putzzeug unter der Spüle. Inzwischen war die Sonne im See versunken.

Bpm tüftelte eine Weile, weil er nicht wusste, wie er den Film einlegen sollte. Einen HD-Recorder programmieren, gut. Aber einen Filmprojektor bedienen? Mit Mühe gelang es ihm, die erste der drei Rollen einzufädeln.

„Popcorn und Bier bereit?", fragte er.

Ian hielt zwei Dosen Fanta und eine Packung Crackers hoch.

Dann sprang der Projektor mit einem Rattern an, die Lampe flackerte auf und ein zuckendes Lichtquadrat erschien auf dem Laken. Der Projektor machte ein Geräusch, als fräße er knackend und schmatzend das Filmmaterial auf. Er ratterte so laut, dass die beiden besorgte Blicke tauschten.

Schließlich holperten die ersten Bilder auf die Leinwand. Unscharf. Verschwommene Farben. Fluchend drehte Ian am Objektiv herum, bis das Bild scharf genug war. Er rutschte bis an die Kante der Couch, um besser sehen zu können.

Ein Kindergeburtstag. Bunte Luftballons, eine hellblaue Zuckergusstorte. *Happy Birthday Thomas* stand in roter Schreibschrift auf der Torte, darunter eine große Sechs aus Zuckerblumen.

Bpm deutete mit seinem Löffel auf einen glücklich lachenden Jungen, der mit einer dicken roten Schleife am Lenker eines Kinderfahrrads kämpfte. „Dann bist das wohl nicht du", sagte er mit vollem Mund.

Die Kamera wackelte und ein Mann kam ins Bild. Sein Rücken füllte das Bild aus, als er zu dem kleinen Jungen ging. Er kniete sich lachend neben ihn und sagte etwas.

Der Film war ohne Ton, nur das Rattern des Projektors begleitete die Bilder. Der Mann war im Begriff, sich umzudrehen und Ian hielt die Luft an. Die Nickelbrille, die Narbe, die dunklen Haare und die schmale Nase. Das war unverkennbar sein Großvater. Der Mann konnte nur Harvey Boroughs sein. Die Kamera zoomte näher an den großen Mann und den kleinen Jungen heran, der freudig in die Kamera winkte.

Plötzlich ertönte ein Knall und die beiden Jungen fuhren erschrocken zum Projektor herum. Das Bild brach ab und ein Schleifen und Klackern verriet, dass der Film gerissen war.

Hilflos drehte Bpm an den Knöpfen.

„Verdammt!“, fluchte er. Bandsalat quoll aus dem Projektor. Die kleine Rolle hatte sich fast vollständig abgewickelt.

„Ich sag ja immer: Digital ist besser!“ Bpm versuchte, den Film aus dem Transportwerk zu befreien.

„Ist er kaputt?“

„Du kannst Fragen stellen. Der Film ist gerissen, ja.“ Zum Beweis hielt Bpm die beiden Enden hoch.

„Hm, zeig mal her. Sieht so aus, als wenn er schon mal an der Stelle gerissen war.“ Ian deutete auf ein Stück Tesafilm, das an einem Ende hing.

„He, warte mal ...“ Neugierig besah sich Bpm das Stück, das sie noch nicht gesehen hatten. „Da sind Bilder eingefügt.“

Er hielt den Film gegen das Licht des Projektors.

Tatsächlich waren drei Filmbilder zwischen die anderen geklebt worden. Vermutlich war der Projektor über eine der Nähte gestolpert und hatte dabei den Film zerrissen.

„Lass mal sehen.“ Ian runzelte die Stirn. „Was ist das? Ein Ball?“

Irgendetwas Langes, Helles war zu sehen. Bpm schnappte sich sein Handy vom Couchtisch und schaltete die Taschenlampe an. Die beiden hielten die drei Bilder darüber.

„Nein“, sagte Ian überrascht. „Es ist der Mond.“

„Wieso hat dein Vater drei Mondbilder in den Film geschnitten?“

„Keine Ahnung.“

„Vielleicht ist es Kunst?“

„Bei einem Kindergeburtstagsfilm?“

„Sind da noch mehr eigenartige Bilder?“ Ian zog den Bandsalat zu sich und fuhr mit dem Finger den schmalen Film ab, konnte aber keine weiteren Schnittstellen finden. Merkwürdig.

50

Funabashi – Präfektur Chiba,
Japan

„Noch immer keine Spur?“ Kommissar Kenichi tätschelte seinem Roboterhund den Kopf und legte sich einen Beutel Eis auf sein linkes Auge. Er musste sich setzen. Der Klappstuhl aus Plastik war unangenehm kalt, denn Kenichi trug nur eine Unterhose. In seiner winzigen Küchennische, in der gerade Platz für sein Single-Tischchen und den Klappstuhl war, flackerte die Neonröhre über der Spüle.

Kenichi unterdrückte ein Gähnen. Sein Handy hatte mitten in der Nacht geklingelt, ihn aber nicht geweckt, weil er sich unruhig im Bett gewälzt und sinnlos seine Gedanken kreisen lassen hatte.

Um 3:45 war er aufgestanden, um sich einen Boh-Cha-Tee aufzugießen. Er hatte nicht mal auf die Uhr sehen müssen, um zu wissen, wie spät es war. Seit dreißig Jahren bewohnte er das Einzimmer-Appartement im zwölften Stock und konnte die landenden Flugzeuge mittlerweile am Geräusch erkennen. Um 3:45 war es eine Boeing 777-300. Eine gestreckte Variante des Jumbo-Jets, eine Maschine der Japan Airlines, die aus Paris kam. Als er vor zwei Jahren vorübergehend seinen Job verloren hatte,

hatte er jeden Tag seinen alten Klappstuhl genommen, war mit dem Fahrstuhl aufs Hochhausdach gefahren, um den Fliegern beim Starten und Landen zuzusehen. Einfach so. Tagelang.

Die stählernen Vögel beruhigten ihn. Vielleicht, weil sie ihm ganz tief in seinem Innern sagten, dass die Menschheit mit Technik alles meistern konnte.

Wer fliegen konnte, dem gehörte die Welt.

„Wo habt ihr gesucht?“, fragte er und rieb sich müde die Augen. Er kannte den jungen Kollegen aus der Polizeidirektion nur flüchtig. Ein korrekter Mitarbeiter, der sich vor Eifer überschlug. Während Kenichi sich eine weitere Tasse grünen Tee in seine Trinkschale einschenkte, hatte der Mann schon hundert Worte verloren. Der Tee war von gestern und kalt, aber das machte Kenichi nichts aus.

„... und bei ihren Freunden am Bahnhof in Akihabara“, beendete der junge Beamte endlich seinen Bericht. „Sie hat einen Freund. Einen gewissen Akutagawa Takai. Der ist schon mehrfach aufgefallen. Diebstahl und Dokumentenfälschung.“

„Verstehe.“ Nicht ungeschickt, das Mädchen, dachte Kenichi. Er hatte ihr so einiges zugetraut, aber weder eine derartig spektakuläre Flucht noch dass sie so lange unentdeckt bleiben würde. „Sucht weiter“, befahl er. „Gebt eine offizielle Fahndung raus.“ Er glaubte zwar nicht, dass Chiyo wirklich ihre eigene Großmutter umgebracht hatte, aber er war sich sicher, dass sie ihnen etwas Wichtiges verschwieg. Außerdem hatte er in seinen Dienstjahren wahrlich genug gesehen, um sich nicht von einer kleinen Diebin zum Narren halten zu lassen.

„Zu Befehl, Kenichi-Sensei“, entgegnete der Polizist unterwürfig.

„Findet heraus, mit wem sie die letzten 48 Stunden Kontakt hatte, mit wem sie unterwegs war und wen sie getroffen hat. Klappert alle Adressen ab. Vor allem diesen Takai.“

„Zu Befehl.“

Kenichi hörte, wie sein Kollege etwas in den Computer tippte. Er wollte schon auflegen, als sich der Polizist erneut meldete. Diesmal druckste der junge Mann ein wenig herum. „Sie sollten doch besser herkommen. Ich habe gerade den Bericht des Pathologen per Mail erhalten. Er schreibt, so was habe er noch nicht gesehen.“

„Inwiefern?“

„Das soll er Ihnen besser persönlich sagen, Kenichi-Sensei.“

„Gut“, knurrte Kenichi. „Verbinde mich mit ihm.“

„Jawohl, Kenichi-Sensei.“

„Nein, sag ihm, er soll mir seinen Bericht mailen. Ich chatte mit ihm.“

Kenichi legte auf, bevor sein Kollege etwas erwidern konnte. Er holte sein Handheld zum Küchentisch und wollte sich gerade setzen, als sein Blick auf die glatte, kalte Oberfläche des Klappstuhls fiel. Kenichi seufzte und streifte sich seine Anzughose über. Noch bevor er im Halbdunkel ein Hemd fand, kündigte sich eine E-Mail an.

Er setzte sich erneut an den kleinen Klapptisch und sah auf dem Display des Handhelds, dass es die Berichte der Pathologie waren. Er scrollte sie kurz durch, da meldete sich bereits der Pathologe selbst. Anstatt zu chatten, hatte er das Telefon benutzt.

Kenichi kannte den Pathologen seit Jahren. Sie waren auf dieselbe Polizeischule gegangen und hatten jede Woche miteinander zu tun gehabt.

„Wir haben keine Brandbeschleuniger gefunden. Die Frau ist verbrannt, aber es sieht aus, als sei … Nun ja, öffne mal die Datei Ishizuka-03-67.pdf."

Kenichis Finger glitten über die winzige Tastatur seines Handhelds. Mit zwei Klicks hatte er die Datei geöffnet. Schnell überflog er den Bericht.

„Das Bild. Das Foto, Akiyama."

Kenichi brummte und scrollte weiter nach unten. Endlich schob sich das Bild auf den Monitor. Es war eine Detailaufnahme der Badezimmertür. Genauer gesagt, eine Aufnahme des Schlosses.

„Sie war von innen verriegelt."

„Innen? Kein Fehler?"

„Nein. Ich habe persönlich alles mehrfach geprüft, Akiyama."

„Selbstmord?", knurrte Kenichi.

„Wenn man sich ohne Brandbeschleuniger selbst anzündet und wartet, bis man in der Wanne verglüht ist …" Der Sarkasmus des Pathologen war nicht zu überhören.

„Hm. Kein Selbstmord?"

„Zu 99,9 Prozent auszuschließen. Davon abgesehen ist

es nicht so einfach, sich selbst in Brand zu stecken. Ich gehe nach wie vor von Mord aus. Nur haben wir einen Täter, der durch Wände gehen kann."

„Es gibt keinen anderen Zugang zum Bad?"

„Nein."

„Keine Lüftung?"

„Doch, aber die hat höchstens einen Durchmesser von zehn Zentimetern und die Gaze, die man gegen Insekten eingesetzt hat, war intakt. Lediglich verrußt."

Kenichi tätschelte den Kopf seines Roboterhundes, der sogleich mit dem Schwanz wedelte. „Sicher?"

„Sicher ... Ja, ich nehme eine Probe von der Gaze und schick das Rohr ins Labor."

„Ich will, dass du morgen noch mal mit den Kollegen hinausfährst und jeden Zentimeter des Hauses untersuchst. Reißt die Baddecke ein und schlagt alle Fliesen ab, von mir aus. Und wenn ich *Kollegen* sage, dann meine ich die ganze Abteilung."

„Gut, Akiyama."

Kenichi legte auf. Er nippte an seinem inzwischen kalten Tee, kraulte seinen Roboterhund hinter den Ohren und hörte zufrieden, wie die 4:12-Maschine aus Bangkok pünktlich zur Landung ansetzte. Einen Moment starrte er ins Leere, dann erhob er sich und holte sich ein frisches Hemd. Mit einem geübten Ruck riss er es wie jeden Morgen aus der transparenten Schutzfolie, in die es seine Wäscherei eingeschlagen hatte.

Seine Schicht begann um sieben Uhr, aber die drei Stunden Schlaf würde er ein andermal nachholen.

51

Während Ian mühsam die erste Rolle per Hand abtastete, legte Bpm den zweiten Film ein. Bilder eines Badeurlaubs flimmerten über das Laken. Ians Großmutter wie Grace Kelly am Strand, Großvater und Vater beim Sandburgenbauen – und – KLACK!

Bpm hielt den Film an. „Das nenne ich Augenmaß!" Er hatte exakt an der Stelle gehalten, wo erneut Bilder zwischengeschnitten waren.

Auf der Leinwand zuckte eine Zahlenreihe. Jemand hatte sie mit Kreide auf eine Tafel geschrieben und mit zittriger Hand abgefilmt.

7r 5l 3r 9l 4r.

„Sagte Miss Stratton nicht etwas von einer gewissen Rätselleidenschaft der beiden Herren?" Bpm fuhr sich durch seine Locken und ließ den Film weiterlaufen, damit er nicht verbrannte. Als er ihn fertig abgespielt hatte, suchte er die Nahtstelle und trennte die Zahlenbilder vorsichtig heraus.

„Ein Mond und eine Zahlenkombination? Es wird immer verrückter", stöhnte Bpm.

„Lass uns den dritten Film ansehen." Ian öffnete die Dose und ließ die kleine Rolle in seine Hand plumpsen. „Igitt!" Angewidert warf er sie auf den Tisch zurück. Die Rolle war mit einem schwarzen Gel überzogen.

„Ist das Schimmel?"

„Kann Film denn schimmeln?" Ian betrachtete prüfend den Film und den Dreck auf seinen Fingern.

„Was weiß ich. Vielleicht eine Art Pilz. Im analogen Zeitalter war alles möglich."

Ian lief zur Kochnische, um sich das Zeug von den Händen zu waschen.

„Da ist nichts zu machen", rief Bpm, der mit spitzen Fingern versuchte, den Film abzurollen. „Dieses Ekelzeug ist ein Super-Kleber. Das Ding ist im Eimer."

„Hm ... Was haben ein Mond und ein paar Zahlen gemeinsam?", überlegte Ian. Schwungvoll sprang er über die Lehne des Sofas und ließ sich neben Bpm fallen.

„Es ist deine seltsame Familie, Ian. Was denkst du?"

„Mond und Zahlen ... Na klar. Ein Kalender!"

„Vergiss nicht die Buchstaben r und l. Erinnert mich eher an eine Tresorkombination als an einen Wochentag. Sieben nach rechts, fünf nach links."

„Ein Safe? Und wo soll der sein?"

Bpm deutete auf die verschmierte Filmrolle. „Bestimmt war da die Info drauf."

„Na, ganz toll." Wütend starrte Ian auf den Klumpen, der vielleicht das Ende der Suche bedeutete. Sein Großvater hatte diese versteckten Nachrichten seinem Sohn hinterlassen. Und sein Vater wollte sie an ihn weitergeben. Er starrte die Mondbilder zwischen seinen Fingern an und ignorierte Bpms prüfenden Blick. Sein Vater war davon ausgegangen, dass er das Rätsel lösen würde. Dass er wüsste, wo der Safe zu finden sein würde.

„Vielleicht ist es gar kein Safe“, murmelte Ian.

Abwehrend hob Bpm die Hände. „He, das war ja auch nur eine Idee.“ Grinsend deutete er Richtung Fenster. „Lass uns doch mit dem Mond anfangen. Da wissen wir wenigstens, wo er ist.“

Milchig weiß schwamm die Mondscheibe im Schwarz.

„Fast rund“, stellte Bpm fest.

Ian schnappte sich das Handy und beleuchtete noch einmal die Filmbilder. „Das ist kein runder, sondern nur ein dreiviertel Mond. Ein abnehmender, würde ich sagen.“

„Vielleicht eine Schatzkarte?“, fiel ihm Bpm begeistert ins Wort und intonierte mit Grabesstimme: „Gehe bei abnehmendem Mond sieben Schritte nach rechts und fünf Schritte nach links.“

„Und wo sollen wir graben?“

„Keine Ahnung. Hat dein Großvater denn sonst keine Hinweise hinterlassen?“

Unvermittelt sprang Ian auf, packte den Kopf seines Freundes und drückte ihm einen Schmatzer aufs Haar.

„Pfui! Was ist denn mit dir los?“, fragte Bpm irritiert.

„Du bist weltklasse!“

„Äh, ja ... Schön, dass du langsam meine Qualitäten zu schätzen weißt.“

Triumphierend zog Ian das Bündel mit der Taschenuhr aus der Außentasche seines Rucksacks. Seine Finger zitterten vor Aufregung, als er die Messinguhr aus dem mit Farbe bekleckerten Stoff wickelte, sie umdrehte und aufklappte. „Hier hinten unter der Klappe sind mehrere Skalen und ein Mondkalender. Ich hab das Ding nie zum Laufen gebracht."

Neugierig sah Bpm ihm über die Schulter. Der Mondkalender, der in die Uhr eingeritzt war, bestand aus mehreren Ringen und auf einem der winzigen Ringe waren die verschiedenen Mondphasen eingraviert. Ian versuchte, den Ring so zu drehen, dass der Mond genau dieselbe Silhouette wie auf dem Filmbild hatte. Doch das Anzeigenblatt der Mondphasen klemmte und war so klein, dass Ian es mit den Fingern nicht richtig zu fassen bekam.

„Vielleicht klappt's, wenn du eine Nadel in das Loch steckst", schlug Bpm vor und deutete auf eine winzige Vertiefung in der Mitte der Ringe.

Gut möglich, dass dies die Mechanik zum Stellen des Kalenders war. Ian zerlegte einen seiner Kugelschreiber. Er hatte Glück. Die Spitze der Mine passte in das kleine Loch hinein. Es knackte und nach einigem Geruckel ließ sich der Mondring drehen. Sorgfältig verglich Ian noch einmal die Proportionen des Mondes mit denen des Filmbildes.

„Fertig."

„Und nun?", fragte Bpm mit gekräuselter Stirn.

„Nun müssen wir herausfinden, was 7r, 5l und so weiter heißt. Vielleicht müssen wir den Ring siebenmal nach rechts drehen und fünfmal nach links …"

„Wenn es überhaupt eine Art Safecode ist", gab Bpm zu bedenken und nahm Ian die Taschenuhr aus der Hand. Er betrachtete jede Ziffer und jeden Zeiger ganz genau.

Grübelnd fuhr er mit den Fingern die Gravur entlang, drehte und wendete das Schmuckstück.

„Hast du sie mal auseinandergenommen?"

„Was? Natürlich nicht. Sieh dir die ganzen Anzeigen an. Die hätte ich doch nie im Leben wieder zusammensetzen können."

„Ich könnte doch mal …"

„Nein!", Ian riss Bpm die Uhr aus der Hand. „Ich weiß, wie deine Computer aussehen, wenn du mit denen fertig bist."

„Moment mal", protestierte Bpm. „Die laufen aber wie geschmiert."

Ian schnaubte nur. Nachdenklich betrachtete er die Uhr. Wie oft hatte er sie schon in der Hand gehalten, an den Aufziehrädchen gedreht und versucht, die Zeiger auf der Rückseite zum Laufen zu bringen?

Seine Finger fuhren den breiten Rand der Taschenuhr ab, der aus mehreren silber- und goldfarbenen Ringen bestand. Drei Rädchen zum Aufziehen waren in den mittleren Ring geschraubt worden, doch nur mit einem ließ sich die normale Uhr der Vorderseite aufziehen. Die anderen beiden waren bisher nutzlos gewesen. Ian drehte an ihnen, aber nichts geschah. Dann fiel ihm auf, dass die gold- und silberfarbenen Ringe wie die Stellrädchen ebenfalls fein geriffelt waren.

Er leuchtete mit dem Handy den Rand ab und bemerkte ein unscheinbares Sonnensymbol auf dem mittleren Ring.

„Du meinst, das ist gar kein Designelement, sondern das Tresorschloss?", fragte Bpm.

Ian nickte. Seine Kehle fühlte sich trocken an. Mit zitternden Händen reichte er Bpm die Filmbilder. „Lies vor."

In der einen Hand das Handy, in der anderen das Filmbildchen, diktierte Bpm Ian die Zahlen. „Sieben nach rechts ..."

Ian benutzte die Sonne als Nullstrich und ließ den Goldring vorsichtig sieben Striche nach rechts gleiten. In den Fingerspitzen spürte er bei jedem Strich ein feines Klicken. Sein Herz raste.

„Fünf links." Mit einem Nicken forderte Ian Bpm auf, die nächste Zahl anzusagen. „Drei rechts ..."

Sie gingen alle Zahlen durch, bis Ian den Ring gemäß der letzten Kombination drehte. 4r, vier rechts.

Behutsam ließ er das Rad mehr und mehr nach rechts gleiten. KLICK ... KLICK ... KLICK ... Seine Hände waren vor Aufregung schweißnass und er betete, dass er nicht abrutschte.

KLICK.

Mit dem vierten Klick ging ein sanfter Ruck durch die Uhr. Eine Feder sprang auf und beinahe hätte Ian vor Schreck alles fallen gelassen, denn die Uhr zerfiel auf einmal in zwei Hälften.

„Wow", stieß Bpm beeindruckt aus. Er hob die obere Hälfte auf, die Ian aus der Hand gesprungen war. Es war die normale Taschenuhr, die noch funktionierte.

Ungläubig starrte Ian auf die andere Hälfte mit den Skalen und dem eigenartigen, eingravierten Spruch. „Da ...", begann er und musste schlucken. „Da ist ein Zettel ... Da war ein Zettel drin. Die ganze Zeit!"

Zwischen den Zahnrädern steckte – winzig klein, aber deutlich sichtbar – ein Papierstückchen. Er war nicht größer als eine Briefmarke. Behutsam zog Ian den Fetzen hervor.

„Was steht drauf? … Sag schon."

„Moment, Moment." Vorsichtig, um es nicht zu beschädigen, faltete Ian das Papier auseinander. In winzigen Buchstaben war eine Nachricht auf den Zettel gekritzelt.

„Du hast mich gefunden, Thomas …", las Ian vor und spürte, wie sein Herz vor Aufregung einen Schlag aussetzte. „Der Brief ist an meinen Vater gerichtet", flüsterte er und fuhr mit zitternder Stimme fort: „Die Suche endet: NY 11954, Euclid Ave, 124523. H. D."

H. D. – Harvey Douglas. War das der Ort, an dem sich sein Großvater all die Jahre versteckt hatte? NY – in New York? Das Blut rauschte in Ians Ohren.

Endlich weiß ich, wo du bist, dachte er.

„Lass mich raten: Wir fahren nach New York!", rief Bpm und hüpfte auf dem Sofa hoch, sodass die Federn quietschten.

„Ja. Wir werden nach Amerika fliegen", antwortete Ian leise, doch sein Freund sah sein zufriedenes Lächeln nicht mehr. Bpm war längst dabei, die Adresse im Internet zu suchen.

52

Der Schnee drückte sich durch den Spalt des Fensters, das Daniel in der Hoffnung auf besseren Empfang geöffnet hatte. In seine dicke Jacke gehüllt, schwenkte er den Laptop wie ein Baby im Arm. Die Straße, die zur Baracke der Krankenstation führte, lag im Schummerlicht. Die spärlichen Straßenlaternen – schlichte Strahler, die man auf Holzpfosten montiert hatte – beleuchteten nur alle vierzig Meter die Spuren aus Matsch und Schnee, die bis zum Hafen hinabführten. Durch das Schneetreiben konnte er drei Raupen erkennen, die sich ihren Weg zu den Anlegern bahnten. Noch immer fuhren die Eisbrecher ihre Runden. Daniel sah ihre Scheinwerfer draußen vor McMurdo über das Eis fegen und einen Weg durch den Schnee suchen.

„Komm schon!" Daniel schwenkte den Laptop, starrte auf den Ausschlag für die Funknetzwerke und sah, wie sein Atem kondensierte. „Am Arsch der Welt werdet ihr ja wohl 'n WLAN eingerichtet haben …" Obwohl er die beiden Heizbrenner in seinem Krankenzimmer voll aufgedreht hatte, war es schlagartig kalt geworden. Der Schnee wehte bis auf sein kleines Bett. Die Krankenstation war spartanisch, aber sauber eingerichtet. Dr. Hamilton hatte Alva in ein größeres Zimmer gebracht und sich nicht davon abbringen lassen, sie noch in derselben

Nacht zu untersuchen. Nacht oder Tag, dachte Daniel, was macht das hier für einen Unterschied? Eine Böe drückte das Fenster weit auf und Daniel wollte es schon schließen, als er sah, dass sein Laptop endlich Empfang hatte.

„Hab ich euch!" Er stieß einen Jubelschrei aus. Der Laptop zeigte sechs Netze an. Daniel suchte sich ein schwach verschlüsseltes heraus und ließ sein WEP-Cracker-Programm laufen. Ein Piepser seiner Digitaluhr kündigte an, dass es bereits nach zweiundzwanzig Uhr UTC war. Da die Längsgrade der Erde am Südpol zusammenliefen und damit alle Zeitzonen der Erde in wenigen Minuten durchschritten werden konnten, hatte man sich geeinigt, für die ganze Antarktis einfach offiziell die UTC anzuwenden, die Weltzeit. So war es in der Antarktis überall gleich spät, auch wenn die verschiedenen Stationen nach der UTC+0 ihre Uhren auf ihre Heimatländer oder die Zeitzone eingestellt hatten, in der sie tatsächlich lagen. Während das Programm – für Daniels Geschmack viel zu langsam – die Verschlüsselung hackte, überlegte er, zu welcher Zeit es am geschicktesten war, in den Hafen zu fahren.

Endlich. Das Programm hatte eine Verbindung hergestellt und den WEP-Schlüssel gespeichert. Nun hatte Daniel jederzeit Zugang zu einem der WLAN-Netze in Mac-Town. Er wollte sich auf sein Bett setzen, doch es war nass vom Schnee. Daniel schloss das Fenster und besorgte sich vom einzigen Pfleger der Krankenstation einen Lappen.

Der junge Mann, wohl ein Student, langweilte sich sichtbar. Mit einem Kasten Cola hockte er in einem Verschlag aus Sperrholzmöbeln und zappte zwischen dem Fernsehsender von McMurdo und einer DVD mit Bruce Willis hin und her. Statt den Boden zu wischen, entschied sich Daniel, sofort aufzubrechen. Er wollte nicht riskieren, der halben Station beim Löschen des Versorgungsschiffs im Hafen zu begegnen. Wenn er Doktor Hamilton richtig verstanden hatte, würde das Schiff in den Morgenstunden einlaufen.

Er zog den Lappen einmal durch die Pfütze, schnappte seinen Laptop und humpelte den kleinen Flur entlang zu Alvas Zimmer. Da sie auf sein Klopfen nicht reagierte, riss er einfach die Tür auf. Alva war nicht da. Er wandte sich an den Pfleger, der mittlerweile begonnen hatte, Pillentabletts zusammenzustellen, und gab ihm den Lappen wieder.

„Wo wollen Sie denn noch hin?" Der junge Mann musterte Daniel mit seiner Jacke, seiner Mütze und den Handschuhen, die er sich ums Handgelenk gebunden hatte.

„Nur eine Runde um den Block. Tut meinem Bein ganz gut." Daniel hielt den Skistock hoch.

Brummend stimmte der Pfleger zu.

„Ach, Sie haben nicht zufällig Frau Ohlström gesehen?"

„Die Frau, die mit Ihnen kam?" Der junge Mann nahm einen Schichtplan von der Wand. „Wenn sie nicht in ihrem Zimmer ist, dann schauen Sie mal links den Flur runter. Wahrscheinlich ist sie vorne im Untersuchungszimmer bei Dr. Ferguson. Der hat Nachtschicht."

„Ferguson? Hm, gut", entgegnete Daniel, um irgendwas zu sagen. Einen Moment zögerte er. Sollte er Alva wirklich im Untersuchungszimmer stören? Er wollte nicht wie ein Gaffer erscheinen, aber er wollte sie auch nicht im Stich lassen. Vielleicht brauchte sie seine Unterstützung. Daniel fand es beunruhigend, dass Alva schon über eine Stunde untersucht wurde.

Doch so, wie er sie kannte, würde sie ihm die Tür vor der Nase zuknallen.

„Herzlichen Dank." Daniel verabschiedete sich und humpelte zur Tür.

„Sie haben meine Handynummer?", rief der Mann ihm nach. „Wenn was ist, rufen Sie durch. Ja?"

„Natürlich." Daniel winkte kurz.

„Und nicht so viel trinken."

Die letzten Worte des Pflegers gingen im Heulen des Winds unter, als Daniel die Barackentür aufzog und in den Schnee trat. Es fiel ihm nicht leicht, auf seinen Skistock gestützt den matschigen Weg Richtung Hafen hinunterzugehen – vor allem nicht, weil er die ganze Zeit über den Laptop unter seiner Jacke an seine Brust gedrückt hielt.

Der Pier von McMurdo war eine Insel aus planiertem Eis und Geröll. Mehrere Sattelschlepper und umgebaute Pickups, die statt Rädern Ketten besaßen, waren bereits für das Einlaufen des Frachtschiffs am Wasser geparkt worden. Große Krananlagen wie in echten Containerhäfen gab es in MacTown nicht. Hier war die Technik rudimentär, schlicht, klobig und oftmals stammte sie noch aus den 60er- und 70er-Jahren. Dafür konnten die alten Schlepper, Kranwagen und Bagger jederzeit mit einfachsten Mitteln repariert werden. Obwohl es schon spät war, wurden noch immer Container gestapelt und sortiert. Zwischen Pfützen aus Schneematsch standen Reihen von 40-Fuß-Containern auf einem Platz voll schwarzem Geröll. Im Licht der Industriestrahler konnte Daniel die Beschriftungen erkennen: Cosco, Hapag Lloyd, Yang Ming.

So schnell es sein Bein zuließ, humpelte er an ihnen vorbei und zu einer kleinen Halle, die einige Meter vom Pier entfernt am Wasser stand. Eiszapfen, größer als Daniel selbst, hatten die Regenrinne zerstört und ließen den Bretterbau aus Holz wie das aufgerissene Maul eines Dinosauriers erscheinen.

Daniels Bein schmerzte und seine rechte Hand, mit der er sich auf den Stock stützte, fühlte sich bereits taub an. Er lehnte sich an ein Kettenfahrzeug und blickte sich um. Hinter einem mit Maschendraht abgezäunten Areal konnte er vier Paletten erkennen, auf denen Transportkisten aus Hartplastik standen, die durch mehrere Haltegurte gut gegen Unfälle gesichert waren. Daniel raffte sich auf und trat an den Zaun, um die Beschriftungen zu entziffern:

Caution / Handle with Care / Endurance V3 / Prototyp / StoneAerospaces / Caution …

Bingo, dachte er und wischte sich den Schnee aus dem Bart. Er atmete innerlich auf. Sicherlich waren die Paletten bereits zur Verladung hierher gebracht worden. Einen der Roboter für ein paar Tage auszuleihen, würde zwar auffallen – aber erst in Neuseeland oder wo auch immer sie die Roboter zum Kabelverlegen einsetzten. Da er dafür sorgen wollte, dass die Frachtpapiere stimmten, würde es ein ewiges Theater um den fehlenden Roboter geben.

Trotz der Schmerzen in seinem Bein und seiner bleiernen Müdigkeit musste Daniel lächeln. Sein Plan war simpel und genial. Statt durch das Tor einzubrechen und heimlich eine Palette aufzuladen, würden die Hafenarbeiter von MacTown ihm beim Ausleihen helfen und ihm den Endurance freiwillig in den Helikopter schieben.

Daniel sah sich um und entdeckte einige Schritte weiter genau das, was er jetzt brauchte: ein stilles Örtchen. Ein Plastikklohäuschen, das zwischen mannshohen Kabeltrommeln aufgebaut worden war. Wenig später ging Daniel wieder am Eiszapfenmaul vorbei und zurück zur Lagerhalle.

In Stahlregalen stapelte sich Werkzeug neben Essensvorräten und Baustoffen. Ein Haufen Kisten türmte sich vor Big-Packs bis zur Decke. Daniel humpelte an zwei Gabelstaplern vorbei zu einem Kabuff, das mit Plexiglasscheiben verkleidet war. Drinnen saß eine Frau um die fünfzig, die eine Tasse Tee zwischen ihren Fäustlingen hielt und einen Schlager, den Daniel nicht kannte, aus dem Radio mitsummte. Nach einem kurzen Smalltalk verwies ihn die Frau auf den Lageristen, der mit seinem

Gabelstapler zwischen den Regalen hin- und hereilte und für das Frachtschiff Paletten befüllte.

Einige der in Schutzfolie eingeschweißten Geräte sahen aus, als seien sie die Innereien uralter Roboter. Daniel fühlte sich an seine Kindheit erinnert, die er mit seinem besten Freund in der Nähe von Köln auf einem Schrottplatz verbracht hatte.

Endlich gelang es ihm, den Lageristen auf sich aufmerksam zu machen. Der Lagerarbeiter war ein korpulenter Mann, der wie ein traditioneller Eskimo gekleidet war: Er trug hohe Stiefel aus Robbenleder und ein Fell, das ihm bis über die Knie reichte.

Ohne Umschweife erklärte ihm Daniel, dass er von der Amundsen-Scott-Station gekommen sei, um einen Endurance abzuholen. Eigentlich hatte Daniel erwartet, ein Stirnrunzeln oder einen skeptischen Blick zu ernten, doch der Mann bellte nur, dass Daniel sich einen Helm aufsetzen solle. Dann checkte er sein Handheld. „Endurance. Was? Die Dinger für die Unterseekabel?"

Daniel nickte. „Genau."

„Das sind aber Prototypen." Der Mann kratzte sich seinen roten Walrossbart. „Die sind von Doktor Brian Stayyard zur Auslieferung autorisiert und gehen morgen mit 'nem Frachter raus."

„Ich weiß." Daniel seufzte, als sei ihm die ganze Sache furchtbar unangenehm. „Stayyard hat Ihnen bereits gemailt. Eines von den Dingern will er zum Südpol zurückfliegen. Weiß der Henker, was da los ist."

„Vollmacht?"

Daniel sah den Typen fragend an.

„Vollmacht. Du brauchst eine Vollmacht, um das Teil entgegenzunehmen."

Shit, dachte Daniel. Was für eine Vollmacht? Er hatte gedacht, eine Mail in Dozers Namen würde reichen. „Äh, habe ich hier", sagte er frech und begann seine Taschen zu durchsuchen. „Verdammt ... Oh nein. Die – also die liegt in der Mappe und die liegt ..."

„Im Helikopter?", half ihm der Lagerist.

„Sie sagen es."

„Wir checken das. Willste mitfahren, Mann?"

Daniel wollte aufsteigen, doch der Skistock störte. Wie zur Entschuldigung hielt er ihn hoch. „Ich komme nach." Kaum hatte er die Worte ausgesprochen, fegte der Typ mit seinem Gabelstapler auch schon mit Vollgas an ihm vorbei.

„Britta, Schätzchen", brüllte der Lagerist schon von Weitem gegen den Lärm des Staplers an. „Hast du 'ne Rausgabe für 'nen Endurance? Amundsen-Scott?"

Die Frau im Glasverschlag schüttelte den Kopf. „Ich sehe mal nach", rief sie zurück.

Humpelnd näherte sich Daniel dem Lageristen, der bereits von seinem Stapler gestiegen war und in der Tür des Kabuffs wartete. Er ließ sich Zeit, denn er wusste, was geschehen würde. Diese Britta würde in ihrer InBox nachsehen und ein Schreiben von Dozer finden. Um genau zu sein, eine falsche E-Mail von Dozer, die erst ein paar Minuten alt war. Daniel hatte sie im Klohäuschen getippt und abgeschickt, nachdem er im Internet die Adresse des

McMurdo-Frachtterminals gefunden hatte. Ohne Eile folgte er dem Lageristen zur Tür des Kabuffs.

„Endurance V3. Prototyp. Rückführung eines Exemplars nach Amundsen-Scott“, las Britta vor. Sie überflog die Mail und trank noch einen Schluck Tee. „Habe ich hier. Von Doktor Stayyard. Ich druck sie dir aus.“ Sie rollte mit ihrem Stuhl an Daniel und dem Lageristen vorbei zur anderen Seite des Verschlags und wartete an einem Laserdrucker auf den E-Mail-Print.

„Schreib mal zurück, ob unser Herr hier – wie heißen Sie?“ Der Mann blies sich in die Hände.

„Doktor Daniel Rheinberg.“

„Ob unser Herr Rheinberg autorisiert ist. Er braucht eine Vollmacht.“

„Hat er im Heli gelassen, hm?“, warf Britta lächelnd ein.

„Du sagst es, Schätzchen, du sagst es.“ Der Lagerist lachte.

„Immer das Gleiche.“ Er wandte sich noch mal an Daniel. „’Tschuldigung, Mann, aber die Dinger sind ’nen Haufen Kohle wert. Stimmt’s, Britta?“

„Klar, Larson.“

„Kein Problem“, antwortete Daniel. „Ist immer besser, sich abzusichern ... Kann aber sein, dass mein Herr und Meister nicht mehr im Büro ist.“ Daniel überlegte, was er als Nächstes unternehmen sollte, als er sah, wie Britta zurück zum Monitor rollte und sofort eine E-Mail an Dozer aufsetzte.

„Na, wenn er nicht mehr da ist, kommst du eben morgen früh wieder. Bevor wir die Dinger nach Neuseeland schicken." Der Lagerist lachte trocken, während Daniel nur gequält lächelte und nervös beobachtete, wie Britta auf *Senden* klickte. Heimlich drückte Daniel auf seine Digitaluhr, um einen Countdown von zwei Minuten zu aktivieren, den er bereits eingestellt hatte. Er hatte Dozers Account so programmiert, dass er exakt zwei Minuten Zeit hatte, die Mails zu beantworten oder zu löschen, bevor sie in Dozers Postfach landeten. Sofort begann die Zeit zu rasen.

„Sagen Sie, ich muss mal eben meine unverdaulichen Ballaststoffe entsorgen", scherzte er. „Gibt's hier irgendwo 'n Klo?"

„Logisch", erklärte der Lagerist. „Da raus, dann links."

Die Tastatur des Laptops war eiskalt, als er ihn hinter der Plastikkloschüssel hervorzog und in Windeseile Dozers Postfach checkte.

Er sah auf seine Uhr. Noch 56 Sekunden.

Einen Moment lang überlegte Daniel, Brittas Anfrage schlicht zu löschen, doch dann entschied er sich dagegen. Er kopierte sie auf seine Festplatte, löschte das Original in Dozers Postfach und begann hastig, eine Bestätigung der Vollmacht in Dozers Namen zu tippen.

Was für ein blöder Idiot, dachte Daniel, als er versuchte, Dozers knappen Tonfall zu imitieren und so amtlich wie möglich zu klingen. Dabei musste er immer wieder eine Pause einlegen, um sich die Hände zu reiben, die schon vor Kälte schmerzten. Sein Chef würde weder die Anfrage noch die Bestätigung erhalten, aber sicher würde irgendwann irgendwer wissen wollen, was mit dem Endurance passiert war.

Daniel hämmerte weiter auf die Tastatur ein. Irgendwann würde es Ärger geben, gehörigen Ärger, aber das war nicht sein Problem. Noch nicht.

32 Sekunden.

Beinahe hätte er mit „Dozer“ unterschrieben. Innerlich über sich selbst lachend, löschte er die Zeile und kopierte aus einer anderen Mail des Chefs dessen hochgestochene Mail-Signatur: „Hochachtungsvoll, Dr. habil. Brian Stayyard, CFO Abteilung 1, Amundsen-Scott-Southpole-Station“.

17 Sekunden.

Und Go! Er schickte die Antwort ab und löschte sie noch im selben Atemzug. Sofort entspannte er sich. Geschafft. Zu seiner Überraschung kündigte schon Sekunden später Homer Simpson mit einem saftigen „Nein!“ eine neue Nachricht in seiner InBox an.

„Herausgabe des Endurance“, las er, „erfolgte um 20090619T2217 UTC.“ Daniel lächelte zufrieden. Na prima, dachte er. Jetzt ist es amtlich. Die Herausgabe findet am 19. Juni 2009 um 22:17 UTC statt. Nicht schlecht, diese Britta, dachte er. Bestätigt die Übergabe, obwohl ich noch auf dem Klo hocke. Er verstaute den Laptop wieder hinter der Toilette, schnappte sich seinen Stock und stand auf.

Kaum hatte er die Tür des Klohäuschens geöffnet, hörte

er die tiefe Stimme des Lageristen brüllen: „Soll ich das Ding gleich zum Heli schleppen, oder was?“

Bevor Daniel antworten konnte, war der Typ mit seinem Gabelstapler bereits an ihm vorbei und zum Eingang des Maschendrahtzauns gefahren.

„Ich bitte drum“, brüllte Daniel ihm zu und konnte sich das Lachen nicht mehr verkneifen, denn er stellte sich Alvas Gesicht vor. Was sie wohl sagen würde, wenn er ihr erzählte, dass die Beklauten ihm die Diebesbeute quasi mit Kusshand in den Fluchtwagen geladen hatten? Morgen würden sie sich den knappen Platz im Helikopter mit einem Endurance der neuesten Generation teilen müssen.

53

„Was geht nur in deinem Kopf vor, Tan?“ Wütend stierte Zachary auf die Straße. Er hatte Kopfschmerzen und sein Bein tat weh. Dass Ian einfach auf ihn zuhalten würde, hätte er nicht gedacht. Eine Judorolle hatte ihm das Leben gerettet. Dafür hatte er jetzt höllische Schmerzen im Oberschenkel. Die Harley, die über den Asphalt geschlittert war, hatte ihn nur um einen halben Meter verfehlt. Nachdem er sich endlich aufgerappelt hatte und zum Hang gehumpelt war, hatte er den Mietwagen in den Bäumen stecken gesehen. Eine verfluchte halbe Stunde hatte er gebraucht, um mit dem verletzten Bein den Hang hinunterzuklettern. Unten angekommen, hatte er enttäuscht feststellen müssen, dass der Wagen leer und die Sitze bereits kalt waren.

Ein Seitenblick auf seinen Partner zeigte ihm, dass Tan schmollte. „Einfach den Jungen abzustechen. Du hast sie ja nicht mehr alle“, zischte Zachary und funkelte Tan böse an.

Obwohl Tan in Ipswich beinahe die ganze Aktion gefährdet hatte, gab er seinen Fehler nicht zu. Stur starrte er auf seinen Laptop, murmelte Richtungsangaben und biss vom Subway-Sandwich seines Partners ab.

Zachary konzentrierte sich auf den Verkehr. Ständig liefen ihm Studenten oder Touristen vor den Geländewagen. Keiner achtete auf die Autos. Alle hatten nur Augen für die weltberühmte Architektur von Cambridge.

„Wo lang?"

In dem virtuellen Stadtplan markierte ein roter Pfeil ihre Position, ein grüner Punkt ihr Ziel: Bpms Handy.

„Rechts", erwiderte Tan schmatzend. „Du hättest Sweet Onion nehmen sollen."

Zachary stöhnte genervt. Sie hatten die beiden Jungs quer durch die Universitätsstadt verfolgt. Jetzt rollten sie mitten durch das Zentrum, krochen die Round Church Street hoch, um in die Park Street abzubiegen.

„Wo wollen die hin?"

„Sind stehen geblieben. 300 Meter Luftlinie", verkündete Tan und sah auf. „Busbahnhof", erklärte er knapp.

„Verfluchter Mist!"

Zachary gab Gas und der Wagen, den Tan vor einer Disco in Ipswich geklaut hatte, schoss am ABC Theater vorbei und die Jesus Lane hinauf. Ohne auf den Gegenverkehr zu achten, fuhr Zachary verkehrt herum in einen Kreisel, bog rechts in eine schmale Straße ein und gab Vollgas. Tan schrie auf vor Begeisterung und sein Sandwich fiel mit einem lauten Flatsch auf die Tastatur.

Der Busbahnhof lag am Ende der Drummer Street. Kräne ragten hinter den Parkbuchten für die Busse heraus und der halbe Platz war wegen Bauarbeiten gesperrt.

Hupend bewegte sich Zachary durch die Touristenmenge, um den Wagen dann vor einem Taxistand abzustellen. Er ignorierte die aufgebrachten Rufe der Fahrer und rannte hinüber zu den Bussen.

„Welcher?“, rief er.

Tan, der ihm folgte, hatte Probleme, im Laufen auf den Laptop zu sehen.

„Welcher ist es?“ Zachary lief an den Bussen entlang, sprang an den Fenstern hoch und versuchte, hinter den Scheiben Fahrgäste zu erkennen. Wohin wollten diese beiden Jungen? Was war ihre nächste Station? Zurück nach Hause? London? Im Laufen rempelte Zachary eine alte Dame an, die mühsam ihren Trolley hinter sich her zog.

„Tan!“ Zachary sah sich nach seinem Partner um. Den Laptop auf der ausgestreckten Hand balancierend, eierte Tan in Schlangenlinien durch die wartenden Menschen wie ein Wünschelrutengänger.

„Keine Ahnung. Aber wir sind nah dran“, brüllte er über die Köpfe einiger Studenten hinweg, die auf ihren Bus warteten.

Ein Pfeifen signalisierte die Abfahrt eines National Express Busses. *Glasgow* las Zachary auf dem Schild über dem Bus. Nein, nach Schottland würden sie wohl kaum flüchten. Er hetzte weiter. Dann blieb er stehen: *London Heathrow*. Bucht 12. Das musste er sein. Zachary wollte gerade in den Bus stürmen, als er Tan rufen hörte. Er blickte sich um und sah ihn aufgeregt winkend zum Wagen zurücklaufen. Immer wieder deutete sein Partner hektisch auf den weißen National Express Bus nach Glasgow, der bereits abgefahren war.

„Verdammt!“, entfuhr es Zachary. Das konnte doch nicht wahr sein! Fluchend spurtete er zurück. Passanten, die ihn kommen sahen, sprangen erschrocken aus dem Weg.

Inzwischen hatten sich aufgebrachte Taxifahrer um ihren Geländewagen versammelt. „Das ist kein Parkplatz hier!“, hörte er einen Bierbauch schimpfen. Zachary stieß ihm den Ellbogen in die Seite, um sich Platz zu verschaffen. Schwungvoll warf er sich auf den Fahrersitz und legte einen Kavaliersstart hin.

Doch in der überfüllten Parkside gelang es ihm nicht, den Bus zu überholen. Immer wieder musste er hinter ihm einscheren. Erst auf der vierspurigen East Road zog er mit Vollgas an dem Bus vorbei. Dann riss er das Steuer herum, sodass der Wagen quer vor dem Bus zum Stehen kam. Mit einem ohrenbetäubenden Quietschen bremste die Fahrerin ab.

Zachary und Tan stürmten hinein.

Die aufgebrachte Busfahrerin wollte sich ihnen in den Weg stellen, aber Zachary packte sie an den Schultern. „Mein Sohn!“, brüllte er sie an. „Wo ist er?“

Verdattert sah sie ihn an. „Ihr Sohn? Sie können doch nicht einfach ...“

Mit einem Nicken deutete er Tan, die Frau in Schach zu halten. Sein Blick flog über die Gesichter der Fahrgäste. Verängstigt starrte ihn ein älteres Ehepaar an. Ein paar Studenten beobachteten ihn halb belustigt, halb schockiert.

Wo war Ian?

Eilig schritt Zachary durch den Mittelgang nach hinten. In der letzten Reihe sah ihn ein Teenager mit großen

Rehaugen an. Das Mädchen hielt ihr Hello-Kitty-Handy zitternd an ihr Herz gepresst. Fluchend drehte er sich um. Wo waren diese zwei nervtötenden Bengel?

Er ging in die Knie und spähte unter die Sitze. Er suchte noch einmal den ganzen Bus ab, sah in jedes Gesicht. Draußen hörte er Tan im Gepäckfach wühlen. Trotz ihres heftigen Protests hatte er die Fahrerin gezwungen, das Fach zu öffnen. Doch auch Tan hatte scheinbar kein Glück.

Dann kam ihm endlich die zündende Idee. Mit einem triumphierenden Lächeln marschierte er zur Reisetoilette.

„Raus mit dir!“, rief er und riss die Plastiktür auf. Der Gestank des Chemieklos schlug ihm entgegen, doch die Toilette war leer.

Zachary lehnte an der Motorhaube ihres Geländewagens und starrte mit düsterem Blick auf den Bus, während Tan aufgeregt auf dem Laptop herumtippte.

„Ich versteh das nicht, Zac. Ehrlich. Ist ganz klar die Funkzelle hier. Ihr Handy hat sich hier eingewählt.“

Ein Zittern durchfuhr den Bus, als die Fahrerin wieder startete. Schwarzer Qualm stieg aus dem Auspuff.

Die Arme vor der Brust verschränkt, beobachtete Zachary, wie der Bus an ihm vorbeifuhr und sich wieder in den Verkehr einreihte. Das Mädchen mit den Rehaugen presste ihr Gesicht an die Heckscheibe. Offenbar wollte sie ein Foto von ihm schießen, denn sie zückte ihr rosafarbenes Handy. Zachary knurrte sie an und tatsächlich zuckte das Mädchen zurück. Seinetwegen? Oder war ihr Akku alle? Zachary konnte gerade noch erkennen, dass sie verwirrt auf das Display ihres Handys starrte. Er schnappte sich sein Zielfernrohr und sah, wie das Mädchen wild auf den Tasten herumdrückte und schließlich den Akku herausnahm.

Der Bus gewann an Fahrt.

„Da!“, jubelte Tan und zeigte auf den blinkenden grünen Punkt, der sich langsam vom roten Pfeil löste. „Siehste, is’ doch nicht abgestürzt. Blödes Trackingprogramm. Es ist der Bus.“

Mit Verwunderung konnte Zachary durch sein Fernrohr gerade noch erkennen, wie das Mädchen die SIM-Karte aus ihrem Hello-Kitty-Handy zog, bevor der Bus hinter der nächsten Kurve verschwand.

Mit einem wütenden Schrei trat er gegen den Kühlergrill des Wagens. Der Pitbull auf seinem Arm fletschte die Zähne. „Die haben uns reingelegt!“

„SIM-Karten getauscht“, entgegnete Tan trocken. Frustriert starrten sie dem Bus nach, als hocke eine gemeinsame Geliebte darin.

54

Sie hatte sich noch nie in ihrem Leben so einsam gefühlt. Sicher, sie kannte es, verlassen zu werden und sie kannte das Gefühl, keine Freundin zu haben, der man sein Herz ausschütten konnte. Doch hier oben, auf halber Strecke zum Gipfel des Takao und mit Blick auf ihr Zuhause und Tokio, hier oben überkam sie auf einmal ein Gefühl von absoluter Einsamkeit.

Glutrot durchbrach die Sonne den blauen Morgen. Ihr Ball schien vor Hitze im Smog Tokios zu flimmern und ihre Strahlen vertrieben den Nebel, der sich über die Bäume des Tals gelegt hatte. Chiyo blinzelte. Sie nahm den Helm und ging hinüber zur Absperrung der Seilbahn, die so früh am Morgen noch nicht in Betrieb war. Sie war allein. Sobo war tot und Takai … Schwamm drüber, dachte sie, der Idiot hat es nicht verdient, dass ich ihm nachjammere. Chiyo wischte sich die Tränen am Ärmel ihres geklauten Hoodys ab und setzte sich auf einen der niedrigen Mülleimer. Eigentlich hatte sie den Berg noch höher hinaufsteigen wollen, um den Affenpark, den Botanischen Garten oder den Tempel zu besuchen, in dem sie so oft mit Sobo gewesen war. Doch heute bereitete ihr jeder Schritt Schmerzen.

Nachdem sie ein paar Minuten auf die verlassene Gondel der Seilbahn und ihre dicken Drahtseile gestarrt hatte, die sich den Hang hinunterspannten, nahm sie sich noch einmal den Helm vor.

Hitomi. Das Auge.

Hatte er ihre Großmutter getötet? Konnte das sein? Obwohl sie sich nicht erinnern wollte, konnte sie nichts dagegen tun – erneut tauchte das Bild ihrer toten Großmutter in der Badewanne vor ihren Augen auf. Ihr verkohlter Arm über dem Rand der schwarzen Wanne. Der Helm. Auf dem Boden. Angeschlossen an eine Motorradbatterie.

Mit Energie versorgt.

Mit Leben.

Sie drehte Hitomi um und betrachtete ihn eingehend. Abgesehen von dem dicken Nackenschutz, dem Shikoro, und den Ohrlappen mit den Buchsen wirkte er wie ein alter Stahlhelm. Offensichtlich war der Helm oft getragen worden, denn das Futter im Helm war abgewetzt und an einer Ecke sogar leicht aufgerissen. Sobo schien das Futter schon einmal genäht zu haben. Kleine Kreuzstiche hielten den braunen Stoff zusammen. Beinahe zärtlich fuhr Chiyo mit dem Finger über die Naht und dachte wehmütig an die kleinen, knubbligen Finger ihrer Großmutter. Es musste schon lange her sein, dass sie den Helm geflickt hatte, denn seit Chiyo Sobo kannte, litt sie an Arthrose.

Plötzlich hielt Chiyo inne. Da war etwas Hartes unter dem Stoff. Noch einmal fuhr sie mit dem Zeigefinger über die Naht. Als sie sich den Helm gestern Abend aufgesetzt hatte, war es ihr gar nicht aufgefallen, doch nun meinte sie, eine Postkarte oder einen Zettel zu spüren.

Chiyo rieb sich die Hände an ihrer löchrigen Netzstrumpfhose ab und griff in den Stoff. Mit dem Zeigefinger versuchte sie, dem Stück habhaft zu werden, schob und drückte es, bis eine schwarz-weiße Ecke zum Vorschein kam.

Die Ecke eines Fotos.

Vorsichtig trennte Chiyo die Naht weiter auf und zog eine verblichene und leicht zerknitterte Aufnahme aus dem Helm. Das Bild musste mehr als sechzig Jahre alt sein. Die Anzüge der Männer, die Kleider und die Frisuren der drei Frauen auf dem Bild sprachen für die späten dreißiger oder frühen vierziger Jahre.

Zwölf Personen standen auf einem Kai. Im Hintergrund waren Kräne einer Hafenanlage und ein Schiff zu erkennen, dessen Name Chiyo nur mit Mühe entziffern konnte: USS Eldridge. Drei Frauen und neun Männer standen vor dem Bug und blinzelten in die Sonne. Die Männer trugen Hemden und Stoffhosen, die Ärmel lässig hochgekrempelt, die Frauen Blusen und Röcke, die ihnen bis zu den Knöcheln gingen. Beinahe alle Männer hatten Hüte auf und rauchten Pfeife.

Ein typisches Gruppenfoto. Ein Klassentreffen? Nein, dafür waren die Altersunterschiede zwischen den Männern und Frauen zu groß. Den ältesten, einen Mann mit Melone und Vollbart, schätzte sie auf siebzig, während die jüngste Person eine Frau von vielleicht zwanzig Jahren war.

Es dauerte einen Moment, bis sie die Frau erkannte.

Es war Sobo.

Sie hielt etwas im Arm. Zuerst dachte Chiyo, es wäre ein Baby, doch dann erkannte sie Hitomi.

Es war der Helm, den Sobo wie ein Baby im Arm wiegte. Ein junger stattlicher Mann im Cordanzug hatte seinen Arm um ihre Hüfte gelegt. Für eine Fotopose eine Spur zu zärtlich, wie Chiyo fand. Der Mann trug eine Nickelbrille, die ihn äußerst belesen erschienen ließ. Doch die Narbe auf seiner linken Wange wollte nicht recht zum Bild eines langweiligen Strebers passen. Im Gegenteil: Mit der Narbe und seinen neugierig blitzenden Augen sah er sogar ziemlich verwegen aus.

Chiyo hätte schwören können, dass ihre Großmutter ein Verhältnis mit dem Mann gehabt hatte. Ach, Sobo. Sie war so jung, so voller Leben gewesen.

Ihr kamen erneut die Tränen, doch sie kämpfte dagegen an. Hatte Sobo das Bild im Helm versteckt? Und wo war dieses Bild aufgenommen worden? Wer waren die anderen elf Männer und Frauen?

Ein letztes Mal sah sie in die Gesichter der zwölf, die sich dort in der Sonne am Kai versammelt hatten, dann legte sie das Foto beiseite und atmete tief durch. Der Duft der Kiefern strömte durch die Luft und mittlerweile ratterte die Seilbahn mit den ersten Touristen auf den Berg.

Chiyos Blick glitt noch einmal über den Helm. Er erinnerte sie mit seinem fleischigen Nackenpanzer noch immer an ein Insekt. Unheimlich. Die Kabel und die alte Motorradbatterie, an die Sobo den Helm angeschlossen hatte, lagen noch in Kenichis Büro. Egal. Chiyo hatte etwas Besseres.

Vorsichtig legte sie einen Lithium-Ionen-Akku neben den Helm und betrachtete beides eine Weile. Sollte sie ihn wirklich anschließen? Was, wenn wirklich Hitomi schuld an Sobos Tod war? Konnte es ein Zufall sein, dass Großmutter ein paar Stunden, nachdem sie den Helm gefunden hatte, verbrannt war?

Würde dieses Insekt auch sie beißen?

Mit zittrigen Fingern riss sie ein Stück der antiquierten Ummantelung der Kabellitzen ab und schob die Drähte in die Anschlussklemmen des Akkus. Er war frisch aufgeladen, das wusste sie, weil sie ihn aus einem laufenden Touristen-Laptop am Akihabara-Bahnhof geklaut hatte. Ein trotteliger *Gaijin* hatte ihn bei Starbucks auf dem Tisch stehen lassen, während er sich noch einen Milchkaffee bestellt hatte.

Mit dem Laptop hatte Chiyos nächtlicher Beutezug begonnen. Sie hatte ein paar Kleider und Werkzeug gebraucht und auch einen kleinen Rucksack geklaut. Ein Stoffteil in Form eines Kraken. Furchtbar hässlich, aber er tat seinen Dienst. Mehr und mehr Dinge waren hineingewandert und schließlich hatte sich Chiyo zum Berg aufgemacht.

Sie packte den Lithium-Ionen-Akku auf den Helm und band ihn mit drei Streifen Klebeband fest. Dann nahm sie Hitomi hoch und fand auf Anhieb den Schalter. Er saß oberhalb des linken Ohres, dort, wo die Ladekabel im Helm verschwanden. Ein Sirren ertönte.

Sollte sie wirklich?

Was war Sobo so wichtig gewesen an diesem Helm,

dass sie ihn ihr nicht hatte geben wollen? Sie hatte einen Aufstand gemacht, als hätte Chiyo ihr einen Schatz geraubt – oder ein Reagenzglas mit einem tödlichen Virus.

Der Helm war Sobos Geheimnis gewesen und nun war sie tot. Chiyo musste es tun. Sie hatte keine andere Wahl. Mit klopfendem Herzen nahm sie den Helm hoch und setzte ihn sich mit einer schnellen Bewegung auf den Kopf. Sofort wurde das Sirren lauter und wie schon vor zwei Tagen verschwammen durch die Optik vor ihrem rechten Auge die Farben und Formen. Tokios Skyline schien sich aufzulösen und hinterließ wirre, bunte Schlieren, wenn sie den Kopf drehte. Das war alles, was geschah.

Doch dann schmiegte sich der Shikoro mit einem sanften Ruck an ihren Nacken. Der Panzer fächerte sich auf und umschloss ihren Hals von hinten. Es fühlte sich gut an. Chiyo fühlte sich geschützt, sicher. Da erklang plötzlich ein metallenes Geräusch. Bevor Chiyo reagieren konnte, stach sie etwas links und rechts an der Schläfe. Feine Nadeln bohrten sich in ihre Haut und drangen in ihren Kopf ein.

Chiyo schrie.

Sie versuchte, den Helm vom Kopf zu ziehen, aber die Nadeln steckten zu tief. Der Schmerz war so stark, dass sie sich aufbäumte. Sie musste den Helm loslassen. Flach atmend sank sie auf die Knie und starrte durch das Prisma. Sie versuchte, sich zu beruhigen, aber der stechende Schmerz trieb ihr die Tränen in die Augen.

Jetzt wusste sie, dass ihre Großmutter nicht beim Kantō-

Erdbeben verletzt worden war. Die Narben, die Chiyo stets gespürt hatte, wenn sie Sobo über den Kopf gefahren war, stammten von Hitomi. Sobos Helm aus vergangenen Tagen hatte seine Spuren hinterlassen.

Auch bei Chiyo.

Das Insekt hatte zugestochen.

55

Einen Moment lang wusste er nicht, wo er sich befand, glaubte, er läge in seinem Zimmer unter der Dachschräge des kleinen Reihenhauses. Draußen meinte er, den Lärm eines Müllwagens zu hören, der eine Tonne nach der anderen leerte, und aus der Küche seine Mutter, die sich wie jeden Morgen einen Toast mit Orangenmarmelade schmierte.

Als Ian die Augen aufschlug, verblasste der Eindruck jäh. Schlaftrunken richtete er sich auf. Erst als er Bpm neben sich schnarchen sah, wurde ihm bewusst, dass sie in Dr. Strattons Ferienhaus waren.

Der Himmel war bereits blaurot, die Sonne jedoch noch nicht aufgegangen und das indirekte Licht fand nur mit Mühe einen Weg durch die dreckigen Scheiben. Es schliff die kleine Hütte ungewohnt glatt, rundete alle Ecken und Kanten mit seinem milchigen Schein ab. Barfuß tapste Ian über den staubigen Boden, vorbei an Thomas' Alben und Heften, zur kleinen Kochnische. Er setzte Kaffee auf, trank einen Schluck Mineralwasser und dachte über den gestrigen Tag nach.

Sein Vater hatte gewusst, dass Ian die Filme sehen und auf Spurensuche gehen würde. Hatte er auch gewollt, dass Ian das Bilderrätsel löste?

Sicher, überlegte er, sonst hätte mein Vater die Filme

vernichtet. Bestimmt hatte er die Bilder mit dem Mond und den Zahlen ebenfalls bemerkt. Ian setzte sich, nahm sich das Skizzenbuch vor und blätterte darin.

Bpm beim Angeln, das sexy Mädchen im Club, der unheimliche Journalist und Wesley mit der Erdkugel.

Während die Kaffeemaschine gurgelte, begann Ian eine weitere Zeichnung. Ihm kam es vor, als wären sie schon seit Wochen auf Reisen. Wahrscheinlich kommt es mir so vor, grübelte er, weil so viel in den wenigen Tagen geschehen war. Ich kann die Tage schon beinahe nicht mehr auseinanderhalten, alle Stunden reihen sich wie eine endlose Kette aneinander.

Er wollte seinen Vater zusammen mit Dr. Amy Stratton malen. Die beiden als Liebespaar, draußen am Steg. Ian zückte seine Brieftasche und fischte das Foto heraus, das vor seiner Zimmertür gelegen hatte. Das Bild eines glücklichen Vaters mit seinem Baby im Arm. Thomas Boroughs, der mit hochgekrempelten Ärmeln lässig an der Motorhaube seines BMWs lehnte.

Er griff noch einmal in seine Brieftasche und zog ein Passbild seines Großvaters heraus, das er gestern aus einem der Fotoalben gerissen hatte.

Einen Moment lang betrachtete er die Gesichtszüge des jungen Mannes. Schon damals hatte Harvey eine furchtbare Nickelbrille mit dickem, schwarzem Gestell getragen und seine Fechtnarbe stolz in die Kamera gehalten. Ian musste schmunzeln. Was für ein Angeber, dachte er. Wie er heute wohl aussah? Konnte es wirklich sein, dass er noch lebte – dort auf Long Island?

„Habt ihr gestern auch Aspirin gekauft? … Mann, hab ich Kopfschmerzen.“ Gähnend kratzte sich Bpm die Schläfen.

„Was ist mit deinem Schüttelfrost?“

„Weg. Wahrscheinlich hab ich den Mikrowellenfraß der Psychotante nicht vertragen.“

Ian lächelte seinem Freund zu. „Kaffee ist durch … Und wie geht's deiner Wunde?“

Bpm schob sein T-Shirt hoch. „Blutet nicht mehr und sieht gut aus.“

Behutsam kontrollierte Ian den Verband. Gestern hatte die Wunde noch genässt, aber heute schien es, als verheile der Schnitt bereits. Doch er musste feststellen, dass Bpm trotz des Schlafs müde und krank aussah. Seine linke Wange, mit der er auf den Asphalt gefallen war, war noch immer nicht abgeschwollen und auf seinem linken Knie prangte ein großer blauer Fleck. Unter seinem T-Shirt zeichnete sich die Mullbinde ab, die Ian über die Kompresse gebunden hatte. Sein lockiges Haar sah staubig aus, obwohl er es gestern im See gewaschen hatte. Ian musste sich eingestehen, dass von dem coolen Bpm mit seinem abgetragenen Parka, der stilvollen und protzigen Brille und den lässigen Docs kaum noch etwas übrig geblieben war. Sein Freund schien mit einem Schlag um Jahre gealtert zu sein.

Die Jungen machten sich notdürftig frisch und Ian versuchte noch einmal, den Bollerofen zu entfachen, um ihren Toast zu rösten. Da er aber nur die Kochnische einnebelte, packte Bpm die Scheiben kurzerhand auf die heiße Platte der Kaffeemaschine.

Nachdem sie gefrühstückt hatten, räumte Ian die beiden Kartons wieder ein. Er konnte sie nicht mitnehmen, wollte sie aber auch nicht in der Hütte liegen lassen oder auf den Boden zurückstellen. Aus einem inneren Verlangen heraus wollte er nicht, dass Dr. Stratton sie durchsuchen konnte. Sie schütteten alle Briefe und Fotoalben in einen Müllbeutel, den sie gegenüber der Götterstatuen unter einer alten Eiche vergruben. Ein wenig tat es Ian leid, die Sachen seines Vaters zu beerdigen, doch er schwor sich, zurückzukommen und die Erinnerungsstücke zu holen.

Er klappte sein Skizzenbuch zu und schob es zusammen mit zwei Flaschen Mineralwasser und ein paar Broten in den Rucksack. Die zwei Filme legte Ian obenauf, den verschimmelten Film warf er in den Mülleimer. Als letztes beseitigten Ian und Bpm, so gut es ging, alle Spuren ihres Besuchs. Auch die Tücher breiteten sie wieder über die Möbel.

„Gut, nehmen wir das Boot zum Bauernhof." Ian band sich seine Bikerjacke um und warf sich seinen Rucksack über die Schulter.

„Du willst wirklich nach New York fliegen?"

„Wir fliegen rüber und fahren nach Long Island. Ja", antwortete er knapp. Er wollte sich abwenden und zum Steg gehen, als Bpm ihn am Arm fasste.

„Woher weißt du, dass es dein Großvater war, der Thomas das Bilderrätsel geschickt hat? Woher weißt du, dass es keine Falle ist? Für deinen Vater und jetzt für uns."

„Nach all den Jahren? ... Ich glaube, dass Harvey

Douglas Boroughs wollte, dass sein Sohn ihn findet. Er hat ihm dieses Bilderrätsel und die Taschenuhr hinterlassen. Doch aus irgendeinem Grund hat mein Vater sich nie auf die Reise gemacht."

Zuversichtlich lächelte er seinen Freund an und dachte: Er hat sich nie auf die Suche gemacht, aber ich werde es für meinen Vater tun. Dank Zachary bin ich mir ziemlich sicher, dass Harvey Douglas noch lebt. Mein Großvater hat die Antworten. Auf die Visionen, die Geister, die Aliens. Er ist Patient 5. Er kennt die Lösung des Rätsels. Er weiß, wieso sie ihn suchen. Es ist meine Bestimmung, ihn zu finden, bevor es der Cowboy und sein durchgeknallter Freund tun.

„Du willst wirklich wegen zwei Bildchen ein paar tausend Meilen fliegen?", holte Bpm ihn zurück in die Wirklichkeit.

Statt einer Antwort zückte Ian die Taschenuhr und hielt sie Bpm hin.

Seelen in Flammen. Zeit in Unruh.

„Die Bilder sind eindeutig eine Nachricht, Bpm." Ian zog seinen Rucksack fest und sah auf den See hinaus. „H. D. Boroughs lebt noch. Ich habe mich aufgemacht, die Geister zu vernichten, und mein Großvater ist der Einzige, der mir dabei helfen kann."

Bpm schwieg.

Dies, dachte Ian, war erst der Beginn der Reise. Diese Tage, die ihm vorkamen wie ein einziger, sie waren die Tage der Fragen. Nun wurde es Zeit für die Stunde der Antworten. Nach Southend-on-Sea zurückzukehren war ihm unmöglich. Nicht nur der beiden Killer wegen war der kleine Ort kein sicherer Hafen mehr. Die Stadt am Meer mit ihrem Schachbrett aus Giebeln und ihren immergleichen Häusern in immergleichen Straßen, in immergleichen Farben, war nicht mehr seine Heimat.

Ian hatte seiner Welt, hatte den ewiggleichen Tagen hinter den verrosteten Karussells, den ewiggleichen Zeichnungen an seinem Schreibtisch, den ewiggleichen Diskussionen mit Peter, ja, selbst Cathys ewig gleich unerreichbarem Lächeln den Rücken gekehrt. Ohne es zu ahnen, hatte er seine Welt bereits verlassen, als er durch den Maschendrahtzaun geschlüpft war.

„Wir sind noch lange nicht am Ziel“, stellte er leise fest. „Doch die erste Etappe unserer Reise haben wir bestanden. Wir haben das Rätsel gelöst. Wir wissen, wo H. D. Boroughs untergetaucht ist. Wir wissen, wo er lebt, Bpm. Und wir werden uns ein paar Antworten von ihm holen.“

„New York. Das ist verdammt weit weg“, warf Bpm ein. „Ich weiß nicht, ob mein Vater so lange mit dem Laden allein klarkommt.“

„Du musst nicht mitkommen, wenn du nicht willst. Aber ich muss fahren. Wenn ich es nicht tue, werde ich niemals wissen, weswegen mein Großvater untergetaucht ist und warum nur wir Boroughs’ diese Geister sehen können und …“ Ian verstummte.

„… und warum dein Vater sterben musste“, ergänzte Bpm leise.

Morgennebel hing über dem See.

„Und Zero. Ja … Vielleicht weiß mein Großvater sogar, wie man sie aufhalten kann, Bpm.“ Ian spürte, wie sein Freund mit sich haderte. Sanft fügte er hinzu: „Blutsschwur. Unser Sommer, Bpm …“ Er lächelte. „Blutsbrüder.“

Ein neuer Tag kündigte sich an. Die Sonne ging über dem See auf und ließ den Nebel glühen. Im gemeinsamen Spiel mit den weißen Schwaden zeichnete sie ein eigentümliches Feuer über das Wasser.

„Ich brauch ’ne Brille.“ meinte Bpm lapidar mit Blick auf den See. Er steckte sich seine Stöpsel in die Ohren. „Ich sehe voll scheiße aus ohne. Echt.“

Ian nickte seinem Freund stumm zu. Dann kniff er die Augen zusammen und trat hinaus ins Morgenlicht. Während Bpms Beats ihn antrieben, schritt Ian in den Nebel.

Der Steg führte in eine andere Welt.

Werden wir jemals wissen, was die Antwort aufs Leben ist? Kannst Du mir sagen, was Leben ist? Womöglich werden all die Dinge, die dir kostbar sind, fortgerissen von des Schicksals Hand.
Wir sind Blutsbrüder, wir sind Blutsbrüder. Wir sind Blutsbrüder, wir sind Blutsbrüder ...

Blood Brothers, Iron Maiden

Glossar

Absoluter Nullpunkt
Dieser liegt bei ca. - 273,15 °C oder 0 K (Kelvin). Da die Temperatur eines Körpers durch die Bewegung seiner Atome hervorgerufen wird, ist der absolute Nullpunkt derjenige (gedachte) Punkt, an dem sich kein Atom im Körper mehr bewegt. Dies ist aus quantenmechanischen Gründen unmöglich, müsste jedoch (ideell) bei 0 K eintreten.

Account
Benutzerkonto, das den Zugang zu einem Datensystem gewährt

AMANDA
Die Abkürzung steht für *Antarctic Muon and Neutrino Detector Array* und bezeichnet das größte Teleskop der Welt. Dies ist jedoch nicht in den Himmel gerichtet: Stattdessen registrieren Hunderte von Sensoren im Eispanzer der Antarktis Muonen („schwere Elektronen“) und Neutrinos (vgl. dort).

Amundsen-Scott-Base
eine Forschungsstation der USA am Südpol, die 1956 gegründet wurde. Namensgeber sind der Norweger Roald

Amundsen und der Engländer Robert F. Scott, die 1911 (Amundsen) und 1912 (Scott) den Südpol erreichten.

Arthrose
Gelenkerkrankung, die zu einer Verformung des angrenzenden Knochens führt

Assembler
Hilfsprogramm, das ein in einer maschinennahen (aber für den Menschen lesbaren) Sprache geschriebenes Programm in einen Maschinencode umwandelt.

Atari Teenage Riot
Musikband, die 1992 in Berlin gegründet wurde. Sie mischte Punk mit Techno und entwickelte so einen aggressiven, schnellen Sound.

Atom
der kleinste, chemisch nicht teilbare Baustein der Materie. Der Atomkern ist aus Protonen und Neutronen aufgebaut und von einer Elektronenhülle umgeben. Die Anzahl der negativ geladenen Elektronen und der positiv geladenen Protonen im Kern ist immer gleich, sodass sich die Ladungen gegenseitig aufheben.

Bentwater
Royal Airforce Base in Woodsbridge, England, nahe Rendlesham

Berkeley
der älteste Campus (1868 gegründet) der University of California

Boh-Cha-Tee
ein spezieller grüner Tee

Bpm
Abkürzung für *beats per minute* („Schläge pro Minute"). Diese Maßeinheit gibt das Tempo eines Musikstücks an.

Brandbeschleuniger
leicht brennbare, meist chemische Substanz, die zum Entfachen und schnellen Verbreiten eines Brandes dient, z. B. Spiritus oder Benzin

C++
objektorientierte Programmiersprache

Captain Janeway
Hauptfigur aus der TV-Serie „Star Trek: Raumschiff Voyager", die zwischen 1995 und 2001 gedreht wurde

CFO
Abkürzung für *Chief Financial Officer,* die Bezeichnung für den Posten des Finanzvorstands. Ein CFO ist u. a. für Controlling und Finanzierung verantwortlich.

Chakra
u.a. im Hinduismus, in der traditionellen chinesischen Medizin sowie in einigen esoterischen Lehren verwendete Bezeichnung für Energiezentren im Körper

Chill-Out-Zone
von den anderen Räumlichkeiten abgetrennte Bereiche, meist in Discos oder Techno-Clubs, in denen man (z.T. bei ruhigerer Musik) entspannen kann

Cosplay
vom englischen *costume play* („Kostümspiel"). Besonders in Japan verbreiteter Trend, sich als Anime- oder Manga-Held zu verkleiden und sich so auf der Straße zu zeigen oder an Wettbewerben teilzunehmen

Daikoku
einer der sieben Glücksgötter der japanischen Shinto-Religion. Er steht für Wohlstand, reiche Ernte und Nahrung.

Diablesa
spanisch für *Teufelsweib*

Docs
Doc Martens (oder kurz: Docs) sind schwere, massive und strapazierfähige Schuhe, die in bestimmten Jugendkulturen Kultstatus haben.

dry valleys
Täler im Transantarktischen Gebirge, die weitestgehend eis- und schneefrei sind, da nicht genug Feuchtigkeit dorthin gelangt

Dunkle Materie
in der physikalischen Kosmologie eine Form von Materie, die keine Strahlung aussendet bzw. reflektiert und dadurch nicht direkt beobachtbar ist. Auf ihre Existenz lässt allein ihre Gravitationswirkung schließen.

EBM
Abkürzung für *Electronic-Body-Music*, eine spezielle Musikrichtung aus den frühen 1980er-Jahren, die z.T. auch als „Aggrepo" (aggressive Popmusik) bezeichnet wird

Einstein, Albert
(1879–1955) deutscher Physiker und Nobelpreisträger, der mit seinen Theorien das physikalische Weltbild maßgeblich veränderte. Besonders bekannt wurde er durch seine spezielle und allgemeine Relativitätstheorie (vgl. dort).

Ektoplasma
in der Parapsychologie Name einer Substanz, von der manche Menschen glauben, dass sie von Geistern bzw. von Medien ausgesondert wird. Einige stellen sie sich als Schaum vor, der nur in Infrarotlicht zu sehen ist.

Endurance Roboter
Spezial-Roboter für Erkundungsfahrten unter dem Eis. Der Name ist eine Abkürzung für *Environmentally Non-Disturbing Under-ice Robotic Antarctic Explorer.*

Fish 'n' Chips
inoffizielles Nationalgericht Englands, bestehend aus in Backteig frittiertem Fisch und dicken, weichen Pommes (Chips)

Fotovervielfacher
Instrument zur Messung kleinster Lichtimpulse

Gaijin
japanisch für *Mensch von draußen* (ein Ausländer)

GPS
Abkürzung für *Global Positioning System*, ein satellitengestütztes Navigationssystem, das zur weltweiten Positionsbestimmung und Zeitmessung entwickelt wurde

Gravitation
von lateinisch *gravitas* („Schwere"); Begriff aus der Physik, der die gegenseitige Anziehung von Massen bezeichnet

Handheld
kleiner, tragbarer Computer

Hangar
Bezeichnung für eine große Halle, die als Garage oder auch Werkstatt für Flugzeuge dient

Harajuku
Stadtteil in Tokio mit ausgefallenen Läden

Hitomi
Name von Chiyos Helm. Er bedeutet so viel wie Pupille oder Auge.

Hōmu mēkā
japanisch für *Hausmann, Hausfrau*

Hoody
Kapuzenpullover

Hydraulik
Der Begriff bezeichnet u.a. die Kraftübertragung durch Flüssigkeit. In einem geschlossenen Leitungssystem erzeugt eine Flüssigkeit Druck, mit dem sich dann z.B. Hebel oder Gelenke bewegen lassen.

Iro
Kurzform für den *Irokesen*, eine Frisur, bei der die Haare aufrecht stehend als Streifen getragen werden, die Seiten sind rasiert. Ursprünglich war das die Haartracht des gleichnamigen Indianerstammes.

Iron Maiden
(*Eiserne Jungfrau*) 1975 gegründete Rockgruppe, die für die Musikrichtung Heavy Metal stilprägend war

Kanji
japanische Schriftzeichen

Koi
japanischer Karpfen. Die Schuppen der Fische sind unterschiedlich bunt gezeichnet.

Kryosphäre
von griechisch *kryo* („kalt"); der Bereich der Erde, der von Eis bedeckt ist. Sie umfasst alle Formen von Schnee und Eis. Meereis, Polareis, Schelfeis, Gletscher etc.

Kuso
japanisch für *Mist!* (als Ausruf bzw. Fluch)

Lascaux
Höhle von Lascaux im Tal der Vézère (Frankreich). Dort wurden die bisher ältesten bekannten Höhlenmalereien gefunden. Die Abbildungen von Tieren sind vermutlich ca. 17 000 Jahre vor unserer Zeitrechung entstanden.

Lense-Thirring-Effekt
ein von Josef Lense (Mathematiker) und Hans Thirring (Physiker) im Jahr 1918 theoretisch vorhergesagter Effekt, wonach eine rotierende Masse den Raum um

sich herum geringfügig mitzieht und so die Raumzeit „verdrillt“.

Lithium-Ionen-Akku
ein wiederaufladbarer Akku, der sich durch seine hohe Energiedichte auszeichnet

Manga
japanischer Comic

McMurdo-Base
die größte Forschungs- und Logistikstation in der Antarktis. 1955 von den USA errichtet, zählt sie inzwischen über 85 Gebäude, u.a. Geschäfte, Hafenanlagen und Werkstätten. Im Sommer halten sich ca. 1 100 Menschen auf der Station auf, im Winter nur ca. 250.

Mikrofiche
Filmmaterial, auf das verkleinert Abbildungen von gedruckten Vorlagen aufgenommen werden. Microfiches werden zur Archivierung benutzt, da sie bei richtiger Lagerung bis zu 500 Jahre halten sollen. Mit Mikrofilm-Lesegeräten können durch Rückvergrößerung auch Reproduktionen hergestellt werden.

Misosuppe
japanisches Nationalgericht aus Tofustücken, Frühlingszwiebeln, Pilzen und Meeresalgen. Der würzige Geschmack entsteht durch Fischsud und Sojabohnenpaste („Miso“).

MP3
gängiges Format für Musikdateien und ein Verfahren, um die Datenmenge von Musikstücken zu verkleinern

National Snow and Ice Data Center
Das NSIDC ist ein amerikanisches Institut, das Daten über die Kryosphäre sammelt. Das Institut wertet Daten von Satelliten aus, nimmt Proben und stellt die Ergebnisse Wissenschaftlern zur Verfügung.

Natrium-Thiopental
ein Schlafmittel. Wird zur Narkose verwandt, kann aber in geringen Dosen auch als „Wahrheitsserum" dienen, wobei der so manipulierte Befragte nicht zwangsläufig die Wahrheit sagt. Lediglich seine Wahrnehmung und sein Entscheidungswille werden getrübt.

Neutrino
italienisch für *kleines, neutrales Teilchen*. Das elektrisch neutrale Elementarteilchen wird zwar wie jedes Elementarteilchen von der Gravitation beeinflusst, die Wechselwirkung ist aber durch seine geringe Größe schwach. Deswegen ist das Neutrino extrem schwer nachzuweisen.

Nikuman
japanische Spezialität; mit Fleisch gefüllte Hefeklöße

NRAD

Abkürzung für *Near Range Acoustic Device*. Schallwellen werden gebündelt und mit hohem Schalldruck (150 Dezibel) aus der Kanone gezielt in eine Richtung abgeschickt. Der Schall ist schmerzhaft und kann zu Taubheit führen. (Zum Vergleich: 120 Dezibel ist ungefähr so laut wie ein startendes Düsenflugzeug.) Auf diese Weise können z. B. Angreifer in die Flucht geschlagen oder betäubt werden.

okaasan

japanisch für *Mutter*

otousan

japanisch für *Vater*

Paper

schriftliche, naturwissenschaftliche Arbeit

Philadelphia-Experiment

ein Experiment zur Tarntechnologie, das der Legende nach während des Zweiten Weltkriegs von den Vereinigten Staaten durchgeführt wurde. Es wird erzählt, dass das Kriegsschiff USS Eldridge 1943 im Hafen von Philadelphia (Pennsylvania) unsichtbar gemacht wurde. Angeblich war für 15 Minuten nur der Kielabdruck des Schiffes im Wasser sichtbar. Zur gleichen Zeit soll das Schiff jedoch im Hafen von Norfolk (Virginia) gesichtet worden sein. Nach der Rematerialisierung sollen Besatzungsmitglieder verbrannt, spurlos verschwunden oder mit dem Schiff verschmolzen gewesen sein. Noch Jahre nach dem Experiment, so die Legende weiter, hätten sich ehemalige Besatzungsmitglieder in Luft aufgelöst.

Podkletnow, Jewgeni Nikolajewitsch
russischer Chemiker und Materialwissenschaftler, der behauptet, 1996 bei einem Experiment mit rotierenden Hochtemperatursupraleitern einen Effekt der Abschirmung des Gravitationsfelds beobachtet zu haben, was allgemein als Antigravitation gedeutet wird. Sein Experiment konnte bisher nicht wiederholt werden.

Private
niedrigster Rang des britischen Militärs. Vergleichbar mit dem schlichten Soldat oder dem Gefreiten

PSP
Abkürzung für *Playstation Portable*. Tragbare Version der Spielekonsole

PVC
Abkürzung für *Polyvinylchlorid*, ein Kunststoff

Ramones, The
Musikgruppe aus New York, die sich Mitte der 1970er-Jahre gründete. Ihr Stil war wegbereitend für die spätere Punkmusik.

Relativitätstheorie
Albert Einstein formulierte 1905 die spezielle und 1916 die allgemeine Relativitätstheorie, die sich beide mit der Struktur von Raum und Zeit und dem Wesen der Gravitation befassen. Damit revolutionierte Einstein das Grundverständnis von Raum und Zeit. Seine Theorien bilden zusammen mit der Quantentheorie das Fundament der heutigen theoretischen Physik.

Rendlesham-Vorfall
Im Dezember 1980 wird von einer UFO-Landung im Wald von Rendlesham, Suffolk, England berichtet. Soldaten des amerikanischen Luftwaffenstützpunktes bestätigen die Beobachtungen.

Roswell
Stadt in New Mexico, in der im Juli 1947 ein UFO abgestürzt sein soll. Der nahegelegene Luftwaffenstützpunkt dementierte die Meldung, er habe ein UFO in Besitz.

Rugby
Ballsportart, ähnlich dem American Football. Es wird mit zwei Mannschaften von je 15 Mann gespielt. Ziel ist es, den Ball an der gegnerischen Mannschaft vorbeizutragen und so Punkte zu erzielen.

Satsu
japanisch für *Bulle, Polizei* (Slang)

Scribble
schnelle Zeichnung, Skizze

Shikoro
Nackenschutz am Helm der Samurai

Shoji
japanische Schiebetür; ein mit Reispapier bespannter Holzrahmen, der sich verschieben lässt

Sobo
japanisch für *Großmutter*

Sonar
Messtechnik zur Ortung und Vermessung von Gegenständen unter Wasser mittels Schall

Star Trek
1966 von Gene Roddenberry entwickelte TV-Serie (deutsch: „Raumschiff Enterprise"), auf der sechs TV-Serien und zehn Kinofilme basieren, die mittlerweile einen eigenen „Science-Fiction-Kosmos" bilden

Supernova
das durch eine Explosion hervorgerufene helle Aufleuchten eines Sterns, wenn er „stirbt". Dabei entsteht eine Leuchtkraft, die die normale Leuchtkraft des Sterns um das Milliardenfache übersteigt.

Supraleiter
Stoffe, die beim Abkühlen auf eine Temperatur nahe des absoluten Nullpunktes keinen messbaren elektrischen Widerstand mehr besitzen. Ihre elektrische Leitfähigkeit ist damit praktisch unbegrenzt, sie werden „supraleitend“.

Terabyte
Byte ist eine Maßeinheit aus der Informatik. Terabyte bezeichnet die Speichereinheit 2^{40} Byte.

USS Eldridge
von 1943 bis 1946 Schiff der US-Marine (Geleitzerstörer der Cannon-Klasse), 1951 an Griechenland übergeben

UTC
Abkürzung für *Universal Time Coordinated* („koordinierte Weltzeit”). Sie ist die aktuelle Weltzeit und hat die Mittlere Greenwich-Zeit (Greenwich Mean Time, GMT) abgelöst. Die Zeitzonen werden als Abweichung der UTC angegeben, so liegt z. B. England mit Greenwich per Definition in UTC+0, Deutschland in UTC+1, die Ostküste der USA in UTC-5 usw. Für die Antarktis gilt UTC+0.

Victor Bomber
strategischer Düsen-Bomber der Briten, der in den 1950er-Jahren eingeführt wurde und für den Einsatz von Kernwaffen konzipiert war

WEP (Cracker)
Abkürzung für *<u>W</u>ired <u>E</u>quivalent <u>P</u>rivacy*. Alter Verschlüsselungsstandard für WLAN-Netze. Er schützt die Daten jedoch nur schwach, sodass mit spezieller Cracker-Software (deutsch: „knacken“) die Verschlüsselung aufgehoben werden kann.

Wii
populäre Spielekonsole für Computerspiele

WLAN
Abkürzung für *<u>W</u>ireless <u>L</u>ocal <u>A</u>rea <u>N</u>etwork*. Bezeichnung für ein drahtloses lokales Funknetzwerk

Qi-Gong
chinesische Meditations- und Konzentrationslehre